Laure van Rensburg

Die gehorsame Tochter

LAURE VAN RENSBURG

DIE GEHORSAME TOCHTER

Thriller

Aus dem Englischen
von Marie Rahn

Ullstein

Besuchen Sie uns im Internet:
www.ullstein.de

ISBN 978-3-86493-178-9
1. Auflage Juni 2024
Deutsche Erstausgabe im Ullstein Paperback

Titel der englischen Ausgabe: The Good Daughter (Penguin Michael Joseph, London)
Gesetzt aus der Quadraat powered by *pepyrus*
Druck und Bindearbeiten: CPI books GmbH, Leck

Für B.

Danke für alles

Teil eins

Fühle, wie dein Atem noch den Raum vermehrt.
Im Gebälk der finstern Glockenstühle lass dich läuten.
Das, was an dir zehrt, wird ein Starkes über dieser Nahrung.
Rainer Maria Rilke, Sonette an Orpheus

Memo

Von: Leroy Trevorrow

An: Chief Deputy Larson

Betreff: Aufzeichnungen des in Newhaven Plantation gefundenen Handys

Wir haben das Handy untersucht, das in den Trümmern von Hunters Cottage gefunden wurde, einem der Häuser in Newhaven Plantation auf Jaspers Island. Auf dem Handy konnten wir keine Kontakte, keine Anrufe oder Nachrichten finden. Die Foto-App untersuchen wir noch. Allerdings haben wir ein paar Audiodateien wiederhergestellt, die ich hier als Transkript anfüge. Bei jeder dieser Aufnahmen stellt immer ein und dieselbe Frau einer oder mehreren anderen Personen Fragen. Die Aufnahmen folgen keiner chronologischen Ordnung und sind von unterschiedlicher Qualität; in einigen Aufnahmen konnten manche Abschnitte nicht wiederhergestellt werden.

Sollten Sie Fragen haben, melden Sie sich bitte bei mir. Sobald ich neue Informationen über wiederhergestellte Daten auf dem Handy oder über andere Fundstücke habe, die noch untersucht werden, schicke ich sie Ihnen. Nachstehend finden Sie die Legende für die Transkripte der Audiodateien:

(...) Unverständliche Teile des Interviews

LAUT Alle Großbuchstaben markieren laute Stimmen oder Geschrei.

Leise Kursivschrift bezeichnet leise Stimmen oder Flüstern.

(kursiv in Klammern) bezeichnet Hintergrundgeräusche.

AUDIODATEI Nr. 1

Tonqualität: schlecht

Stimme A: weiblich

Stimme B: weiblich

Stimme A: (...) Was heißt das? Was wäre, wenn du gehen wolltest?

Stimme B: Jeder kann gehen, wenn er möchte. Es ist kein Gefängnis. Gott hat uns den freien (...) schon früher gegangen.

Stimme A: Aber kann man dann auch die Familie und Freunde besuchen, die (...) Kirche sind?

Stimme B: Es gibt keine (...)

Stimme A: Also ist es keine leichte Entscheidung. Ich meine, würdest du gehen, wenn du wüsstest, dass du dann deine Mom oder deine Geschwister nie mehr wiedersehen könntest? Das wäre doch eine echte Scheißentscheidung (...)

Stimme B: Warum sollte ich denn gehen wollen? Ich möchte hier (...) heiraten und eines Tages Kinder großziehen. Ich liebe diesen Ort und meine Familie. Ich möchte sie niemals verlassen. Dieser Ort ist perfekt, solange ich hier bin, kann mir nie etwas passieren. Ich wünsche mir (...)

Stimme A: (...) weißt ja, was man sagt (...) Pass auf, was du dir wünschst (...)

1.

Heutiger Tag

Der Tod hat Fliegen und Fremde ins Haus gelockt. Erstere umschwirren die verkohlten Überreste im Vorderzimmer. Letztere haben Stühle aus der Küche in den Hof geholt, aber ich sitze als Einzige und bin umringt von Männern in Uniform, denen ein fünfzackiger Stern an der Brusttasche oder am Ärmel Schutz und Autorität verleiht. Mir wurde gesagt, ein Einheimischer, der mit seinem Boot vor Hangman's Creek dümpelte, hätte Rauch gesehen und es gemeldet. Vor dem Haus spricht Mr Abernathy mit einem weiteren Beamten. Daddy hätte sich geweigert, hier draußen Besucher zu empfangen. Bis jetzt hatten wir noch nie Besuch. Aber vermutlich sind es auch keine echten Besucher.

Daddy. Im Vorderzimmer. Mit ihr. Rot. Rote und gelbe Flammen. Haut, die sich von der Hitze spannt. Gekrümmte Gestalten auf verkohlten Bodendielen. Zwei schwarze Säcke, die fortgeschafft wurden. Dahin kommt man also nach dem Tod: in einen Leichensack.

So viele Menschen, die gemeinsam schweigen, bis das Dröhnen eines sich nähernden Schnellboots die Stille durchbricht. Während ich die Männer um mich herum anschaue, fühle ich mich wie das Wasser in den Gezeiten, das steigt und sinkt, zum Land strömt und sich wieder zurückzieht. Vom Hof zu den Trümmern des Vorderzimmers, vom Hier und Jetzt ein paar Stunden zurück, vom Wirklichen ins Unwirkliche. Ich schaue sie an und frage mich, ob sie erkennen, in welchen Momenten ich gerade nicht da bin.

Eine Polizistin schiebt sich durch die Reihe breiter Schultern und kräftiger Körper. Ihr Haar reicht ihr nur bis zum Nacken, und sie trägt einen Getränkehalter mit Bechern aus Joe's Café. Ein schimmerndes Namensschild über der linken Brust weist sie als Deputy Pritchett aus. Die anderen – alles Männer – versammeln sich mit vor der Brust oder hinter dem Rücken verschränkten Armen um sie. Ihre Augen sind von Sonnenbrillen verdeckt. Sie sollte nicht bei ihnen sein, das ist gegen ihre Natur. Frauen gehören nicht in einen Beruf, sondern ins Haus, zu ihren Kindern. Ihr Ringfinger ist schamlos nackt. Daddy würde sie als weiteres Opfer der Umstände bezeichnen. Dampf entweicht aus den Bechern, obwohl das Wetter eigentlich einen Krug Eistee gebietet. Sie tut mir leid.

Neben Deputy Pritchett stehen zwei Officer rechts und links von einem der Tupelobäume. Davor hüpfen zwei Fischadler über das Gras und stochern mit ihren Schnäbeln im Boden. Ich konzentriere mich auf sie, auf den Baum, auf den hohen Zaun in der Ferne, auf alles, was meine Gedanken davon abhält, zurück ins Haus zu gehen, durch die Küche, an der geschlossenen Tür vorbei durch den Flur zu der Asche im Vorderzimmer.

Daddy die schwarze, verdrehte Gestalt von ihm und ihr, ich kann das Wort nicht sagen. Mir brennt die Brust allein vom Gedanken daran. An sie.

Deputy Pritchett verteilt Getränke – auch mir drückt sie einen Becher in die verbundenen Hände –, man bedankt sich, man räuspert sich, man mustert mich erneut. Verstohlene Blicke in meine Richtung. Sehen sie ein Mädchen oder nur den Ruß und die Asche, mit dem es bedeckt ist? O Gott, ich habe den Rauch tief eingeatmet! Er ist in mir. Sie sind in mir und bedecken meine Kehle und meine Lunge. Mir dreht sich der Magen um, ich muss würgen, aber es kommt nichts heraus.

Diese Fremden haben sich nie für uns interessiert, warum also jetzt? Vielleicht sind sie nur neugierig auf diesen Ort, weil sie wissen, sonst hätten wir sie nicht hierhergelassen. Ich wünschte, sie würden einfach gehen. Wir brauchen sie nicht. Ihr Plastikabsperrband, ihre laut knackenden Funkgeräte und ihre blitzenden Taschenlampen schänden die verblasste Grandeur vom Newhaven Plantation House. Ihre Anwesenheit verrät, was hier vorgefallen ist, die Nachricht schleicht sich durch die Haustüren, huscht über die Flure von Newhaven, wird von vielen verschiedenen Stimmen verbreitet, geflüstert, ausgestoßen, gestammelt: Feuer. Tragödie. Pastor Heywood und seine Frau. Tot.

Der Deckel von meinem Becher ist abgenommen, obwohl ich mich nicht daran erinnere, es getan zu haben. Die Milch hat die dunkle Flüssigkeit beigefarben werden lassen. Daddy hasste schwachen Kaffee. Hasste jede Schwäche. Die Sünde dringt durch die Schwachstellen eines Charakters. Meine Knie schmerzen noch von dieser Wahrheit.

Plötzlich schrillt mein Name durch die Luft, reißt mich aus meinen Gedanken. Mrs Calhoun teilt mit Entschlossenheit und Ellbogen die Menge der Feuerwehrmänner und Polizisten wie einst Moses das Rote Meer.

»Dem Himmel sei Dank, du bist unversehrt! Trink das nicht!« Sie nimmt mir den Becher ab und stellt ihn auf den Boden. Mit beiden Händen umschließt sie meine und blickt mich mit geschwollenen, rot geweinten Augen an. Sie werden größer, als sie meine rußgeschwärzten Kleider, mein aschgraues Gesicht und die Verbände an Händen und Unterarmen sieht.

»Geht es dir gut?« Es ist, als würde ihre Frage in einen tiefen

Brunnen aus Schweigen fallen. Als sie es nicht mehr aushält, überschüttet sie mich mit einem Redeschwall: »Bitte, Abigail, sag doch etwas! Bist du verletzt? Wir haben uns solche Sorgen gemacht. Du warst verschwunden; seit gestern haben wir dich alle gesucht. Und jetzt das! Gütiger Gott!«

»Sagten Sie gerade, sie war verschwunden?«, schaltet sich einer der Polizisten ein.

Ich öffne den Mund, doch anstatt etwas zu sagen, kann ich nur husten. Bei jedem Atemzug erwacht das Feuer in meiner Kehle erneut, und ich muss husten. Mrs Calhouns Gesicht löst sich in einer Flut aus Tränen auf. Jemand drückt mir so heftig eine Flasche an den Mund, dass der Rand in meine Lippen einschneidet. Wasser lindert den brennenden Schmerz.

»Sie ist nicht schwer verletzt. Nur oberflächliche Verbrennungen und eine leichte Rauchvergiftung. Dagegen haben wir ihr Sauerstoff gegeben«, erklärt der Sanitäter, der sich um mich gekümmert hat. »Aber seit wir hier sind, hat sie noch kein Wort gesagt. Wir werden sie mitnehmen ...«

»Auf keinen Fall werden Sie sie mitnehmen«, unterbricht Mrs Calhoun ihn mit einem gebieterischen Blick, bevor sie sich mir zuwendet: »Deinen Geschwistern geht es gut, Abigail, verstehst du mich? Elijah, Matthew und Sarah sind sicher in Newhaven. Gott sei Dank haben sie die Nacht dort verbracht.« Dann dreht sie sich um und geht auf das vom Feuer zerstörte Haus zu.

»Was machen Sie da?« Ein großer Polizist stellt sich ihr in den Weg und schiebt sich wie eine Gewitterwolke vor die Sonne. Mrs Calhoun strafft die Schultern, genau wie immer, wenn sie einen Riesenberg Wäsche in Angriff nimmt.

»Ich muss ins Haus. Matthew braucht seinen Inhalator. Der ist im oberen Bad.« Aber der Mann rührt sich nicht. »Er hat Asthma.

Wollen Sie etwa ernsthaft einem Waisenjungen seine Medizin verwehren? Welcher Christenmensch tut denn so was?«

»Haben Sie keinen Ersatzinhalator im Haupthaus?«

»Nein, haben wir nicht.«

»Sie können hier nicht durch, Ma'am. Der Tatort ist noch nicht freigegeben.«

»Wie soll ich denn dann ins Haus? Vielleicht das Abflussrohr hoch und dann durchs Badezimmerfenster?«

Der Polizist wirft einen raschen Blick zu dem, der das Sagen hat. Einer hat immer das Sagen. Ein Kopf mit einem dichten grauen Haarschopf und einem großen Schnäuzer nickt.

»Na gut, folgen Sie mir«, sagt der Officer und seufzt. Knarrend öffnet sich die Fliegengittertür. Ein überwältigender Gestank dringt aus dem Haus, und als er Mrs Calhoun erreicht, verzieht sie das Gesicht. Ein solcher Gestank ruft schlimme Bilder in einem hervor, ob man es will oder nicht. Dieser Gestank haftet auch an meinen Kleidern und Haaren. Mit Grauen im Blick wendet sie sich zu mir um, bevor sie sich zu einem gequälten Lächeln zwingt.

»Ich bin gleich wieder da, Abigail. Ich hole nur kurz die Medizin für deinen Bruder, dann gehen wir beide zurück ins Newhaven. Sag ihnen nichts.« Sie wirft dem Officer einen drohenden Blick zu.

Ich schaue auf den Boden, wo immer noch Dampf aus meinem Becher steigt. Wenn ich ihn doch nur berühren und meine Fingerspitzen gegen die heiße Pappe drücken könnte! Bis es mir nicht mehr möglich ist, die Wirklichkeit zu ignorieren. Aber meine Hände sind unter dicken Verbänden gefesselt.

Alle starren mich nur weiter an, warten darauf, dass ich etwas sage, aber ich habe keine Worte für sie und keine Antworten auf ihre Fragen. Das Feuer hat mir nur verkohlte, zu Asche zerfallene

Erinnerungen gelassen. Es hat all meine Gefühle verbrannt und mich für meine eigenen Fragen taub gemacht.

War ich das? Sind sie wegen mir tot? Denn ich kann mich nicht erinnern. Nicht ans Feuer, nicht an ihren Tod, nicht an mein Verschwinden für einen ganzen Tag. Ich erinnere mich an gar nichts mehr.

Feuer in Newhaven Plantation kostet zwei Menschenleben

Von unserer ständigen Reporterin Marilynn Wasserman

Ein Brand in Newhaven Plantation hat Pastor John Heywood (45) und seine Ehefrau Genevieve (38) das Leben gekostet. Beau Travers war mit seinem Boot draußen vor Hangman's Creek, als er Rauch bemerkte und den Notruf betätigte. Die Feuerwehr von Parkerville war schnell vor Ort und konnte das Feuer löschen. Abigail Heywood (17), die älteste Tochter der Heywoods, wurde gerettet und erlitt nur leichte Verletzungen. Als das Feuer ausbrach, befanden sich die anderen drei Kinder des Ehepaares im Haupthaus des Orts. Laut Polizeibericht traf die Feuerwehr um 18.45 Uhr ein und alarmierte nach Entdeckung der Leichen die Polizei.

Die Brandursache wurde noch nicht offiziell bekannt gegeben, wird jedoch untersucht. Wie es scheint, benutzte die Familie Kerzen und Petroleumlampen, um Licht im Haus zu machen, da der Generator während des Sturms ausgefallen war. Brandinspektor Wesley Dunlop erklärte, dass an beiden Leichen eine Autopsie vorgenommen werde, um die Todesursache zu klären. Anscheinend brach das Feuer direkt in Hunters Cottage aus, einem der Häuser auf dem Gelände von Newhaven Plantation. Das Feuer wurde rasch gelöscht und griff nicht auf die anderen Gebäude über.

Newhaven Plantation, bis vor dreißig Jahren noch das Newhaven Grand Hotel, beherbergt die Gemeinde der New America Baptist Church (NABC) von South Carolina. Diese Kirche ist bekannt für höchst konservative Ansichten. Angehörige von Newhaven Plantation demonstrieren immer wieder vor dem LGBTQ-Zentrum und der Frauenklinik in Parkerville.

Die Tragödie ereignete sich nur acht Monate nach dem tödlichen Unfall des vorherigen Pastors dieser Gemeinde, der sich bei einem Treppensturz das Genick brach. Jeb Abernathy, der das Amt des Pastors in Newhaven übernommen hat, verweigert genauso wie die Zentrale der NABC jeglichen Kommentar.

Kommentare:

Julie_Green1982
Welch eine Tragödie, die armen Kinder! Wie schrecklich, so seine Eltern zu verlieren!

ConfederateJoe
Ganz sicher haben irgendwelche linken »Freigeister« den Brand gelegt, weil ihnen nicht gefiel, was sie zu sagen hatten.

Anon_1978
Das ist keine Kirche, sondern eine Sekte, die im ganzen Land Menschen kidnappt. Die NABC ist gefährlich und sollte von der Polizei unter die Lupe genommen werden.

MissyCat
@ConfederateJoe, ehrlich, was Besseres fällt dir nicht dazu ein? Trink Säure, du dämlicher Trumpist!

Chad1 287 678
Die sehe ich ständig mit ihren vorsintflutlichen Klamotten und Frisuren rumlaufen. Wenn man mich fragt, sind das alles Irre.

Anon_1978
Die haben das verdient! Die zerstören Leben!

JuicyJuice

Newhaven? Ist der Ort nicht total verflucht?

2.

Anfang Juni

Mom teilte meine Haarsträhnen mit den Fingern und flocht sie so fest, dass ich das vertraute Ziehen an meiner Kopfhaut spürte. *Die gehorsame Tochter trägt ihr Haar züchtig zurückgebunden.* Die zu einem Zopf geflochtenen Strähnen hielten perfekt: Wir Heywoods gingen mit gutem Beispiel voran. Zwar nahmen alle an, dass ich mich selbst frisierte, war ich doch schließlich fast achtzehn, aber das war unser Ding, und mein Zopf war immer viel schöner, wenn Mom ihn machte.

Während meine Mom mir die Haare flocht, umklammerte ich mein Heft: Perfektion erforderte Mühe. Heutzutage erwarteten die Leute, dass ihnen alles auf dem Silbertablett serviert wurde und sie sich nicht anstrengen mussten. Stumm sagte ich die Worte auf der Seite auf. Zwar wusste ich die Verse auswendig, aber trotzdem: Perfektion. Und heute wollte ich wirklich perfekt sein, denn es war ein Missionstrip zum Frauenhaus in Charlotte geplant, bei dem ich unbedingt dabei sein wollte.

»Fertig, komm, beeil dich.« Mom reichte mir einen sauberen Schal aus der Kommode, den ich in meine Tasche stopfte.

Trotz der frühen Stunde summte die Luft draußen schon von der Sommerhitze und den leisen Stimmen in Newhaven, die durch die offenen Fenster drangen und auf die vielen Menschen hinwiesen, die durch die Doppeltüren des Haupthauses zu drängen drohten. Auf der anderen Seite der Rasenfläche verließen die Caines gerade Myrtle Cottage. Beim Anblick von Pastor Favreaus altem Haus zog sich mein Herz schmerzhaft zusammen. Selbst nach fast sieben Monaten fühlte es sich komisch an, die Garretts aus der Tür kommen zu sehen.

An der Tür zur Kirche empfing Daddy die Gemeinde und nickte zu jedem »Morgen, Pastor Heywood«. Mom stand neben ihm und begrüßte jeden nur mit einem Lächeln, während Matthew und Elijah an ihren Beinen zappelten und Baby Sarah auf ihrem Arm schlief. Sie verlagerte ständig Sarahs Gewicht. Mir lag die Bitte auf der Zunge, sie mir zu geben, doch es war nicht der rechte Moment, etwas zu sagen. Aus der Kirche drang drückend heiße Luft und kündigte einen recht unbequemen Gottesdienst an. Aber es war nicht leicht, sich Gottes Liebe zu verdienen, sonst wäre jeder ihrer würdig. Die Leute wollten einen Glauben ohne Unannehmlichkeiten, der ihnen in einer Kirche mit weichen Sitzen und Klimaanlage geliefert wurde. Heuchler.

Wir traten als Letzte ein. Ein Lächeln huschte über Moms Gesicht, als ich ihr Sarah kurz abnahm, damit sie sich ihr Kopftuch umlegen konnte. Vorn befestigte Mr Garrett sein Handy am Dreibeinstativ und richtete es zur Kanzel aus. Alle Familien nahmen auf ihren Bänken Platz. Ich straffte meinen Rücken, da ich wusste, dass ganz Newhaven hinter uns saß. Mom war neben mir, und daneben befand sich die leere Bank, wo Mrs Favreau, die Frau unseres ehemaligen Pastors, früher saß, bevor sie so krank wurde, dass sie nicht mehr ihr Zimmer verlassen konnte. Mittlerweile war sie vollkommen von uns abhängig und bekam sogar die Mahlzeiten gebracht.

Daddy trat vor und befestigte das Mikrofon am Revers seiner Jacke. Mit einer Handbewegung hieß er die Gemeinde aufstehen und sprach das Gebet vor, ehe wir uns wieder setzten und damit wie jeden Sonntag der vorgegebenen Choreografie des Gottesdienstes folgten. Er trat lächelnd auf die Kanzel und kniff leicht seine blassblauen Augen zusammen, als er zur Kamera blickte.

»Bevor ich beginne, möchte ich euch alle an die Kollekte für Janet Munro und ihre Kinder in Wellmont erinnern. Vor fast sechs Monaten verloren wir durch eine Tragödie unseren lieben Bruder aus der Kirchengemeinde in Florida: Pastor Munro und außerdem seine älteste Tochter Fleur. Nun ist es an uns, für Janet zu sorgen. In dieser grausamen Welt sind wir gefordert, sie zu unterstützen. Pastor Munro würde für jede unserer Familien dasselbe getan haben. Für alle Gläubigen, die uns von zu Hause zusehen: Ihr könnt über die GoFundMe-Seite spenden, die wir eingerichtet haben. Seid in einer Welt voller Selbstsucht ein Werkzeug von Seiner Liebe. Gott hat für uns Menschen in unser Leben gebracht, damit wir Seine Güte sehen …«

Auf dem Podium stand auf einer Staffelei ein vergrößertes Foto von Fleur und ihrem Daddy. Sie hatte ihm die Arme um den Hals geschlungen, ihre Gesichter strahlten, und in ihrem Ausschnitt baumelte das Medaillon, das er ihr geschenkt hatte und das sie seitdem täglich trug. Wann immer sie intensiv über etwas nachdachte, schob sie es die Kette rauf und runter. Es war ein Teil von ihr geworden. Auf dem Foto grinste sie so breit, dass die Lücke zwischen ihren Schneidezähnen zu sehen war. Mir stiegen Tränen in die Augen. Selbst nach einem halben Jahr konnte ich es immer noch nicht fassen, dass sie tot war. Die Trauer um sie drückte auf meine Brust. Die meisten Sommer hatten wir gemeinsam verbracht, dies war der erste ohne sie. Ich fuhr mit der Zunge über meine Schneidezähne. Wir hatten da beide eine Lücke, als wir klein waren. Damals, als Mom mich noch »Honey-Bunny« nannte. Meine schloss sich im Laufe der Jahre, ihre nicht. Auch sonst sahen wir uns ähnlich: hellblondes Haar, blaue

Augen, geschwungene Oberlippe. Wir teilten Geheimnisse und tauschten Kleider. Sie war die Schwester, die ich nie hatte. Bis Baby Sarah kam.

Trotz Daddys bestechender Redekunst driftete meine Aufmerksamkeit in die Freiräume zwischen seinen Worten und dann aus der Kirche hinunter zum Wasser. Fleur und ihr Daddy waren alle paar Monate zu Besuch gekommen, er wegen kirchlicher Angelegenheiten, sie, um mich zu besuchen. Stundenlang hatten wir an diesem Ufer gespielt.

Als wir älter wurden, spielten wir nicht mehr, standen uns jedoch näher denn je und waren bei all ihren Besuchen unzertrennlich. Eigentlich sollten sie einen Tag nach dem Tag, an dem ein sinnloses Verbrechen sie uns entriss, zu uns kommen. Für mich war es umso schlimmer, weil Daddy in Kirchenangelegenheiten unterwegs war und mich nicht trösten konnte, als die Nachricht uns erreichte. Wusste Fleur, dass sie sterben würde, als sie den ersten Schuss hörte? In meiner Vorstellung versteckte sie sich, mal im Schrank, mal unter dem Bett und hielt sich den Mund zu, um keinen Mucks von sich zu geben. Daddy sagt, Gott verteile den Tod willkürlich, ihm sei es gleich, wer man sei, nur die eigenen Taten bestimmten, wohin man am Ende gelange. Ich wünschte, Er hätte Fleur länger auf Erden leben lassen. Ich blinzelte eine Träne aus dem Augenwinkel.

Mom stieß mich warnend an. Ich zuckte zusammen und schaute zu Daddy: strenger Blick, den Mund über dem Bart zu einem wohlwollenden Lächeln verzogen. Hinter ihm bauschte sich der schwere Vorhang im leichten Wind. Ein Schauer lief mir über den Rücken. Der Tod gehört zum Leben, sagte Daddy. Aber der Tod sollte nicht so nah sein, dachte ich.

Ich reichte Baby Sarah zurück an meine Mom und gesellte mich zum Chor auf dem Podium. Ich war die zweite von rechts in der vorderen Reihe, die nur aus Mädchen bestand. In der zweiten Reihe auf der Stufe standen die Jungen. Immer in dieser Formation. Ich spürte einen Atemhauch in meinem Nacken, der die Härchen berührte, die ihrem Zopfgefängnis entwischt waren.

Anita Jones zwängte sich hinter das schmale Keyboard. Nachdem wir leise gemeinsam Luft geholt hatten, stiegen unsere Stimmen zu den ersten Tönen von »All Hail the Power of Our Lord« in die Höhe. Die Melodie hob meine Stimmung, zupfte an meinen Mundwinkeln und lockerte den Zug des Zopfes an meiner Kopfhaut. Im Geiste widmete ich Fleur diesen Choral. Matthew lächelte mich von seinem Platz aus an und schwang seine Beinchen im Takt der Musik. Ich liebte den Chor, liebte den leichten Schwindel, der mich anfangs überkommen hatte, wenn ich aufs Podium trat, gefolgt vom Aufwallen der Freude. Aber heute war mein Gesang von Traurigkeit durchdrungen.

Wir stimmten unseren zweiten Choral an: »Come, Let Us Lift Our Joyful Eyes«. Meine Aufmerksamkeit hüpfte über die Reihen der Gemeindemitglieder. In der dritten Reihe saß Tom, die wilden blonden Locken für die Kirche ordentlich zurückgekämmt. Da er einen Kopf größer war als die anderen, hatte er gute Sicht, und sein Blick fuhr wie eine Messerklinge durch mich hindurch, schälte mir die Kleider vom Leib und das Fleisch von den Knochen. Er war vor knapp einem Jahr zu uns gekommen und hatte leichte Unruhe mit sich gebracht. Zwar versuchte er, sich bei uns einzufügen, aber sein früheres Leben, das nur aus Ziellosigkeit, Videospielen und Tagelöhnerjobs bestanden hatte, haftete an den eckigen Konturen seines Körpers und an seinem Yankee-Akzent. Als er einmal versuchte, unsere Sprechweise zu übernehmen, hatten Birdie und ich Tränen gelacht. Allerdings verging uns das Lachen, als aufschießende Wut sein Gesicht verzerrte. Jetzt starrte er mich an, als wäre ich bei einer Hitzewelle der letzte Krug Eistee.

Draußen strömte die Gemeinde zum dunklen Eingang des Hauptgebäudes. Die Zeit hatte die einst weiße Fassade des Newhaven mit Staub überzogen, während Hitze und Feuchtigkeit den Gipsputz schmutzig gelb gefärbt hatten. Die Natur hatte die Herrschaft über das ehemalige Grandhotel übernommen, doch noch war seine Pracht in den Säulen und Balustraden sichtbar.

Schon bald würde jeder im alten Ballsaal seinen Platz zum allwöchentlichen gemeinsamen Essen einnehmen, auf Stühlen, die von den Händen geschnitzt und poliert worden waren, die auch das Essen geerntet und vorbereitet hatten und nun servierten. Hier auf Jaspers Island gab es kein Ich mehr, sondern nur noch ein Wir. Diese Gemeinschaft war zwingend notwendig und tröstlich zugleich. Manchmal war sie wie eine Umarmung, manchmal wie ein Korsett.

Die schlichten Möbel im Ballraum, den die Gründer unserer Gemeinde zum Gemeinschaftsraum bestimmt hatten, passten nicht zur prächtigen Umgebung. Wuchtige Tische standen unter hohen Decken, die mit raffinierten, filigranen Kranzgesimsen verziert waren. Nicht mal abblätternde Tapeten oder Wasserflecken ließen die einstige Eleganz des Saals vergessen. Vor allem, wenn man sich den riesigen Kronleuchter ansah, der von der Mitte der Decke herabhing. Zwar funktionierte er schon seit vielen Jahren nicht mehr, und das Messing war an vielen Stellen stumpf geworden, doch das kümmerte mich nicht. Die Kristallbehänge wirkten wie Morgentau, der sich in einem riesigen Spinnennetz gefangen hatte.

Inmitten der altmodischen Pracht würden wir alle Hand in Hand die Tische wie eine menschliche Kette umringen, während

Daddy das Dankgebet sprach. Wie immer würde das einfache Essen köstlich schmecken: dampfende Berge von Rührei, Hafergrütze mit Honig und duftendes Maisbrot, das noch warm vom Ofen war. Als ich zum Haupteingang schritt, lief mir das Wasser im Mund zusammen – bis mein rechtes Knie plötzlich einknickte, sodass ich fast gefallen wäre.

Als ich herumfuhr, sah ich, dass Daddy über seinen Lieblingstrick lachte. Noch nach all den Jahren legte er mich herein, wenn ich es am wenigsten erwartete: mit einem leichten Tritt in meine Kniekehle.

»Daddy!« Ich lächelte.

»Immer schön aufpassen, Schätzchen.« Er legte den Arm um meine Schultern und schob mich ins Gebäude.

3.

In ihren großen Kinderbetten wirkten die Zwillinge winzig. Nur ein paar Ansätze von Babyspeck erinnerten noch an ihre Kleinkindphase. *Wie schnell sie wachsen*, dachte ich, als ich die Tür schloss. Ich liebte sie schon allein wegen der Tatsache, dass sie geboren waren: zwei entschiedene Schlusspunkte am Ende von Moms Tortur. Mit jeder Fehlgeburt hatte Gott sie geprüft und ihre Willenskraft auf die Probe gestellt. Nach fünf vergeblichen Versuchen hatte ich aufgehört zu zählen. Trotz ihrer zunehmend gefährdeten Gesundheit war sie entschlossen geblieben und hatte es weiter versucht. Ich hatte gebetet, sogar mit Gott verhandelt, bis die Zwillinge schreiend ihre Ankunft kundtaten, gefolgt von Baby Sarah vor ein paar Monaten.

Nach dem Lärm im Newhaven wirkte Hunters Cottage bedrückend still. Die meisten Gemeindemitglieder wohnten im Hauptgebäude; nur ein paar Familien lebten wie die unsere in kleineren Häusern. Während ich mir in der Küche die Hände wusch, bestückte Mom den Brotkorb. Als sie mir wortlos zunickte, ging ich durch den Flur zu der einzigen geschlossenen Tür.

Leises Klopfen. »Essen ist fertig.«

Auf eine Antwort wartete ich nicht. Im Esszimmer nahm Mom noch letzte Korrekturen am Tisch vor: richtete einen Teller oder ein Glas aus, legte eine schiefe Gabel gerade, strich eine unsichtbare Falte aus dem Tischtuch. Ihre Hände standen nie still. Sie kümmerte sich voller Hingabe um unsere Familie. Als Daddy sich durch ein Husten ankündigte, beendete sie ihre Vorbereitungen. Nachdem er sich auf seinen Stuhl gesetzt hatte, nahmen wir rechts und links von ihm Platz, und er sprach das Tischgebet.

»Haben die Zwillinge Schwierigkeiten gemacht?«, fragte er, als Mom ihm auftat.

»Ein einziges Gleichnis aus der Kinderbibel, und schon waren sie eingeschlafen.«

»Kinder sind ein Geschenk des Himmels. Gesegnet der Mann, der seinen Köcher mit ihnen gefüllt hat«, sagte er und spießte eine Scheibe Hackbraten auf.

Mein Fleischstück ertrank in Tomatensoße. Der Rand zerkrümelte unter meiner Gabel, bevor er mir im Mund zerschmolz. Schon bald würde ich selbst einen Mann und Kinder haben und dem Pfad folgen, den Gott für mich bereitet hatte: Ich würde meiner Familie gesundes Essen kochen und keine Fertigpizza, deren Schachtel vor Fett glänzte. Ekelhaft. Durch den Geruch der Tomatensoße stieg eine Erinnerung in mir auf: ein Stück Pizza zum Frühstück, der alte Teig ganz zäh. Damals hatten wir so wenig und teilten alles aus reiner Notwendigkeit. Bis Daddy uns nach Newhaven brachte, in ein besseres, sicheres Leben. Hier konnte nichts Schlimmes passieren.

»Daddy, darf ich nächste Woche mit den anderen zum Frauenhaus in Charlotte?«

»Warum denn?«

Ich sagte mein Sprüchlein auf, das ich bis jetzt nur vor dem Spiegel geübt hatte. »Ich habe das Gefühl, es ist meine Berufung, Gottes Wort zu verbreiten und andere vor einem Leben voller Sünde und Ungemach zu retten. Markus, 16,15: Geht hinaus in alle Welt und verkündet das Evangelium der ganzen Schöpfung!

Wer glaubt und sich taufen lässt, wird gerettet. Wer aber nicht glaubt, wird verurteilt werden.«

»Das ist sehr löblich, mein Schatz.«

»Ich weiß nicht, John«, wandte Mom ein. »Charlotte ist ziemlich weit weg, und sie ist bis jetzt nie über Nacht weggeblieben.«

Ich war nicht überrascht. Sie wollte nie, dass ich Newhaven verließ. Aber wieso mischte sie sich ein? Nur weil sie selbst noch nie den hohen Zaun von Newhaven hinter sich gelassen hatte, hieß das noch lange nicht, dass sie meinen missionarischen Eifer dämpfen durfte. Ich war kein Kind mehr. Und ich hatte schon mal bei Fleur und ihrer Familie in Florida übernachtet. Ich kam zurecht.

»Ich weiß nicht, Genevieve. Vielleicht sollte *ich* entscheiden, was das Beste für meine Familie ist, und du solltest dich darauf konzentrieren, einen anständigen Hackbraten zu machen.«

Mom hörte auf, ihr Essen mit der Gabel zu zerdrücken. Schweigen breitete sich zwischen ihnen aus, so drückend wie die Sommerhitze draußen. Das Licht flackerte nervös und warf tanzende Schatten auf die Esszimmerwände: Der Generator stand mal wieder kurz vor dem Zusammenbruch. Daddy scherzte gern, er wäre in diesem Haushalt das Gerät mit den schwächsten Nerven.

»Ich hab das gleiche Rezept wie immer genommen ...« Mom stocherte mit der Gabel im Fleisch herum, als suchte sie dort nach einer Antwort. Sie senkte den Blick. Ich merkte, dass ihre Gedanken rasten. Ihre Hauptaufgabe bestand darin, für ihre Familie und ihren hart arbeitenden Mann zu sorgen. Aus dem Augenwinkel sah ich, wie Daddy mir verschwörerisch zuzwinkerte. Ich presste meine Lippen zusammen, um nichts zu verraten.

»John, ich ... es tut mir leid ...«

In dem Moment wich seine strenge Miene einem breiten

Grinsen. »Ich mach doch nur Spaß! Wo ist dein Humor geblieben?«

Die Blase, die in meiner Brust aufgestiegen war, befreite sich angesichts seines Grinsens, und ich kicherte laut los. Mom lachte auch, aber ihr Lachen ging irgendwie in unserem unter. Daddy hatte recht, Mom war eine hingebungsvolle Ehefrau und Mutter, aber sie hatte einen lausigen Sinn für Humor.

Daddy saß an seinem Schreibtisch und beugte sich über Bücher und mit seiner Handschrift bedeckte Seiten, die wahrscheinlich für seine nächste Predigt waren.

»Ich hab dir Eistee gebracht.«

»Danke, Abigail.«

Mit seinem Südstaatenakzent hörte sich mein Name immer länger an.

»Ich wollte fragen ...«

»Ja?«

»Hast du wegen des Ausflugs nach Charlotte eine Entscheidung getroffen?«

Sein Stift verharrte über dem Papier. Jetzt hörte man nur noch das Ticken der Uhr auf dem Kaminsims, das der Stille einen Takt gab. Ich wartete mit dem Glas in der Hand, das vom Kondenswasser glitschig war. Aus irgendeinem Grund hatte ich das Gefühl, mich nicht rühren zu dürfen, bis er etwas sagte. Langsam drehte er die Kappe auf den Stift, bevor er ihn auf den Schreibtisch legte. Er lächelte und dehnte knackend seinen Nacken. Von dem kalten Glas waren meine Fingerspitzen mittlerweile ganz taub. Das Glas rutschte leicht in meiner Hand.

»Stell's einfach ab, bevor ich meinen Eistee vom Boden auflecken muss.«

Ich stellte es auf den dafür vorgesehenen Untersetzer – eine

Notwendigkeit hier, wo die Möbel aus Holz waren und das Wetter alle Gläser zum Schwitzen brachte.

»Warten wir erst mal ab, wie es am Donnerstag mit dem Ausflug nach Parkerville läuft. Mrs Calhoun meint, du wärst bei manchen deiner Argumente noch unsicher. Noch nie hat die NABC so unter Beschuss gestanden. Letzte Woche wurde Wade Pruitt in Parkerville von einem jungen Mädchen angesprochen, das behauptet hat, für eine Dokumentation über uns zu recherchieren. Stell dir vor, sie wäre zu dir gekommen und du wärst ins Straucheln geraten.«

Meine Schultern sackten nach unten. »Aber ich kann es. Ich hab geübt.«

»Es ist nicht so, dass ich dir nicht vertraue, Schatz, aber die Welt außerhalb von Newhaven und Parkerville ist Furcht einflößend und gefährlich. Ich würde mir nie verzeihen, wenn dir etwas zustoßen würde.«

Darauf nickte ich nur. *Die gehorsame Tochter beachtet das Gebot ihres Vaters.*

Audiodatei Nr. 2

Aufnahmequalität: gut

Stimme A: weiblich

Stimme A: (schwer atmend) Scheiße! Es ist schon wieder passiert. Ich bin in tiefster Dunkelheit aufgewacht und wusste nicht, wo ich bin. (schweres Atmen) Der alte Mann meinte, es wäre gut, über diese Dinge zu reden. Würde helfen, den Scheiß zu verarbeiten. Aber er sagte »Trauma« dazu, nicht »Scheiß«.

In solchen Nächten bin ich so verwirrt, dass ich denke, ich wäre wieder dort. Alles ist dunkel, außer dem Licht von meinem Telefon. Ich sehe die Tür und habe eine Scheißangst. Ich bin sicher, wenn ich die Tür öffnen will, ist sie von außen abgeschlossen. Scheiße, solche Nächte katapultieren mich in die Vergangenheit. Zurück zur Angst. Sie haben mich als Bestie beschimpft, mir Namen gegeben, die mir unter die Haut gegangen sind und dort blieben, noch lange, nachdem die blauen Flecken verblasst waren.

(Klicken) Grüner Teppich, Kommode aus Kiefernholz, an die Wand montierter Fernseher, geblümte Tagesdecke auf dem Boden ... ich bin in einem billigen Motel. Ich bin hier. Ich bin frei. Ich bin entkommen, aber in meinem Kopf existiert der Käfig immer noch; ich nehme ihn überallhin mit.

Ich hasse sie dafür. Sie hat mir das angetan, verdammt noch mal!

4.

Heutiger Tag

Sie sitzen auf der anderen Seite des Tischs, der unter den Galgenbaum gezogen wurde. Gleiche Uniformen, andere Gesichter, denke ich. Deputy Pritchett ist diesmal nicht dabei. Vielleicht ist sie auf der Wache und kocht Kaffee. Vielleicht ist sie zur Vernunft gekommen und hat gekündigt. Auf dem unebenen Boden wackelt mein Stuhl. Pastor Abernathy hat nicht zugelassen, dass sie ihren Fuß ins Hauptgebäude setzen. Komisch, ihn jetzt als Pastor zu sehen. Man hat keine Zeit verschwendet.

»Können wir das nicht drinnen machen?« Diese Frage stellt der Uniformierte in der Mitte. Wahrscheinlich hat er das Sagen. War er vor drei Tagen auch im Hof? Aber dann bremse ich mich, bevor mein Geist zu weit geht. Ich will nicht dorthin zurück. Sie können mich nicht zwingen, dorthin zu gehen, mit den verkohlten Überresten.

»Haben Sie einen Durchsuchungsbefehl?«, fragt Mrs Calhoun mit leicht vorgerecktem Kinn. Sie ist hier, um mich zu unterstützen, obwohl ich sie nicht darum gebeten habe.

Der diensthabende Uniformierte seufzt. Über uns streckt der Galgenbaum weit seine Äste aus, als sehnte er sich verzweifelt nach einer Umarmung. Eine zarte Ranke Louisianamoos streicht über meinen Nacken wie die Phantomzehen eines einstigen Gehenkten.

»Wir wollen das Haus nicht durchsuchen. Vielleicht ist es drinnen ein bisschen angenehmer«, erklärt der Polizist und mustert das Newhaven.

»Bringen wir es einfach hinter uns.« Pastor Abernathy zieht einen Stuhl heran und nimmt am Tisch Platz. Die Stuhlbeine hinterlassen Furchen im Gras. Der neue Pastor ist so breit wie die beiden Officer, die ihm gegenübersitzen.

Eine Zeit lang sagt niemand etwas. Schließlich fragt der Beamte, der das Sagen hat: »Wie fühlst du dich, Abigail?«

Ich öffne den Mund, doch Mrs Calhoun antwortet. »Wie soll sie sich denn fühlen? Sie ist schwer traumatisiert. Haben Sie irgendwas Neues für uns? Dann rücken Sie einfach raus damit und verschwinden wieder. Sie braucht Ruhe, damit sie sich erholen kann.«

Ihre Hand, die mein Handgelenk direkt über dem Verband umfasst, ist feucht. Ich weiß nicht, wie ich mich aus ihrem Griff befreien soll. Sie umklammert mich, seit sie mich aus dem Zimmer im ersten Stock holte, in dem man mich untergebracht hat. Vielleicht hat sie Angst, dass man mich mitnimmt, wenn sie mich loslässt. Sie waren einverstanden, mich hier zu befragen und nicht auf der Wache – fürs Erste. Nicht, dass Pastor Abernathy und Mrs Calhoun ihnen eine andere Wahl gelassen hätten. Sie gaben sich damit zufrieden, nur meine Kleider zur Untersuchung nach Parkerville zu bringen.

Ich will mit ihnen reden. Ich will sie fragen, ob sie etwas wissen, das ich nicht weiß. Ob sie Erinnerungen von mir im Vorderzimmer oder in den Falten meiner Kleider gefunden haben. So viel von diesem Tag und den Wochen davor weiß ich nicht mehr, und sie haben doch gründlich das ganze Haus durchsucht. Wissen sie, wo ich war, als ich am Tag vor dem Brand vermisst wurde? Mrs Calhoun fragt mich ständig danach, aber ich kann es ihr nicht sagen. Vielleicht hat das Feuer mein Gedächtnis so zerstört wie alles andere. Bitte, lieber Gott, gib mir meine Erinnerungen zurück, gib mir die Antworten, die ich suche. Bitte!

»Der Brandinspektor arbeitet noch an seinem Bericht, und die Ergebnisse der Autopsie sollten innerhalb der nächsten Tage kommen.«

»Und?«, hakt der Pastor nach.

»Und wir können zu diesem Zeitpunkt noch nichts ausschließen, aber es scheint doch alles ziemlich eindeutig zu sein«, erwidert der Polizist, der das Sagen hat. »Wie auch immer, je schneller wir hier fertig sind, desto schneller lassen wir Sie in Ruhe.« Bevor Pastor Abernathy oder Mrs Calhoun etwas äußern können, wendet er mir seinen Blick zu. »Erinnerst du dich an irgendetwas von diesem Tag? Selbst Kleinigkeiten können uns helfen. Hast du irgendjemanden gesehen?«

Ich schüttle den Kopf.

»Wie ich gehört habe, wurdest du am Tag vor dem Brand vermisst. Wo warst du?«

Ich schüttle den Kopf.

»Willst oder kannst du es uns nicht sagen?«

»Bedrängen Sie sie nicht so!«, schaltet sich Mrs Calhoun ein.

»Ich weiß es nicht«, hauche ich.

Mit großen Augen starren sie mich alle an, sprachlos, so als hätte der Teufel ihnen die Zunge gestohlen. Schließlich gewinnt der leitende Beamte seine Fassung wieder.

»Meinst du, du weißt nicht, wie das Feuer ausbrach oder wo du warst, als du vermisst wurdest?«

»Ich weiß gar nichts. Ich erinnere mich an nichts mehr. Es ist alles dunkel«, antworte ich mit schleppender, frustrierter Stimme.

»Was ist das Letzte, woran du dich erinnerst?«, fragt der Polizist.

Ihre Blicke und Erwartungen lasten auf mir.

»Der Gottesdienst zum Gedenken an Pastor Munro und Fleur.«

Als Mrs Calhoun das hört, holt sie erschrocken Luft. »Aber Abigail, der war doch schon vor Wochen!«

»Danach an nichts mehr?«

Wieder schüttle ich den Kopf. Es ist sinnlos. Der warme Wind weht den rauchigen Geruch von verbranntem Holz zu uns. Die schwarze Fassade von Hunters Cottage ragt im Hintergrund wie das Tor zur Hölle in die Höhe und verhöhnt mich. Wieder senkt sich Schweigen über uns. Die Häuser starren mich an, schauen mir bis in mein Innerstes. Ich folge ihrem Blick. Mein Geist ist wie ein zersprungener Spiegel, meine Erinnerungen wie winzige Scherben, die sich zu schnell bewegen, um ein klares Bild zu ergeben. Meine Hand brennt.

Genau wie in jener Nacht. In meinem Innern regt sich etwas.

5.

Juni

Von Flüssen und Bächen durchzogene Landstriche glitten an uns vorbei, während Newhaven hinter uns zurückwich und wir uns immer mehr der chaotischen Welt des Festlandes näherten. Gischt spritzte mir ins Gesicht, als wir durch die Wellen mit den weißen Schaumkronen pflügten. Schließlich kamen die Silhouette von Parkerville und die Uferzone in Sicht und wurden immer deutlicher: der Hafen, gesäumt von bunten Läden, Restaurants mit Säulen und umlaufenden Balkonen, Terrassen voller Tische.

Meine Übelkeit, die nichts mit dem Wellengang zu tun hatte, war schwächer geworden. Als ich an diesem Morgen die Treppe hinunterlief, war mir leicht flau von dem Bewusstsein gewesen, dass mein Benehmen heute für Daddy den Ausschlag geben würde, ob ich mich weiter hinaus in die Welt begeben durfte, nach Charlotte. Die Zwillinge saßen schon am Frühstückstisch und begrüßten mich lärmend, sodass ich die Arme ausbreitete und sie mich fast umwarfen, als sie auf mich zustürmten. Nachdem ich sie fest umarmt und geküsst hatte, ließ ich sie wieder los. Daddy schälte gerade ein gekochtes Ei und zupfte sorgfältig an der Schale, bis das Ei vollkommen nackt war. Dann biss er hinein, und Eigelbkrümel gerieten in seine Schnurrbarthaare. Lächelnd kaute er und rieb sich danach die Hände.

»Morgen, Dad …«

Alles in mir erstarrte. Ein blauer Umschlag lag ganz oben auf der Post. Er folgte meinem Blick: Kornblumenblau war hier mittlerweile ein ominöses Vorzeichen.

»Ist das ...?«

»Ich fürchte ja, Schatz.«

»Was steht drin?«

Schweigend reichte er mir den Umschlag. Ich fuhr mit dem Finger die gezackte Kante entlang, wo er ihn geöffnet hatte. Im Umschlag lag ein gefaltetes, ebenfalls blaues Blatt Papier. Ohne es zu entfalten, wusste ich bereits, dass die Wörter mit roter Schrift in Großbuchstaben geschrieben waren. Seit ein paar Monaten tauchten diese Briefe in unregelmäßigen Abständen auf und erwischten uns jedes Mal kalt. Die einzige Konstante, abgesehen von immer derselben Farbe des Briefpapiers, war der Hass, der darin zum Ausdruck gebracht wurde. So auch in diesem:

IHR MÜSSTET VOM ERDBODEN VERSCHWINDEN. IHR SEID EINE KRANKHEIT. IHR SOLLTET IN DER HÖLLE SCHMOREN. UND DAS WERDET IHR AUCH. BALD!

»Warum hassen uns die Leute so? Sie kennen uns ja nicht mal!«

»Menschen haben oft Angst vor dem, was sie nicht verstehen, Schatz. Es ist viel einfacher zu hassen, als an sich zu arbeiten. Deshalb machen deine Mama und ich uns jedes Mal Sorgen, wenn du hinaus in die Welt gehst, so wie heute. Du kannst den Menschen dort nicht trauen, sie sind voller Hass und Niedertracht, wie diese Briefe beweisen. Bitte pass auf dich auf, ja? Halt dich von ihnen fern.«

Als er mich in seine Arme zog, schmiegte ich mich an seine Brust. Ein Teil von mir wollte sich an ihn klammern und ihn nie mehr loslassen, wollte im Schutz seiner Umarmung, im Schutz von Newhaven leben. Aber ein anderer Teil von mir war fest entschlossen, die Angst nicht gewinnen zu lassen. Wenn die Menschen außerhalb von Newhaven sich vor dem fürchteten, was sie nicht verstanden, dann würde ich es ihnen erklären.

Ich verdrängte alle Gedanken an den Brief, als wir das Boot verließen und die Eindrücke mit voller Wucht auf uns einstürmten. Mit dem Dröhnen der Autos, dem Kreischen der Möwen und den lauten Stimmen der Menschen kam mir Parkerville vor wie ein aufgebrachtes Untier. Die Promenade war eine Explosion aus Farben voller Touristen mit ihren I ♡ Carolina-Shirts. Tausend Gerüche drangen zu uns: von der Sonne aufgeweichter Teer, verbranntes Fett von frittierten Meeresfrüchten, eklig süßes Parfüm, das kaum den Geruch schwitzender Körper überdeckte. Von den vielen Eindrücken wurde mir ganz schwindelig. Das Chaos von Parkerville traf mich wie ein Schlag vor die Brust, sodass ich Mühe hatte zu atmen. Eine Sekunde sehnte ich mich nach der Ruhe von Newhaven. Auf Jaspers Island waren alle Geräusche im Einklang mit der Insel und den Menschen und bedrängten einen nicht. Eigentlich war es keine Insel, nur eine lang gezogene Landspitze, aber da sie von drei Seiten von Wasser umgeben war, hatte man das Gefühl, vom Festland getrennt zu sein. Gleichzeitig spürte ich jedoch, wie mich Aufregung ergriff. Wir waren hier, um Gottes Werk zu verrichten. Es wurde überall gebraucht.

Ungeachtet meiner widerstrebenden Gefühle, konnte ich nicht die langen Blicke ignorieren, mit denen unsere Gruppe bedacht wurde: zusammengepresste Lippen, Tuscheln hinter vorgehaltenen Händen, verächtliche Mienen. All das zog schwer an meinen Mundwinkeln, und mein Lächeln wurde anstrengender. Ich wusste, dass wir auffielen. Bei all den grellen Farben um uns herum stachen unsere schlichten Kleider hervor. Widerspruch kitzelte in meiner Kehle, ich wollte laut rufen, dass Eitelkeit nicht zelebriert, sondern verschmäht werden sollte. Aber jetzt war nicht der rechte Zeitpunkt: Gottes Werk wollte getan werden. Daddys Warnung vor den Gefahren der großen Welt und die gehässigen Worte im Brief von heute Morgen hallten immer noch in mir nach und brachten mich dazu, den Blick zu senken.

»Wie spät ist es?«, fragte Mr Garrett. Er leitete immer die Ausflüge nach Parkerville und war auf diese Aufgabe sehr stolz.

»11.35 Uhr«, antwortete seine Frau.

»Gut, die Neuankömmlinge sollten jeden Moment eintreffen. Vergesst nicht, dass sie müde und verwirrt sein werden.«

Der Busbahnhof von Parkerville befand sich an der Ecke von Liberty und Dunbar und bestand nur aus rotem Backstein und Glas. Im Innern bekam ich von der kalten Luft aus der Klimaanlage eine Gänsehaut. Durch die Tür kamen immer wieder Personen, einzeln oder in kleinen Gruppen. Um mich herum waren lauter Menschen, die praktisch nichts anhatten und sich wie in einer einstudierten Choreografie bewegten.

Mein Blick fiel auf ein Schild, das zu dem Schalter wies, auf dem sich kleine Ständer mit Broschüren befanden. Dahinter saßen in schmalen Kabinen Angestellte in Uniform. Jackson Caine drückte sich vor einem Stapel Fahrpläne für Bus und Bahn herum. Er war ein hoch aufgeschossener Junge, der durch seine weichen braunen Haare, die ihm bis zu den Ohren reichten, noch linkischer wirkte. Wenn er sich nicht bald die Haare schneiden ließ, würde er Ärger kriegen. Sein Dad bestand auf einem ordentlichen Haarschnitt. Jackson hatte die Hände tief in seine Taschen geschoben und studierte die Fahrpläne mit ihren unzähligen Reisezielen, Abfahrten und Ankünften. Ich sah, wie er sich ein paar Fahrpläne in die Tasche stopfte und dann schnell wegging.

Quietschend bremste ein Bus am Bürgersteig und entließ eine

Ladung Passagiere. Eine große Gruppe von Menschen, deren untere Gesichtshälften von weißen OP-Masken verdeckt waren, quetschte sich durch die Türen: ein Zeichen für die Gefahren der Welt. Ganz offensichtlich fehlte ihnen der Glaube. Als die Menschenmenge mich umschloss, fing mein Herz zu hämmern an.

Ich überflog die Massen mit dem Blick und suchte nach Mr Garrett. Auf der anderen Seite der Halle wippte sein Kopf über der Menge, die ihn ebenfalls einschloss. Aber irgendwas stimmte nicht. Er hatte die Augen zu Schlitzen zusammengekniffen und die Arme fest über der Brust verschränkt. Er sprach mit jemandem und bewegte dabei schnell die Lippen. Sein Mund war vor Ärger ganz schmal geworden, und trotz der Entfernung sah ich Spucketröpfchen fliegen. Gott stellte ihn auf die Probe. Als die Massen wieder auseinanderstrebten, konnte ich besser sehen, mit wem er sprach.

Es war ein Mädchen – oder eine Frau, ihr Körper schien an der Schwelle zum Erwachsenenalter zu stehen. Sie war wahrscheinlich ein paar Jahre älter als ich. Lange Gliedmaßen, die vor Schweiß leicht glänzten, und lange, wellige dunkle Haare, die etwas heller waren als ihre Haut und die von einem roten Stirnband zurückgehalten wurden. In meiner Magengrube zog sich etwas zusammen, als sie mit Mr Garrett stritt und dann wegging. Während sie sich durch die Menge zwängte, wirkte sie wütender als eine nasse Henne.

Ich öffnete schon den Mund, um nach ihr zu fragen, da schnitt Mr Garrett mir das Wort ab: »Wie es aussieht, hat der Bus aus Raleigh eine halbe Stunde Verspätung.«

Er wollte eindeutig nicht darüber reden, was passiert war, daher fragte ich nicht nach, sondern beschloss, die freie Zeit zu nutzen. »Dürfte ich zum Handarbeitsladen gehen, während wir warten, und etwas für die Zwillinge kaufen?«

Im Handarbeitsladen war jede freie Fläche voller farbenfroher Dinge: Malpaletten in allen Farben des Regenbogens, Körbchen, die überquollen mit glitzernden Halsketten und Armbändern, Ständer mit T-Shirts und Badeanzügen, so bunt wie ein Feuerwerk. Ein breiter Pfad zur Versuchung, sich der Eitelkeit hinzugeben, dem Bedürfnis, sich mit der neuesten Mode zu schmücken und in grellen Farben herumzustolzieren. *Auch sollen die Frauen sich anständig, zurückhaltend und bescheiden kleiden.* Beige, Braun und Kaki; oder Weiß, Grau und Schwarz bei besonderen Anlässen. Ernste Farben für ernste Herzen, wie Daddy immer sagte.

An der Kasse stand eine Frau mittleren Alters vor mir, die einen durchdringend blumigen Geruch verbreitete. Sie legte ein paar Zeitschriften und zerknüllte Geldscheine auf den Ladentisch.

»Können Sie mir sagen, wo die Newhaven-Sekte zu finden ist?«, fragte sie die Angestellte.

Meine Schultern sackten nach unten, und ich schlang meine Arme um mich und die ausgesuchten Waren, um mich dahinter zu verstecken.

»Gehören Sie zu denen?«, wollte die Angestellte wissen.

»Nein, hab geschäftlich mit ihnen zu tun.«

»Auf Jaspers Island. Am besten kommen Sie mit dem Boot dahin.«

Die Frau nahm ihr Wechselgeld und rauschte an mir vorbei.

Ich verließ den Laden mit einer Tüte voller Malbücher und Stifte für die Zwillinge und einem Roman für mich selbst. Mir fiel am Ende der Straße das Perversen-Zentrum auf, wie Daddy es nannte. Ich bekam eine Gänsehaut bei dem Gedanken, daran vorbeizugehen und dieselbe Luft einzuatmen wie »diese Leute«. Männer, die Männer, und Frauen, die Frauen küssten? Mir drehte sich der Magen um. Also ignorierte ich die Regenbogenflagge, bog in eine Seitengasse ein und wollte über einen Umweg zum Busbahnhof zurückkehren.

Ich musste an die Frau aus dem Laden denken. Wie ihr Pferdeschwanz hin und her schwang, als sie mit großen Schritten den Laden verließ. Was hatte sie wohl geschäftlich mit uns zu tun? Kirchenangelegenheiten konnten es nicht sein. Was also sonst?

Eine fremde Stimme riss mich aus meinen Gedanken.

»Hey. Hübsches Kleid.«

6.

Der Junge lehnte an der Seite eines geparkten Wagens und hatte die Daumen in die Vordertaschen seiner speckigen Jeans gehakt. Rechts und links von ihm warteten weitere Jungen auf ein Zeichen von ihm, was als Nächstes passieren würde. Seltsamerweise tat ich das auch. Sie alle waren etwa zwanzig Jahre alt.

»Was hast du denn dadrin?«

Als ich nicht antwortete, löste er sich vom Wagen und kam langsam und grinsend auf mich zu. Ich konnte den Blick nicht von ihm abwenden. Von Nahem duftete er intensiv nach Rasierwasser, das einen unterschwelligen Geruch nach Schweiß, Rauch und dummen Ideen kaum verdeckte. Ich atmete etwas tiefer ein. Mit dem Zeigefinger zog er am Rand der steifen Papiertüte, die ich gegen meine Brust drückte, bis sie sich so weit öffnete, dass man den Inhalt sehen konnte.

»Was willst du mit dem ganzen Scheiß? Du bist schüchtern, oder?«, hakte er nach, als ich nicht antwortete.

Es drängten sich so viele Worte in meiner Kehle, dass ich nicht mal schlucken, geschweige denn sprechen konnte. Daddys Warnung blitzte in meinem Kopf auf. Das war eine Prüfung, die Gott mir auferlegte. Er hatte mir diesen Jungen geschickt, und ich musste die Prüfung bestehen, wenn ich mir meinen Platz beim nächsten Ausflug nach Charlotte verdienen wollte.

»Das geht dich nichts an«, sagte ich und entriss ihm die Tüte.

»Aha?« Dieses Wort klang bei ihm wie ein Gähnen. Er hatte schamlos den Mund aufgerissen und rollte ein Kaugummi hin und her, das voller Spucke und Abdrücke seiner Zähne war. Unwillkürlich lief mir das Wasser im Mund zusammen. Ich fragte mich, wie das Kaugummi wohl schmeckte und ob es weich war oder hart vom Kauen. Zucker zerstört Zähne und Gehirn, mahnte Mrs Calhoun immer.

»Was ist das denn?« Er blätterte in dem Roman, den ich gekauft hatte, brach achtlos den Buchrücken und beschmutzte mit seinen Fingern die unberührten Seiten. »*Das Mädchen von der Farm*.« Er lachte.

»Das ist nicht deins. Gib's zurück!« Ich richtete mich auf und beschwor meine innere Mrs Calhoun. »Oder bist du ein Dieb?«

»Nein, Ma'am«, erwiderte er lachend und hob übertrieben kapitulierend die Hände. Spannung schoss mir durch den Arm, und ich ballte die Faust.

»Hey, Zach, vielleicht kann sie dir ja was vorlesen«, schlug einer der Jungen vor, worauf die anderen lachten. Sie hatten die Blicke auf ihn gerichtet, die Arme vor der Brust verschränkt und wirkten zu allem bereit.

»Wie heißt du?«, fragte Zach und trat noch näher zu mir.

»Gib mir mein Buch zurück.«

Ich entriss es ihm. Jetzt hatte er die Hände frei und packte meinen Zopf, rollte sein Ende zwischen seinen Fingern. Seine Fingernägel waren ölverschmiert. Er würde mich nicht in Ruhe lassen. Ich erstarrte wie ein Waschbär, der beim Stöbern in der Mülltonne erwischt worden war. Sein heißer, leicht säuerlicher Atem strich über mein Ohr. Ich erschauerte. Diese Jungen waren ganz anders als die in Newhaven. Zwar sahen sie gleich aus, gehörten aber zu einer vollkommen anderen Spezies. Jungen wie

Zach hatten Sex außerhalb der Ehe und erwarteten, dass ihnen alles in den Schoß fiel.

Ich spürte, wie die Sonne heiß auf meinen Nacken brannte. Aus dem Augenwinkel sah ich, wie die anderen immer näher kamen. Hinter Zach lockte die Hauptstraße, verführerisch nah, für mich aber unerreichbar.

»Komm, hauen wir ab! Austin hat uns einen Tisch und Bier bei Sal bestellt.« Diese Bemerkung stammte von dem Größten der Gruppe, dessen Dreitagebart mit Akne durchsetzt war. Bei der Aussicht auf Alkohol grinste Zach so breit, dass ich seine glänzenden Eckzähne und sein rötliches Zahnfleisch sah.

»Wieso kommst du nicht mit?« Er schlang den Arm um meinen Nacken. Seine Haut war warm und feucht. Aus seiner Achselhöhle kam ein scharfer Schweißgeruch.

Nein. Mehr musste ich nicht sagen, nur vier Buchstaben, damit sie wussten, ich käme nicht mit. So ein Mädchen war ich nicht. Aber das Wort blieb mir im Halse stecken, als er mich weiter von der Hauptstraße zog und tiefer in die Gasse, durch die ich gekommen war.

Ein Schweißtropfen rann mir über den Rücken. Zach nahm mich einfach mit, hielt mich so eng an sich gepresst, dass ich mich nicht wehren konnte. Seine Finger hingen bedrohlich dicht vor meiner Brust. Lächelnd zog er mich weiter; vor uns lag die leere Gasse, hinter uns wurde die Hauptstraße immer kleiner. In der Gasse stand drückend die Hitze. Wieder rann mir ein Schweißtropfen über den Rücken. Daddy hatte recht: Ich war noch nicht so weit.

Als ich hörte, wie die Wagentür entriegelt wurde, erstarrte ich innerlich. Zach drängte mich zur Tür des Pick-ups, die von einem seiner Freunde aufgehalten wurde. Panik stieg in mir auf.

»Lass mich gehen.«

Als ich mich losreißen wollte, verstärkte er nur seinen Griff. Seine feuchte Haut und sein Schweißgeruch waren fast zu viel für mich.

»Komm schon. Die Jungs und ich feiern eine kleine Party im Sumpf. Wieso kommst du nicht mit? Du könntest unser Ehrengast sein.«

Er schubste mich zur offenen Wagentür. Hitze drang aus dem nach Leder riechenden Auto. Fastfood-Verpackungen bedeckten den Boden. Auf einmal musste ich an das erste Osterfest in Newhaven denken, an das schrille Blöken des Lamms, das sich gegen das Seil stemmte, mit dem es gezogen wurde. Instinktiv ahnte es, was ihm bevorstand. Dieser Instinkt meldete sich jetzt auch bei mir, und ich stemmte mich gegen Zachs Hand an meinem Hinterkopf, die mich in den Wagen schieben wollte.

»Bitte lass mich gehen.«

»Hey, du Wichser. Sie hat gesagt, du sollst sie loslassen«, ertönte eine Stimme.

»Was?«

»Bist du taub oder blöd? Sie sagte, du sollst sie gehen lassen.«

Die Bemerkung schien Zachs Stolz zu verletzen, denn er zuckte zusammen, und seine Hand schloss sich fester um meinen Nacken, der schon halb im Wagen war. Wer da sprach, schien weder aus Newhaven noch von der NABC zu stammen, doch ich war nicht sicher, ob das ein gutes oder ein schlechtes Zeichen war. Zach drehte sich um, um zu sehen, wer da seine Intelligenz anzweifelte. Im Schatten am Eingang der Gasse stand das Mädchen, das ich im Busbahnhof mit Mr Garrett hatte streiten sehen.

»Und wer will mich dazu zwingen? Du etwa?«

»Wenn's sein muss.« Etwas Aufblitzendes in ihrer Hand ließ ihn zögern. Er lockerte den Griff um meinen Hals. Nervös hüpfte sein Adamsapfel auf und ab. Das reichte mir, um mich seinem Griff zu entreißen. Aber sein Geruch haftete weiter an mir.

»Und jetzt verpiss dich, bevor ich die Bullen rufe, die dich für Kidnapping in den Knast werfen.«

»Fotze«, zischte Zach. »Kommt, Jungs, die ist es nicht wert«, fügte er hinzu, bevor er sich mit seiner Truppe trollte.

Erleichtert atmete ich auf. Die junge Frau und ich starrten einander an. Die Bluse, die sie im Busbahnhof getragen hatte, war jetzt über ihrem Bauchnabel verknotet. Jeder Zentimeter ihres schamlos freigelegten Körpers zeigte, was mit unserer Gesellschaft nicht stimmte: Ihr tief ausgeschnittenes, grell gelbes ärmelloses Oberteil verbarg kaum ihren BH, und auch ihre Beine waren unbedeckt. Überall schamlos zur Schau gestellte nackte Haut. Mrs Calhoun hätte nur einen Blick auf sie geworfen und sie als »Stadtflittchen« bezeichnet. Und dann hätte sie mir einen Vortrag über die verschiedenen Arten gehalten, wie Frauen ihren Körper besudelten, und mich am Ende ermahnt, dass *die gehorsame Tochter sich züchtig kleidete.*

Und doch, trotz allem, was an ihr auszusetzen war, hatte dieses Mädchen mich unleugbar gerettet. Gottes Hilfe zeigte sich in vielen Formen.

»Alles klar?«, fragte das Mädchen.

Irgendwie konnte ich sie nicht als Frau betrachten. In meiner Vorstellung hatte eine Frau einen Ehemann und trug meist ein Kind auf der Hüfte. Ich nickte, obwohl mir vor lauter Schock noch etwas schwummrig war. Wir standen genau an der Grenze zu Licht und Schatten, und die Sonne brannte mir immer noch in den Nacken, aber das war noch nicht alles. Irgendetwas pochte unter meiner Haut, wie ein neues Organ, von dem ich bislang nichts gewusst hatte. Sie starrte mich ebenfalls an, aber ihre Miene zeigte etwas, was meiner fehlte: den Mut, für sich selbst einzustehen. Ich mochte gar nicht daran denken, was vielleicht passiert wäre, wenn man mich in diesen Pick-up gedrängt hätte. Wo ich geendet wäre. Vor lauter nachträglichem Schreck wurden mir die Knie weich, und ich taumelte leicht.

»Scheiße, bist du okay?« Sie umfasste meinen Ellbogen. Ich krächzte etwas, brachte aber vor Schreck kein Wort heraus.

»Was ist das denn?«

Sie hob das Buch auf, das ich fallen gelassen hatte. Als sie den Klappentext las, grinste sie mit jedem Satz breiter.

»Wow, na, das ist ja mal eine Geschichte! Ist das ernst gemeint?«

»Gib's zurück. Bitte.«

»Ach, du kannst *doch* sprechen. Und ich dachte schon, du wärst stumm oder so«, sagte sie und gab mir das Buch. Ich schloss meine Arme darum und drückte es an mich. Es fühlte sich tröstlich vertraut an. »Hör mal, pass lieber auf, mit wem du dich einlässt. Ich bin übrigens Summer.«

Ihre Vertraulichkeit machte mich nervös. Unwillkürlich dachte ich, dass der Name perfekt zu ihr passte: Dieses Mädchen war wie der heiße Sommer, blendend hell, unangenehm intensiv und unentrinnbar. Ein Träger ihres Hemdchens war ihr über die Schulter gerutscht und drohte sie zu entblößen, aber das schien sie nicht zu kümmern. Mir juckte es in den Fingern, ihn zurückzuschieben.

»Ich bin für einen Podcast hier im Ort. Genauer gesagt, wegen Recherche für den Podcast.«

»Ich weiß, wer du bist«, sagte ich, weil mir wieder einfiel, was Daddy von dem Mädchen gesagt hatte, das Wade Pruitt Fragen gestellt hatte.

»Ach ja?«

»Das Dokumädchen.«

»Eigentlich ist es ein Podcast. Und du bist ...?«

Ich zögerte. »Abigail. Freut mich, dich kennenzulernen.« Ich streckte die Hand aus, obwohl meine Finger vom Schock noch zitterten. Ich durfte nicht meine Manieren vergessen. Ihr Händedruck war fest. Als meine Finger ihr Handgelenk berührten, spürte ich ihren Puls. Ihre Haut war warm und leicht glitschig, ein zuckriger Duft ging von ihr aus, darunter ein Hauch von Tabak. Der entnervend süßliche Geruch kam mir vertraut vor. Und ich fahndete in meinem Gedächtnis, woher ich ihn kannte, aber je mehr ich mich anstrengte, desto mehr entzog es sich mir.

»Ich weiß auch, wer du bist.« Sie musterte mein Kleid und meine Frisur. »Du gehörst zur NABC, der New American Baptist Church.«

Das sagte sie ohne das Misstrauen oder die Verachtung, mit dem die Einheimischen uns bedachten. Als Summer ihre Hand zurückzog, verschränkte sie die Arme unter der Brust, sodass sie leicht angehoben wurde. Ich konnte den Blick nicht davon abwenden, aber das schien sie nicht zu kümmern.

»Weißt du, du könntest mir schon danken, schließlich geht's in eurer Kirche doch ziemlich viel um Dankbarkeit. Ich meine, ohne mich hätten diese Typen Gott weiß was mit dir angestellt. Obwohl man es eigentlich erraten kann.«

Trotz der Hitze fuhr mir ein kalter Schauer über den Rücken. Ich verbot meinen Gedanken, sich die Möglichkeiten auszumalen, was im Pick-up hätte geschehen können.

»Verzeihung. Danke. Vielen Dank.«

»Vielleicht darf ich dich für meinen Podcast interviewen? Zum Dank?«

Ich sollte für eine Dokumentation interviewt werden? Das würde Daddy niemals erlauben. Außerdem hatte ich nichts Wichtiges oder Bedeutsames zu sagen.

»Komm schon, das ist doch das Mindeste! Ich nenne auch nicht deinen Namen. Du kannst mir mehr über deine Kirche und ihr Anliegen erzählen. Mir ein paar Fragen beantworten. Komm schon, einer Freundin wirst du doch wohl helfen.«

»Ich weiß nicht …«

»Ganz im Ernst, ich mach mich nicht lustig. Du darfst sogar versuchen, mich zu bekehren.«

Sie lachte, aber es schwang kein Spott in ihrem Lachen mit. Als sie mich direkt ansah, war ich durch ihre Offenheit wie entwaffnet. Mit einem Mal kam es mir so vor, als hätte mir Gott mit Summer die Gelegenheit gegeben, meine Hingabe zu beweisen. Mit Summers Dokumentation oder Podcast, oder was auch immer es war, die wichtige Botschaft in alle Welt zu verbreiten. Anstatt mich zu retten, hätte sie auch einfach an uns vorbeigehen können, doch unter ihrer schamlosen Kleidung, ihrem losen Mundwerk und ihrer rebellischen Art hatte sie ein gutes Herz. Jetzt war es an mir, ihre Seele aus dem Sumpf der Sünde zu ziehen und sie zu retten.

Von: Jeb Abernathy
Datum: Sonntag, 21. August 2022, 9.27 Uhr
An: Cameron McPherson
Betreff: Tragödie mit den Heywoods

Lieber Pastor McPherson,
ich hoffe, es geht Ihnen gut.

Wie vereinbart, halte ich Sie über die Tragödie auf dem Laufenden, die Pastor Heywood und seine Frau Genevieve das Leben gekostet hat. Es ist uns gelungen, die Polizei von Newhaven und von der armen Abigail weitestgehend fernzuhalten. Natürlich sind sie darauf erpicht, sie allein zu befragen – jeder Vorwand ist ihnen recht, ihre Nase in unsere Angelegenheiten zu stecken. Gott allein weiß, was sie Abigail entlocken wollen. Höchstwahrscheinlich würden sie sie über unsere Kirche und Dinge ausfragen, die sie nichts angehen. Doch seien Sie versichert, dass wir uns um sie kümmern und sie vor schädlichen Einflüssen abschirmen.

Wie Sie sich vorstellen können, wurde das arme Mädchen schwer traumatisiert. Sie hat ihre Eltern verloren, und das auf höchst tragische Weise. Wir können dem Herrn nur danken, dass er sich gnädig erwiesen und sie verschont hat. Er will uns prüfen, erlegt uns aber nie mehr auf, als wir tragen können. *Er stellt uns auf die Probe, um zu sehen, ob wir seinen Weisungen folgen oder nicht.* Jetzt prüft er unsere Abigail, und wir werden ihr zur Seite stehen und ihr unter Seiner Führung helfen.

Sie hat immer noch keinerlei Erinnerung an den fraglichen Abend – schlimmer noch, sie erinnert sich nicht mal an die Wochen vor dem Feuer! Außerdem sagt sie, sie wisse nicht, wo sie am Tag vor dem Brand, an dem sie vermisst wurde, gewesen ist. Sie hat furchtbare Albträume, aus denen sie schreiend erwacht. Wir beten dafür, dass ihre Erinnerungen zurückkehren, damit wir erfahren, wie es zu diesem tragischen Unglück kam.

Ich habe mich gefragt, ob Sie wohl eine gemeinsame Gebetsstunde mit allen Kongregationen abhalten könnten, damit Abigail ihre Erinnerungen zurückerlangt. Dann könnten wir der Polizei ein paar Antworten geben, die sie von Newhaven und unseren Angelegenheiten fernhalten würde.

Sein Wille geschehe. Einen gesegneten Tag.
Pastor Jeb Abernathy

7.

Heutiger Tag

Nachts sucht es mich heim.

Das Feuer. Überall Feuer.

Meine Hände brennen. Ich erkenne sie nicht wieder.

In meinem Kopf hallen Schreie wider, ohrenbetäubende Echos, die gegen Wände prallen; sie vermischen sich mit dem Prasseln des Feuers, doch da ist noch etwas, was unbedingt rauswill.

Nur kann ich einfach nicht durch den zerschmetterten Spiegel hindurchblicken, in all den Scherben erhasche ich nur kurze Blicke von Einzelheiten, die nie ein ganzes Bild ergeben. Nichts ergibt einen Sinn.

Nur rote Flammen. So viel Rot. Brennendes Rot.

Meine Schreie rufen Mrs Calhoun herbei, und dann färbt eine Explosion aus Licht über meinem Bett den ganzen Raum grellweiß, sodass sich die Schatten verflüchtigen.

Ich meine, vor dem Fenster einen Funken in die Nacht fliegen zu sehen, doch als ich genauer hinschaue, ist da nur Dunkelheit.

Die Welt kommt in Schnappschüssen zurück, mit jedem Blinzeln, bis sich alles wieder zusammenfügt: das Zimmer, mein Körper, mein Ich. Mein Verlust schnürt mir quälend die Kehle zu. Mrs Calhoun zieht mich an sich, drückt meinen Kopf gegen ihre Brust und wiegt mich wie ein Baby. Aber es sind nicht *ihre* Umarmungen, nach denen ich mich sehne.

»Du bist in Sicherheit. Er ist bei uns. Seine Liebe schützt uns.« Das wiederholt sie immer wieder und so lange, dass ich mich frage, ob sie das eher sich selbst versichert. Meine feuchten Wangen kleben an ihrem Nachthemd; ihr Brustbein drückt hart gegen meine Haut. Die klammen Laken kleben an meinen Beinen, mein Nachthemd klebt an meiner Brust – die schwüle Luft drückt uns nieder. Ich verspüre den Drang, sie wegzuschieben, aus dem Bett zu springen, in die Nacht zu rennen und ins Wasser zu flüchten. Um mich ganz von ihm verschlucken zu lassen. Doch bevor ich »Mir geht's gut« sagen kann, umklammert Mrs Calhoun meine Handgelenke.

»O Herr, segne dieses Kind mit Deinem Licht, beschütze sie vor der alles verschlingenden Dunkelheit. Zeig ihr den Weg, o Herr, Dein Wille geschehe.«

Mein reflexartiges »Amen« bringt sie wieder zu sich. Sie lässt meine Handgelenke los, wo ihre Inbrunst zwei Abdrücke hinterlassen hat.

»Erinnerst du dich an etwas?«

Ein Geräusch auf der anderen Seite des Raums lenkt mich ab. Im Türrahmen steht Tom. Das Mondlicht fällt auf seine blonden Locken. Sein Zimmer ist von meinem hier im Newhaven nur drei Türen entfernt. Ich weiß nicht, ob mir das gefällt. Er sieht mich immer mit glänzenden Augen an, so durchdringend wie an diesem einen Tag in der Kirche. Im hellen Lampenlicht ist das Muttermal unter seinem linken Auge noch deutlicher als sonst. Er hat sein Pyjamaoberteil falsch zugeknöpft, sodass ich über der Pyjamahose einen kleinen Streifen Haut sehen kann, der heller ist als sein sonnengebräunter Hals. Bei seinem Anblick beginnt mein

Herz heftiger zu schlagen. Tom hat eine besorgte Miene aufgesetzt.

»Ist alles in Ordnung, Mrs Calhoun?«

»Mir geht's gut«, komme ich ihr zuvor.

»Bist du sicher, Liebes?«, hakt sie nach. »Möchtest du ein bisschen Wasser? Wenn du möchtest, kann ich auch hierbleiben. Wir könnten beten«, sagt sie und umfasst mein Gesicht. Entweder sind ihre Finger kalt, oder meine Haut ist fiebrig heiß.

»Nein, wirklich.«

»Komm.« Sie stößt Tom an, der mich nicht eine Sekunde aus den Augen lässt, worauf beide den Raum verlassen und das Licht mit sich nehmen.

Kaum ist wieder Ruhe eingetreten, steige ich aus dem Bett. Die Dielenböden fühlen sich unter meinen Füßen rau an. Vor dem Fenster erstreckt sich der Wald. Inmitten der Dunkelheit zwischen den Bäumen sehe ich ein Licht, das stetig wie ein Herzschlag pulsiert. Es gibt mir das Signal, mich zu erinnern, doch das kann ich nicht – denn jegliche Erinnerung ist zu tief in mir vergraben.

8.

Juni

Ich verließ Hunters Cottage und ging über den Rasen zum Newhaven, um Mrs Favreau ihr Mittagessen zu bringen. Von der schwülen Luft brach mir sofort der Schweiß aus. Die Hitzewelle schmeckte salzig. In dieser Jahreszeit brannte die Sonne unbarmherzig alle Wolken vom Himmel. Am Ende der Rasenfläche stand das imposante Gebäude, an dem ich mich nie sattsehen konnte. Die Säulen waren mit blassgrünen Flechten überzogen, und an der schwarzen schmiedeeisernen Balustrade breitete sich Rost aus. Aber selbst im Verfall liegt Schönheit.

Als ich das Foyer betrat, mussten sich meine Augen erst an das Zwielicht gewöhnen. Mich überlief eine Gänsehaut, als ich das Knacken der hochherrschaftlichen Treppe hörte. Die weißen Geländerpfosten hatte ich als Kind gruselig gefunden, weil sie aussahen wie weiße Knochen auf einer Wirbelsäule aus Mahagoni.

Ein Geräusch von oben ließ mich zusammenfahren. Tom stand auf der Treppe und lehnte sich mit spöttischem Grinsen an die verblichene Streifentapete. Neuankömmlinge sollte ich eigentlich herzlich willkommen heißen, doch bei ihm riet mein Instinkt zur Vorsicht. Ich fragte mich, wie er in sich Platz für Gottes Wort schaffen konnte, wo er doch ganz von sich selbst eingenommen war.

Er öffnete den Mund, doch bevor er etwas sagen konnte, machte ich auf dem Absatz kehrt und ging in die andere Richtung. Ich hielt den Atem an, weil ich mit einer Reaktion rechnete, doch die blieb aus. Als ich eine Diele ächzen hörte, rannte ich zur Hintertreppe und flüchtete Richtung Küche im Souterrain.

Der Korridor unten war dunkel bis auf einen Lichtstreifen, der durch einen Türspalt des Hauptbüros drang.

Ich hörte gedämpfte Stimmen. Etwas an ihrem Ton ließ mich innehalten; ich erhaschte einen Blick auf das Zimmer: ein Mann im Profil, Beine von jemandem, der auf einem der Stühle saß. Normalerweise benutzte nur Daddy dieses Büro, und jetzt erkannte ich, dass er mit Corey Palicki sprach. Er beugte sich vor und flüsterte ihm so schnell etwas zu, dass ich nichts verstehen konnte. Die Atmosphäre im Raum erinnerte an die Ruhe vor dem Sturm. Jetzt beugte sich Daddy noch weiter vor und drückte seine Stirn gegen Coreys, sodass ihre Nasen sich aneinander vorbeischoben. Daddy hatte mal erwähnt, dass Corey in letzter Zeit viel Führung brauchte. Mir stockte der Atem, da ich noch nie eine so intime Geste gesehen hatte – und das zwischen zwei Männern! Ich ahnte, dass ich Zeuge von etwas Privatem wurde, das ich nicht verstand und auch nicht sehen sollte. Stirn an Stirn umfasste Daddy Coreys Gesicht. Langsam wich ich vor dem zurück, was als Nächstes folgen konnte. Mrs Favreau brauchte ihr Mittagessen.

Die Treppe endete im Dachgeschoss, wohin sich nur selten das Licht verirrte. Ich konnte es ihm nicht verdenken, da auch ich nur ungern hier war. Dunkelheit und betäubende Stille, schwebende Staubkörnchen und ein schwacher Geruch nach Schimmel schufen eine gruselige Atmosphäre. Wenn es im Newhaven tatsächlich spukte, dann kamen die Geister genau hier zusammen. Sosehr ich das Gebäude auch liebte, so flößte mir das oberste

Stockwerk doch Angst ein. Jede Tür verbarg ein leeres Zimmer, das nur mit vergessenen Erinnerungen gefüllt war. Hinter den Gipswänden und unter den Bodendielen versteckten sich ächzende Rohre; gurgelndes Wasser strömte durch ihre Kupferhülle; Wind pfiff durch verrottende Fensterrahmen; Mäuse raschelten hinter Fußbodenleisten und besiedelten das Dachgeschoss mit tausend Geistern. Und über all das hinweg drang aus Mrs Favreaus Zimmer das hohle Scheppern von Metalltasten unter knochigen Fingern. Mrs Favreau tippte in letzter Zeit unaufhörlich vor sich hin. Das Geräusch der Schreibmaschine jagte mir einen Schauer über den Rücken, klang es doch, als würde man mit den Zähnen über die Zinken einer Gabel fahren. Als ich vor der Tür stand, fuhr mir das metallische Klappern bis in die Knochen. Allerdings verstummte es, noch bevor ich klopfte, so als spürte Mrs Favreau, dass jemand vor der Tür war. Also brachte ich es besser hinter mich. Während ich das Tablett auf einem Arm balancierte, schloss ich auf. Aus dem Zimmer drang muffige, drückende Luft. Ich wappnete mich.

AUDIODATEI Nr. 3

Aufnahmequalität: mittelmäßig

Stimme A: weiblich

Stimme B: weiblich

Stimme A: Okay, fangen wir an. Wir haben nicht viel Zeit.

Stimme B: Tut mir leid, dass ich zu spät komme. Ich hatte Lunchdienst.

Stimme A: Was hattest du?

Stimme B: (...) Dienst. Mom konnte Mrs Favreau nicht das Mittagessen bringen, also musste ich übernehmen. Daddy ist sehr besorgt um sie. Nur Mom und ich dürfen uns um sie kümmern.

Stimme A: Wenn sie ihm so wichtig ist, was tut er denn dann für sie?

Stimme B: Er besucht sie jeden zweiten Tag, liest ihr aus der Bibel vor und betet auch mit ihr.

Stimme A: Ist sie seine Mutter?

Stimme B: Sie ist Pastor Favreaus Frau – nein, Witwe. Als Daddy nach Newhaven kam, haben sie und ihr Mann ihn unter ihre Fittiche genommen. Wahrscheinlich erinnerte er sie irgendwie an ihren Sohn, den sie Jahre zuvor verloren hatten. Ich schätze, Daddy war ihr ... wie sagt man ...?

Stimme A: Ihr Ersatzsohn?

Stimme B: Genau, ihr Ersatzsohn. Bei ihm war es das Gleiche: Mrs Favreau war für ihn wie die Mutter, die er nie hatte. Daher hatte er nach Pastor Favreaus Tod das Gefühl, es wäre seine Pflicht, für sie zu sorgen.

Stimme A: Für sie zu sorgen?

Stimme B: Es geht ihr nicht gut; sie kann nicht mehr für sich selbst sorgen. (*Schweres Atmen und Knistern, vermutlich von einer brennenden Zigarette*)

Stimme A: Ist sie krank oder so?

Stimme B: Sie ist nicht mehr ganz klar im Kopf und redet meistenteils Unsinn. Sagt manchmal ganz schreckliche Dinge, wie dass der Teufel von ihr Besitz ergriffen hätte. Sie erkennt niemanden mehr und weiß nicht, welches Jahr wir haben. Aber eigentlich redet sie kaum noch, seit ihr Mann gestorben ist. Er hatte einen ... einen Unfall (...) auch richtig zornig (...) schlägt wild um sich (...) festschnallen (...) Sie verletzt sich sogar selbst (...) hat meiner Mom ganz schlimm das Gesicht zerkratzt.

Stimme A: (...) irre. Wieso steckt ihr sie nicht in eine Anstalt, wo (...) professionell um sie kümmern kann?

Stimme B: Das kostet viel Geld, wir haben ja keine private Krankenversicherung. Außerdem würde Daddy nicht zulassen (...)

Stimme A: (...) Medikamente? (...)

Stimme B: (...) so krank nicht (...) Liebe und Gebete (...)

Stimme A: Hast du keine Angst, dass (...) sozialen Dienst rufen?

Stimme B: (...) geht sie nichts an (...)

(Der Rest der Aufnahme konnte nicht wiederhergestellt werden.)

9.

Ich zog Mrs Favreaus Tür hinter mir zu. Hier im Flur gab es frische Luft zum Atmen. Ich würde mich nie an diese Augen, diese Narben gewöhnen. Als mein Herz endlich nicht mehr in meiner Brust hämmerte, hörte ich ein Geräusch, leise zuerst, dann immer lauter, sodass ich innehielt: Es klang wie das Pochen eines Herzens und kam von hier aus dem Dachgeschoss. Dabei waren die Zimmer bis auf Mrs Favreaus alle unbewohnt. Vorsichtig näherte ich mich dem Geräusch, bis plötzlich etwas auf dem Boden herangeschossen kam und mich erschreckte. Ein blauer Gummiball wurde von einem meiner Schuhe aufgehalten.

Ich stellte das Tablett ab und wollte nach dem Ball greifen, da wurde er von einer fremden Hand weggeschnappt. Wieder schreckte ich zurück.

»He, Abigail, ich bin's!«

»Himmel, du hast mich zu Tode erschreckt!« Ich schlug Jackson auf den Arm. Der dumme Junge. Was in aller Welt machte er hier oben? Als ich ihn das letzte Mal sah, steckte er sich gerade ein paar Fahrpläne vom Busbahnhof in Parkerville ein.

Jackson lachte nur, aber sein Lachen klang hohl. Er schlurfte in eines der Zimmer zurück und ließ sich auf das schmale Bett fallen. Seine Miene war so mürrisch wie die, die man normalerweise bei den halbwüchsigen Jungen in Parkerville sah. Ich setzte mich so dicht neben ihn, dass sich unsere Schultern berührten. Von Nahem roch er nach körperlicher Arbeit. In einem endlosen Kreis knallte der Gummiball gegen die Wand, hinterließ einen Staubfleck und sprang zurück in Jacksons Hand. Ich folgte dem Ball mit dem Blick und sah, wie er immer mehr Abdrücke an der Wand hinterließ.

»Solltest du nicht bei den anderen im Computerraum arbeiten?«

Statt zu antworten, schleuderte er wieder den Ball gegen die Wand.

»Du bist das einzige Kind, das ich kenne, das nicht gern online geht und chattet.«

»Ich bin kein Kind mehr. Ich bin vierzehn.«

»Verzeihung.« Ich verkniff mir ein Lächeln.

»Ich hasse die Foren! Da gibt es ein paar echte Irre. Das Zeug, das manche von sich geben ...«

»Genau darum geht es ja. Es ist unsere Aufgabe, sie zu retten. Ihnen zu zeigen, dass es noch einen anderen Weg gibt. Den richtigen Weg. Unter diesen Irren gibt es verlorene Seelen.«

Daraufhin schleuderte er den Ball so heftig gegen die Wand, dass Putz abbröckelte.

»Hast du jemals gedacht, dass vielleicht *wir* es sind?«

»Was denn?«

»Die Irren.«

»Jackson ...«

»Ich meine, hast du schon mal über das mit Mrs Favreau nachgedacht?«

Manchmal muss man für das größere Ganze schwere Entscheidungen treffen. Daddy liebte sie wie eine Mutter, und es quälte ihn, was nach Pastor Favreaus Tod und ihrer Reaktion darauf getan werden musste. Jackson verstand das nicht, ich aber schon.

»Wir hatten keine andere Wahl.«

»Manchmal hasse ich hier alles nur noch.«

»Das meinst du nicht ernst!«

»Doch.«

Ich legte meine Hand auf seine. Traurigkeit überkam mich. Zwar würde er es nie zugeben, aber er vermisste seine Mutter. Er hatte sie nicht mehr gesehen, seit sie ihn vor Jahren aus reiner Selbstsucht verlassen hatte. Welche Frau ließ ihre Kinder im Stich?

»Ich hab gesehen, wie du neulich die Fahrpläne im Busbahnhof eingesteckt hast.«

Der Ball blieb in seiner Hand. Es war, als würde alles im Zimmer den Atem anhalten. Die Atmosphäre veränderte sich mit Jacksons Energie: Aus Wut wurde Angst.

»Bitte verrat es keinem.«

»Nein, mache ich nicht.«

»Vor allem nicht deinem Dad. Ich weiß, du glaubst, er wäre großartig und könnte jeden retten. Aber was ich jetzt am wenigsten gebrauchen kann, ist, dass er's meinem Dad sagt.«

»Nein, ich sagte doch schon, ich verrate es niemandem. Versprochen.« Meine Antwort reichte, dass der Ball wieder seinen Kurs gegen die Wand und zurück aufnahm.

»Hast du je daran gedacht, aus Newhaven abzuhauen?«

Die Frage überraschte mich. Jackson war in Newhaven geboren, war in einem der Zimmer im zweiten Stock wie ein nasser Aal aus seiner Mom herausgeschossen. Seine ersten Schreie hallten noch von den Wänden dieses Gebäudes wider. Seine DNA war mit diesem Ort verbunden wie die Ranken mit den Säulen vor dem Haus. Wir gehörten zu einer Schutzgemeinschaft, wo wir alle einander kannten und vertrauten, wo die Kinder draußen spielen konnten, ohne von Drogen oder sexuellem Fehlverhalten gefährdet zu werden.

Ohne Vorwarnung knallte der Ball so fest gegen die Wand, dass ein großer Brocken Putz auf den Boden fiel.

Als ich zu Hause ankam, hörte ich Geschrei und Gelächter. Ich folgte dem Lärm ins Vorderzimmer und sah, dass Daddy auf allen vieren auf dem Teppich kroch und Matthew und Elijah sich an ihn klammerten. Matthew saß rittlings auf seinem Rücken.

»Schneller, Dada. Schneller!«

Er lachte. »Wirklich?« Er zog Matthew in seine Arme und kitzelte ihn, während Elijah jetzt auf Daddys Rücken sprang und ihm die Ärmchen um den Hals schlang.

Bei diesem Spiel bekam Daddy Lachfältchen um die Augen, und seine Gesten wurden viel weicher. Mit mir hatte er nie so gespielt. Er hatte sich nie zu Boden begeben, sondern war immer eine aufrechte Gestalt aus geraden Linien und scharfen Kanten gewesen. Väter sollten eben nicht so mit ihren Töchtern spielen. Stattdessen setzte er sich jeden Abend zu mir ans Bett und las mir Geschichten vor oder lobte meine Bilder. Aber diese Nähe gab es zwischen uns nicht. In meiner Kehle staute sich ein Kloß aus Neid, aber ich schluckte ihn hinunter. An den Türrahmen gelehnt, sah ich ihnen zu, bis Daddy sich auf die Seite rollte und auf die Ellbogen stützte.

»Hey, mein Schatz.«

Darauf stürzten sich die kleinen Monster auf mich.

»Komm, Abbay. Dada will uns die Hühner zeigen.« Sie packten meine Hände und zogen mich in die Mitte des Raums.

»Na gut, na gut.« Ich lachte.

Daddy stand auf und hob Elijah auf den Arm, während Matthew auf der anderen Seite an ihm zupfte, um auch getragen zu werden.

»Wie war dein Tag?«

»Sehr gut. Ich hab Mrs Favreau ihr Mittagessen gebracht.«

»Und wie war sie?« Forschend betrachtete er mein Gesicht, als könnte er dort die Antwort ablesen.

»Unauffällig. Benahm sich eigentlich so, als wäre ich nicht da. Sie konzentrierte sich nur auf ihre Schreibmaschine. Ich hab wie immer nicht hingeguckt.«

»Los, Dada, los!«, quengelten die Zwillinge.

»Wie geht's Corey?« Die Frage rutschte mir so heraus, ganz gegen meinen Willen.

»Wie bitte?« Seine Entgegnung war an mich gerichtet, doch galt seine Aufmerksamkeit den Zwillingen, vor allem Matthew, der sich an seinen anderen Arm hängte.

»Ich bin an deinem Büro vorbeigekommen. Du warst da mit Corey Palicki.« Vor meinem inneren Auge blitzte ein Bild auf: wie er Coreys Gesicht angestarrt hatte, als läge dort das Geheimnis zur ewigen Erlösung; wie er die Hände auf Coreys Schultern gelegt hatte, seine Stirn an Coreys gedrückt; wie mein Herz sich zusammengezogen hatte, als wollte es sich ganz klein machen und verstecken. Ich schüttelte den Kopf, um mein Unbehagen loszuwerden.

»Ich habe keine Ahnung, was du meinst, Schatz.«

»Die Tür war einen Spalt offen. Ich habe euch gesehen«, erklärte ich mit unsicherer Stimme, weil mich Zweifel beschlichen.

»Da irrst du dich, Schatz. Ich war den ganzen Morgen in der Kirche«, erwiderte er lächelnd und blickte mich ruhig an.

»Oh ...«

»Schon gut, das kann jedem passieren. Letzte Woche meinte

ich, deine Mutter im Gemüsegarten zu sehen, dabei war es Anita Jones.«

Bei der Erinnerung daran lachte er leise. Ich kniff leicht die Augen zusammen und spulte die Szene noch mal im Kopf zurück: die nur einen Spaltbreit geöffnete Tür, die lediglich einen winzigen Einblick auf das Zimmer dahinter gewährte. Aber ich hatte Daddy gesehen, denn sein Gesicht war immer in meinem Kopf.

Er nahm Matthew auf seinen freien Arm. »Kommt, Jungs, besuchen wir die Hühner.«

Das Bild verschwamm vor meinem inneren Auge. Je genauer ich mich zu erinnern versuchte, desto undeutlicher wurde es, bis sich die Gesichter in anonyme Linien auflösten. Ich war wohl von Toms Erscheinen auf der Treppe abgelenkt gewesen und hatte mich vor lauter Schreck verguckt. Mein Vater würde mich niemals anlügen, davon war ich überzeugt. Das war einfach undenkbar.

10.

Heutiger Tag

Ein Albtraum schreckt mich aus dem Schlaf. Wenigstens schreie ich nicht mehr beim Aufwachen. Niemand stürzt in mein Zimmer, keine blendende Explosion aus Licht, niemand dringt in meinen Raum ein, keine unerwünschten, klammen Hände auf meiner Haut. Trotzdem sehen mich alle immer noch komisch an, aber nicht verstimmt, weil ich sie nachts wecke. Nein, es will einfach nicht in ihren Kopf, dass ich an die letzten Wochen keinerlei Erinnerungen habe. Wie kann man denn so viel vergessen?

Der Albtraum hallt noch in mir nach. Ich bin außer Atem und schweißgebadet. Ich habe den Geruch von Rauch in der Nase. Das Laken hat sich um meine Füße gewickelt. Ich strample mich frei.

Mein Geist ist leer wie eine Autobatterie. Vielleicht braucht er einfach Starthilfe. Da alle im Newhaven noch tief und fest schlafen, kann ich ohne Schwierigkeiten barfuß durch den Flur huschen. Meine Hand gleitet über das Geländer der großen Treppe. Eins weiß ich genau: Ich mag dieses Gebäude. Wir haben etwas gemeinsam, denn früher war es auch etwas anderes. Es hat ein anderes Leben geführt, in seinen Räumen gibt es noch Spuren davon, sie zeigen sich in den blassen rechteckigen Abdrücken auf den abblätternden Tapeten, wo früher bildgewordene Erinnerungen hingen. Irgendwo unter meiner Haut habe ich auch solche

Abdrücke. Unten im Foyer stoße ich mir den Fuß an einer Diele. Im antiken Spiegel erhasche ich einen Blick von jemandem – aufblitzendes Rot inmitten dunkler Locken –, doch als ich genauer hinschaue, ist er verschwunden. Oder war nie da.

Ich schlüpfe durch den Haupteingang und trete hinaus in die schwüle Nacht. Obwohl die Sonne längst untergegangen ist, drückt die Hitze noch auf mich nieder. Ich fühle mich, als müsste ich durch Molasse waten. Das Gras kitzelt meine Füße. Das Mondlicht hat alles vom Rasen bis zu den Bäumen silbern gefärbt und diesen Ort in eine Geisterwelt verwandelt. Unzugänglich steht Hunters Cottage da, die Fenster starren mich wie aus leeren schwarzen Augenhöhlen an, aber es wirkt wie immer: Die Dunkelheit verbirgt den Schaden. Ich spüre, wie meine Füße magnetisch von meinem alten Zuhause angezogen werden.

Die Hintertür schwingt quietschend auf, doch da ist niemand, der es hören könnte. Drinnen riecht es nach verdorbenem Fleisch, nach gekochtem Fett. Ich sollte nicht hier sein. Der Chef der Feuerwehr sagte, man könne sich nicht mehr auf die Statik des Hauses verlassen. Staub und Asche dringen in meine Nase. Am liebsten würde ich mir einen Besen schnappen und das Haus makellos sauber fegen, doch dies ist nicht der rechte Zeitpunkt. Wie von einer unsichtbaren Schnur gezogen, dringe ich tiefer ins Haus. Alle Härchen auf meiner Haut stellen sich auf, bis sie plötzlich von den Flammen eines Phantomfeuers warm wird. Noch ein Schritt. Hitze verdichtet die Luft. In mir materialisieren sich die lodernden Flammen jenes Tages.

Die glühende Luft zupft an der Haut über meinen Wangen. Eine Frau schreit. Aber bin ich das? Noch ein Schritt. Es ist da, unter den Schreien. Da ist etwas unter der Oberfläche, unter dem Feuer. Etwas Warmes, Glitschiges. Es ist auch unter meinen Fingernägeln und kommt in Blitzlichtern, wie Licht, das sich in der

Klinge eines Messers fängt. Da war noch jemand. Das weiß ich plötzlich mit absoluter Gewissheit. Es waren zwei Leichensäcke, die aus dem Haus getragen wurden. Aber da war noch jemand bei mir. Ich bin ganz sicher.

Nun stehe ich am Eingang zum Vorderzimmer. Die Verbrennungen an meinen Händen pochen schmerzhaft und erinnern mich an einen Schrei, der durch mein Fleisch fuhr. Die Erinnerung entfacht ein neues Feuer, lässt die Flammen im Vorderzimmer auflodern. Sie lecken an verbrannten Wänden und Möbeln.

Die Schreie sind endlos, die Hitze brennt in meinen Augen und drängt mich zurück, verbannt mich aus dem Haus. Eine Warnung, nicht zurückzukommen. In Panik wirble ich herum.

Die Silhouette eines Mannes blockiert das Ende des Flurs, den Durchgang zur Küche mit der Hintertür. Der Mann hebt die Hand und will nach mir greifen. Ich stürze durch die Vordertür und höre, wie die verbrannten Dielen unter meinen Füßen ächzen.

In rasender Eile fliehe ich über den Rasen, bis die Natur mir ein Bein stellt und ich zu Boden falle. Ich bekomme Erde in den Mund.

»Abigail. Abigail. Ganz ruhig.«

Als Hände meine Arme packen, wehre ich mich mit allem, was ich habe.

»Abigail. Ich bin's. Tom.«

Der Name durchdringt die Schreie in meinem Kopf. Toms Gesicht wird im Mondlicht deutlich. Eine blonde Locke ist über eins seiner Augen gefallen.

»Du hast mich zu Tode erschreckt!«

»*Ich* hab *dich* zu Tode erschreckt?« Glucksend lässt er sich neben mir ins Gras fallen und fährt sich mit den Händen durch die Haare.

»Was wolltest du dadrinnen im Haus?«

»Ich hab gesehen, wie du dich aus dem Newhaven geschlichen hast, und bin dir gefolgt. Was hattest du denn vor?«

»Ich hab versucht, mich zu erinnern.«

»Und ... hat es geklappt?«

Ich schüttle den Kopf. Mein Versagen schnürt mir die Kehle zu.

»Das wird schon noch.«

Ich beneide ihn um seine Gewissheit. »Und wieso bist du wach?«

»Konnte nicht schlafen. Wegen der verdammten Hitze. Hab mich immer noch nicht dran gewöhnt. Und dann hab ich vom Fenster aus gesehen, wie du über den Rasen gegangen bist.«

Ich zupfe nasse Grashalme von meinen rußschwarzen Füßen.

Seine Finger streichen neben meinen über den Rasen, unsere Knie berühren sich fast. Schweigen senkt sich über uns, als wir am Gras zupfen, ein paar Halme samt Wurzel ausrupfen, andere, deren Wurzeln zu tief sind, einfach abreißen. Dieser Tom ist ganz anders als der, an den ich mich erinnere. In meinen letzten Erinnerungen sitzt er in der Kirche und starrt mich mit einem Blick an, der mir kalte Schauer über den Rücken jagt. Aber neuerdings kann ich mich nicht mehr auf meine Gedanken verlassen. Real ist nur das, was direkt vor mir ist.

»Ich weiß, wir waren früher nicht gerade Freunde. Eher im Gegenteil.« Automatisch will ich protestieren, doch er lässt mich nicht zu Wort kommen. »Nein, ist schon okay. Ich weiß, ich kann manchmal ein ziemlicher Arsch sein. Du erinnerst dich wirklich nicht an die letzten Wochen, oder?«

»Nein«, beteuere ich mit tränenerstickter Stimme, obwohl ich wirklich nicht weinen will. Ich halte die Augen starr auf das Gras gerichtet. Als ich mich schließlich traue, ihn anzusehen, reibt er sich über den Nacken.

»In den paar Wochen vor dem Brand sind wir uns nähergekommen. Nachdem wir uns in der Küche begegnet sind.« Er lächelt. »Keine Sorge, irgendwann erinnerst du dich wieder.«

11.

Anfang Juni

Sie kam zu spät. Sie hatte unsere Abmachung vergessen – meine Chance, meinen Glauben zu beweisen.

Als ich an diesem Morgen mit einem Glas Eistee und einem auswendig gelernten Sprüchlein im Kopf in Daddys Arbeitszimmer kam, war es wegen der Jalousien von Streifen aus Licht und Schatten durchzogen. Ich wollte noch mal nach Parkerville, obwohl mein letzter Besuch noch nicht lange her war. Die Luft duftete nach Daddys Rasierwasser. Er saß über seinen Notizblock gebeugt und blickte nicht mal auf, als ich das Glas auf seinen Schreibtisch stellte. Während ich mein Anliegen vorbrachte, schien er nicht zuzuhören. Also räusperte ich mich und versuchte es noch mal. Daddys Stift verharrte, und diesmal hob er kurz den Blick und brummte zustimmend.

Ich war unehrlich gewesen, zum ersten Mal, seit ich denken konnte. Unter dem Vorwand, etwas für die Zwillinge einzukaufen, hatte ich mich davongeschlichen. Ich hatte meine Seele riskiert, und jetzt kam sie nicht.

Das Kunstleder der Sitzbank klebte an meinen Waden und gab bei jeder Bewegung ein schmatzendes Geräusch von sich. Neben mir stand mein Alibi. Ich saß in der Hölle, genauer gesagt in Allie's Diner, und war umringt von Menschen, die von Sünde geprägt waren: Ich sah von Völlerei und Trägheit schwabbeliges Fleisch, von Eitelkeit aufgeblähte Brüste.

Vier Tische weiter bestellte die Frau, die sich im Handarbeitsladen nach uns erkundigt hatte, einen Kaffee. Es überraschte mich, sie hier zu sehen, schließlich hatte es an jenem Tag geklungen, als wohnte sie nicht im Ort. Ihr Ton hatte angedeutet, dass es um etwas unerfreuliches Geschäftliches ging. Ich sank tiefer in meine Sitznische, weil ich auf keinen Fall wollte, dass sie mich und meine an diesem Ort so auffällige Kluft bemerkte. Die Uhr an der Wand zeigte zehn nach zwei.

Als die Klingel über der Tür bimmelte, schlug mir das Herz bis zum Hals, aber es waren nur zwei Teenager, die beim Eintreten schallend lachten. Komm schon, beeil dich! Ich würde nur noch fünf Minuten warten und dann gehen. Hoffentlich konnte ich mich unbemerkt an der Frau vorbeischleichen.

Ich sank noch ein bisschen tiefer in meinen Sitz. Obwohl ich die Nische gewählt hatte, die am weitesten von den Fenstern entfernt war, konnte jeder, der daran vorbeikam, jemand aus Newhaven sein, jemand, der mich erkannte, jemand, der Fragen stellen würde. Bis ich vorzeigbare Ergebnisse hatte, durfte Daddy nicht wissen, dass ich hier war und versuchte, Summer davon zu überzeugen, dass unser Weg der richtige war. Ich spielte mit einem der Fähnchen auf dem Tisch, die als Dekoration für die Feier zum vierten Juli gedacht waren.

Plötzlich ließ sich Summer auf die Bank gegenüber fallen. Ich schrak zusammen, das Fähnchen zerriss. Summer machte mit einem grellbunten Hemd über einem roten Bikinioberteil die ganze Welt auf sich aufmerksam. Mir brannten die Wangen vor Scham, und ich hielt den Blick krampfhaft auf das Besteck gerichtet.

»Sorry, dass ich so spät dran bin. Mir ist was dazwischengekommen.«

»Ich hab nicht viel Zeit«, sagte ich, an meine Gabel gewandt.

»Na, dann los.« Summer legte ihr Handy auf den Tisch und huschte mit den Fingern über das Display.

»Was machst du da?«

»Ich zeichne das Gespräch auf, damit alles rechtmäßig ist.« Stirnrunzelnd starrte ich sie an. »Damit ich deine Worte nicht verändern oder verdrehen kann. Außerdem muss ich mir dann keine Notizen machen. Einverstanden?«

Sie wühlte mit einer Hand in ihrer Tasche. Gebannt wie ein Kind, das zusieht, wie ein Zauberer seine Hand in einen Zylinder steckt, wartete ich darauf, was sie herauszog, aber es war kein Kaninchen, sondern ein Päckchen Zigaretten, das sie auf den Tisch warf. Sie nahm sich eine heraus und zündete sie sich mit einem bunten Feuerzeug an, das sie aus ihrer Hosentasche geholt hatte.

»Gott, ich liebe diesen Staat wegen der Rauchergesetze. Beziehungsweise dafür, dass er keine hat«, sagte sie durch eine Rauchwolke hindurch.

»Was kann ich Ihnen bringen?«

Ich fragte mich, wie wir wohl auf die Kellnerin wirkten: ein Mädchen in beigefarbenem Kleid und eins mit grellbuntem Hemd und viel Haut an einem Tisch. Zwei Mädchen, die nichts gemeinsam hatten.

»Kann ich Fritten und Cola light haben?«

»Und was ist mit Ihnen, Liebes?«

»Nur Wasser, bitte.«

Als die Kellnerin gegangen war, saßen wir erst einmal schweigend da, während die Welt um uns herumwirbelte. Die Welt, in die ich nicht gehörte. Unter dem Tisch zitterten meine Beine. Es drängte mich, schnurstracks die unangenehme, durch eine Klimaanlage heruntergekühlte Atmosphäre des Diners zu verlassen und zurück in die Hitze von Newhaven zu fliehen. Das Bimmeln der Klingel warnte mich aber vor einem weiteren Neuankömmling, und ich sank wieder in meinen Sitz. Doch es war nur ein alter Mann mit Baseballkappe und Sonnenbrille.

»Scheiße, schämst du dich etwa, mit mir gesehen zu werden?«

»Können wir anfangen?«

»Entspann dich. Also, Abigail, hast du schon immer in ... wie hieß der Ort noch? Newhaven Plantation?«

»Ja.« Genau genommen stimmte das zwar nicht, aber wir redeten nie über unser Leben, das wir vor Newhaven geführt hatten. Das war die Regel, die ich auch nicht brechen wollte. »Wir nennen es nur Newhaven. Ohne Plantation.«

»Sind die meisten Angehörigen eurer Gemeinde von hier?«

»Manche schon, aber wir heißen alle Neuankömmlinge willkommen. Die Menschen kommen von überallher, um in Newhaven Rettung und Erlösung zu finden.«

»Was für eine Rettung ist das denn?«

Sie stellte ihre Fragen mitten im Stimmengewirr und Geschirrklappern. Ich legte die Ellbogen auf den Tisch und beugte mich bereitwillig vor. All meine Proben vor dem Spiegel hatten endlich einen Sinn.

»Ein Leben nach den Lehren der Heiligen Schrift, in den Rollen, die der Herr für Männer und Frauen vorgesehen hat. *Doch nur die, die den Willen meines Vaters im Himmel tun, werden auch in Sein Reich kommen.*«

Die Kellnerin brachte unsere Bestellung. Der Geruch nach fritticrten Kartoffeln erfüllte die Luft. Mir lief das Wasser im Mund zusammen, daher konzentrierte ich mich auf mein Getränk. *Sei offen und ehrlich und zeige ihnen den Weg. Doch nur sie selbst können ihn gehen*, hätte Daddy gesagt. Summer quetschte die Ketchupflasche zusammen und ertränkte ihre Fritten in roter

Soße. Laute Stimmen vor dem Fenster ließen mich zusammenzucken, aber es war nur eine Gruppe von Fremden.

»Glaubst du das wirklich, oder wiederholst du nur, was man dir erzählt hat?«, fragte Summer und steckte sich dann Fritten in den Mund, die sie zu einem roten Brei zerkaute.

»Das glaube ich. Wir helfen Menschen. Sieh dir doch mal die Welt um dich herum an: Arbeitslosigkeit, sinkende Geburtenraten, Zerfall der Familienwerte, Kinder, die in staatlichen Schulen erzogen werden, Frauen, die ihre wahre Natur vergessen. Aus alledem bieten wir einen Ausweg.«

Summer steckte sich eine weitere Handvoll Fritten in den Mund. Sie hatte Ketchup an den Fingern, den sie einfach ableckte. Eigentlich konnte sie so viel mehr sein, und ich war das Tor zu ihrer Errettung.

»Wie soll denn Hass und Frauenunterdrückung helfen?«

Bei ihrem Vorwurf regte sich Widerstand in mir. Ihre Worte waren nicht zutreffend. In Newhaven wurden Frauen für das geehrt, was sie waren: Ehefrauen und Mütter. Sie spielten dort eine wichtige, eine tragende Rolle, denn sie zogen die zukünftigen Generationen auf. Daddy liebte Mom hingebungsvoll: Nach jeder ihrer Mahlzeiten bedankte er sich mit einem Lächeln, und jeden Monat pflückte er ihr einen Strauß Blumen, selbst nach all den Jahren noch. Er schuf eine Atmosphäre der Sicherheit, die Mom nie hätte verlassen wollen.

»In Newhaven gibt es keinen Hass auf Frauen. Wir ehren Frauen für das, was sie sind.«

»Was sind sie denn?«

»Ehefrauen und Mütter.«

»Du meinst Haushälterinnen und menschliche Brutkästen? Sklavinnen, die nur tun, was ihnen gesagt wird, und die blind den Regeln folgen?«

Als ich ihren verächtlichen Ton hörte, richtete ich mich auf. »Ich persönlich kann es gar nicht erwarten, Mutter zu werden.«

»Wie alt bist du denn? Fünfzehn?«

»In ein paar Monaten werde ich achtzehn.«

»Ach Gott ...!«

»Du verstehst das falsch. Wenn du besser zugehört hättest ...«

»Hast du schon mal vom Stockholm-Syndrom gehört? Kommt in Sekten wie deiner ziemlich oft vor.«

Es war ein Fiasko. Wieso hörte sie mir nicht zu? Um meine Frustration herunterzuspülen, trank ich große Schlucke aus meinem Wasserglas. In dem Moment sprang die Tür mit einem lauten Bimmeln auf, und eine Familie kam herein, vorneweg zwei kleine Jungen. Ganz kurz rechnete ich schon damit, sie würden auf meinen Schoß springen und kreischen: »Abbay, wir haben dich gefunden!« Aber es war nicht meine Familie. Trotzdem klopfte mir das Herz bis zum Hals. Ich griff nach der Papiertüte neben mir.

»Ich muss los. Das war eine schlechte Idee.«

»Hör mal, wir können uns doch noch mal woanders treffen. Wo es ruhiger ist. Es tut mir leid. Echt. Ich sag immer, was ich denke, das ist mein Fehler.« Als ich mich aus der Sitznische zwängen wollte, griff sie nach meinem Handgelenk. »Warte. Ich hab was für dich.« Sie drückte mir ein Buch in die Hand. Der Titel lautete *Little Women: Betty und ihre Schwestern.* »Ich glaube, das könnte dir gefallen. Ist eine viel bessere Geschichte als die aus deinem Buch vom letzten Mal. Alles, was du brauchst, steht dadrinnen. Ja? Guck einfach mal rein.«

Als ich hinausrannte, prallte ich gegen eine Wand aus Hitze. Sofort brach mir der Schweiß aus. Ich sehnte mich danach, mit den anderen zusammen im Boot nach Newhaven zurückzufahren. Da sah ich neben mir einen Regenbogen aus Farben. Ich hatte den Tempel der Verworfenheit erreicht, wo jeder Buchstabe für eine Sünde stand und ein absurdes Akronym bildete.

»Abigail!«

Mein Name durchfuhr mich, bevor ich um die Ecke bog. Die Stimme, die meinen Namen donnerte, gehörte nicht hierher. Abrupt blieb ich stehen. Er sollte gar nicht hier sein. Ich hatte ihn am Schreibtisch zurückgelassen, bei der Arbeit an seiner Predigt, und viel Abstand zwischen ihn und mein Treffen mit Summer geschaffen. Da die Sonne direkt über mir stand, schirmte ich meine Augen ab. Aber es war kein Trugbild. Daddys Silhouette zeichnete sich vor dem blauen Himmel ab. Über seinem Kopf kreisten kreischend zwei Möwen.

AUDIODATEI Nr. 4

Aufnahmequalität: mittelmäßig

Stimme A: weiblich

Stimme B: weiblich

(Erster Abschnitt der Aufnahme ist verloren.)

Stimme A: Ist das nicht eine übertriebene Verallgemeinerung? Sicherlich ist doch nicht jeder da drüben ein schlechter Mensch mit bösen Absichten.

Stimme B: Ich will Ihnen mal eins sagen: Der alte Pastor, der war ein netter Mensch. Immer höflich, hatte noch nie in seinem Leben einen Fremden getroffen. Kam früher immer in den Ort und kaufte Pralinen für seine Frau. Aber der neue? Der stolziert herum, als wäre er von Gott erwählt. Hält sich für was Besseres. Aber der Blick in seinen Augen ... Ich trau dem Mann nicht. Er ist ein Wolf im Schafpelz. Ehrlich, den wollte ich nicht als Pastor haben und als Ehemann schon gar nicht! Die Familie dieses Mannes tut mir leid.«

(Der Rest der Aufnahme ist nicht wiederherstellbar.)

12.

Als Daddy mich erreichte, stand mein Herz still und wappnete sich gegen den drohenden Schlag. Denn es musste etwas Schreckliches passiert sein, wenn er eigens hierhergekommen war, um nach mir zu suchen. Bitte, lieber Gott, mach, dass Mom, Sarah und den Zwillingen nichts passiert ist! Summers Geschenk in meiner Tasche war plötzlich eine schwere Last.

»Was ist los? Was ist passiert?«

»Was passiert ist? Du hast uns zu Tode erschreckt, Abigail!« Sein Ton veranlasste die anderen Fußgänger, uns auszuweichen, sodass ich plötzlich ganz allein da stand. Vor Wut spannten sich seine Kiefermuskeln, eine Ader pochte an seiner Stirn. Ich begriff seine Reaktion nicht. Doch mit einem Mal schwand seine Wut, und tiefe Sorge furchte seine Stirn.

»Wir wussten nicht, wo du warst. Deine Mama ist vor Angst ganz verrückt geworden.«

»Aber ich hab den anderen von der Gruppe doch gesagt, wo ich hinwollte. Haben sie dich angerufen? Ich war doch nur ... ich hab was für die Zwillinge gekauft. Tut mir leid ... wenn es länger gedauert hat als gedacht.« Noch immer begriff ich nicht, wieso er so aufgebracht war. Ich hielt ihm den Beweis hin: die Tüte mit den Sachen, die ich vor meinem Treffen mit Summer gekauft hatte. Er packte mich so fest am Ellbogen, dass sich seine Finger in mein Fleisch gruben.

»Deine Mama ist fast wahnsinnig geworden. Du weißt ja, wie sie sein kann. Wie konntest du ihr das antun?«

»Ist alles in Ordnung, Liebes? Oder belästigt dich dieser Mann?« Eine Frau mit kurzen Haaren und einer großen Brille mit rotem Rahmen erschien neben uns. Sie hatte besorgt die Augenbrauen zusammengezogen, aber vor allem fiel mir das Piercing an ihrer linken Braue auf.

»Alles in Ordnung«, antwortete Daddy.

»Ich habe nicht Sie gefragt, sondern sie.« Finster starrte sie ihn an. »Geht es dir gut, Liebes?«

Ich nickte nur. Die Frau hatte einen Regenbogenanstecker, in dem sich das Licht fing. Mein Herz schlug schneller. Ich wollte nur, dass sie wegging.

»Das ist eine Familienangelegenheit. Lassen Sie mich und meine Tochter in Ruhe.«

»So behandeln Sie Ihre Tochter? Hör mal, Liebes, solltest du je eine Zuflucht oder jemanden zum Reden brauchen, so bist du hier immer willkommen. Das Zentrum steht jedem offen.«

»Damit Sie ihre unschuldige Seele verderben können? Meine Tochter wird niemals in Ihr Groomingzentrum kommen, damit Sie ihr eine Gehirnwäsche verpassen können. *Denn das ist der Wille Gottes, eure Heiligung, dass ihr meidet die Unzucht; das …*«

»Bitte ersparen Sie mir Ihren religiösen Quatsch. Müssen Sie ein Kind einschüchtern, um sich wie ein Mann zu fühlen?«

Die Frau versuchte, sich zwischen uns zu stellen. Dabei verstand sie das ganz falsch: Daddy schüchterte mich nicht ein, sondern war besorgt – obwohl ich immer noch nicht wusste, warum.

Schlagartig veränderte sich die Atmosphäre. »Lassen Sie uns in Ruhe«, knurrte Daddy. »Sie können mich nicht täuschen. Ich weiß Bescheid über Ihresgleichen und lasse nicht zu, dass Sie meine Tochter zur Sittenlosigkeit verführen.«

In dem Moment landete Spucke in seinem Gesicht und lief in seinen Bart. Daddys Blick verdüsterte sich, und seine Halssehnen traten plötzlich deutlich hervor. Sein Griff um meinen Arm wurde so fest, dass meine Haut tiefe Dellen bekam.

»Hey, Tania, Babe, komm schon. Das ist er nicht wert.« Eine Frau mit Blümchenkleid und Nackendutt zog die Frau an den Schultern von uns weg und lotste sie die Straße hinunter.

Daddy wischte sich mit einem Taschentuch die Spucke ab. Ich wollte ihn trösten, wusste aber nicht, wie. Das war nicht das erste Mal, dass sich jemand vor meinen Augen gegen ihn gestellt hatte. Sein Glaube und seine Leidenschaft hatten Sünder und Wankelmütige gereizt, aber dies hier fühlte sich anders an, persönlicher. Er ließ meinen Arm los und legte stattdessen die Hand schwer auf meine Schulter: das Zeichen, dass es Zeit war, aufzubrechen. In unbehaglichem Schweigen gingen wir los.

»Pastor Heywood, wir wussten ja gar nicht, dass Sie heute auch hier sind«, sagte Wade Pruitt, der sich aus der Gruppe gelöst hatte, als er uns sah.

»Ich musste kommen, weil ich entdeckte, dass Abigail sich davongeschlichen hatte, ohne uns Bescheid zu sagen. Ihre Mutter ist krank vor Sorge.«

Mir klappte der Mund auf, so verblüfft war ich.

»Verzeihung, sie sagte, sie hätte Ihnen Bescheid gesagt«, erwiderte Wade Pruitt. Ich hatte ihn noch nie so verunsichert gesehen, aber Daddys Missbilligung hatte diese Wirkung.

»Abigail?«

»Ja, das habe ich auch. Wirklich. Ich bin in dein Arbeitszimmer gekommen, um dich zu fragen. Ich hab dir ein Glas Eistee gebracht und dich gefragt. Sogar zweimal. Weißt du das nicht mehr?«

»Es ist richtig, dass du in mein Arbeitszimmer kamst und mir Tee brachtest.«

Sofort entspannte ich mich und konnte sogar lächeln.

»Aber du hast kein Wort gesagt, dass du hier hinwolltest. Hätte ich dir das erlaubt, wüsste ich das ganz sicher noch. Glaubst du, ich würde deine Mama sonst solche Ängste ausstehen lassen?«

Vor Scham brannten mir die Wangen. Ich war in der Überzeugung aufgebrochen, dass ich seine Erlaubnis hatte. Ich erinnerte mich, dass er als Antwort nur gebrummt hatte, aber doch nur, weil seine Aufmerksamkeit Wichtigerem galt. Er schrieb seine Predigt gern mit der Hand auf, weil er sich Gottes Wort dann näher fühlte. In mir keimte ein Zweifel. Vielleicht hatte er mich nicht gehört? Vielleicht hatte ich ihn missverstanden und sein Brummen als Zustimmung genommen?

»Oh, das tut mir unendlich leid. Ich dachte, du hättest mich gehört und wärst einverstanden gewesen. Ich wollte dich oder Mom doch nicht in Angst und Schrecken versetzen. Es tut mir wirklich leid.« Meine Sicht verschwamm, weil mir Tränen in die Augen stiegen. Ich schämte mich zutiefst, so als stünde ich auf einmal nackt da, mitten auf der Straße, vor allen Leuten, mit denen ich täglich zu tun hatte. Vor Menschen, die das nicht vergessen und mich ständig daran erinnern würden. Sie starrten mich schon finster an, als wäre mein Missverständnis nur vorgetäuscht gewesen. Hinter geschlossenen Türen würde sicher ausgiebig darüber getuschelt werden, wie ich wohl gedacht hatte, dass ich damit durchkommen würde. Das war eine schlimme Schande. Niemand mochte Lügner. Nur eines war schlimmer als ihre Enttäuschung: Daddys Enttäuschung.

13.

Wir warteten an der Hafeneinfahrt. Die anderen waren in Gespräche oder ihre eigenen Gedanken vertieft, aber keiner sah mich an. Ich blickte zur Kreuzung vor uns. Immer noch keine Spur von Daddy, seit er zehn Minuten zuvor davonmarschiert war. Wohin er wollte, wusste ich nicht, nur, dass wir nicht ohne ihn abfahren durften.

Da tauchte ein Gesicht aus der Menge auf, allerdings nicht das, was ich erwartet hatte: eins mit einer großen roten Brille und einer gepiercten Augenbraue. Die Frau, die sich eben eingemischt hatte, Tania. Sie ging die Straße hinunter, neben ihr war die Frau mit dem Blümchenkleid und der schönen Flechtfrisur. Ihre miteinander verschlungenen Finger sprachen eine geheime Sprache, die mich gleichzeitig faszinierte und beunruhigte. Irgendwie musste ich an Summer denken, wie sie sich mit ihren Fingern Fritten in den Mund geschoben hatte. Am Fußgängerüberweg wurden die beiden langsamer, als die Ampel auf Gelb sprang, und blieben am Bordstein stehen. Während sie warteten, beugten sie sich zueinander, und ihre Lippen berührten sich. In meinem Bauch zog sich etwas zusammen. Ihr Kuss wurde schamloser, ihre Münder und Kiefer bewegten sich wie die von Kühen beim Wiederkäuen. Ich bekam einen Kloß im Hals. Gott sollte sie auf der Stelle für ihre Schamlosigkeit bestrafen. Trotzdem konnte ich nicht den Blick abwenden. Um sie herum kam eine kleine Gruppe von Menschen zusammen, die unbeeindruckt von dem Spektakel, das sie boten, auf das Umspringen der Ampel warteten.

Die Gespräche um mich herum flauten mit dem Dröhnen des Verkehrs zu einem weißen Rauschen ab. Was Summer wohl gerade machte? In Gedanken sah ich sie wieder in der Sitznische, in der ich sie zurückgelassen hatte: wie sie ihre Diätcola getrunken und sich mit dem Handrücken den Mund abgewischt hatte. Servietten oder gar Manieren waren nichts für Summer. Jede Geste und jedes Wort aus ihrem Mund zeugte davon, dass sie gerettet werden musste, so wie diese zwei Frauen. Mit meiner Hilfe konnte sie der ewigen Verdammnis entkommen. Ihr Buch zog meinen Rock mit seinem Gewicht straff. *Little Women* – Kleine Frauen: Was sollte das für ein Buch sein? Ein feministisches Manifest? Ich strich mit der Hand über die Form unter dem Stoff und sah eine verschwommene Bewegung hinter Tania und ihrer Freundin.

Ein Schrei riss mich aus meiner Träumerei, dicht gefolgt von mehreren anderen, die aus der Gruppe an der Kreuzung drangen. In den Sekunden, die ich brauchte, um die Quelle der Unruhe zu erkennen, war Panik ausgebrochen, die sich zu reiner Hysterie steigerte. Die Menge war größer geworden, der Fußgängerweg quoll über davon. Ich zwängte mich durch eine Lücke, was sich anfühlte, als würde ich durch den Sumpf auf Jaspers Island waten: Ich schob Gliedmaßen beiseite, während feuchte Haut an meiner klebte, während die schweißgetränkte schwüle Luft auf mich niederdrückte und Haare mich wie Ranken von Louisianamoos streiften.

Auf der anderen Seite des Überwegs stand mitten auf der Straße ein gelber Lieferwagen, dessen Motorhaube mit roter Farbe besprenkelt war. Auf dem Fußgängerweg fixierte mich die

Frau aus dem Diner und dem Handarbeitsladen mit finsterer Miene, während alle anderen auf die Straße starrten oder den Blick abgewandt hielten.

Die Stimmen waren so unverständlich, als wäre ich unter Wasser. Mein Gehirn konnte erst erfassen, was geschehen war, als ich es sah: eine zerbrochene rote Brille auf dem Straßenpflaster, mit zersprungenen Gläsern. Tania lag auf dem Rücken, schaute mit leerem Blick zum Himmel und hatte die Arme und Beine in unnatürlichen Winkeln ausgestreckt. Ihre Freundin kniete mit tränenüberströmtem Gesicht neben ihr und konnte nicht aufhören zu schreien. Ihr Mund war unmenschlich weit aufgerissen, ihre Schreie drangen mir bis ins Mark. Ich wusste nicht, wie ich auf ihren Schmerz reagieren sollte.

Trotz der Hitze erschauerte ich. Die drückende Luft erfüllte sich mit einem metallischen Geruch, bei dem ich würgen musste. Unter Tanias Kopf breitete sich eine Blutlache aus. Unwillkürlich blickte ich auf meine Hände, weil ich auch dort Blut erwartete, doch sie zitterten zwar, waren aber unbefleckt. Langsam drangen verständliche Satzfetzen aus der Menge:

»Jemand muss den Notruf betätigen.«

»Sie ist einfach gestolpert und hingefallen.«

»Ich konnte sie nicht festhalten. Es ging zu schnell.«

»Wie konnte das nur passieren?«

»Atmet sie noch?«

Noch vor nicht mal einer Stunde hatte sich dieser Körper strotzend vor Leben und Energie zwischen Daddy und mich gedrängt. Und jetzt schon wurde ihre Haut fahl. Bei diesem Gedanken wurde mir eiskalt. Ich konzentrierte mich auf ihren Brustkorb, suchte nach Anzeichen von Atembewegungen, genau wie bei Sarah und den Zwillingen, wenn ich sie beim Schlafen beobachtete. Manchmal brauchte man eine Sekunde oder einen anderen Blickwinkel, um etwas zu entdecken, aber hier war nichts. Tanias Brustkorb war völlig reglos. Ich sprach ein stilles Gebet für ihre Seele, das sie begleiten sollte, bevor sie vors Jüngste Gericht trat.

Noch bevor ich das tröstende Gewicht von Daddys Händen auf meinen Schultern spürte, fühlte ich seine Gegenwart.

»Daddy, es ist so furchtbar! Die arme Frau!« Ich schmiegte mein Gesicht an seine Brust.

Er zog mich fest an sich und umgab mich mit einem sicheren Kokon, den ich nie wieder verlassen wollte. Er drückte mir einen Kuss aufs Haar. Ich spürte seinen Herzschlag an meinem Ohr, und sein stetiger Rhythmus spendete mir Geborgenheit. Mein Atem beruhigte sich und folgte seinem Takt.

»Ist schon gut, Schatz. Ich bin ja da. Daddy ist da.«

Er schaute mich an und wischte mir eine Träne von der Wange, die ich gar nicht bemerkt hatte.

»Was für eine Tragödie! Wir haben doch erst vor einer Stunde mit ihr gesprochen, und jetzt …« Ich schmiegte mich noch tiefer in seine Umarmung, während die Unruhe um uns herum größer wurde.

»Ich weiß, Schatz. Es ist eine Tragödie, aber Gott findet immer einen Weg, die Sünder zu strafen.« Das sagte er ganz sanft. Ich erstarrte, entspannte mich dann aber wieder. Er hatte recht. Der Teufel konnte die unterschiedlichsten Gestalten annehmen. Tanias nettes Verhalten mir gegenüber änderte nichts daran, wie sie war.

»Du! Du warst das!«

Als wir das hörten, drehten wir uns um. Tanias Freundin starrte Daddy so voller Schmerz und Hass an, dass mir der Atem stockte. Ihr Blümchenkleid war blutbefleckt. Zwar erwiderte

Daddy nichts, aber ich spürte, wie sein ganzer Körper steif wurde, während sie weiter schrie.

»Ich weiß, du warst es! Es ist deine Schuld, deine verdammte Schuld!«

Dann heulte sie auf wie ein Tier. Ich blickte zu Daddy auf.

»Daddy, was meint sie damit?«

»Du weißt doch, wie die Menschen sind, Schatz, sie versuchen ständig, die Schuld für ihr Pech und Fehlverhalten auf jemand anderen zu schieben.«

Damit führte er uns von der Menge weg, bis der Tumult hinter uns zu einem unverständlichen Hintergrundgeräusch abebbte.

Briar County, Büro der Rechtsmedizin

Fallnummer: 234
Vorläufiger Autopsiebericht (Auszug)

Geschlecht: weiblich
Alter: 20 – 40
Rasse: kaukasisch
Gewicht: 57,5 kg
Größe: 1,68 m

Bericht:

Der Körper ist weiblich und passt zu einer Frau zwischen zwanzig und vierzig Jahren. Das Opfer erlitt an über 95 % der Haut Verbrennungen dritten Grades, und die Kleidung ist entweder verbrannt oder mit dem Fleisch verschmolzen. Eine Identifizierung über Fingerabdrücke ist nicht möglich. Das Büro des Sheriffs von Briar County versucht, zwecks Identifizierung über den Zahnstatus ein Odontogramm zu finden. Uterus und Becken sind zu beschädigt, um festzustellen, ob das Opfer Schwangerschaften oder Geburten hatte. Pastor Jeb Abernathy hat der Polizei gegenüber erklärt, dass seines Wissens nur zwei Frauen zur Zeit des Brandes im Haus waren: Abigail Heywood (17) und Genevieve Heywood (38). Außerdem hat er bestätigt, dass in Newhaven Plantation kein anderer weiblicher Einwohner fehlt. Vom linken Ringfinger des Opfers wurde ein Ring entfernt und als Besitz von Genevieve Heywood identifiziert. Alle anatomischen Hinweise einschließlich des geschätzten Gewichts und der Größe legen nahe, dass es sich um die Leiche von Genevieve Heywood handelt.

Die Verbrennungen zeigen, dass ein Brandbeschleuniger an den Kleidern des Opfers zum Einsatz kam, der auch für die

Schwere der Verbrennungen verantwortlich ist. Zur weiteren Analyse wurden Proben zum Bezirkslabor geschickt.

Rauchspuren in Lunge und Kehle deuten darauf hin, dass die Verstorbene bei Ausbruch des Feuers noch lebte. Allerdings wurde der Körper nicht in der Fötusstellung aufgefunden, was darauf hinweist, dass das Opfer bewusstlos war. Unglücklicherweise wurde der Körper beim Brand stark beschädigt, sodass trotz genauer Untersuchungen keine eindeutigen Spuren von Verletzungen, abgesehen von den Verbrennungen, gefunden werden konnten.

Der vorläufige Befund über die Todesursache lautet: Ersticken durch Rauchvergiftung und starke Verbrennungen; dennoch wird die Art des Todes (Unfall/Selbstmord/Mord) weiterhin vom Büro des Bezirkssheriffs untersucht.

14.

Heutiger Tag

Heute ist es so weit. Ich versuche zu lächeln, und Mom lächelt zurück. Ich weiß nicht, wann das Foto geschossen wurde. Ihr Gesicht ist jünger, es war noch vor den Zwillingen, aber ihre Frisur und der runde Kragen ihres hellblauen Kleids zeigen, dass es hier aufgenommen wurde.

In den Nächten, in denen ich keine Albträume habe, kommt sie zu mir. Wir machen banale Dinge: Wir kochen, spielen mit den Zwillingen oder tanzen zur Musik im Radio. Wenn ich aufwache, ist es, als würde ein tiefer Riss durch mein Inneres gehen, obwohl ich äußerlich unversehrt bin. Ich wünschte, sie käme nicht mehr, würde mich einfach in Ruhe lassen.

Meine Oberlippe ist schweißbedeckt. Die Hitze bewirkt, dass man den Blumenarrangements beim Welken zusehen kann. Durch die offenen Türen weht Wind herein und bringt den dumpfen Geruch nach Wasser mit sich. Er streicht durch den Gang wie Nachzügler, die einen Platz suchen. Aber der Wind ist nicht der einzige Eindringling. Niemand würdigt die zwei Officer auch nur eines Blickes, aber alle bekamen den Wortwechsel zwischen den Vertretern des Gesetzes und den Vertretern unserer Gemeinde mit. Sie waren Zeuge, wie Pastor Abernathy beim Anblick der Uniformen die Schultern straffte, wie die Officer die Arme verschränkten und sich weigerten zu gehen, bevor sie mit mir gesprochen hatten.

»Du solltest uns nach Parkerville begleiten. Für einen kleinen Ausflug. Was meinst du, Abigail?«

Können sie nicht aufhören, mich ständig beim Namen zu nennen? Aus irgendeinem Grund ertrage ich das nicht mehr. Es tut weh, als würde man mit Zähnen über die Zinken einer Gabel fahren.

»Mit Ihnen geht das Kind nirgendwohin. Nicht, solange sie in unserer Obhut ist«, schaltet Mrs Calhoun sich ein.

Ich bin kein Kind mehr, sondern fast achtzehn.

»Wir möchten Abigail wegen ihrer Amnesie einem Spezialisten vorstellen.«

»Haben Sie einen Haftbefehl?«

»Den brauchen wir nicht. Manchmal kann ein schweres Trauma zum Gedächtnisverlust führen, aber es gibt Therapien, die dabei helfen, die Erinnerungen zurückzubekommen.«

»Therapien?«, höhnt Mrs Calhoun. »Das Allheilmittel der modernen Gesellschaft. Aber das hilft nicht, nur der Herr kann Hilfe bringen. Also, ist sie verhaftet?«

»Natürlich nicht, sie ...«

»In diesem Fall möchte ich Sie auffordern zu gehen. Dies ist ein Privatgrundstück«, erklärt Pastor Abernathy und legt die Hand auf die Waffe in seinem Pistolenhalfter.

Vor lauter Streiterei haben beide Parteien vergessen zu fragen, was ich eigentlich will. Ich spiele mit dem Ende meines geflochtenen Zopfs; seine vertraute Sprödigkeit tröstet mich. Mit einem Mal erinnere ich mich daran, wie Mom mir sonntags vor der Kirche immer die Haare flocht. Ich bekomme einen Kloß im Hals, und meine Augen füllen sich mit Tränen.

»Dies ist eine private Feier, also gehen Sie jetzt bitte. Oder haben Sie gar keinen Respekt? Sie belästigen eine Waise, als hätten Sie keinerlei Schamgefühl.« Pastor Abernathy weist auf mich.

Als die Officer aus der Kirche marschieren, dringen ihre Worte von draußen zu uns herein.

»Wieso helfen wir denen überhaupt? Wie's aussieht, wollen die gar nicht wissen, was hier passiert ist.«

Neben mir auf der Bank zappeln die Zwillinge, strahlen das Foto an und strecken die Arme aus. »Momma, Momma«, rufen sie und begreifen nicht, wieso sie nicht kommt und sie auf den Arm nimmt. So wie früher, wenn sie kam, sobald sie ihre Stimmen hörte. Tränen steigen ihnen in die Augen. Ihre eisblauen Augen haben sie von Daddy, aber die rotbraunen Haare von Mom. Ich frage mich, wem sie wohl mehr ähneln, wenn sie groß werden.

»Momma, Momma!« Vor Frustration werden ihre Stimmchen immer lauter und schriller. Ihr Klagen fährt mir durch alle Glieder und erinnert mich schmerzhaft daran, dass sie nicht kommen wird. Nie mehr.

»Schsch!« Die Mahnung hallt von der hohen Decke wider.

Daraufhin wimmern die Zwillinge nur noch leise vor sich hin. Die Aufmerksamkeit aller konzentriert sich jetzt auf uns. Die Luft knistert vor Spannung, was ich als Nächstes tun werde. Ich strecke die Hand nach den Zwillingen aus, weiß aber nicht, wie ich sie trösten soll. Was auch immer ich tun werde, es wird ihnen nicht reichen. Denn sie brauchen nicht *mich*. Zwar trage ich Spuren von ihr in meinem Blut und meinen Knochen, aber ich bin eben nicht sie.

»Ist schon gut, Jungs. Alles gut.« Mrs Calhoun stürzt zu ihnen und tröstet sie. Sie ist wie Efeu auf einer schrundigen Mauer und überdeckt mit ihrer vertrauten überwältigenden Dominanz alles andere. Wenn sie will, kann sie die Zwillinge haben. Und Baby Sarah auch. Ich bin nicht gut für sie, mit ihr werden sie eine viel bessere Familie sein. Gestern erst musste sie mir Sarah entreißen, weil ich nicht mal mitbekam, dass das Fläschchen, mit dem ich sie füttern wollte, leer war und sie mit hochrotem Kopf brüllte. Meine Aufmerksamkeit war wieder zu den schwarzen Löchern in meinem Gedächtnis zurückgedriftet, weil ich einen Blick auf irgendwelche Erinnerungen erhaschen wollte. Ich bin nicht gut für sie. Ich würde sie nur daran erinnern, was sie verloren haben, und sie würden sich immer nur wünschen, ihre Mutter wäre da und nicht ich. Wie kann ich ihre Mutter sein, wenn ich ihnen nicht mal eine gute Schwester bin?

Alles, was uns von unseren Eltern geblieben ist, sind zwei Fotos, die zwischen den Blumenarrangements auf Staffeleien aufgestellt wurden. Der Vorhang zuckt. Ich will an etwas anderes denken, nur nicht an den Raum dahinter. An ihren Körper, der in dem Sarg liegt, bereit für die Einäscherung. An die Flammensäule im Ofen. An das Feuer, das zu Ende bringt, was es begonnen hat. An eine Hitze, die so intensiv ist, dass nur noch Rauch und Asche bleiben. Asche. Mich tröstet der Gedanke, dass ihre Asche sich mit seiner vermischen wird. Bis dass der Tod uns scheidet, aber nicht mal dann.

»Abigail, wie geht es dir?«, fragt Mrs Calhoun.

Ich presse die Lippen zusammen, denn was sie meint, ist *Warum weinst du nicht?* Sieht sie es denn nicht? Sieht sie nicht die Leere in mir? Der Schock hat mir alles genommen, selbst die Tränen. Die Mienen der anderen wechseln ständig, sie kommen nicht zur Ruhe, weil der innere Konflikt an ihren Muskeln zerrt. Ein Widerstreit der Gefühle: Mitleid, Argwohn, Erbarmen, Vorsicht, Hilfsbereitschaft, Misstrauen.

Genau wie ich werden sie von Fragen heimgesucht. Was geschah in jener Nacht? Wo war ich, als sie mich einen ganzen Tag und eine ganze Nacht suchten? In der Küche habe ich Gesprächsfetzen mitbekommen, Fragen ohne klare Antwort, die Erosion ihres Glaubens – nicht an unseren Herrn, sondern an mich: Glaubst du, sie täuscht es nur vor? Sie war sicher in Parkerville und hat da irgendwas Fragwürdiges getan. Würde mich nicht überraschen, wenn es da einen Mann gäbe …

Wenn ich mich doch nur erinnern könnte! Wenn ich mich vielleicht erinnern *kann*, hier, in der Kirche. Schließlich enden meine Erinnerungen innerhalb dieser Mauern, zu einem ähnlichen Anlass, als wir der Leben von Pastor Munro und Fleur gedachten, als auf diesen Staffeleien andere Fotos mit glücklichen Gesichtern standen. Dies war der letzte Tag meines alten Lebens, an den ich mich erinnern kann.

Mit geschlossenen Augen erforsche ich die Dunkelheit in meinem Kopf. Von der Hitze entzündet sich ein Funke. Ich höre Schreie: meine, seine, ihre, die Flammen. Sie vermischen sich, verschwimmen ineinander. Was kam zuerst: die Schreie oder die Flammen? Eine Silhouette, zusammengesunken an der Wand des Wohnzimmers.

Offene Augen, meine Hände auf dem Schoß, rußbedeckt. So viel Schwarz, es glitzert fast. Sie sehen so klein und kindlich aus unter all dem herabrieselnden Schwarz. Konzentrier dich. Das Klopfen eines Herzens, unter meinen Fingern ein Brustkorb, der sich sacht hebt und senkt. Immer langsamer. Unter meinen Händen ein Leben, das sich mir entzieht, das ich nicht halten kann. Darunter etwas anderes. Wenn ich am Feuer vorbeikomme, kann ich vielleicht sehen, was dahintersteckt, wie es ausbrach. Aus dem wirren Pandämonium der Schreie dringt Daddys Stimme hervor und erhebt sich so deutlich wie ein anklagender Zeigefinger.

Pastor Abernathy hält seine Trauerrede, aber davon bekomme ich kein Wort mit. Ich nehme nur ihr Foto wahr, ihre weichen Züge, Lippen, die meine Wange küssten, meine Augenlider, meine Nasenspitze, jeden meiner Finger und Zehen. Lippen, die mich küssten, selbst wenn ich es nicht verdiente. *Nur wir Mädchen, Honey-Bunny*, sagte sie immer, als wir noch alles füreinander waren.

Dann sehe ich ihr Gesicht in einem anderen Moment: Die Augäpfel rollen sich in ihre Höhlen zurück, ihr Mund formt unverständliche Worte, Blut weicht aus ihren Wangen. Panik drückt mir auf die Brust. Mit diesen Bildern ertönte eine Stimme. Daddys Schreie steigen aus dem schwarzen Loch meines Gedächtnisses. Worte – noch vor dem Feuer – finden ihren Weg zurück zu mir.

Was hast du getan, Abigail? Was hast du getan?

Von: Cameron McPherson
Datum: Dienstag, 30. August 2022, 11.34 Uhr
An: Jeb Abernathy
Betreff: RE: Sorgen – Führung erbeten

Mein lieber Pastor Abernathy,
danke für Ihre neuesten Informationen.

Mit Entsetzen erfahre ich, dass die Polizei den Gedenkgottesdienst für Pastor Heywood und seine Frau gestört hat. Was wir nun gar nicht wollen, ist, dass man sich in unsere Angelegenheiten einmischt. Wir kümmern uns um unsere Gläubigen. Die Leute – und das gilt für Behörden und Allgemeinheit gleichermaßen – nehmen es uns übel, welches Werk wir tun und dass wir unser Leben nach Gott ausrichten. Wir können nicht ausschließen, dass der Brand von außerhalb gelegt wurde, als Akt der Gewalt gegen unsere Kirche und einen ihrer Repräsentanten. Schließlich haben wir auch Pastor Munro durch einen sinnlosen Akt der Gewalt verloren. Wie können wir behaupten, dass Pastor Heywood kein ähnliches Schicksal erlitten hat? Ich stimme zu, dass die Patrouillen aus Sicherheitsgründen verstärkt werden müssen und dass auf dem Gebiet von Newhaven keine Polizei geduldet werden darf. Schließlich könnten sie für das Feuer verantwortlich sein. Dies ist die Gelegenheit, unsere Gläubigen an die Gefahren zu erinnern, die außerhalb der Kirche lauern. Nun ist die Zeit, die Reihen zu schließen.

Bitte schicken Sie mir eine Liste über Ihren Waffenbestand. Falls nötig, kann ich zusätzliche Handfeuerwaffen oder halb automatische Gewehre sowie Munition bestellen.

Ich überlasse die Angelegenheit Ihren erfahrenen Händen, doch wenn Sie meine Meinung hören wollen, so glaube ich, dass

Besuche von Parkerville auf ein striktes Minimum beschränkt werden sollten und Abigail in Newhaven bleiben muss.

Sein Wille geschehe. Einen gesegneten Tag.
Pastor Cameron McPherson

15.

Juli

Nach dem Ausflug nach Parkerville sah man mich mit anderen Augen. In den Blicken der Gemeinde mischten sich Traurigkeit und etwas nicht näher zu Bestimmendes: So als wäre ich krank, und man suchte nach sichtbaren Symptomen. *Die gehorsame Tochter lügt nicht.* Für die anderen war ich keine gehorsame Tochter mehr. In Parkerville war die ganze Gruppe Zeuge gewesen, und in Newhaven verbreitete sich die Neuigkeit so schnell wie Löwenzahnsamen in einem Sturm. *Sie hat ihren eigenen Vater angelogen. Sie hätte zu Hause bleiben sollen.* Jedes Mal, wenn ich ihre missbilligenden Mienen sah, zog es mir vor Scham die Brust zusammen, doch da war noch etwas anderes: ein Funke von Groll, weil sie mir nicht glaubten, dass es ein Missverständnis gewesen war. Aber ich versuchte jedes Mal, diesen Funken auszutreten, sonst würden Wut und Hochmut meine Seele versengen.

»Feminismus.«

Dieses Wort flog bis unter die Decke der Kirche und schwebte dort wie eine dunkle Wolke vor dem Sturm. Daddy stand am Katheder. Alle Blicke waren auf ihn gerichtet. Die Hitze drückte auf die Gemeinde wie eine allgegenwärtige Präsenz, gegen die selbst die unzähligen Papierfächer nichts ausrichten konnten, die an diesem Morgen zum Einsatz kamen. Ein schmales Rinnsal Schweiß lief mir den Rücken hinunter; ich wand mich unbehaglich, denn auch die an der Decke kreisenden Ventilatoren brachten nicht mehr zustande, als die warme Luft zu quirlen. Der Schal um meinen Kopf war auch nicht gerade hilfreich.

»Feminismus vergiftet das ganze Land, indem er vorgibt, die Frauen zu befreien. Aber wovon denn? Von einer liebenden Familie, von einem Ehemann, der für sie sorgt und sie beschützt? Von einem erfüllenden Leben als Mutter, die sich um ihre Kinder kümmert? *Sie aber wird dadurch gerettet, dass sie Kinder zur Welt bringt, wenn sie in Glaube, Liebe und Heiligkeit ein besonnenes Leben führt.* Feminismus ist für Frauen der Vorwand, wenn sie sich vom Herrn und der Aufgabe abwenden, die er für sie vorgesehen hat. Stattdessen entscheiden sie sich für ein selbstsüchtiges Leben in sexueller Promiskuität. Das alles haben wir hinter uns gelassen, als wir hierherkamen. Aber hütet euch vor Selbstgefälligkeit!«

Er legte eine effektvolle Pause ein und starrte bedeutsam zur Handykamera auf dem Dreibeinstativ. Nur das Brummen der Ventilatoren und das Rascheln der Papierfächer waren zu hören. Ich stellte mir vor, wie die Zuschauer zu Hause näher zum Bildschirm rückten, weil Daddys Charisma sie anzog.

»Hütet euch vor Selbstgefälligkeit, denn ich sage euch dies: Verderbnis kann auch auf unserer Insel zu finden sein, in unseren eigenen Herzen. Wir müssen wachsam sein. Nur unter Seiner Führung können wir in Seiner Wahrheit leben. Wir wissen, was mit den Sündern geschieht. Vor ein paar Tagen in Parkerville waren wir Zeuge, wie Gott einen von ihnen zu Fall brachte.«

Wieder erfüllte Schweigen die Kirche, sodass seine Worte sich in ihr Bewusstsein senken konnten. Ich hingegen spielte zum hundertsten Mal eine andere Szene in meinem Kopf ab; sah, wie mein Mund bestimmte Wörter aussprach, sah seine Antwort. Hasste mich für meinen dummen Fehler. Er war noch nie von mir enttäuscht gewesen. Der Verlust seines Vertrauens war eine so schwere Last, dass ich kaum atmen konnte. Es war furchtbar, wie er mich jetzt anblickte, wie er missbilligend die Lippen schürzte. Aber zumindest ächtete er mich nicht wie die anderen.

Ich konnte die umherschwirrenden Gedanken fast hören, spürte die Last der allgemeinen Blicke auf meinem Rücken. Daddys Blick schweifte über die Gemeinde, bevor er die Hände zum Himmel hob.

»An alle, die uns online zuschauen und uns mit Spenden unterstützen: Ihr seid in unseren Gebeten. Sein Wille geschehe. Einen gesegneten Tag.«

»Amen.«

Der rote Samtvorhang hinter ihm leuchtete intensiver als sonst. Vor meinem inneren Auge blitzte Tanias Gesicht auf, ihr lebloser Körper auf dem Asphalt. *Gott findet immer einen Weg, die Sünder zu bestrafen.* Es war eine Sache, die Wahrheit zu wissen, aber eine ganz andere, sie in Fleisch und Blut mitzuerleben. Ihr Bild verfolgte mich seit Parkerville. Für ihre Widernatürlichkeit hatte sie Gottes Strafe verdient, aber ich konnte die Brutalität ihrer Sühne nicht mit ihrer Sorge über mein Wohlergehen in Einklang bringen. Tania ließ mich nicht los, aber das behielt ich für mich.

AUDIODATEI Nr. 5

Aufnahmequalität: schlecht
Stimme A: weiblich
Stimme B: männlich
(Die ersten Minuten konnten nicht wiederhergestellt werden.)

Stimme A: Was halten Sie als Mann des Glaubens von der NABC?
Stimme B: Diese Menschen verdrehen das Wort Gottes, um eine Rechtfertigung für ihre Engstirnigkeit und ihren Hass zu haben (...) Bibelpassage: »Was ich aber tue, das will ich weiterhin tun, um denen den Anlass zu nehmen, die einen Anlass suchen, sich zu rühmen, sie seien wie wir. Denn solche sind falsche Apostel, betrügerische Arbeiter und verstellen sich als Apostel Christi. Und das ist auch kein Wunder, denn er selbst, der Satan, verstellt sich als Engel des Lichts.«
Stimme A: Haben Sie (...) damit konfrontiert?
Stimme B: (...) wahnsinnig? (...) mein Leben (...) zu lieb.

(Der Rest der Aufnahme ist zu beschädigt.)

16.

Eigelb unter meinem Messer. Das schleimige Gelb breitete sich langsam über das weiße Porzellan aus, bevor ich es mit einem Stück Maisbrot auftunkte. Es tat weh, als ich den Brocken schluckte, und danach lag er mir schwer im Magen. Beim gemeinsamen Frühstück war es nicht besser als beim Gottesdienst. Schweigen hing über unserem Tisch. In seiner Sorge hatte Daddy mich vor allen anderen zur Rede gestellt und als Missetäterin bezeichnet. Genauso gut hätte er mich vor allen anderen als Feministin schmähen können. Als Folge war die allgemeine Verurteilung in allem spürbar: in jedem einzelnen Gabelkratzen, jedem Hüsteln, jedem Zungeschnalzen, jedem Atemholen, jedem Räuspern, jedem Gruß, der mir verweigert wurde. All das zehn-, nein hundertfach.

»Darf ich bitte aufstehen?« Meine Stuhlbeine schrammten über den Dielenboden.

»Abigail, ich glaube nicht …«

»Lass sie«, sagte Daddy und legte seine Hand auf Moms.

Draußen raubte mir die Hitze den Atem, so als hätte der Teufel persönlich mich umfangen. Die Sonne verjagte jeden Schatten und ließ mir damit keinerlei Versteck. Jackson saß auf dem Rand des alten Brunnens und blickte zu dem Wald, der die Nordseite des Zauns säumte. Mittlerweile waren seine Haare zu einer annehmbaren Länge geschnitten. Ich hörte etwas im Unterholz rascheln, sah aber nichts. Also gesellte ich mich zu Jackson, und wir saßen schweigend da, umringt von den vielen Statuen, die im Garten aufgestellt waren. Die Zeit und die Elemente hatten sie auf die grobe Form menschlicher Gestalten reduziert. Jackson fand sie genauso gruselig wie ich. Vereint in unserem Missbehagen, starrte er zum Wald und ich auf meine Hände.

»Ich dachte, du wärst abgehauen oder so.«

»Nein, bin ich nicht.« Wenigstens redete er noch mit mir. Wahrscheinlich würde das seinem Vater nicht gefallen.

»Du warst meine Heldin, solange du weg warst.« Er unterstrich die Bemerkung mit einem hohlen Lachen.

Die Nachricht von meinem Verschwinden hatte sich in Newhaven verbreitet, während Daddy mich in Parkerville suchen ging. Als wir uns dem Inselufer näherten, hatte dort eine einsame Gestalt gewartet, die sich als Mom entpuppte. Kaum berührte mein Fuß festen Boden, riss sie mich in eine erdrückende Umarmung, und ich kostete, meine Wange an ihrer feuchten Wange, meine Gnadenfrist aus. Sie schluchzte und stieß dazwischen Sätze aus wie: *Ich dachte, ich hätte dich verloren* oder *Ich dachte, sie hätten dich geschnappt und mitgenommen*. Offenbar hatte ihr die Verzweiflung den Verstand getrübt, was meine Scham noch vergrößerte. Ganz Newhaven hatte sich um uns versammelt, um zu bezeugen, wie ich meinen Vater entehrt und meine Mutter in Angst und Schrecken versetzt hatte. Das hatte sie mir immer noch nicht verziehen. Ihre Stimme war frostig, wenn sie mit mir sprach.

»Es war nur ein Missverständnis«, erklärte ich Jackson.

»Ich glaube dir. Die verdrehen einem hier alles.« Er trat mit dem Absatz gegen den Brunnen, was für ihn komisch war, denn eigentlich wurde Jackson nie wütend. Das war eines der Dinge, die ich an ihm mochte. »Auch dein Dad.«

»Geht's um das, was neulich passiert ist?«

Ich war nach Hause gekommen, weil ich mich umziehen wollte, denn mein Kleid hatte Flecken abbekommen, nachdem ich eines der oberen Zimmer für einen Neuzugang geputzt hatte. Da hörte ich hinter der geschlossenen Tür von Daddys Büro Stimmen.

»Was heißt das, Sie unternehmen nichts?« Das war eindeutig Jacksons Stimme. Daddys Antwort kam so leise, dass man nur ein paar gedämpfte Worte verstehen konnte. Beklommen ging ich weiter, weil ich von der Konfrontation dadrinnen nichts mitbekommen wollte. In dem Moment flog die Tür auf.

»Sie sind so ein Heuchler! Gott wird Sie strafen, weil Sie sich einfach blind stellen!«

Jackson fegte so schnell an mir vorbei, dass ich mir nicht mal sicher war, ob er mich gesehen hatte. Die Tür stand weit offen, und Daddy stützte sich mit den Händen auf dem Schreibtisch ab. Er hatte das Gesicht missbilligend verzogen, und an seinem Mund war ein Zug, den ich noch nie gesehen hatte. Er hielt die Luft an, als wollte er etwas zurückhalten, das hervorzubrechen drohte. Ich streckte den Kopf durch die Tür.

»Alles in Ordnung?«

Er blickte auf und wirkte plötzlich ganz ruhig.

»Ja, danke, Schatz. Jackson hat eine Glaubenskrise und war aufgebracht.«

Danach zog sich Jackson noch mehr in sich zurück – zur Verzweiflung seines Vaters. Mr Caine war kein Mann, den man enttäuschen wollte, und setzte hohe Erwartungen in Jackson. Mir aber tat er leid. Er war nur ein Junge, der seine Mutter vermisste.

»Die Leute verschließen die Augen davor, sie wollen es nicht sehen«, sagte er und trat gegen den Brunnen. »Aber ich sehe es und deine Mama auch …«

»Was hockt ihr denn hier rum und blast Trübsal?« Toms Stimme ertönte, und die Verachtung darin jagte mir einen Schauer über den Rücken. Er erinnerte mich an Schlangen im hohen Gras, die tauchten auch immer so unvermutet auf. Jackson neben mir erstarrte.

»Ich sage das mit allem gebotenen Respekt, Jackson, aber du musst dich langsam mal wie ein Mann benehmen und nicht wie ein kleines Mädchen. Ich meine, beweis mal ein bisschen Rückgrat! Vielleicht respektiert dich dein alter Herr dann und benutzt dich nicht mehr als Prügelknaben.«

»Sei nicht so gemein«, sagte ich stirnrunzelnd zu Tom. »Was meint er denn?«, fragte ich Jackson.

»Ich meine, er sollte für sich einstehen«, erklärte Tom. »Wie will er je ein Mädchen abkriegen, wenn er sich wie eins benimmt?«

Jacksons Augen glitzerten vor lauter Wut, und er ballte so fest die Fäuste, dass er am ganzen Körper zitterte. Ich legte ihm den Arm um die Schultern. Tom mit seinen dreiundzwanzig Jahren sollte es doch besser wissen. Im Vergleich zu ihm war Jackson noch ein Kind.

»Er wird mal ein besserer Mann, als du bist.«

»Mach's nicht schlecht, bevor du's ausprobiert hast«, erwiderte Tom und zwinkerte mir zu.

Ich fuhr mir mit der Zunge über die Schneidezähne. Wieder rann mir ein Schauer über den Rücken. Jeder Blick von ihm fühlte sich an, als würde er an mir herumfingern.

Jackson sprang auf. »Lass diese Respektlosigkeiten.«

Darauf legte Tom den Kopf schräg und grinste, als er Jacksons geballte Fäuste und sein zornrotes Gesicht sah.

»Und wenn nicht? Willst du mich etwa schlagen?«, schnaubte er. »Hast du nicht schon genug Prügel bezogen?«

Mit einem unmenschlichen Brüllen stürzte sich Jackson auf Tom, und die Gewalt zwischen ihnen explodierte so heiß und grell wie das Feuerwerk, das zum vierten Juli den Himmel erleuchtet hatte. Tom schubste Jackson zurück, aber Jackson drängte immer wieder zu ihm, bis er einen Schlag landen konnte. Daraufhin boxte Tom ihm so fest in den Magen, dass er zusammenklappte.

»Hört auf!«, rief ich, aber meine Aufforderung ging in ihrer Raserei unter.

Ohne sich aufzurichten, stieß Jackson mit dem Kopf gegen Tom, sodass sie beide zu Boden gingen, wo sie in einem Knäuel aus Gliedmaßen miteinander rangen und Staub von der ausgedörrten Erde aufwirbelten. Schließlich gewann Tom die Oberhand, setzte sich auf Jackson und lachte bei jedem Schlag, den Jackson ihm zufügte. Als der ihn schließlich am Kinn traf, revanchierte er sich mit einem Prügelhagel auf Jacksons Rippen.

In diesem Moment driftete meine Aufmerksamkeit von den Jungen zum Newhaven, dessen blitzende Fenster finster zu uns starrten. Kurz entschlossen suchte ich das Weite, konnte meiner eigenen Feigheit aber nicht entkommen. Ich hatte einfach zu viel Angst, noch mehr verurteilt zu werden, selbst wenn ich nur Zuschauer war.

AUDIODATEI Nr. 6

Aufnahmequalität: gut

Stimme A: weiblich

Stimme B: weiblich

Stimme A: Wofür ist das?

Stimme B: Für meinen Podcast. Sind Sie einverstanden, dass ich unser Gespräch aufnehme?

Stimme A: Ja, schon gut.

Stimme B: Cool. Haben Sie Ihr ganzes Leben in Parkerville verbracht?

Stimme A: Nein, ich bin ich Charleston aufgewachsen und kam erst nach meiner Heirat hierher. Aber mein Mann stammt von hier.

Stimme B: Was halten Sie von den Leuten in Newhaven Plantation und der New American Baptist Church?

Stimme A: Werden Sie meinen Namen nennen?

Stimme B: Nicht, wenn Sie das nicht wollen.

Stimme A: Na dann, gut. Diese Leute sind keine Christen. Sie verdrehen das Wort Gottes, wie es ihnen in den Kram passt. Gott ist die Liebe. Er hat uns den freien Willen geschenkt. Aber die da drüben predigen nur Hass. Wir sehen sie ständig im Ort, die Mädchen sind alle gleich angezogen, so wie die Mädchen in der alten Fernsehserie mit dieser Familie, den Ingalls.

Stimme B: *Unsere kleine Farm.*

Stimme A: Ja, genau, die meine ich.

Stimme B: Glauben Sie, sie würden einen Außenstehenden nach Newhaven lassen?

Stimme A: Haben Sie das vor? Dann muss ich Sie warnen. Denn die leben doch da draußen, weil sie keine Außenstehenden mögen. Die behaupten zwar, sie würden dem Herrn dienen, aber in *dem* Sumpf findet man Gott nicht. Das ist ein Ort für Teufel und Plat-Eyes.

Stimme B: Sorry, für was?

Stimme A: Plat-Eyes – böse Geister. Mit den Leuten da in Newhaven stimmt was nicht. Das sind elende Sumpfratten, wenn Sie mich fragen. Sie haben doch bestimmt gehört, dass sie Leute zu sich locken, junge Frauen. Und wenn man erst mal da ist, kommt man nie wieder weg. *(Rascheln)* War's das?

Stimme B: Ja.

Stimme A: Dann macht das 32 Dollar und 55 Cent. Bar oder mit Karte?

Stimme B: Bar.

Stimme A: Glauben Sie mir, halten Sie sich von Jaspers Island fern! Der Sumpf da ist gefährlich, vor allem für einen Fremden. Deshalb leben die doch so weit draußen: damit keiner mitkriegt, was bei denen läuft.

17.

Auf der anderen Seite des Zauns wartete der Wald auf mich. Daddy hatte gesagt, der Zaun sollte dafür sorgen, dass niemand hier hereinkam, nicht umgekehrt. Ich schwang den leeren Korb in meiner Hand. Eigentlich hatte ich nicht gelogen, als ich erklärte, ich wollte Brombeeren für einen Kuchen sammeln. Es war eher ein Vorwand. Das dichte Blätterdach der Bäume sorgte für Schatten, dennoch war die Luft heiß und drückend, weil der Sommer uns in seinen Klauen hatte. Ich drang tiefer ins Unterholz vor und bahnte mir einen eigenen Weg, bis der Wald sich lichtete und ich den Sumpf zwischen den Bäumen sehen konnte.

Das Sonnenlicht spiegelte sich auf der glitzernden Oberfläche. Im Sommer war er mit seinem leuchtenden Grün wunderschön – ganz anders als im Winter, wenn unheimlicher Nebel sich darüber ausbreitete. Heute umrahmte das Licht den alten Bohlenweg, der den Sumpf teilte. Die Bretter waren mit der Zeit ganz dunkel geworden und hier und dort von Moos bedeckt. Der Weg war schwer zu finden, es sei denn, man wusste, wo er sich befand. Oder man stolperte darüber, so wie Fleur und ich. In einem Sommer hatten wir auch jenseits des Zauns nach Brombeeren gesucht. Jaspers Island war unser Reich. Hier gab es keine Fremden. Natürlich war Fleur so kühn, dass sie sich zuerst auf die alten, verrotteten Bohlen wagte.

Als ich sie jetzt betrat, gaben sie leicht unter meinen Füßen nach und verströmten einen modrigen Geruch, doch ich wusste, sie würden mich tragen. Sumpfzypressen ragten knorrig aus dem Wasser und trugen an ihren Ästen Schleier aus Louisianamoos. Bei diesem Anblick beruhigte sich mein heftig klopfendes Herz. Überall war Grün: Es haftete an den Baumstämmen, leckte an der Oberfläche des Wassers, zierte die Frösche, die wie Schmucksteine auf Felsen und Pflanzen hockten. Dieser Ort gehörte nur der Natur, ich war hier lediglich geduldet. Wie konnten die Menschen einen Gott leugnen, der solche Schönheit erschaffen hatte?

Als ich unter dem wachsamen Blick von zwei Reihern und anderen unsichtbaren Tieren den Bohlenweg entlangging, begleitete mich ein Froschkonzert. Schon bald wurden die Zypressen weniger. Die Sonne brannte und blich die ungeschützte Landschaft aus. Ich ging an Marshall Point vorbei, bis der Sumpf festem Boden wich.

Die alte Hütte stand tief im Wald, so einsam wie eine Hexe, die aus dem Dorf verbannt worden war, sodass die Bewohner so tun konnten, als gäbe es sie gar nicht. Fleur hatte ihr Medaillon umklammert und vor Aufregung aufgeschrien, als wir sie das erste Mal entdeckten. Sie hatte so breit gegrinst, dass ich ihre Zahnlücke sah. Als ich jetzt daran denken musste, zog sich mein Herz schmerzhaft zusammen. Je näher ich kam und je größer die Hütte wurde, desto mehr spürte ich eine Mischung aus Beklommenheit und gespannter Erwartung.

Eine Seite der Hütte war vollkommen von Efeu bedeckt, das wie Narbengewebe über die verbrannte Fassade gewuchert war und das geschwärzte Holz verbarg; neben der anderen Seite stand ein verrosteter alter Truck. Rechts davon rebellierte eine Kreppmyrte mit einer Explosion aus fuchsienroten Blüten gegen das allgegenwärtige Grün und Braun. Das Dach der Hütte war eingesackt, als hätte die ewige Hitze es zermürbt. Ich bahnte mir durch das herabhängende Efeu einen Weg über die Veranda. Wie üblich begrüßte mich die Hütte mit einem Quietschen der rostigen Türangeln. Drinnen kitzelten feuchte Luft und der Geruch nach verbranntem Holz meine Kehle. Die Hütte war schon seit einer Weile verlassen. Man hätte denken können, menschliche Aasfresser hätten sie bis auf die Knochen abgepickt und nichts mehr außer die nackten Wände übrig gelassen, doch die meisten Möbel waren noch da, auch das alte, zerschlissene Sofa im Wohnzimmer. Die Küche war ebenfalls vollständig und hatte in den morschen Schränken noch staubiges Geschirr und Besteck. Sogar Kühlschrank und Herd waren nicht angerührt worden. Vermutlich hatten die Menschen selbst hier, wo so viel Armut herrschte, Angst, etwas von den Toten zu stehlen.

Die Natur hatte sich ihr Territorium zurückerobert, hatte den Efeu heimlich, still und leise durch die zerbrochenen Fenster vorgeschickt, damit er die ganze Decke besetzen konnte. Auf dem Boden bildete sich bereits frische Erde, und eine Familie aus Farnen hauste in der hinteren Ecke des Wohnzimmers. Ich hatte keine Ahnung, wie das obere Stockwerk aussah, da ich auf keinen Fall mit den Spuren der Tragödie konfrontiert werden wollte, die für diese Zustände gesorgt hatte.

Plötzlich knarrte hinter mir eine Bodendiele, und eine Stimme ertönte: »Die Hütte war sauschwer zu finden, du musst mal an deinen Wegbeschreibungen arbeiten. Ehrlich, hätten wir uns nicht woanders treffen können, wo man leichter hinkommt? Ich musste mein Auto eine halbe Meile entfernt abstellen und bis *hierher laufen!*«

Summer zog an ihrer Zigarette. »Trotzdem. Wie's aussieht, habe ich nicht umsonst meine Handynummer und E-Mail-Adresse im Buch hinterlassen.«

18.

Auf der Schwelle zum Wohnzimmer stand Summer: mit abgeschnittener Jeans und Schnürstiefeln, einem unordentlichen Knoten auf dem Kopf und einer Zigarette, die ihr gefährlich im Mundwinkel hing. Schweiß glänzte ihr auf der Stirn und der Oberlippe. Sie ignorierte das Sofa und ließ sich einfach in einen Schneidersitz auf dem Boden nieder. Dann holte sie aus ihrer Tasche eine Flasche Cola, auf der noch Kondenströpfchen glänzten. Sie trank daraus mit großen Schlucken, bei denen ihr Kehlkopf auf und nieder hüpfte.

»Du auch?«, fragte sie und wischte sich mit dem Handrücken den Mund ab. »Hier ist keiner, der über dich urteilen könnte«, fügte sie hinzu, als ich nicht antwortete.

Die Flasche war in meinen Händen schwer und schlüpfrig. Ich drückte meinen Mund an die Öffnung, wo auch Summers Lippen gewesen waren, und trank einen großen Schluck, um ihr mein Vertrauen zu zeigen. Die noch kalte Flüssigkeit traf prickelnd auf meine Zunge und sprudelte in meinem Mund. Sie schmeckte nach einem anderen Leben, wo ich die Flasche noch mit beiden Händen festhalten musste, wo ich Angst hatte, sie könnte überlaufen, und mich freute, wenn es nicht geschah. Das war in einem Leben, wo ich an einer turmhohen Verkaufstheke warten musste, während unzählige Centstücke darauf niederprasselten und die

Angestellte sie quälend lange zählte. Ich trank nur winzige Schlückchen, um den Genuss in die Länge zu ziehen. Mom war eine dunkle Silhouette im Sonnenlicht und tat nur so, als würde sie trinken, damit ich möglichst viel von der Cola abbekam.

»Tut mir leid, dass ich im Diner so ein Miststück war. Aber ich hatte eine beschissene Nacht und einen noch beschisseneren Tag.«

Ich krümmte mich innerlich wegen des B-Worts und gab ihr die Flasche zurück.

»Ich hätte dich nicht angreifen sollen.«

»Wieso hasst du uns so? Du kennst uns doch nicht mal. Sollte man nicht unparteiisch sein, wenn man eine Dokumentation macht?«

»Einen Podcast, aber stimmt. Nur ist das manchmal schwer.«

»Warum machst du es dann?«

»Ich versuche zu verstehen, wieso Menschen, bei deren Glauben es vor allem um Mitgefühl und Vergebung geht, so hasserfüllt sein können. Unter anderem deswegen heißt der Podcast ›Eine Frage des Glaubens‹. Ich meine, wieso schert ihr euch darum, wen Menschen lieben und wie sie ihr Leben führen, solange es legal und einvernehmlich ist?«

Tania blitzte vor meinem inneren Auge auf: wie sie sich zwischen Daddy und mich gedrängt hatte – und wie sie kurz darauf tot auf der Straße lag. Dann die Schreie ihrer Freundin im Blümchenkleid, die vom Verlust ihrer Liebe gezeugt hatten und nicht ihrer Lust. Verlorene Lust traf einen nicht so. Trauer ist die Fortsetzung der Liebe, das hatte Pastor Favreau bei mehr als nur einer Beerdigung gesagt.

»Frauen sollten alles sein und tun, was sie möchten. Trotzdem kommen sie hierher, wo sie keinerlei Freiheit haben.«

»Aber Frauen können doch tun, was sie möchten. Wenn sie ein Leben in Sünde führen wollen, ist das ihre Entscheidung.«

»Wer entscheidet denn, was Sünde ist? Gott? Auf welcher Grundlage? Wegen ein paar Texten und Traditionen aus einer Zeit, in der es noch keine Wissenschaft und so weiter gab? Ich meine, damals fanden die Leute es auch cool, Sklaven zu halten und Menschen zu steinigen.«

Summer sprach, wie sie saß: unmanierlich, mit den Ellbogen auf die Knie gestützt. Zigarettenrauch quoll ihr aus dem Mund. Sie schnippte den Stummel in den Kamin.

»Scheiße, hier stinkt's. Komm.«

Ohne auf eine Antwort zu warten, standen wir beide auf. Draußen schlug uns erbarmungslose Hitze entgegen. Summer streifte sich die Stiefel ab, marschierte zu dem verfallenen Anleger, an dem früher ein nun längst versunkenes Ruderboot gelegen hatte, und zog sich dabei ihr Oberteil über den Kopf, sodass ihr Rücken sichtbar wurde, der nur von einem BH-Träger quer durchteilt wurde. »Scheißhitze«, murmelte sie, vom Stoff des Shirts gedämpft. Oberteil und BH landeten als Erste auf dem Anleger, dicht gefolgt von ihren Shorts, sodass nur noch ein Stoffdreieck auf ihrem Po ihren Körper bedeckte. Bevor ich sie warnen konnte, stürzte sie sich auch schon ins Wasser. Ich schrak zusammen, als es laut platschte. Keuchend tauchte sie wieder auf und wischte sich das Wasser aus dem Gesicht. Die Sonne hielt hinter ihr Wache und drohte mir mit Verbrennungen, falls ich ihr zu nahe kommen sollte.

»Scheiße, fühlt sich das gut an!«

»Komm da raus. Das ist gefährlich.«

»Was?«

»Da gibt es jede Menge gefährliche Tiere.«

»Zum Beispiel?«

»Schlangen und Alligatoren!«

»Verdammt!«

Summer platschte zum Ufer und watete mit schlammbedeckten Füßen durch Unkraut und hohes Gras zu mir. Ich setzte mich auf den Anleger und ließ meine Beine über dem unter mir blitzenden Wasser baumeln. Normalerweise wagten sich Alligatoren nicht so weit ins Inland, aber man konnte nie wissen. Ich schnappte mir meinen Zopf und drückte meine Zunge gegen die Schneidezähne, auf der Suche nach der längst geschlossenen Lücke. Fleur hatte auch das Wasser geliebt. Ständig redete sie von dem Tümpel in der Nähe ihres Hauses, wo sie mit ihren Brüdern schwimmen gegangen war. Sie fehlte mir schmerzlich. Ein Schatten fiel über das Wasser.

Summer setzte sich neben mich. Ihre nassen Haare tropften auf den Anleger. Ihre Augen hatten die Farbe von dunklem Honig. Von Nahem roch sie nach Kokos und Sumpfwasser. Meine Haut fing an zu kribbeln. Nachdem sie sich die Hände an ihrem Oberteil abgetrocknet hatte, nahm sie das Handy aus der Tasche ihrer Shorts und legte es zwischen uns auf den Anleger.

»Willst du mich aufnehmen?«

»Wenn du nichts dagegen hast.«

Sie deutete mein Achselzucken als Zustimmung.

»Wieso hast du uns neulich im Diner als Sekte bezeichnet?«, wollte ich wissen.

»Das seid ihr doch auch, oder nicht?«

»Nein, sind wir nicht. Wir sind eine Kirche, eine Gemeinschaft des Glaubens.« Daddy sagte immer, Newhaven wäre das Licht in der Dunkelheit. Ich holte tief Luft und rief mir seine Weisheit in Erinnerung. »Wir sind eine Zuflucht für alle, die so leben wollen, wie Gott es vorgesehen hat. Das Verderben lauert im Internet, in Filmen, im Erziehungssystem und in der Selbstsucht der Frauen, die Geld und eine Karriere wollen, anstatt sich um eine Familie zu kümmern. Nur Unwissende bezeichnen uns als religiöse Sekte, während doch Universitäten, Schwesternschaften und feministische Organisationen die eigentlichen Sekten sind. Dort bekommen Frauen eine Gehirnwäsche, damit sie ihren eigentlichen Platz in der Gesellschaft vergessen. Menschen, die nach Newhaven kommen, erkennen wieder die Wahrheit und ihre eigentliche Aufgabe.«

Sie baumelte wie ich mit den Beinen, aber ihre Füße streiften durch das Wasser. Meine waren zu kurz und schwangen in der Luft.

»Und das glaubst du?«

»Natürlich.«

»Oder gibst du nur wieder, was der Pastor dir predigt?«

Ich spürte, wie meine Wangen flammend rot wurden; trotzdem redete ich weiter: »Wäre es nicht viel erfüllender, als Teil einer Gemeinschaft für einen Mann und Kinder zu sorgen, anstatt für irgendeine Dokumentation ziellos durch die Welt zu vagabundieren?«

»Podcast. Und nein: Ich will nicht irgendwo festsitzen. Oder gesagt kriegen, was ich zu tun habe. Wie auch immer: Ihr habt also all das Wasser hier, und trotzdem gehst du nie schwimmen?«

Ich schüttelte den Kopf.

»Im Ernst? Nie? Komm schon, hier sind doch nicht überall gefährliche Tiere.«

»Ich kann nicht schwimmen.« Die Scham brannte heißer in mir, als es die Sonne je vermocht hätte.

»Scheiße, und schon wieder bin ich ins Fettnäpfchen getreten. Tut mir leid.«

Ich musste wieder an Fleur denken. Als wir noch Kinder waren und ich sie in Florida besuchte, pflegte sie sich absolut furchtlos an einem Seil in den Tümpel zu schwingen. Gerade, wenn sie am höchsten flog, ließ sie los und überließ sich der Schwerkraft. Sie kreischte vor Freude und fiel platschend ins türkisfarbene Wasser. Ich hingegen saß, sicher in ein buntes Handtuch gewickelt, auf einem der flachen Felsen. Solche Tage waren himmlisch – und schmeckten nach Mais direkt vom Kolben. Jetzt spürte ich einen Kloß im Hals. Ich wischte mir den Schweiß von der Stirn.

»Komm, machen wir uns ein bisschen die Füße nass.« Summer stand auf und streckte mir die Hand entgegen. »Ich pass auf, dass dir nichts passiert. Versprochen.«

Ich zögerte kurz. Schließlich war sie eigentlich eine Fremde.

»Komm schon. Hab Vertrauen.«

Damit lockte sie mich vom Anleger. Ich wickelte den Rock meines Kleids um die Taille und wagte mich mit Summer ins Wasser. *Das mache ich für dich, Fleur*, dachte ich. Schlamm drückte sich zwischen meine Zehen; vom Modder wurde mir ganz mulmig, doch ich krallte mich mit den Zehen in den Boden, um mich gegen einen etwaigen Sog zu schützen. Dabei stützte ich mich auf Summers Arm. Ich warf einen kurzen Blick zum sicheren, sonnigen Ufer. Mit jedem Schritt ging ich ein bisschen tiefer hinein. Etwas streifte meine Beine. Aber ich redete mir ein, dass da sicher nichts im trüben Wasser lauerte. Meine Aufmerksamkeit wanderte zwischen Summer und dem Ende des Bohlenwegs hin und her. Aber da war niemand. Plötzlich glitt ich mit einem Fuß aus und drohte zu fallen, doch Summer hielt mich fest. Mir klopfte das Herz bis zum Hals, aber ich wusste nicht, wovor ich eigentlich Angst hatte.

19.

Trotz meiner Warnung sprang Summer wieder ins Wasser, um sich abzukühlen. Irgendwie hatte ich das Gefühl, dass die Alligatoren sich nicht trauen würden, nach ihr zu schnappen. Sie griff nach dem Rand des Anlegers und zog sich hoch. Die Unterwäsche klebte an ihrem Körper. Ich versuchte, sie nicht anzustarren, doch lockte sie mich wie ein Köder am Ende einer unsichtbaren Angelleine. Dann legte sie sich auf den Anleger, hob die Hände über den Kopf und bot ihren Körper der Sonne dar. Auf dem Hautstreifen zwischen ihrer Unterwäsche waren tätowierte Buchstaben zu sehen in einer unbekannten Sprache. Die kantige Schrift wirkte einschüchternd, wie eine Warnung. Ich zwang mich, auf einen Baum in der Nähe zu starren, als hinge mein Seelenheil davon ab.

»Was ist eigentlich mit dieser Hütte passiert? Wer hat hier früher gelebt?«

»Ach, das war eine solche Tragödie! Es ist schon eine Weile her. Der Mann, der hier wohnte, hat sie angesteckt und sich dann selbst erschossen. In seinem Schlafzimmer.« Ich wies mit dem Kopf dorthin.

»Und wieso?«

»Es heißt, weil seine Frau ihn verlassen hat. Das hat er wohl nicht verkraftet. Kannst du dir so was Schreckliches vorstellen?«

»Ach, da hab ich schon Schlimmeres gehört – viel Schlimmeres!«

Ich setzte mich und zog die Knie an die Brust. Der Sumpf klammerte sich mit einem dumpfen Geruch an mich, hatte von mir Besitz ergriffen und den Seifenduft vom Leben in Newhaven ausgelöscht. Ein Rascheln in den Bäumen alarmierte mich, aber es war nichts zu sehen. Während ich Summer zuhörte, hielt ich den Blick auf den Bohlenweg gerichtet, der sich zwischen den Zypressen und Tupelobäumen hindurchschlängelte.

»Da war dieser Kerl in Idaho«, fuhr Summer fort, »der vier Frauen in seinem Keller angekettet hatte, und sein Haus war mitten in der Innenstadt. Sie waren da über zehn Jahre, aber niemand bemerkte was. Eine hatte sogar ein Kind von ihm. Oder diese Frau, Tiffany Bryce, die ihren Mann verließ, worauf er versuchte, ihr Haus in Brand zu setzen, während sie noch drin war.«

Ihre Stimme war schrill vor Zorn, aber ich verstand nicht, wieso. Verdiente der Mann kein Mitleid für das, was er verloren hatte?

»Und dann gab es da diesen Typen in Alabama, an den Ort erinnere ich mich nicht mehr, nur, dass er auf ›-ston‹ endete. Jedenfalls war es ein junger Mann mit einer hübschen Frau, einem kleinen Mädchen und einem neugeborenen Jungen. In euren Augen die perfekte Familie. Er arbeitete in einer Fabrik im Ort, sie blieb zu Hause bei den Kindern. Sie führten ein schönes Leben, bis die Fabrik in finanzielle Schwierigkeiten geriet und den Mann entließ. Er fand keinen neuen Job, und je länger er suchte, desto gemeiner wurde er. Die Nachbarn erzählten, es hätte ständig Streit gegeben, der normalerweise damit endete, dass sie drohte, ihn mit den Kindern zu verlassen, und er in die nächste Kneipe stürmte.«

Summer verstummte kurz, um sich eine selbst gedrehte Zigarette anzuzünden, deren Papier durch ihre feuchten Finger ganz durchsichtig geworden war. Als sie daran zog, zischte es, und die Glut leuchtete hellorange auf. Als sie eine Rauchwolke ausstieß, roch die Luft viel bitterer als bei normalem Tabak und kitzelte mir in der Kehle.

»Jedenfalls erscheint das kleine Mädchen eines Tages nicht in der Schule. Man ruft zu Hause an, aber da meldet sich niemand. Die Frau, ihr Name war Karen – Karen Elsher –, taucht auch nicht zu einer Verabredung zum Lunch mit ihren Freundinnen auf. Als sie sich auch nicht über ihr Handy meldet, beschließen sie, nach dem Essen bei ihr vorbeizuschauen. Mann, es wäre echt besser gewesen, sie hätten vorher nichts gegessen, das sage ich dir!«

Ich bekam eine Gänsehaut und war mir nicht sicher, ob ich das Ende der Geschichte hören wollte. Trotzdem fühlte ich mich irgendwie dazu gezwungen, so als schuldete ich das dieser fremden Frau. Summer stützte sich auf einen Ellbogen. Ihr Oberkörper glänzte in der Sonne, ich sah, dass er mit kleinen Schweißtropfen übersät war. Sie nahm einen kräftigen Zug aus ihrer Zigarette und sah mich durch den Rauchfaden an, der aus ihrem Mund kam. Ich schluckte hart.

»Sie fanden Karen im Bett. Ihre Kehle war von einem Ohr bis zum anderen aufgeschlitzt, deshalb hatte niemand sie schreien hören. Weißt du, wie das Blut aus Arterien spritzt? Das ergibt einen dreidimensionalen Jackson Pollock, echt!«

Ihr Blick wurde finster und hart. Ich wollte nicht nachfragen, klammerte mich immer noch an eine törichte Hoffnung, betete um Gottes Gnade.

»Die Bullen fanden die Kinder auch in ihren Betten, mit einer Kugel im Kopf. Ich meine, was für ein Perversling schießt einem Einjährigen in den Kopf? Der Mann war natürlich weg und wurde nie gefunden.«

»Glaubst du, der Mörder hat seine Leiche versteckt?«

»Bist du wirklich so naiv? Der *Mann* hat sie alle umgebracht. Seine ganze Familie!«

»Aber warum?«

»Er wollte wohl einen Neuanfang und meinte, dafür könnte er keine Ex-Frau und Kinder brauchen. Das war seine Vorstellung von einem sauberen Schnitt. Wie kann dein Gott so was zulassen?«

Ich öffnete den Mund, doch sie kam mir zuvor.

»Und bitte erspar mir den Quatsch von wegen ›Gottes Wege sind unergründlich‹!«

Grauenvolle Bilder schossen mir durch den Kopf: die Zwillinge in ihren Betten, die weißen Laken rot verschmiert, ihre kleinen Münder schlaff, Sarahs Wiege blutgetränkt, während eine dunkle Gestalt mit grässlicher Fratze sich mit irrem Blick über sie beugt.

»Weinst du etwa?«

Ganz schnell wischte ich die verräterischen Spuren weg.

»Ich mach mich mal besser auf den Weg. Hab im Ort noch ein Interview.«

Bei der Vorstellung, dass sie nicht nur mit mir sprach, zog sich mein Magen zusammen. Sie sammelte ihre Sachen ein und starrte kurz zur Hütte. Ich folgte ihrem Blick, sah aber nichts außer einer alten, hässlichen Ruine.

»Also, du hast ja meine Kontaktdaten. Und wenn du wirklich reden und nicht nur deine Kirchenpropaganda verbreiten willst, bin ich morgen um zwei wieder hier.«

Sie winkte mit hoch erhobener Hand, als wäre dies schon immer ihr Territorium gewesen. Ihre wirren dunklen Locken hüpften ihr über den Rücken, bis die dunklen Schatten zwischen den Bäumen ihren Körper verschluckten.

Als ich mit dem Korb voller Brombeeren und dem Kopf voller Gedanken an Summer zurückging, traf ich auf Jackson, Tom und ein paar andere Jungen, die, mit dem Rücken zu mir, am Waldrand kurz vor dem Zaun standen. Sie bemerkten mich nicht, denn ihre Aufmerksamkeit galt etwas anderem, das sie ganz unruhig machte. Schließlich sah ich, was es war: eine Beutelratte in einer Falle. Jackson hielt sich am Rand der Gruppe, die von Tom aufgepeitscht worden war. Natürlich musste er mal wieder der Anstifter sein, obwohl er eigentlich viel zu alt für so was war. Jacksons Reaktion war anders als die der anderen, so als wüsste er nicht genau, wie er sich verhalten sollte. Die Beutelratte wehrte sich mit allem, was ihr zur Verfügung stand. Die Jungen ergötzten sich an der Angst des Tiers und der Aufregung der Gruppe. Finger, die sich sonntags zum Gebet verschränkten, stupsten und schubsten das verängstigte Tier, bis jemand es am Nackenfell packte. Mir jagte ein Schreck durch die Glieder. Ich sollte das arme Wesen retten, wollte aber nicht, dass die Jungen ihre Aufmerksamkeit auf mich richteten. Also verschwand ich schnell, um das Finale der Gewalt nicht mitzubekommen. Es war, wie Daddy immer sagte: Jungs waren eben Jungs.

Audiodatei Nr. 7

Aufnahmequalität: mittelmäßig

Stimme A: weiblich

Stimme B: weiblich

(Der Anfang der Aufnahme konnte nicht wiederhergestellt werden.)

Stimme A: (…) Erbsünde?

Stimme B: Das bedeutet, dass wir alle als Sünder geboren wurden. Wir glauben, dass wir ein rechtschaffenes Leben führen müssen, um diese erste Sünde zu büßen.

Stimme A: *(Ausatmen)* Die Vorstellung gefällt mir irgendwie.

Stimme B: Zu büßen?

Stimme A: Nein, sondern die, dass wir im Grunde alle am Arsch sind. Wir stammen alle aus dem Feuer. Lass mich raten: Das hat doch bestimmt was mit Eva und dem Apfel zu tun.

Stimme B: Du solltest mal zum Sonntagsgottesdienst kommen, da würdest du viel mehr lernen. Ich glaube, du könntest auch nachher zum gemeinsamen Essen bleiben.

Stimme A: Ja, ja, eine verlockende Vorstellung, aber ich glaube nicht, dass deine Leute glücklich darüber wären. Außerdem hab ich sowieso nichts anzuziehen, was für die Kirche passt.

Stimme B: Ich könnte dir ein Kleid leihen. *(Eine der Stimmen lacht.)*

Stimme B: Was ist denn?

Stimme A: Kannst du dir mich in einem deiner Kleider vorstellen? *(Beide Stimmen lachen.)*

Stimme A: (…) sicher, dass ich nicht geschaffen bin (…) kann ich (…) darüber nachdenken (…)

(Der Rest der Aufnahme konnte nicht wiederhergestellt werden.)

20.

Heutiger Tag

Ich hab keinem was von Daddys Ausruf erzählt, an den ich mich während der Trauerfeier erinnert habe: *Was hast du getan, Abigail?* Wenn ich doch selbst nicht weiß, was er bedeutet, was werden dann die anderen daraus machen? Mit verknitterten Kleidern vagabundiere ich durch das Newhaven und den Garten. Mrs Calhoun hat es aufgegeben, meine Haare zu richten. Sie kann es nicht so wie Mom. Das Einzige, was ich nicht aufgegeben habe, ist, mich um meine Geschwister und Mrs Favreau zu kümmern. Ich bin gern bei ihr. Ihr Zimmer ist friedlich. Ich hab ohnehin das Gefühl, dass mich niemand in seiner Nähe haben will.

Abgesehen von den Zwillingen. Furchtlos rennen sie um mich und die Statuen im Garten herum und genießen die Sonne. Baby Sarah schläft in Mrs Calhouns Zimmer. Sie glaubt, es tut mir gut, wenn sie mir etwas von meiner Last abnimmt und sich um meine kleine Schwester kümmert. Und wenn ich mal ein bisschen rauskomme. Ich weiß zwar nicht, warum, aber ich gehorche. An meinen Händen kitzelt vertrocknetes, sprödes Gras. Die Zwillinge platzen vor Energie. Sie rennen ständig hin und her und werfen kleine Schätze in meinen Schoß: Steine, Blumen, einen Zweig, der so glatt und weiß ist wie Knochen.

»Guck mal, Abbay, guck mal«, sagt Matthew und rollt sich im Gras herum. Mein Blick wandert zu ihm, aber eigentlich gilt er den Birken am Waldrand. Der Wind weht den Geruch vom Sumpf zu mir. Und etwas Süßliches, das mich lockt. Wade Pruitt und Mr Garrett gehen mit übergehängtem Gewehr den Zaun ab. Es ist das zweite Mal, dass ich sie innerhalb der letzten Stunde sehe.

»Abbay, du guckst ja gar nicht!«

»Verzeihung.«

Matthew rollt sich weiter im Gras herum, während Elijah mich als Klettergerüst benutzt.

»Mir fehlt Momma«, sagt Elijah.

»Ich will Momma und Daddy sehen«, erklärt Matthew und hält inne.

»Mir fehlen sie auch.«

Ich ziehe beide Jungen in meine Arme. Atme ihren vertrauten Geruch ein und drückte sie fest an mich, bis sie sich aus meiner Umarmung winden. Wenn sie ins Hunters Cottage gingen, könnten sie sie sehen. Ihre Abdrücke sind noch auf den verbrannten Dielen und Wänden. Die Zwillinge könnten ihre Hände gegen das Holz und den Gips drücken und sie berühren. Unsere Eltern existieren noch dort, aber das Haus ist nicht sicher, und ich will nicht, dass ihnen was passiert. Schon gar nicht wegen mir.

Das Newhaven drückt mich nieder. Alle drei Stockwerke mit den Korridoradern, zusammengehalten vom Treppenrückgrat, darin die Bewohner, die wie Blut vom Dachgeschoss bis zum Keller hin und her strömen. Jeden Abend verschluckt es mich, um mich am Morgen wieder auszuspucken, nachdem die Nacht mich heimgesucht hat. Gestern zum Beispiel hatte ich wieder einen Albtraum, mit einer Tür wie blutrote geöffnete Lippen. Da war auch ein Mädchen, nur eine Silhouette mit langen Haaren, die Bedeutung ausstrahlte. Es war, als würde man direkt in die Sonne schauen, obwohl ihr Gesicht im Schatten lag. Feuer umgab sie.

Und die Wände sagten in den Stimmen von Mom und Daddy zu mir: *Sie ist hier. Sie ist hier.*

»Abbay, du guckst nicht!«

»Abbay?«

Was hast du getan, Abigail?

»Abbay, guck jetzt!«

Abigail, wie konntest du nur? Deine eigene Mutter …

»Hör auf, bitte, hör auf!«

Während ich das rufe, schlage ich mir mit der Faust aufs Bein. Die Zwillinge fangen an zu weinen. Ich will sie umarmen, schäme mich aber so, dass meine Arme auf halbem Weg verharren.

»Jungs, in der Küche gibt's Eistee und Kekse«, ertönt eine Männerstimme hinter mir.

Sofort sind sie auf und davon, angetrieben vom Versprechen auf Zuckerrausch und weiche Krümel.

»Ich dachte, du könntest mal eine Pause brauchen«, erklärt Tom und zieht mich hoch.

Wir schlendern so dicht nebeneinander zum Galgenbaum, dass sich unsere baumelnden Hände fast berühren. Tom sieht aus wie ein Abbild von sich selbst, eine ferne Erinnerung, eine Fassade, die nicht ganz zu dem passt, was darunterliegt. Während er redet, wandert mein Blick über seine Schulter hinweg und sucht in den Schatten zwischen den Bäumen. Eine Brise bringt die Bäume zum Flüstern. Wade Pruitt und Mr Garrett verschwinden um eine Ecke und gehen die andere Seite des Zauns ab.

»Hat es schon immer so viele Patrouillen gegeben?«

»Nein, die sind erst seit … du weißt schon. Hier glauben nicht alle, dass es ein Unfall war.«

Ich weiß nicht, was ich denken soll. Daddy hat schon immer gesagt, dass die anderen uns hassen. Aber würden sie wirklich so weit gehen?

»Was meinst du?«, frage ich Tom.

»Möglich wäre es. Es gibt viele, die nicht mögen, was wir machen und wie wir leben. Die würden alles tun, um uns aufzuhalten. Ich bin nur froh, dass sie dich nicht erwischt haben und du es geschafft hast.«

Wir lehnen uns an den Baum. Er nimmt meine Hand und drückt sie. Vor ein paar Tagen wurden mir die Verbände entfernt. Seine Handfläche ist schwitzig und hinterlässt einen Film auf meiner Haut. An manchen Stellen ist sie heller, das Feuer hat mich gebrandmarkt. Als er lächelt, scheint Daddys Geist durch seine Züge. Er ist eine jüngere, bartlose Version von ihm, mit hellerem Haar. Vielleicht ist das nur Wunschdenken. Denn die Nase und der Mund sind ganz anders. Meine Mundwinkel zucken. Ich fragte mich, was passiert ist – er sagte, in der Küche –, dass sich unsere Beziehung geändert hat, bin aber noch nicht bereit, ihn zu fragen.

»Wir müssen vorsichtig sein. Wer das auch war, ist immer noch da draußen.«

Er zupft kleine Stücke vom Louisianamoos und wirft sie auf den Boden. Das erinnert mich an meine Kindheit, als wir den Fliegen die Flügel ausrupften. Kleine, alltägliche Akte der Gewalt, die als Spiel durchgingen. Tom sieht mich durchdringend an.

»Sie könnten immer noch hinter dir her sein. Du könntest sie gesehen haben und erinnerst dich nur nicht daran.«

Ich reiße die Augen auf: An diese Möglichkeit habe ich noch gar nicht gedacht. Ich kralle mich so fest an einen Ast, dass sich die Rinde wie Fingernägel in meine Haut drückt. Was ist, wenn sie die Zwillinge haben wollen oder Sarah?

»Keine Angst. Ich pass auf dich auf.«

Er rückt näher zu mir und redet weiter, aber ich höre nicht zu. Der Wald hinter ihm starrt mich mit den Augen von einem Dutzend Birken an. *Sommer ist hier, Sommer ist hier*, flüstert mir die Natur zu und fesselt mich mit Streifen aus Sonnenlicht. Aber vielleicht stimmt das ja nicht, vielleicht ist uns nur noch die Hitze geblieben, die uns die Luft zum Atmen nimmt.

Von der anderen Seite des Zauns starrt, reglos und still wie einer der Bäume, eine Frau zu mir. Mein Schrei erstirbt in meiner Kehle. Selbst aus der Entfernung sehe ich an ihrem Blick, dass sie jemanden oder etwas attackieren möchte. Nicht mal der Zaun könnte sie aufhalten. Es fühlt sich an, als könnte sie direkt zu uns marschieren, wenn sie nur wollte. Sie legt den Zeigefinger an ihre Lippen und fährt sich damit quer über die Kehle. *Sie ist hier*, flüstert mir Daddy ins Ohr.

»Abigail, hast du gehört, was ich gesagt habe?«

Ganz kurz verdeckt Toms Gesicht die Frau. Ich muss nur lächeln und nicken. Doch als er wieder zurückweicht, ist die Frau verschwunden.

21.

Heutiger Tag

Später an diesem Tag frisst mich die Trauer fast auf, sie verschlingt alles in mir, so wie das Feuer das Innere unseres Hauses. Selbst ein Nachmittag mit Tom und den Zwillingen hat die Flammen nicht gelöscht. Mrs Calhoun und Birdie begleiten mich die Treppe hinunter zum alten Ballsaal. Ich höre noch ihre Mahnungen: *Es ist nicht gut für dich, den ganzen Tag in Mrs Favreaus Zimmer zu bleiben. Es wird dir helfen, zur normalen Routine zurückzukehren.* Offenbar ist es normal, mit dem Rest im Newhaven zu Abend zu essen.

Wie immer bin ich vom alten Ballsaal beeindruckt. Lichterketten, die an den einst makellosen Kranzgesimsen befestigt wurden, funkeln wie Sternenknäuel. Ich weiß noch, wie es war, als ich den Saal das erste Mal betrat. Mit dem Kopf im Nacken bewunderte ich den Kronleuchter, der sich wie ein gefrorenes Spinnennetz über die Decke breitete. Für mich war er das Größte und Schönste, das ich je gesehen hatte.

Mit jedem meiner Schritte ziehe ich ihre Blicke an, und all die unbeantworteten Fragen und verlorenen Erinnerungen befeuern die Flammen ihres Misstrauens. Sie starren mich an und meinen, ich würde das nicht bemerken. Hier stehe ich, ein Untersuchungsgegenstand: Jede meiner Gesten, Mienen, Äußerungen oder Nichtäußerungen wird daraufhin seziert, ob ich alles nur vortäusche. Als der letzte Nachzügler Platz genommen hat, will

Pastor Abernathy das Tischgebet sprechen, wird aber von meinem Hustenanfall unterbrochen, den ich erst zu unterdrücken versuche, der aber immer heftiger wird. Ich beuge mich auf meinem Stuhl vor. Die Luft im Raum ist erfüllt vom Geruch nach gegrilltem Fleisch. Die Leere in mir füllt sich mit Bildern von verkohlten Leichen auf dem Boden unseres Wohnzimmers. Der Husten wird immer heftiger und treibt mir die Tränen in die Augen. Alles um mich herum verschwimmt, und doch sehe ich die erschrockenen Blicke der anderen, Mütter, die ihre Kinder näher zu sich ziehen. Mein Körper ringt um Luft, doch bei jedem Atemzug zerreißt es meine Brust, als wollte etwas ausbrechen. Panik überkommt mich. Da spüre ich eine Hand, die mir über den Rücken reibt. Das hat Mom früher auch getan. Die Erinnerung bricht mir das Herz. Denn auch das wurde verbrannt und in einer Urne verschlossen. Der nächste Atemzug reißt mich nach hinten. Jemand schreit.

Das Zimmer gehört nur der Dunkelheit und einer schlafenden Gestalt. Nachdem ich die Tür abgeschlossen habe, krieche ich unter den Tisch, wo der Stuhl mich verbirgt. Hier sind nur ich, Mrs Favreau und die Stille. Im Licht des Mondes leuchtet schwach die vernarbte Haut um ihre Augen und ihren Mund. Manchmal könnte ich schwören, dass ich die Bleiche auf ihrer Haut rieche. Ich weiß nicht, wie verrückt man sein muss, um sich selbst etwas Derartiges anzutun. Der Husten ist weg, genau wie der Gestank von verbranntem Fleisch, sie haben sich irgendwo auf dem Weg zwischen Ballsaal und Dachgeschoss verflüchtigt. Niemand ist mir gefolgt. Tiefe Atemzüge beruhigen mein Herz und lassen es zu seinem normalen Rhythmus zurückfinden. Mrs Favreau schläft in ihrem schmalen Bett und weiß nicht, dass ich da bin.

Ich habe immer noch keine Antworten: für das Newhaven, die

Polizei, Tom. Ich merke, dass sie langsam die Geduld verlieren. Die Predigt des heutigen Tages hallt noch in mir nach. Als Pastor Abernathy über das Podium der Kirche schritt, war die Gemeinde erfüllt von Glauben und dem Verlangen nach Antworten.

»Außenstehende hassen das, was wir hier tun. Wir zeigen ihnen, dass es einen besseren Weg gibt, sein Leben zu führen. Wir erinnern sie an die Sünden, mit denen sie ihre sinnlose Existenz würzen. Sie wissen, dass wir recht haben, und tun alles in ihrer Macht Stehende, um uns zu behindern und zu entmutigen. Sie tun alles, um uns zu schaden.«

Unvermittelt blieb er stehen und erfasste die Gemeinde mit seinem Blick. Es herrschte gespanntes Schweigen, unterlegt vom Schwirren der Handfächer.

»Zum Beispiel ein Feuer im Haus von unserem geliebten Pastor Heywood legen. Wir können nicht ausschließen, dass der Brand ein Resultat ihres Hasses ist. Wir müssen wachsam sein. Wir wissen, auf welcher Seite die Polizei steht. Ihr ist nicht zu trauen. Wir müssen uns nach innen wenden und unsere Reihen verstärken. Das heißt: mehr Patrouillen – und Männer, tragt eure Waffe immer bei euch.«

Daddy hatte mich vor dem Hass der Außenwelt gewarnt. Er hatte am Küchentisch gesessen und daran erinnert, wann immer einer dieser verdammten blauen Briefe auftauchte. Denn die waren der Beweis, dass uns jemand Böses wünschte. Jetzt krieche ich aus meinem Versteck und klopfe mir den Staub von den Kleidern. Als ich zu meinem eigenen Zimmer zurückgehe, formt sich in meinem Kopf ein Plan. Wenn diese hasserfüllten Briefe einen Weg in unser Zuhause gefunden haben, könnte die Hand, die sie verfasst hat, auch ein Streichholz angezündet haben. Ich erschauere bei der Vorstellung, dass jemand uns so sehr hasste, dass er uns brennen sehen wollte.

Von: Jeb Abernathy
Datum: Sonntag, 4. September 2022, 15.50 Uhr
An: Cameron McPherson
Betreff: Re: Sorgen – Führung erbeten

Lieber Pastor McPherson,
ich hoffe, es geht Ihnen gut.

Wieder einmal ersuche ich Sie um Führung. Ich fürchte, Abigail geht es immer noch nicht besser; im Gegenteil, sie hat eine Glaubenskrise. Noch immer kann sie sich an nichts erinnern, doch schlimmer noch ist, dass sie neulich abends beim Tischgebet einen heftigen Hustenanfall bekam, so als würden die Worte unseres Herrn sie krank machen. Sie ist mehr und mehr ein Störfaktor in unserer Gemeinde.

Viele unserer Mitglieder werden langsam misstrauisch, und einige Männer haben ihre Ehefrauen angewiesen, die Kinder von ihr fernzuhalten. Sie behauptet immer noch, sie könnte sich nicht erinnern, wo sie am Tag vor dem Brand war. Ich fürchte, es ist etwas geschehen, etwas Böses hat in ihr Fuß gefasst. Wir beten für ihre Rettung, doch ich habe Angst, wir könnten den Kampf verlieren.

Sein Wille geschehe. Einen gesegneten Tag.
Pastor Jeb Abernathy

22.

Juli

Ich stöberte in der leeren Küche herum. Durch die offene Tür hörte man leises Tastaturklappern und Hüsteln. Die Männer waren damit beschäftigt, online zu predigen und Seelen in Foren zu retten. Ich musste lächeln bei der Vorstellung, wie Mr Garrett sich mit vor Konzentration gefurchter Stirn über die Tastatur beugte und im Zwei-Finger-Suchsystem auf die Tasten einschlug.

Zu dem Maisbrot auf der Anrichte kam eine Flasche Eistee. Es gab so viele, da würde niemand die eine vermissen. Außerdem gebot die Nächstenliebe, sein Essen zu teilen. Ich fand, Summer brauchte etwas Anständiges zu essen, nicht nur Junkfood, das einem das Gehirn vergiftete und überall in Läden wie Piggly Wiggly zu finden war – oder in Snackautomaten in Hotels wie ihrem. Nachdem ich ihr Essen im Diner gesehen hatte, ging ich nicht davon aus, dass sie sich gesund ernährte. Dieses Picknick würde ihr zeigen, dass wir uns umeinander kümmerten, nicht nur spirituell. Sie musste die Vorzüge erkennen.

Ich schob mich halb in eine der Vorratskammern und suchte auf den Regalen nach den Honiggläsern – das Tüpfelchen auf dem i. Es geschah nicht oft, dass ich die Küche im Newhaven ganz für mich hatte. Eine große Gruppe war nach Charlotte gefahren, um vor dem Frauenhaus zu predigen. Es bedrückte mich, dass ich sie nicht begleiten durfte. Mom war irgendwo oben beschäftigt.

Sie verließ Newhaven nie, ihre Missionsarbeit beschränkte sich hauptsächlich darauf, Neuankömmlingen bei der Eingewöhnung zu helfen und ihnen ihre neue Umgebung zu zeigen. Sie hatte ein Händchen für alleinerziehende Mütter.

Meine Finger tasteten nach einem Glas Honig, das ein bisschen zu hoch für mich stand. Jemand hatte die Gläser außerdem zu weit nach hinten geschoben – vermutlich, damit sie außer Reichweite von Kinderhändchen waren, denn der kleine Michael Pruitt hatte drei Gläser zerbrochen und sich über die frische Wäsche erbrochen. Meine Mundwinkel zuckten bei der Erinnerung daran.

»Hast du Lust auf was Süßes?«

Ich erschrak so, dass ich mir den Kopf an einem Regal anschlug.

»Was machst du denn hier?« Männer und Jungen hatten in der Küche nichts zu suchen, außer sie waren unter zehn Jahre alt oder hatten sich verlaufen.

Tom lehnte im Türrahmen. Er hatte die Hände unter die Achseln geschoben und betrachtete die Vorräte auf der Anrichte, die Beweismittel meiner Tat. Ich schob mich davor und spielte nervös mit meinem Zopf.

»Brauchst du Hilfe?«

Seine feuchten blonden Locken klebten ihm an den Schläfen und im Nacken, und sein Gesicht glänzte vor Schweiß. Das Muttermal unter seinem Auge wirkte dunkler als sonst. Offenbar hatte er am neuen Tierpferch gearbeitet. Sein schweißnasses T-Shirt klebte ihm am Oberkörper, der sich darunter deutlich abmalte. Ich roch seinen Körpergeruch. Mir wurde der Mund trocken. Stumm schüttelte ich den Kopf und biss auf meine Unterlippe.

»Keine Angst, ich verrate dich nicht. Das kann unser kleines

Geheimnis bleiben.« Er zwinkerte mir zu und fuhr sich mit den Fingern durch die Haare.

»Das gibt's nichts zu verraten. Ich hatte nur Hunger, mehr nicht.« Ich legte das Maisbrot zurück in die Vorratskammer. »Jetzt muss ich los.«

»Wegen mir musst du nicht gehen.«

Mit seinem Körper versperrte er die Tür. Er verströmte denselben moschusartigen Geruch wie Daddy, wenn er einen ganzen Tag draußen gearbeitet hatte. Daddy nannte das den Duft eines Mannes, der hart arbeitete, um für seine Familie zu sorgen. Ich rieb mir mit der Zunge über die Schneidezähne und wartete, dass Tom sein Spielchen aufgab und mir Platz machte. Als ich schwieg, verzog er den Mund zu einem schiefen Lächeln, und ein Grübchen bildete sich auf seiner Wange. Das hatte ich vorher noch nie bemerkt. Er wollte einfach nicht seinen Blick von mir lösen.

»Wieso magst du mich nicht?«

»Aber das stimmt doch nicht! Ich mag dich, das heißt, ich hasse dich nicht – nicht, dass ich dich besonders mögen würde. Eigentlich habe ich keine besonderen Gefühle für dich. Ich meine ... du weißt doch, was ich meine.«

Als er mich so stammeln hörte, lächelte er noch breiter. Mir stieg die Hitze ins Gesicht. Wenn ich doch nur an ihm vorbeikäme!

»Aber was willst du hier eigentlich?«, fragte ich.

»Ich hatte Lust auf was Süßes. Süß ist wie ein Pfirsich.«

Ich schüttelte den Kopf. »Pfirsiche haben wir, glaube ich, nicht.«

Er nahm meinen Zopf und rollte das Ende zwischen seinen Fingern. Genau wie Zach an dem Tag in der Gasse, als Summer mich gerettet hatte. Meine Nackenhärchen stellten sich auf, und ich wurde stocksteif.

»Weißt du, dass du mich an jemanden erinnerst? Sie war auch süß.«

Mein Zopf landete wieder auf meiner Brust. Da kam Leben in mich, und ich wollte mich unter seinem Arm durchducken, doch er packte mein Handgelenk und zog mich an sich. Mein Herz hämmerte. Er schlang seinen Arm so hoch um meinen Leib, dass seine Hand gefährlich nah an meiner Brust landete. Meine Kehle war plötzlich wie zugeschnürt, sodass ich keinen Protest hervorbrachte. Er drückte mich fest an sich und wiegte uns beide im Takt einer lautlosen Musik. Ich hätte ihn wegschieben sollen, schreien, ich hätte irgendetwas tun sollen. Doch ich war wie erstarrt und wehrte mich nicht, während sein Daumen über die Rundung meiner Brust strich und etwas schockierend Hartes gegen meine Hüfte drückte. Meine Furcht löste ein weiteres Lächeln bei ihm aus. Sein linker Mundwinkel zog sich Richtung Muttermal unter seinem Auge. Sein ganzes Gesicht verzerrte sich zu einem fiesen Grinsen, und seine Augen glänzten vor wilder Entschlossenheit.

Doch was er auch vorhatte, ich wollte es nicht. Also schluckte ich hart und sagte mit belegter Stimme: »Bitte lass mich los.«

»Du wirst bald einen Ehemann brauchen.«

»Komm schon, Tom.«

»Wie heißt es noch? Ach, ja: ›Frauen, ordnet euch euren Männern unter wie dem Herrn. Denn der Mann ist das Haupt der Frau, wie auch Christus das Haupt der Gemeinde ist.‹ Siehst du, ich kenne die Heilige Schrift. Was sagst du?«

Er neigte sein Gesicht so nah zu mir, dass ich nur noch seine Augen sah und das Muttermal, nur ein Detail, grausam, das die ganze Küche verdeckte. Sein irgendwie nach Hefe riechender Atem strich über meine Lippen. Mir wurde der Mund trocken.

»Willst du meine Frau werden, Abigail?«

»Bitte …«

Mehr konnte ich nicht sagen, denn seine Zunge drängte sich zwischen meine Lippen, drückte gegen meine Zähne und schob sich in meinen Mund. Ich schmeckte seinen schalen Atem und meine salzigen Tränen, die sich in meinen Mundwinkeln fingen. Seine warme Spucke vermischte sich mit meiner. Seine Hand kroch über meine Brust. Mir kam die Galle hoch, und in mir erwachte der Drang, mich zu wehren. Ich schlug mit den Fäusten gegen seine Schultern, doch er drückte mich nur noch fester an sich, und seine Härte bohrte sich in meine Leiste. Seine Hand malträtierte meine Brust, kniff mir so hart in die Spitze, dass ich aufschrie. Auch diesen Schrei verschluckte er. Ich erkannte die Aussichtslosigkeit der Lage und erschlaffte, um nur noch darauf zu warten, dass es endlich vorbei sein würde. Da löste er schließlich seinen Mund von meinem und ließ mich los. Ich wartete den Moment ab, da er seinen Triumph auskostete, dann stürzte ich Hals über Kopf aus der Küche und aus dem Newhaven. In der Eingangshalle krachte ich gegen Mrs Calhoun.

»Aufgepasst«, mahnte sie, doch ungeachtet ihrer Warnung sprang ich die Stufen der Frontveranda hinunter.

Mom saß auf dem Sofa und flickte, einen Korb mit Arbeit neben sich, eine Hose von Daddy. In einem früheren Leben konnte sie nicht mal einen losen Knopf annähen. Wir trugen unsere Kleider, bis sie auseinanderfielen, und dann kauften wir im Secondhandladen neue. Damals kam uns der Kauf neuer Kleider vor wie eine Schnitzeljagd.

Die Erinnerung versetzte meinem mitgenommenen Herzen einen zusätzlichen Stich. Mom hatte kaum Zeit, ihre Arbeit niederzulegen, da warf ich mich schon in ihre Arme.

»Was ist denn, Schatz?«

Nun strömte alles aus mir heraus, Worte, Satzfetzen, Schluchzer und Tränen. Mit dem Handrücken wischte ich mir die Nase ab und versuchte, die Fassung wiederzugewinnen, um ihr alles zu sagen.

»Vorsicht, die Nadeln«, sagte Mom und hielt mich von der Hose auf ihrem Schoß fern. Aber nach dem, was Tom mir angetan hatte, konnten Nadeln mich nicht mehr schrecken. Obwohl mein Herz noch schlug, war es mitten entzweigerissen worden. »Mach mal langsam ...«

»Er hat mich geküsst. Und ... und er hat mich angefasst.« Ich sank auf die Knie und legte den Kopf auf ihren Schoß, um getröstet zu werden. Als sie mir über die Wange strich, wurde mir schon leichter zumute.

»Ich verstehe dich nicht. Wer hat dich geküsst?«

»Tom. Tom hat mich geküsst.«

Ich spürte unter meiner Wange, wie sie ihre Beine anspannte. Stille, so schwer wie ein Sargdeckel, senkte sich über uns. Ich deutete ihr Schweigen als Entsetzen über das, was ich gerade hatte über mich ergehen lassen müssen. Jemand hatte ihr eigen Fleisch und Blut belästigt, hatte ihrem Kind wehgetan, das sie neun Monate in sich getragen hatte. Dieser Frevel sollte ausreichen, um das Temperament meiner alten Mom zu wecken. *Du sollst nicht begehren deines Nächsten Frau.* Und was war mit der Tochter des Pastors? Vielleicht war meine Tortur der Anlass, Tom rauszuschmeißen.

»Und was hast du gemacht?«

»Ich bin so schnell wie möglich geflohen. Und direkt hierhergekommen. Auf dem Weg bin ich sogar mit Mrs Calhoun zusammengestoßen. Wahrscheinlich muss ich mich bei ihr entschuldigen.«

Mein Kopf prallte aufs Sofa, als Mom ohne Vorwarnung aufsprang. Der weiche Samt an meiner Wange bot keinerlei Trost.

»Das muss ich deinem Dad sagen.«

»Was? Nein, Mom, bitte nicht.« Daddy würde am Boden zerstört sein, ich hätte mich mit Händen und Füßen wehren sollen. Ich war ja so dumm. Daddy war doch schon von mir enttäuscht. Aber das hier würde für immer seine Meinung von mir ändern.

»Bleib, wo du bist.«

»Bitte lass mich nicht allein!«

Doch sie war schon im Flur.

»Bitte, ich brauche dich jetzt!«

Das Knallen der Haustür setzte einen Punkt hinter mein Flehen.

»Mom!«, schrie ich so laut, dass mir die Kehle brannte. Mom war erst auf der anderen Seite des Rasens, aber für mich war sie so weit weg wie noch nie.

23.

Heutiger Tag

Die vage Idee vom Vortag hat sich über Nacht zur Gewissheit verfestigt: Die Antwort liegt in den blauen Briefen. Im Hunters Cottage zwingt mich der Geruch des Todes, durch den Mund zu atmen. Die Küche ist fast unversehrt geblieben. Hier hat das Feuer nicht gewütet. Wüsste man nicht, was außerhalb dieser Wände passiert ist, könnte man es auch nicht erraten. Dennoch sehe ich Unterschiede zu früher. Es juckt mir in den Fingern, mir einen Besen zu schnappen und gründlich zu fegen. Mom hat ihre Küche immer makellos sauber gehalten, aber auf dem Boden sind die Abdrücke und Schlieren von einem Dutzend hindurchtrampelnder Stiefel zu sehen. Mom. Die Erinnerung an sie entfacht ein anderes Feuer in meiner Brust.

An der Tür zum Arbeitszimmer bleibe ich stehen. Es fühlt sich ganz falsch an, ohne Daddy hier zu sein. So als würde ich unbefugt eindringen. In der Mitte des Zimmers thront der Schreibtisch, doch ohne Daddys imposante Gestalt dahinter wirkt er irgendwie kleiner. Das Zimmer hat nichts mehr von seiner früheren Atmosphäre. Daddy ist wirklich fort. Diese Erkenntnis nimmt mir die Luft und drückt auf mein Herz.

Eine Stimme aus dem Nichts zeigt mir, dass ich nicht allein bin.

»Ich dachte, du wolltest vielleicht Gesellschaft.«

»Ja, das wäre schön. Danke, Tom«, erwidere ich mit zittriger Stimme.

Wortlos nimmt er meine Hand, und dann betreten wir gemeinsam den Raum, als würden wir von einer Klippe treten, um in einen See zu springen. Wie magnetisch angezogen, gehe ich zum Schreibtisch und streiche mit dem Zeigefinger über die Tischplatte. Der Staub fühlt sich weich und glatt an. Mein Finger fährt über eine schwache halbmondförmige Kerbe im Holz. Die stammt von einem Glas mit heißem Tee, bei dem ich den Untersetzer vergessen hatte. Damals muss ich etwa sieben Jahre alt gewesen sein. Das war nicht lange nachdem wir in dieses Haus gezogen waren, weil Pastor Favreau darauf bestand, es an uns abzutreten. Als ich meinen Fehler bemerkte, hatte ich bitterlich geweint. Daddy hatte sich aufs Sofa gesetzt, mich auf den Schoß gezogen und mir versichert, ich würde nicht in die Hölle kommen, weil ich den Untersetzer vergessen hatte.

»Und, was machen wir hier?«

»Ich suche etwas. Wir haben diese Briefe bekommen ... ich glaube, die könnten wichtig sein, und hoffe, Daddy hat sie aufbewahrt.«

Als er lächelt, leuchten seine Augen ganz kurz so wie Daddys früher. Er drückt meine Hand, und mit einem Mal denke ich, dass ich vielleicht doch nicht allein bin. Mir blitzt die Vorstellung durch den Kopf, mich an seine Hand – an ihn – zu binden. Damit ich nicht mehr das Gefühl habe, den Boden unter den Füßen zu verlieren.

»Sollen wir am Schreibtisch anfangen?«

Ich nicke und lächle ihn unbeholfen an. Wir teilen uns auf und nehmen uns jeder eine Seite und eine Reihe Schubladen vor. Tom macht sich direkt an die Arbeit und schiebt raschelnd und klappernd den Inhalt der ersten Schublade hin und her. Aber ich zögere und ziehe erst, nachdem ich tief Luft geholt habe, die oberste Schublade auf, die ganz flach ist und in verschiedenen Fächern Stifte, Büroklammern und anderen Schreibwarenbedarf enthält. Die nächste ist vielversprechend, ist sie doch mit Schreibpapier und ein paar Notizbüchern gefüllt. Ich blättere das Papier durch und öffne die Hefte, aber nichts fällt heraus.

»Suchst du das?«

Bei dieser Frage setzt mein Herz einen Schlag aus. Tom hält einen Umschlag mit Fenster hoch, durch das man eine getippte Adresse sieht. Ich spüre einen Stich der Enttäuschung, bevor mein Herz ruhig weiterschlägt.

»Nein, es sollte ein blauer Umschlag sein.«

»Alles klar, Ma'am«, sagt er und salutiert mit gespieltem Ernst, was mir ein Lächeln entlockt.

Wir suchen weiter. In der nächsten Schublade befinden sich Hängeakten mit verschiedenen Reitern. Auf dem ersten steht »Predigten«. Es schnürt mir die Kehle zu, als ich die Seiten mit Daddys schräger Schrift sehe. Seine geschriebenen Wörter bestanden aus Spitzen und zackigen Linien, während seine gesprochenen Wörter klingende Konsonanten und gerundete Vokale hatten. Ich knie mich vor die Schublade und blättere bis zur letzten, halb fertigen Predigt. Mir kommen die Tränen, weil mir bewusst wird, dass er sie niemals wird beenden können. Da sehe ich hinter dem Tränenschleier etwas Blaues, lege die Reden beiseite und greife nach der letzten Akte ganz hinten in der Schublade.

Der Brief wiegt schwer in meiner Hand. Unsere Adresse ist mit steilen Großbuchstaben geschrieben, und die Wut des Absenders zeigt sich in den Furchen, die er mit seinem Stift in das Papier gedrückt hat. Die Briefmarke – eine US-Flagge, die im unsichtbaren Wind flattert – ist leicht schief. Jemand hat sie mit der Zunge angefeuchtet und seinen Hass mit der Spucke übertragen.

Tom hat seine Seite des Schreibtischs verlassen und kniet neben mir. Sein Kinn ruht leicht auf meiner Schulter.

»Ist das einer der Briefe?«

Ich nicke und streiche mit dem Finger über die ungeöffnete Kante. Daddy hatte nie die Möglichkeit, seinen Inhalt zu lesen.

»Sollen wir ihn öffnen?«

»Na gut.«

Da ich keinen Brieföffner habe, fahre ich mit dem Finger unter eine Ecke und reiße den Brief unordentlich an der oberen Kante auf. Auch das einzelne gefaltete Blatt Papier im Innern ist blau. Es zittert in meiner Hand, als wir beide die furchtbare kurze Botschaft darin lesen. So viel Hass auf so einem kleinen Zettel!

EINES NACHTS KOMME ICH IN EUER HAUS, WENN IHR SCHLAFT ... IHR WERDET NIE WISSEN, WANN DAS LETZTE STÜNDLEIN FÜR EURE FAMILIE GESCHLAGEN HAT.

»Verdammt!«, sagt Tom, und ich spüre seinen warmen Atem an meinem Ohr.

»Ja.«

Der Brief war der Beweis: So viel Hass konnte mit Sicherheit die Absicht befeuern, uns zu verbrennen. Ich stopfe das Blatt Papier wieder in den Umschlag zurück und den in meine Tasche. Als wir aufstehen, wird mir schwindelig, aber Tom fasst meinen Ellbogen und stützt mich.

»Du musst an die frische Luft.«

Doch als wir im Flur sind, verspüre ich den Drang, die Treppe hinaufzugehen. Mich lockt das obere Stockwerk.

»Ich muss da noch was erledigen«, sage ich.

Ich lege den Kopf in den Nacken und blicke zur Decke, sehe schon vor mir, was mich oben erwartet. Deshalb bin ich nicht hergekommen, doch jetzt, da ich schon mal hier bin, will ich es tun. Tom geht ein paar Schritte zur Treppe, aber ich rühre mich nicht. Als er das merkt, dreht er sich um. Ich drücke mit der Zunge gegen meine Schneidezähne. Er ist so nett zu mir gewesen, da fühlt es sich schrecklich an, dass ich ihn nicht dabeihaben will.

»Macht es dir was aus?«

»Nein, ich warte draußen auf dich.«

Ich sollte nicht hier sein. Die Feuerwehrmänner haben gesagt, der Boden könnte nachgeben und das Elternschlafzimmer ins Wohnzimmer krachen. Ihre Kleider im Schrank hängen nebeneinander, wie die Hüllen von Menschen, die darauf warten, mit Leben gefüllt zu werden. Daneben steht der Wäschekorb. Ich nehme eins von Moms Kleidern und presse den Stoff an meine Nase. Vom Geruch kommen mir wieder die Tränen. In den Falten ihres Kleids suche ich nach Erinnerungen. Mom ist überall und nirgends. Vor lauter Trauer sacke ich zu Boden und krümme mich zu einer Kugel zusammen. In der Stille ihres Schlafzimmers kann ich meinen Tränen endlich freien Lauf lassen, doch gleichzeitig spüre ich in mir die lauernde Angst, ich könnte irgendwie für all das verantwortlich sein. *Was hast du getan, Abigail?* Moms Duft hüllt mich ein: frische Seife und Lavendel. Aber dann drängt sich ein anderer Geruch dazwischen, der bitter und rostig ist und eine Erinnerung in mir hervorruft, Bilder, die gestochen scharf aus dem Sumpf meines Gedächtnisses aufsteigen: Flammen, die am Stoff von Moms Kleid lecken und das Blut auffressen, das ihn durchtränkt hat … Blut.

O Gott, da war so viel Blut.

Audiodatei Nr. 8

Aufnahmequalität: schlecht

Stimme A: weiblich

Stimme B: weiblich

Stimme A: Ist es okay (...) dich?

Stimme B: (...) klar.

(Der nächste Abschnitt konnte nicht wiederhergestellt werden.)

Stimme A: Wie ist dein Dad so? (...)

Stimme B: Was meinst du? Er ist toll. Ich liebe ihn.

Stimme A: Aber wie ist es, von einem Mann erzogen zu werden, der glaubt, du wärst minderwertig oder weniger wert, weil du weiblich bist?

Stimme B: So ist es doch nicht. Dad glaubt, dass Männer und Frauen gleich sind, nur ihre Pflichten und Aufgaben unterscheiden sich. Und das finde ich auch. Genau wie Mama. Sie hat sich dafür entschieden, zu Hause zu bleiben und ihre Kinder aufzuziehen.

Stimme A: Ist das eine weitverbreitete *(langes Ausatmen)* Meinung?

Stimme B: Manche halten Daddy und andere Männer wie ihn für weich, ich glaube, sie sind eine Minderheit, aber ...

Stimme A: Aber was?

Stimme B: Ich hab ihn mal mit dem Vater meiner besten Freundin reden hören. Ihr Daddy sagte zu meinem, er wäre mir gegenüber zu nachgiebig, er ließe mir alles durchgehen, und das würde ihn in ein schlechtes Licht rücken. Weil es ein Zeichen von Schwäche wäre. Ich hatte ihn noch nie gemocht, aber jetzt tut mir meine Freundin Abigail noch mehr leid.

24.

Juli

Schwere Schritte kündigten Daddys Erscheinen an. Ich saß stocksteif mit geschrubbtem Gesicht auf dem Sofa, doch meine Gedanken flitzten wie Mäuse im Käfig umher.

Als er sich setzte, gaben die Polster unter seinem Gewicht nach, und ich rutschte näher zu ihm. Ich drückte mit der Zungenspitze gegen meine Schneidezähne. Die Scham saß mir wie ein Kloß im Hals. Ich starrte angestrengt zu Boden und sah, dass Daddys Schuhe staubig waren. Er würde sie später polieren, weil er glänzende Schuhe mochte, aber niemandem die Aufgabe anvertraute. Sein eigener Vater hatte ihm beigebracht, wie man seine Schuhe anständig putzte. Das war das Einzige, was er über seinen Dad erzählt hatte. Ansonsten hatte er nur über ihn gesagt, er wäre ein kleiner Mann gewesen, doch ich wusste nicht, ob er damit seine Körpergröße gemeint hatte.

Unter gesenkten Lidern schaute ich auf. Moms schmale Silhouette tauchte hinter ihm auf. Selbst nach all den Jahren verblüffte mich ihr drastischer Gewichtsverlust. Der Glaube und ein Leben in Ernsthaftigkeit hatten ihre Züge geschärft, Faulheit und Sinneslust zusammen mit ihrem Fett schmelzen lassen, mit wachsender Zielstrebigkeit ihre Muskeln gestärkt, eine tiefe Furche zwischen ihren Rippen gezogen und ihre Haut über ihrem Skelett gespannt, das sie zusammen mit ihrem neu gefundenen Glauben aufrecht hielt.

»Deine Mama hat mir erzählt, was passiert ist.« Sein ausdrucksloser Ton gab nichts von seinen Gefühlen preis. »Sie sagte, es wäre Tom gewesen.«

Zwar klang das nicht wie eine Frage, dennoch nickte ich, weil ich nicht mal ein schlichtes Ja herausbrachte. Da forderte er mich auf, ihm genau zu schildern, was in der Küche des Newhaven vorgefallen war. Mit der Hand auf meinem Knie und unverwandtem Blick in meine Augen hörte er mir zu und nickte an den richtigen Stellen oder runzelte die Stirn. Ich erzählte immer selbstsicherer, und als ich ins Stocken geriet, als es um Toms Härte oder seinen drängenden Kuss ging, drückte Daddy meine Hand. Als ich zum Ende kam, fühlte ich mich völlig hohl und ausgelaugt.

Ganz anders als Mom, die bei meiner Geschichte heftig aufgefahren war, presste er nur die Lippen zusammen und blickte ernst vor sich hin. Ich fragte mich, wie viel Ärger Tom kriegen und wie viel davon an die Öffentlichkeit dringen würde. Vielleicht würde sein Verhalten als abschreckendes Beispiel genutzt werden. Dann würde ganz Newhaven Bescheid wissen und konnte sämtliche schändlichen Einzelheiten bereden, abwägen, beurteilen. Ihr Blick auf mich würde sich verändern, von nun an wären ihre Augen ein Spiegel, der den Vorfall immer und immer wieder auf mich zurückfallen lassen würde. Ich wäre damit untrennbar verbunden. Es wäre leichter gewesen, einfach den Mund zu halten und das Ganze zu vergessen.

Daddy strich sich über den Bart; hinter ihm verlagerte Mom unruhig ihr Gewicht.

»Was hast *du* getan, Abigail?«

»Wie ich Mom schon gesagt habe, ich bin direkt heim …«

»Nein. Was. Hast. Du. Getan. Abigail?«

Das fragte er ganz langsam und bedeutungsschwanger. Mein Name wurde so in die Länge gezogen, als wollte er ihn vor lauter Enttäuschung zerstückeln. Mit jedem Wort sank ich tiefer in die Polster. Eigentlich sollte er doch empört aufspringen und Himmel und Hölle gegen Tom in Bewegung setzen. Er sollte mich in die Arme nehmen und alles wieder in Ordnung bringen. Ich war doch keine Feministin, die sich Männern anbot. Vor lauter Scham fingen meine Wangen an zu brennen. Doch bevor ich irgendetwas sagen konnte, fuhr er fort.

»So verhalten sich Männer nur, wenn sie dazu provoziert wurden.«

Sein Vorwurf durchfuhr mich heiß wie ein Blitz. Ich wollte die Hände hochreißen, doch er hielt sie mit festem Griff. Seine grenzenlose Liebe und Fürsorge waren eine starke Konstante in meinem Leben gewesen; die Gewissheit, dass er immer auf meiner Seite sein würde. Ich war sein kleines Mädchen. Selbst mit fast achtzehn war ich immer noch sein kleines Mädchen, wie er mich gern im Scherz nannte. Jetzt war mir die Sicherheit seiner Liebe entrissen worden. Seit dem Ereignis in Parkerville hatte er mich schon anders angeschaut. Aber seine Annahme, ich wäre schuld an diesem Vorfall, brachte meine Welt zum Einstürzen.

»Ich habe nichts getan.«

»Was hast du in der Küche gemacht?«

»Ich … ich wollte Eistee und Kekse holen. Für die Zwillinge. Aber ich habe nichts getan.«

»Nicht? Genauso, wie du nichts getan hast, als du dich heimlich nach Parkerville geschlichen hast? Denk noch mal nach.« Sein Seitenhieb schmerzte, obwohl seine Stimme so ruhig und feierlich war wie bei der Begrüßung der Gemeinde sonntags in der Kirche.

Ich versetzte mich in die Küche zurück. Sah mich selbst, wie ich mich mit dem Oberkörper in die Vorratskammer beugte und nach etwas zu essen für Summer stöberte – und nicht für die Zwillinge. Also hatte Daddy recht. Ich war immer noch nicht vollkommen ehrlich. Unter seinem Griff wurden meine Hände feucht. Dann sah ich in meiner Erinnerung, wie Tom in die Küche kam und meinen herausgestreckten Unterkörper erblickte. *Hast du Lust auf was Süßes?* Da Männer leicht in Versuchung gebracht werden konnten, mussten Frauen sittsam sein und sich nicht zum Werkzeug des Teufels machen lassen, der sündige Gedanken weckte. Das Fleisch war schwach.

»Er hat mich überrascht. Ich habe ihn nicht kommen hören.«

»Verstehe. Hast du mit deinem Zopf gespielt, wie du es sonst machst? Dich nach hinten gebeugt und ihn vom Rücken nach vorn gezogen?« Auch diese Frage stellte er langsam und bedeutungsschwanger.

Eine Antwort war nicht nötig; sie malte sich auf meinem Gesicht ab und spiegelte sich in seinem Blick

»Da haben wir's, du hast dich zur Schau gestellt und deinen Busen gezeigt. Was hast du denn erwartet? *Kann man über glühende Kohlen schreiten, ohne sich zu verbrennen?*«

»Ich hab's nicht mit Absicht gemacht.«

»Du musst lernen, dich züchtig zu verhalten und immer daran zu denken, was du bist. Sonst forderst du es heraus und kannst es keinem Mann verdenken, dass er sich wie Tom verhält. Der Geist ist willig, aber das Fleisch ist schwach. Führe ihn nicht in Versuchung. Du hast dich verändert, Abigail. Wo ist mein kleines Mädchen geblieben? Ein solches Benehmen wirft auf dich und die ganze Familie ein schlechtes Licht.«

Er quetschte schmerzhaft meine Hände. Ich wollte auf mein Zimmer flüchten, aber das ließ er nicht zu.

»Du bist kein Kind mehr, sondern schon fast achtzehn. Du kannst hier nicht herumstolzieren wie die Huren in Parkerville.«

Ich zuckte zusammen. Noch nie hatte er ein so furchtbares Wort gegen mich verwendet, aber das war noch nichts gegen seinen letzten Satz, bei dem sich mein ganzes Inneres in einen glühenden Ball verwandelte.

»Ich schäme mich, dich zur Tochter zu haben.«

25.

Heutiger Tag

Nach der Entdeckung des neuen Briefs im Hunters Cottage begibt sich Tom für den Nachmittag zur Missionsarbeit in den Computerraum, während ich mich in mein Dachzimmer flüchte. Er hat versprochen, mich später abzuholen. Während ich warte, leistet mir die drückende Hitze Gesellschaft. Nach dem Hustenanfall beim Abendessen bekam ich ein leeres Zimmer unter dem Dach zugewiesen. Hier gibt es sonst nur noch Mrs Favreau mit dem unermüdlichen Klappern der Schreibmaschine. Ich wünschte wirklich, Pastor Favreau hätte sie ihr nicht vor fünfzig Jahren geschenkt.

Vom Fenster aus sehe ich sie: Männer, die wie dunkle Ameisen übers gelbe Gras wimmeln und etwas suchen. Ich kann nur ihre Uniformen und Sonnenbrillen erkennen. Zwischen uns steht mein Geist auf der Glasscheibe. Noch mehr Haarsträhnen haben sich aus meinem Zopf befreit. Er, der mich sonst zusammenhielt, löst sich jetzt auf. Ich umklammere fester die Gabel in meiner Hand und drückte einen Zinken in das weiche Holz des Fensterbretts. Ritze Wörter hinein, die keinen Sinn ergeben: *Solve et.* Aber dadurch bin ich beschäftigt und abgelenkt. Jetzt verstehe ich, warum Mrs Favreau so viel auf der Schreibmaschine tippt. Aus den Rissen der Dachsparren strömt der Geruch von Schilf und brackigem Wasser. Die heiße Sonne brennt auf meine Haut, in meinem Kopf lacht jemand.

Sie gehen am Galgenbaum vorbei. Etwas zieht meinen Blick auf sich, ein Körper mit Nachthemd und Zopf, der an einem niedrigen Ast schwingt. Bevor ich das begreifen kann, verschwindet das Bild hinter dem Nebel, den mein Atem auf das Glas haucht. Als ich ihn hektisch mit dem Unterarm wegwische, zeigt sich, dass es kein Körper ist, sondern nur eine lange Ranke Louisianamoos, die sich im Wind bewegt. Der blaue Brief lastet in meiner Rocktasche. Eigentlich wollte ich ihn heute Abend Pastor Abernathy geben. Aber jetzt habe ich auch die Gelegenheit, *ihnen* den Brief zu zeigen, ihnen allen. Doch ganz sicher bin ich mir nicht. Sie warten auf meine Erinnerungen, aber die sind noch nicht vollständig, nur Fragmente, die keinen Sinn ergeben. Ich habe Angst, was sie davon halten würden. Wenigstens beweist der Brief, dass Pastor Abernathy mit der Bedrohung von außen recht haben könnte.

Draußen auf dem Rasen kommt Mrs Calhoun ihnen entgegen, um sie zu begrüßen. Jetzt sind sie keine Ameisen mehr, sondern winzige Deputys. Selbst aus dieser Höhe erkenne ich Mrs Calhoun an ihren roten Haaren. Wade Pruitt begleitet sie, mit einem Gewehr an der Seite. Ein Officer hat ebenfalls die Hand auf sein Pistolenholster gelegt. Mrs Calhoun wedelt heftig mit den Armen in der Luft und versperrt ihnen den Weg. Ich fahre mit den Fingern über die aufgerissene Kante des Umschlags und übe innerlich meine Erklärung für die Polizei, woher die Briefe stammen.

Ein Klicken reißt mich aus meinen Gedanken. Ich fahre hoch. Der Türknauf bewegt sich, aber die Tür geht nicht auf.

»Hey? Ist da draußen jemand?«

Ich versuche es selbst, drehe mit wachsender Ungeduld am Türknauf, aber er rutscht mir durch die schwitzige Hand.

»Hey! Ich bin eingesperrt.«

Erhobene Stimmen und unverständliche Worte dringen zu meinem Fenster hoch. Wenn ich mich nicht beeile, dann verpasse ich sie. Ausgerechnet heute muss das passieren. Das ist das schlimmste Timing aller Zeiten. Ich rüttle so heftig an der Tür, dass sie in den Angeln rattert. Gleich sind sie weg. Vor lauter Frustration fange ich an zu knurren, da geht die Tür plötzlich auf, und ich stolpere zurück. Im Türrahmen steht Jackson, schlaksig wie eh und je, und hält seinen Gummiball in der Hand.

»Jackson! Wieso hast du mich eingeschlossen?«

Er umklammert mit seinen Fingern den Ball und macht einen Schritt auf mich zu. »Hab ich nicht. Ich lass dich raus.«

Ich renne an ihm vorbei und die Treppe hinunter. Vom Eingang hallen Stimmen bis zu der hohen Decke.

»Hören Sie ...« Entnervung schwingt in der körperlosen Stimme, der ich sofort ein dickliches Gesicht und einen grauen Haarschopf zuordne. Ich denke an einen der Officer, der am ersten Tag im Hinterhof war.

»Wir müssen mit ihr sprechen. Sie können es sich einfach machen, oder wir machen es Ihnen schwer. Wann war denn das letzte Mal das DSS bei Ihnen?«

»Sie sollten wohl jetzt alle gehen«, hebt sich Pastor Abernathys Stimme scharf über seine hinweg. »Auf der Stelle.«

Noch nie habe ich gehört, wie Pastor Abernathy mit solcher Autorität die Stimme erhoben hat. In diesem Moment meine ich, Daddy zu hören. Darauf folgt nur Schweigen, und dann sehe ich durch das Zwischengeschoss, wie Beine in Uniform durch die Doppeltür ins grelle Licht draußen treten. Ich öffne den Mund, doch es ist Mrs Calhouns Stimme, die den Raum erfüllt.

»Solange sie hier ist, werden sie uns nicht in Ruhe lassen.«

Das erwischt mich kalt. Ich sinke auf die Knie. Pastor Abernathy seufzt schwer. Beide stehen außer Sichtweite.

»Das befürchte ich auch, aber wäre es fair, einer anderen Gemeinde diese Verantwortung zu übertragen?«

Der Gedanke, von Sarah und den Zwillingen getrennt zu werden, jagt mir trotz meiner verschwitzten Glieder einen kalten Schauer über den Rücken. Auch wenn ich nicht in der Lage bin, mich um sie zu kümmern, sehe ich sie doch wenigstens aufwachsen. Sie dürfen mich einfach nicht wegschicken.

»Ich habe Pastor McPherson um Rat gebeten, was wir mit ihr machen sollen. Nach dem, was mit Elizabeth Favreau geschehen ist, erfüllt mich Abigails Verhalten mit Sorge.«

Die Erwähnung meines Namens sorgt wieder für Schweigen. Ich sehe sie vor mir, wie sie am Fuß der Treppe des Newhaven stehen: Pastor Abernathy streicht sich über den Bart, wie immer, bevor er zu einer Predigt ansetzt, und Mrs Calhoun sieht ihn erwartungsvoll an. Selbst wenn sie steht, scheint sie stets zu ihm aufzuschauen.

»Ich mache mir Sorgen um sie. Wegen der Albträume und ihrer Apathie. Es ist, als würde sie nichts mehr interessieren. Sie hat ihre Eltern verloren, aber sie weint nicht mal. Und wo war sie an dem Tag, als sie vermisst wurde? Da stimmt doch was nicht. Und auch davor, die Lügen, die Ausbrüche ... Mit ihr ist schon eine ganze Weile etwas nicht in Ordnung. Wenn Sie mich fragen, ist der Teufel in das Mädchen gefahren.«

»Stimmt, dieser Gedächtnisverlust kommt ihr doch ziemlich gelegen ... und ihr problematisches Verhalten, das sie schon früher zeigte ... es ist, wie Sie sagen ... aber besprechen wir das nicht hier, gehen wir ins Büro.« Ihre Schritte hallen durch die Eingangshalle. »Ich weiß nicht, vielleicht würde ihr ein Tapetenwechsel helfen.«

Furcht durchzuckt mich bei dem Gedanken, verbannt zu werden, und sei es nur für eine Weile. Ich schiebe den Brief tief in meine Tasche und schleiche auf Zehenspitzen von meinem Versteck im Zwischengeschoss hinauf zum zweiten Stock und zu Mrs Calhouns Zimmer. Die rosafarbene Tapete sorgt für eine friedliche Atmosphäre und bildet einen Kontrast zum Mahagoniboden. Sarah rührt sich kaum, als ich sie aus ihrer Wiege hebe. Dann strampelt sie mit ihren Beinchen und lächelt, sodass ich unwillkürlich auch lächeln muss. Ich schmiege mein Gesicht an den zarten Flaum auf ihrem Kopf und atme den Babyduft ein, der mich an warme Brötchen erinnert. Als ich das Schlaflied summe, das Mom ihr immer vorgesungen hat, kräht sie entzückt und greift mit ihren Fingerchen nach meinem Zopf.

Pastor Abernathys Bemerkungen verfolgen mich bis hierher. Die Antwort liegt in Sarahs blauen Augen, in ihrem Körper in meinen Armen, im Gewicht meiner Verantwortung. Ich werde ihnen keine Gründe mehr liefern, mich wegzuschicken.

Im Dachgeschoss sitzt Jackson an einen Bettrahmen gelehnt und lässt seinen Ball von der Wand abprallen. Auf der Matratze liegt in seinem Taschentuch ein Häufchen Blaubeeren. Ich schnappe mir ein paar und setze mich neben ihn. Als ich mir eine in den Mund werfe und zerbeiße, trifft erst die Süße meine Zungenspitze; doch dann verziehe ich das Gesicht, weil sie noch ziemlich unreif ist. Meine Hände riechen nach Baby Sarah; ich spüre ihre Wärme in meiner Armbeuge.

»Ich gehe mal runter und helfe Mrs Calhoun beim Abendessen.«

»Wieso hilfst du denen überhaupt? Merkst du nicht, wie sie

dich behandeln?« Der Ball knallt gegen die Wand und fliegt zurück in seine Hand. »Die Hälfte von denen glaubt, du warst es, du hättest dich schon Wochen vor dem Feuer ungebührlich verhalten und dir wäre nicht zu trauen. Die andere Hälfte glaubt an die Verschwörungstheorien, die Pastor Abernathy ihnen im Gottesdienst auftischt: dass der Rest der Welt uns so hasst, dass sie versucht haben, uns zu verbrennen.«

Ich krümme mich innerlich bei der Vorstellung, dass die Hälfte von Newhaven mich für das Feuer verantwortlich macht. Aber wie kann ich es ihnen verdenken, wenn ich mitten in der Nacht selbst Zweifel an mir bekomme? Handlungen sind überzeugender als Worte. Ich muss ihnen also zeigen, dass ich würdig bin, Mitglied dieser Gemeinde zu sein. Dass mein Platz hier in Newhaven ist, bei den Zwillingen und Sarah.

»Sie sind die einzige Familie, die mir geblieben ist.«

»Meinst du damit auch Tom?«

Darauf weiß ich keine Antwort. Tom. Tom, der an dem Abend nach mir gesehen hat, als ich mich ins Hunters Cottage schlich. Der mir bei der Suche im Arbeitszimmer geholfen hat. Ich erinnere mich noch, wie er sein Kinn leicht auf meine Schulter legte, wie mir dabei ein Schauer über den Rücken lief. In der Vergangenheit haben wir uns vielleicht nicht gut verstanden, aber durch meinen Gedächtnisverlust ist alles vergessen. Mir gefällt der Gedanke, dass Gott ihn nach Newhaven geschickt hat, weil Er wusste, dass ich nach Moms und Daddys Tod Hilfe brauchte. Ich werfe mir noch eine Heidelbeere in den Mund und lasse sie über meine Zunge rollen.

Der Ball stoppt. Jackson fährt sich mit der Hand durch seinen dichten dunklen Haarschopf und legt dabei einen Bluterguss am Haaransatz frei. Jungs und ihre blauen Flecken: Die Zwillinge haben auch immer jede Menge vom Herumtollen. Dabei würde man meinen, dass Jackson mittlerweile zu alt dazu wäre.

»Du weißt schon, dass es Tom war, der dich eingesperrt hat, oder?«

Die Heidelbeere bleibt mir im Hals stecken. Es tut weh, sie zu schlucken. Jackson schaut mich forschend an, um zu sehen, welche Wirkung seine Bemerkung auf mich hat. Aber er ist noch ein Junge und hat sich das sicher nur eingebildet. Wieso sollte Tom das tun, wo wir uns doch so gut verstehen? Das ergibt überhaupt keinen Sinn.

Audiodatei Nr. 9

Aufnahmequalität: schlecht

Stimme A: weiblich

Stimme B: männlich

(Die ersten Minuten konnten nicht wiederhergestellt werden.)

Stimme A: Danke (...) mit mir sprechen.

Stimme B: (...) Problem.

Stimme A: Warum schließen sich Ihrer Meinung nach Menschen der NABC an? Schließlich ist es nicht so, als würden sie einfach einer Kirche angehören, sie lassen alles hinter sich und ziehen in eine neue Gemeinde. Was bringt Menschen dazu?

Stimme B: Die Menschen (...) suchen (...) Antworten und Führung, wie sie leben sollen (...) Der Herr hat sie für alle, die auf ihn hören (...) suchen nach Gemeinschaft, nach einer Familie. (...) Gemeinde an einem Ort ist so etwas wie eine Familie.

Stimme A: Familie? Welche (...) Behauptung (...) zerstört Familien. Was ist mit den Leuten, die gesagt haben, ihre Angehörigen wären dieser Kirche beigetreten (...) alle Verbindungen hinter sich abgebrochen? Ist dies wirklich ein sicherer Ort? Welche Familie verhält sich so?

(Der Rest der Aufnahme konnte nicht wiederhergestellt werden.)

26.

Drei Wochen vor dem Brand

Die Luft in der Scheune roch nach zertrampeltem Heu und schwitzenden Tieren. Trotzdem war es besser als im Newhaven, wo ich jederzeit Tom in die Arme laufen konnte. Ich atmete durch den Mund, während ich Bessies feuchten Rücken tätschelte. Der Heuboden am Ende der Leiter lockte mich mit einem Versprechen auf Privatsphäre.

Ich ließ mich auf eine Matratze aus Stroh fallen. Die Nacht zuvor hatte mich vollkommen erschöpft, weil ich im Schlaf wieder in die Küche im Newhaven versetzt worden war und vor Angst erstarrt nur zusehen konnte, wie Tom mir die Kleider vom Leib schälte – so wie Daddy ein hart gekochtes Ei pellte. Hinter ihm lag Tanias verzerrter Körper, und eine Blutlache breitete sich unter ihr auf dem Schachbrettmuster der Fliesen aus. Ihre Finger krümmten sich, und sie stieß lautlose Worte aus. Ich wollte ihr helfen, aber Daddy trat zwischen uns und starrte mich aus toten Augen an. *Gott findet immer einen Weg, die Sünder zu bestrafen,* sagte er. Der Bluterguss von Toms Kuss pochte auf meinen Lippen. Ich schrak aus dem Bett auf, konnte nur flach atmen und spürte den Angstschweiß auf meinem Rücken und in der Kluft zwischen meinen Brüsten.

Jetzt kitzelte Stroh an meinen Armen. Meine brennenden Lider wurden immer schwerer, mein Blick verschwamm, langsam wollten sich meine Augen schließen. Doch bevor ich wegnickte, hörte ich näher kommende Stimmen.

»Wag es ja nicht, vor mir wegzulaufen, Sohn!«

Die Stimme grollte wie Donner bei einem Gewitter, und ich presste mich flach auf den Heuboden.

Durch einen Spalt im Dielenboden sah ich, wie Jackson in die Scheune huschte. Sein Vater kam hinterhergeschossen. Seine Schultern waren vor Anspannung ganz starr. Jackson wich zu Bessies Pferch zurück. Mr Caine packte Jackson am Kinn und hob ihn fast vom Boden. Mir stockte der Atem, als ich sah, wie brutal er vorging.

»Du hast mich bei Pastor Heywood verpetzt, du kleiner Scheißer.«

»Nein, Sir, hab ich nicht.«

»Lüg mich nicht an, Sohn! Pastor Heywood hat mir von deinen sogenannten Sorgen erzählt.«

Jacksons Augen wurden ganz dunkel und füllten sich mit Tränen.

»Als dein Vater und als Oberhaupt der Familie diszipliniere ich dich so, wie ich es für richtig halte, verdammt noch mal! Wenn du dich nicht mehr wie ein Schwächling, sondern wie ein Mann benehmen würdest, müsste ich dich vielleicht nicht so hart züchtigen.« Mr Caine rückte sein Gesicht ganz dicht an Jacksons. »Ist das klar?«

»Ja, Sir.« Das quetschte Jackson zwischen zusammengebissenen Zähnen hervor.

Mr Caine beendete das Gespräch, indem er Jackson gegen einen der Stützpfosten schleuderte. Dabei knallte sein Kopf hart gegen das Holz. Vor Mitleid zuckte ich zusammen und schlug mir die Hand vor den Mund, um nicht aufzuschreien.

Mr Caine stürmte aus der Scheune. Jackson kniete auf dem

Boden. Seine Tränen bildeten eine kleine, schlammige Pfütze auf dem Boden. Ich blieb auf dem Heuboden, wusste nicht, was ich sagen sollte. Mr Caines gewalttätiger Ausbruch war nicht mit den Werten von Newhaven vereinbar. Ich beobachtete, wie sich Jacksons Schmerz in Wut verwandelte. Er trommelte mit den Fäusten auf die Erde und stieß immer wieder: »Verreck doch, Pastor Heywood! Verreck doch!«, hervor. Noch nie hatte jemand in Newhaven jemals Wut oder auch nur Groll gegenüber meinem Vater gezeigt. Ich blieb da oben und fühlte mich in meinem Schweigen mitschuldig. Nach einer Ewigkeit trottete Jackson aus der Scheune. Draußen zogen schwere Wolken in der Farbe alter Blutergüsse über den Himmel, und die Luft war drückend von der Gewalt dieses Tages.

27.

Der Flur im Hunters Cottage lag in tiefem Schatten. Mit den Gedanken noch bei dem, was Jackson gerade widerfahren war, ging ich Richtung Küche. Ich wusste einfach nicht, was ich davon halten sollte. Es war, als wäre ich in eine andere Wirklichkeit gestolpert, wo die Düsternis der Außenwelt nach Newhaven gedrungen war. Als ich die Küche fast erreicht hatte, drangen ein paar Worte durch den Türspalt.

»Ich will nicht, dass Abigail noch mal nach Parkerville oder sonst wohin geht.« Moms Stimme war erfüllt von Angst.

Die Antwort war so leise, dass ich sie nicht verstehen konnte.

»Aber was ist, wenn sie sie entdecken?«

Mich entdecken? Wovon redete sie? Erst das in der Scheune und jetzt noch mehr Geheimnisse! Ich hielt den Atem an.

» ... Sorgen machen. Habe ich nicht all die Jahre für eure Sicherheit gesorgt?«, ertönte Daddys Stimme.

»Aber ... was würden sie tun ... uns fänden?«

»Vertraue auf deinen Mann.«

Ich schlich näher zur Tür, weil ich unbedingt verstehen wollte, worum es ging. Da knackte eine Diele unter meinem Fuß, und in der Küche wurde es still. Schnell stieß ich die Tür auf. Mom wuselte in der Küche herum, während Daddy sich die Hände wusch, doch diese häusliche Szene wirkte unbehaglich und gestellt. Sie vermieden es, sich anzuschauen, und konzentrierten sich stattdessen beide auf mich. Ich zwang mich zu lächeln. Das Drückende des Tages zeigte sich bei meinen Eltern im Schweiß, der ihre Haut bedeckte, und in den tiefen Furchen auf ihrer Stirn. Selbst die Zwillinge saßen schlaff in einer Ecke und hatten keinerlei Energie, ihre Spielzeugautos herumzuschieben oder sich auf mich zu stürzen. Die Hitze heute war brutal gewesen, und wir alle warteten auf eine Entladung.

»Ich habe in der Scheune gearbeitet«, log ich, »und geh mich mal waschen.«

»In zehn Minuten gibt es Abendessen.«

Oben spritzte ich mir Wasser ins Gesicht, aber der Tag wollte mich immer noch nicht loslassen, sammelte sich in schwarzen Rändern unter meinen Fingernägeln und in den Aussetzern meines Gehirns. Benommen sank ich auf den Rand der Badewanne und versuchte, die Bilder von der Attacke in der Scheune zu verdrängen, aber sie pochten wie Kopfschmerzen hinter meinen Augen: Jacksons Körper, der gegen den Stützpfosten knallte, der dumpfe Schlag seines Kopfes, als er gegen das Holz prallte. Eltern mussten ihre Kinder züchtigen, aber solche Brutalität hatte Jackson nicht verdient. Er war ein stiller, sanfter Junge, der gerne Heidelbeeren pflückte und sie jedem anbot, dem er begegnete.

Ich musste auf Gott vertrauen. Er hatte für alles seine Gründe. Aber irgendwie war ich nicht überzeugt. Ich rieb mir mit den Handballen die Augen.

Daddy saß allein am Tisch. Ich war innerlich so zerrissen, dass mir mein Herz schmerzte. Einerseits wollte ich ihm immer noch gefallen und sein Vertrauen zurückgewinnen, andererseits hatte seine Reaktion auf den Vorfall mit Tom Groll in mir geweckt. Ich konnte ihn geradezu schmecken, so bitter war er. Vom Geruch des Essens wurde mir flau im Magen. Mom schlüpfte auf ihren Stuhl, und als ich sie beide am Esstisch sah, musste ich wieder an ihre leise Unterhaltung von eben denken. Sie hatten Geheimnisse vor mir.

Tiefe Stille lastete auf dem Zimmer.

»Wo sind die Zwillinge?«

»Im Bett. Wir sind unter uns, Schatz«, antwortete Daddy.

Ich zuckte zusammen. Wie konnte er mich noch so nennen, wenn er sonst mit Worten und Handlungen bewies, dass er sich für seine Tochter schämte?

Die Kerzen und die beiden Petroleumlampen tauchten das Zimmer in trübes Licht und warfen lange Schatten über unsere Gesichter, sodass unser Abendessen wie ein düsteres Tableau vivant wirkte. Den Generator hatte die Hitze ebenfalls außer Gefecht gesetzt. Wir aßen schweigend, weil kauen und gleichzeitig sprechen zu anstrengend war. Eigentlich schubste ich mein Essen nur mit der Gabel über den Teller.

Schließlich sagte Daddy: »Owen Nolan ist heute vorbeigekommen.«

»Geht es ihm gut?«, erkundigte sich Mom.

»Er wollte einen Termin für seine Hochzeit mit Melanie Le Roux festlegen.«

»Ist das nicht ein bisschen früh? Melanie ist doch ... noch so jung.«

»Unser Herr hat sie zusammengebracht. Wer sind wir, dass wir uns ihm entgegenstellen? In Seiner Weisheit wird er sie an ihren Platz führen und sie beschützen.« Er tätschelte Mom die Hand und schenkte ihr sein wohlwollendes Lächeln, was sie auch zum Lächeln brachte.

Melanie sollte heiraten? Sie war zwei Jahre jünger als ich und sollte doch früher Mann und Kinder haben als ich? Allerdings hätte ich nicht Owen Nolan erwählt, denn seine Haare waren dünn und grau und sein Gesicht runzliger als eine Backpflaume. Trotz seines wenig ansprechenden Äußeren spürte ich, dass sich Verwirrung in mir ausbreitete, die nichts damit zu tun hatte. Jedes Mädchen wollte doch heiraten und Mutter werden! Das war Gottes Wille. Kam ich ins Hintertreffen? Ich stopfte mir ein Stück Hühnchen mit ein paar Möhrenwürfeln in den Mund und kaute darauf herum.

»Außerdem habe ich heute Nachmittag Tom Vermont beraten.«

Ich umklammerte mein Besteck so fest, dass meine Knöchel weiß wurden. Die Kerzen auf dem Tisch flackerten. Die darauffolgende angespannte Stille wurde nur vom Kratzen der Messer auf dem Porzellan unterbrochen. Ich schob ein Stück Hühnchen auf meinem Teller herum.

»Der Vorfall in der Küche hat seinen Glauben erschüttert. Ich habe ihm geholfen. Das Fleisch ist schwach, kann aber mit einem auf Gott gerichteten Geist kontrolliert werden.«

Als ich hörte, welche Auswirkungen die Sache auf Tom hatte, zog sich mein Magen zusammen. Ich spürte, wie mein Groll durch Daddys Worte wuchs.

»Würdet ihr mich entschuldigen?«

»Wieso denn?«, fragte Daddy.

»Ich fühle mich nicht wohl.« Die Phantomschmerzen hinter meinen Augen meldeten sich wieder. Ein Blitz vor dem Fenster tauchte das Zimmer ganz kurz in ein bläuliches Licht. Schwere tiefgraue Wolken hatten Dunkelheit mit sich gebracht und den Tag vorzeitig beendet.

»Ich glaube nicht, dass es daran liegt«, sagte Daddy mit seinem wohlwollenden Lächeln und blickte mich unverwandt an.

»Doch, ich habe Kopfschmerzen und möchte früh ins Bett.«

Ich sprach ganz langsam, um meine wachsende Spannung im Zaum zu halten. Sie sammelte sich in meiner Magengrube, in meinen Fingerspitzen, kroch meine Rippen hinauf und surrte in meinen Knochen. Ich ballte die Faust, um gegen meinen Schenkel zu boxen.

»Ich will dir helfen, Abigail, doch wie kann ich das, wenn du nicht ehrlich zu mir bist?«

Ehrlich? Dieses Wort war ein rotes Tuch für mich. Wieder erhob Heuchelei ihr hässliches Haupt. Es war nicht nur das eine Wort, sondern auch die Enttäuschung, die es hervorrief. Da wurde meine innere Spannung zu groß, und ich hatte einen Kurzschluss.

»Das ist eine Lüge.«

»Abigail!«

Er stoppte Mom mit erhobener Hand. »Lass sie ausreden. Inwiefern ist das eine Lüge?«

»Du sagst, du willst mir helfen. Aber wie du dich nach der Sache mit Tom verhalten hast ... Ich hab mich so nichtswürdig und ... allein gefühlt. Wie sollte mir das denn helfen?«

»Wie habe ich mich denn verhalten?«

»Du hast ... mich im Stich gelassen«, sagte ich mit tränenerstickter Stimme. »Du hättest auf meiner Seite sein müssen.« Ich blinzelte nicht, weil ich mich einfach weigerte, vor ihm zu weinen. Diese Macht würde ich ihm nicht geben. Nicht heute Abend.

»Das habe ich nicht.«

»Doch hast du. Und in Parkerville hast du mich vor allen anderen als Lügnerin hingestellt, als du sagtest, ich hätte mich ohne deine Erlaubnis heimlich aus Newhaven geschlichen. Aber ich habe nicht gelogen. Vielleicht habe ich es falsch verstanden, aber gelogen habe ich nicht. Dafür sollte ich nicht bestraft werden.«

»Du hast wohl die Sprüche 19,18 vergessen: ›Erzieh deine Kinder mit Strenge, denn so kannst du Hoffnung für sie haben.‹ Vielleicht solltest du eine Weile nicht mehr nach Parkerville. Nur zu deinem Besten.«

»Ist das der einzige Grund?«

»Selbstverständlich. Schon allein, wie du dich gerade benimmst, reicht als Grund. Sieh dich doch an! Ich tue das aus reiner Liebe.«

»Soll das Liebe sein, wenn du mir die Schuld für das gibst, was Tom getan hat? Das ist nicht gerecht. Ich bin keine Hure!«

Mom wollte etwas sagen, doch er hob wieder die Hand und unterband damit jegliche Äußerung.

»Alles, was ich tue, tue ich aus Liebe zu dir, Abigail.« Dieses Wort ließ Flammen der Wut in mir auflodern. Liebe? Mich im Stich zu lassen, wenn ich ihn am meisten brauchte? Mir nicht zu glauben? Geheimnisse vor mir zu haben? Das hatte mit Liebe nichts zu tun.

»Das ist nicht gerecht, Gott verdammt noch mal! *Du* bist nicht gerecht ...«

»Das reicht«, grollte er wie ein drohender Donner. »Ich dulde nicht, dass du Gott oder mir in meinem Haus den schuldigen Respekt verweigerst. Es gibt Grenzen, insbesondere nach allem, was ich für dich getan habe.«

»Mom, wie kannst du ihm das erlauben ...«

»Es ist zu deinem Besten.« Sie stand mit hängenden Schultern zwischen uns und hatte ihre Blicke fest auf das weiße Tischtuch gerichtet. »Dein Vater hat recht, dass er dich von Parkerville fernhält.«

»Nein, hat er nicht!«

»Das verstehst du nicht. Er sorgt dafür, dass wir sicher sind.«

Sicher? Wovor denn? Ich fragte mich, ob das irgendwas mit den blauen Briefen zu tun hatte. Mom mied meinen Blick. Daddy umrundete den Tisch und legte ihr den Arm um die Schultern. Sie schmiegte sich an ihn.

»Was ist denn mit uns, Mom? Was ist aus ›Nur wir Mädchen‹ geworden?«

Etwas wie Erkennen blitzte in ihren Augen auf. Gleißend hell wie die Blitze draußen stand plötzlich unsere Vergangenheit im Raum. Daddy versteifte sich und krallte seine Finger in ihren Oberarm.

»Bitte. Hör auf deinen Vater.«

»Nein, er … ich kann nicht. Ich schlafe heute Nacht im Newhaven.«

Damit rannte ich aus dem Esszimmer, hinaus ins Freie. Ein Blitz zerriss den Himmel über mir. Ich rannte weg, bevor ich noch etwas sagte, was mir wirklich leidtun würde.

28.

Die Hütte zeichnete sich wie ein Schattenriss vor dem Himmel ab, der von purpurfarbenen Blitzen durchschnitten wurde. Daneben das Gerippe des alten Trucks, wie ein Hund, der treu bis in den Tod bleibt. Der nächste Blitz enthüllte eine breite Silhouette hinter dem Steuer. Mir stockte der Atem. Ich blieb stehen, starrte auf den Truck und fragte mich, ob ich es bis in die Hütte schaffen konnte, bevor die Gestalt ausstieg – doch dann zeigte sich, dass es nur der Fahrersitz war. Langsam stieß ich die Luft aus, die ich angehalten hatte.

Zunächst war ich schnurstracks zum Newhaven gerannt und erst dann Richtung Hütte gelaufen, als ich sicher war, dass Mom und Daddy mir nicht folgten. Der Wald und der Sumpf hatten meine Entschlossenheit auf die Probe gestellt: Wurzeln hatten mir immer wieder ein Beinchen gestellt, und ein paarmal war ich sogar hingefallen und hatte Erde in Mund und Nase bekommen. Ein verzogenes Brett hatte mich fast vom Bohlenweg katapultiert. Windböen hatten mich erfasst, aber ich hatte mich dagegengestemmt. Ich machte mir nicht die Mühe, mir den Staub von den Kleidern zu klopfen, wenn ich wieder aufstand, sondern rannte weiter durch die Dunkelheit und schaute nicht einmal zurück.

Quietschend öffnete sich die Tür zu einem dunklen, stillen Flur. Ich wollte wirklich allein sein, und die Hütte schien mir der richtige Ort dafür. Ein weiterer Blitz begrüßte mich. Das Gewitter wirkte noch gruseliger, weil es keinerlei Donner gab: wie ein Schrei ohne Stimme. Auf Zehenspitzen schlich ich mich hinein. Die Hütte war jeglichen Lebens beraubt, wie ein Körper, der seine inneren Organe verloren hat – das Gegenteil vom Newhaven. Ich erschauerte. Aber es war besser, hier zu sein, als zu Hause mit meinem schwärenden Groll festzusitzen. Gerade als ich ins Wohnzimmer trat, blitzte es mehrmals hintereinander, und ich sah wie in Schnappschüssen einen Schlafsack. Abrupt blieb ich stehen. Panik erfasste mich. Die Luft im Zimmer hatte etwas Rauchiges an sich, die Atmosphäre trug noch Spuren der Tragödie. Langsam schlich ich rückwärts zum Eingang, da ächzte eine Diele unter meinem Gewicht, und ein Luftzug strich um meinen Nacken.

»Scheiße, hast du mich erschreckt!«

Ich schrie auf. Ein weiterer Blitz tauchte Summer in ein helles Licht, die sich mit einem Teppichmesser flach gegen eine Wand drückte. Mit finsterem Blick und zusammengepressten Lippen starrte sie mich an: zu allem entschlossen. Mir lief ein Schauer über den Rücken. Als es erneut blitzte, sah ich, wie sich ihre Züge entspannten.

»Was machst du hier?«, fragte ich.

»Ich? Was machst *du* denn hier? Darfst du überhaupt so spät noch draußen sein?« Unter einer erneuten Reihe von Blitzen durchquerte sie den Raum. Das Messer kam in die Tasche ihrer abgeschnittenen Jeans. Ihr T-Shirt war unter ihrem Busen verknotet und zeigte ihren nackten Bauch.

»Ich brauchte ... Freiraum zum Nachdenken.«

Bevor ich noch etwas sagen konnte, blendete mich ein Lichtstrahl.

»Scheiße, was ist denn mit dir passiert?«

Die Taschenlampe beleuchtete meine verschrammten Hände und den Staub auf meinen Ärmeln, auf der Vorderseite meines Kleids und meinen Beinen. Etliche Stellen an meinem Körper taten mir weh. Ich war schweißgebadet und sah bestimmt grässlich aus. Mit einem Mal fühlte ich mich unendlich müde und klein. Ich sollte ins Newhaven, so wie ich behauptet hatte. Mir ein leeres Zimmer suchen und schlafen.

»Setz dich.« Summer warf mir eines der Sofakissen auf dem Boden zu und verschwand in der Küche. Der staubverkrustete Stoff fühlte sich rau unter meinen Händen an.

Ich schrak zusammen, als eine Wasserflasche durch die Luft flog und in meinem Schoß landete. Ein Tuch war darum gewickelt. Summer tauschte die Taschenlampe gegen ein Lämpchen ein, das sie zwischen uns stellte. Ich starrte auf die Flasche, wusste nicht, was ich damit sollte, aber meine trockene Kehle sagte mir, dass ich nach dem vielen Rennen einen Schluck vertragen konnte. Ich wartete und stellte Summers Geduld damit auf eine harte Probe. Sie kniff sich in die Nase und seufzte, und bei diesem Seufzen kam ich mir noch kleiner vor. Dann kniete sie sich vor mich hin und nahm die Flasche und das Tuch vom Boden. Sie tupfte die Schrammen auf meinen Händen und Beinen ab und wusch mir den Staub von der Haut. Mein Blick wanderte zur Tür. Ich rechnete schon halb damit, beim nächsten Blitz Daddys Gestalt dort zu sehen, aber da war nichts.

Meine Haut kribbelte überall dort, wo Summer sie berührte. Als sie mein Handgelenk nahm und über meine verschrammte Handfläche wischte, strömte mein Blut unter ihren Fingerspitzen zusammen. Es überraschte mich, wie sanft sie sich um meine Verletzungen kümmerte. Eigentlich erwartete ich, dass sie sich über meine Tollpatschigkeit lustig machte, aber das tat sie nicht. Vor lauter Konzentration gruben sich zwei Falten in ihre Mundwinkel.

Ihre Gesten erinnerten mich an Mom von damals, als Schrammen an den Knien oder Händen zu unserem Alltag gehört hatten. Damals tupfte sie abwechselnd Desinfektionsmittel auf die Wunde oder pustete dagegen, mit dem Gesicht ganz nah an meiner Haut. Damals, als wir noch unter uns waren. Nur wir Mädchen. Bei der Erinnerung spürte ich ein Ziehen in der Brust. Und weil Mom nicht da war.

Als Summer fertig war, gab sie mir die Flasche. Ich trank so gierig daraus, dass mir das Wasser aus den Mundwinkeln lief und auf den Kragen meines Kleides tropfte. Ich hatte gar nicht gemerkt, wie durstig ich war. Da hörte ich ein Geräusch und riss den Kopf herum, sodass mir das Wasser übers Kinn spritzte. Mein Herz hämmerte. Sekunden verstrichen, ich spürte, wie mir kalter Schweiß den Rücken hinunterrann, aber es kam niemand um die Ecke.

Ich beruhigte mich und trank erneut gierig aus der Flasche. *Die gehorsame Tochter achtet auf ihre Manieren.* Zum Teufel mit der gehorsamen Tochter, mit Daddy und seinen Moralpredigten, mit Mom und ihrer Unterwürfigkeit. Ich sollte mich schämen, doch die Entdeckung, dass sie Geheimnisse vor mir hatten, minderte meine Schuld. *Aber was ist, wenn sie sie entdecken?*, hatte sie gesagt, und ihre Frage war durch den Türspalt zu mir gedrungen.

»Das Wasser ist ja ganz kalt.«

»Ich hab ein bisschen Benzin mitgenommen und den Generator zum Laufen gebracht.« Summer ließ sich mit einer Zigarette im Mundwinkel neben mir nieder.

»Wie das?«

»Ich bin ganz gut darin, etwas auszutüfteln. Außerdem gibt's ja noch YouTube. Wie auch immer: Was ist los?«, fragte sie durch eine dicke Rauchwolke. Ihre Sanftheit hatte sich hinter ihr übliches cooles Gebaren und beißenden Tabakgeruch zurückgezogen.

»Es ist etwas vorgefallen.«

»Spuck's einfach aus.«

Auf ihre harsche Aufforderung hin brach alles aus mir heraus: die Küche im Newhaven, Tom, seine Bemerkungen, die Demütigungen, zuerst durch ihn, dann durch Mom, die es Daddy erzählte, dann seine Fragen, nach denen ich mich nicht mehr angegriffen und als Opfer fühlen konnte, sondern bereute, überhaupt etwas gesagt zu haben. Summer hörte zu, ohne mich zu unterbrechen, ohne Fragen zu stellen. Wann immer ich verstummte, weil ich nicht wusste, wie ich das Chaos in mir in Worte fassen sollte, wartete sie und verbrannte mit einer Zigarette nach der anderen die Zeit zu Asche. Bei jedem Zug wurden ihre Wangen hohl, und ihre Lippen pressten sich um den Filter. Blitze zuckten über ihr Gesicht, das ihre durch die Feuchtigkeit noch wilderen Locken umrahmten. Schließlich erzählte ich vom Streit beim Abendessen, der mich hierhergeführt hatte. Dann hatte ich keine Worte mehr in mir. Und doch sagte sie nichts. Sie presste ihre Lippen auch ohne Zigarette zusammen, und ihre Augen wurden zu Schlitzen.

»Was hast du erwartet?«

Diese Frage verwirrte mich. Ich runzelte die Stirn.

»Also, ich sag's nur ungern, aber du lebst mit Männern zusammen, die Frauen als Besitz betrachten: etwas, das vom Vater an den Ehemann übergeben wird.«

Ihr mangelndes Mitgefühl traf mich hart. Der Himmel entlud seinen Zorn, und ein Blitz durchzuckte mich.

»Ich bin kein Besitz! Ich bin nicht ...«

Sie packte mich an den Schultern. »Natürlich nicht! Sie sind im Unrecht, nicht du!«

Sie war die Letzte, von der ich Solidarität erwartet hätte – schließlich war sie eine Fremde. Sie senkte den Kopf und suchte meinen Blick. Dann sah sie mich unverwandt an. »Hör zu, dieser Typ, dieser Tom, ist ein übergriffiges Arschloch. Einer von den Kerlen, die zu euch kamen, weil sie in der realen Welt nicht kriegen konnten, was sie wollten. Vergiss, was dein Dad gesagt hat. Es ist nicht deine Schuld.« Als ich den Kopf schüttelte, rüttelte sie an meinen Schultern. »Sieh mich an! Du hast nichts falsch gemacht. Du bist hier das Opfer. Das hätte dir nicht passieren dürfen.«

Ihr Blick war fest und direkt. Sie glaubte jedes Wort, das sie da sagte. Ich warf mich an ihre Brust. Das erschreckte sie, aber als ich meinen Kopf in die Kuhle an ihrer Schulter schmiegte, fühlte ich mich sicher. Ich legte die Arme um ihre Taille und schluchzte an ihrer Brust. Langsam schlang sie auch ihre Arme um mich und ließ sie auf meinen Schultern liegen.

»Es tut mir leid, wirklich, so leid. So eine Scheiße verdienst du nicht. Es tut mir so leid. Es ist immer das Gleiche. Verschiedene Orte, aber immer dieselbe Scheiße.«

Ich zog die Nase hoch und nickte, obwohl ich nicht genau wusste, was sie meinte. Draußen wurde das Gewitter schlimmer, und immer mehr Blitze zuckten über den Himmel. Meine Gefühle warfen sich gegen meine Rippen und brachen dort schäumend wie Wellen an einer Klippe. Gesichter blitzten vor meinem inneren Auge auf: Tanias, Fleurs, Toms, Daddys.

»Ich krieg keine Luft mehr. Ich ersticke.«

»Du musst alles rauslassen. Lass nicht zu, dass sie dich und deine Gefühle zurechtstutzen.«

Ein Funke kribbelte an meinen Fingerspitzen, strömte daraus hervor, bis der Strom der elektrisch aufgeladenen Gewitternacht durch meine Adern floss und sich mit der Wut in meinem Innersten verband, die dort so lange gekocht hatte, bis sie zu einem dunklen Blutrot eingedickt war. Jetzt durchströmte sie mich. In diesem Moment hasste ich meinen Vater. In diesem Moment fand ich die Vorstellung, Knochen zu brechen, wunderschön.

»Ich hasse ihn. Ich hasse ihn. Ich hasse ihn. So sehr!« Ich spürte, wie ich vor lauter Wut Schaum vorm Mund bekam.

»Gut. Halt dich daran fest. Lass alles raus!«

Rasende Wut brannte sich durch mich hindurch. Ich fütterte das Feuer mit Erinnerungen an Daddy, warf all seine Bemerkungen und seine Enttäuschung hinein. Das Traktat »Die gehorsame Tochter« kam gleich hinterher. Ich stieß laute Schreie aus und sprang wild herum, ließ die ganze Anspannung meiner Muskeln heraus. Ich tanzte wie eine Besessene. Mit jeder Faser meines Körpers wollte ich alles niederbrennen. Ich boxte gegen meine Schenkel, bis sie Flecken bekamen. Dann hielt mir Summer ein Kissen hin, und ich hämmerte meine Wut in die weiche Füllung. Mir tat die Schulter weh, aber das hielt mich nicht auf. Als ich wieder schrie, fiel Summer mit ein. Wir schrien, bis Tränen in unseren Augen brannten und unsere Kehlen wund wurden.

Die Blitze draußen warfen Schlaglichter auf uns. Ich sah Schnappschüsse von Summer: Unsere Verbindung flackerte zwischen absoluter Schwärze und Augenblicken aus reinem Licht. Ich kannte sie kaum. Und doch zog mich alles zu ihr. Nicht nur, weil sie eine Außenstehende war. Nein: Ich vertraute ihr! Schließlich überwältigte mich Erschöpfung, und ich sank zu Boden.

Im Rhythmus meines rasenden Atems und der Blitze draußen leuchteten Efeuranken an der Decke auf. Mein Zorn schmeckte rauchig in meiner Kehle. Ich musste so lachen, dass das ganze Zimmer davon widerhallte.

»Abigail?«

»Bitte nenn mich nicht so. Das bin ich nicht.«

Von: Jeb Abernathy
Datum: Donnerstag, 8. September, 2022, 7.14 Uhr
An: Cameron McPherson
Betreff: Re: Sorgen – Führung erbeten

Gütiger Gott, ich kann nicht glauben, was passiert ist!!

Ich habe versucht, Sie anzurufen, aber Ihre Assistentin sagte, Sie wären in einem Meeting und dürften nicht gestört werden. Es ist etwas zutiefst Verstörendes geschehen. Bitte rufen Sie mich an, sobald Sie dies lesen!

Ich fürchte, die Lage gerät außer Kontrolle. O Herr, sei uns gnädig!

29.

Heutiger Tag

Hektisch nestle ich mit den Fingern daran, aber sie rutschen immer wieder ab. Der Gestank ist so furchtbar, dass ich durch den Mund atme. Meine Nägel zerren an dem Knoten, aber er will sich einfach nicht lösen. Wenn ich ihn doch nur ein bisschen lockern könnte! Dann erkenne ich es, und mein Magen zieht sich vor Entsetzen zusammen: Das ist keine Schnur zwischen meinen Fingern, sondern eine blutige Faser aus den Eingeweiden.

Ein Kaninchen wurde ausgeweidet und mit seinen Innereien am Zaun aufgehängt. Aber nicht nur eins: Der ganze Zaun ist voller Tierkadaver – hauptsächlich Beutelratten und Kaninchen –, die noch warm sind.

Angestrengt richte ich den Blick auf die vor mir liegende Aufgabe. Nicht zu den anderen schauen, sich nur auf diesen einen Knoten konzentrieren! Als mir Schweiß in die Augen läuft, wische ich ihn mit dem Handrücken weg. Ich frage mich, ob sie Babys haben, die in einem Bau unter der Erde auf sie warten und nicht ahnen, dass sie niemals zurückkommen werden. Ich spreche ein stilles Gebet für sie.

»Abigail? Was, um Himmels willen ...?«

Blitzschnell wirble ich herum, noch bevor Wade Pruitt zu Ende sprechen kann. Er umklammert den Griff seiner Waffe. Mit großen Augen erfasst er meinen Anblick. Ich öffne den Mund, aber er kommt mir zuvor.

»Corey, hol Pastor Abernathy. Schnell.«

Wie eines der Kaninchen vor mir flitzt Cory Richtung Newhaven. Panik durchzuckt mich. Das ist wirklich schlimm. Ich kann nur noch an Pastor Abernathys Drohung denken, mich wegzuschicken. Wade Pruitt starrt mit offenem Mund zum Zaun. Noch nie habe ich gesehen, wie alles Blut aus dem Gesicht eines Mannes weicht, nicht mal, als Mr Garrett mit der Hand in einen rostigen Nagel fiel. Schweigend stehen wir da. Ich schlage nach den Fliegen, die vom Geruch des Bluts angezogen werden. Sie spüren den Tod auch aus einer Meile Entfernung. Ihr Summen geht mir durch und durch. Eine Fliege umschwirrt mich so hartnäckig, dass ich wild um mich schlagend zurückspringe. Wade schreckt zusammen und zielt mit dem Gewehr in meine Richtung. Vor Angst stockt mir der Atem.

Wir starren uns an, als wären wir Fremde, bis es im hohen Gras raschelt. Corey zeigt Pastor Abernathy den Weg. Dicht dahinter folgt Mrs Calhoun. Mit gerafften Röcken und leicht aufgelöstem rotem Haarknoten müht sie sich vorwärts. Dann bleibt sie keuchend stehen und schlägt die Hand an die Brust.

»O Gott, welch ein Gräuel!«

Vor lauter Schock werden ihre Gesichter ganz schlaff. Beim Anblick der ausgeweideten Tiere am Zaun, deren Eingeweide in der Morgensonne glänzen, verfinstert sich Pastor Abernathys Blick. Eine leichte Brise trägt den Geruch des Todes zu uns: Kupfer und faulige Zwiebeln. Pastor Abernathy tritt einen Schritt vor. Vor Zorn wirkt er viel größer und kräftiger.

»Was ist das, Abigail?«, knurrt er so drohend, dass ich zusammenschrumpfe. »Antworte mir.«

Ich will es erklären, bin aber so eingeschüchtert, dass ich

keine Worte finde. Ich will ihm sagen, dass mich bei Anbruch des Tages ein Albtraum aufschreckte. Immer wieder musste ich an die Gestalt denken, die an jenem Tag mit Tom am Zaun stand. Ich schlüpfte aus dem Bett und ins Freie, weil ich sie suchen wollte. Barfuß und im Nachthemd lief ich zu der Stelle, wo ich sie gesehen hatte. Ich dachte, wenn sie sich hier in der Gegend herumtreibt, könnte sie am Tag des Feuers etwas gesehen haben.

»Abigail? Abigail, sieh mich an.« Finger schnipsen vor meinem Gesicht. Pastor Abernathy presst die Lippen zusammen und bläht die Nasenflügel. »Was hast du getan?«

»Ich? Ich ...« Ich blickte zu der Reihe aus blutverschmierten Kadavern. »Nein. Das war ich nicht. Ich hab sie so gefunden. Ich schwöre es!«

»Du hast sie gefunden?«, erwidert er und mustert mich von Kopf bis Fuß.

Mein Nachthemd, mein Gesicht und meine Hände sind voller Blut. Die anderen sehen mich enttäuscht und angeekelt an. Ich will ihnen sagen, dass sie sich irren, dass das Blut von meinem Versuch stammt, die toten Tiere loszubinden. Dass ich keinen einzigen weiteren Toten mehr ertrage, auch wenn es nur ein Tier ist. Ich wollte sie nur losbinden und ihnen ein anständiges Begräbnis geben. Also öffne ich den Mund.

»Rebecca, bitte bring sie ins Newhaven«, kommt Pastor Abernathy mir zuvor. »Aber es darf sie niemand sehen.«

»Natürlich.«

Mrs Calhouns Hand schwebt hinter meiner Schulter, auf keinen Fall wird sie mich berühren. Ich gehorche mit resigniert gesenktem Kopf. Meine Hände glänzen vom Blut. Bei diesem Anblick zieht sich mein ganzes Inneres zusammen. Mit einem Mal schimmert eine vergessene Erinnerung in mir auf. Mir stockt der Atem. Ich reibe meine Hände am Nachthemd ab, aber das Blut will nicht weichen. Das ist kein Tierblut, es ist *ihr* Blut. Schuld schnürt mir die Kehle zu. Meine Hände sind mit warmem, glitschigem Blut bedeckt. Ich knie am Tag des Brandes im Wohnzimmer vom Hunters Cottage. Moms Blut. Ist auf meinen Händen. Das Bild überwältigt mich. Da fängt das Schreien an.

30.

Drei Wochen vor dem Brand

Meine von der Anstrengung und Aufregung feuchte Haut klebte unter dem Schlafsack an Summers, aber ich rührte mich nicht. Sie zündete sich eine der selbst gedrehten Zigaretten an, die sie auch an dem Tag geraucht hatte, als sie in den Sumpf gesprungen war und mir Schauergeschichten erzählt hatte; ihr bitterer Geruch vermischte sich mit unserem beißenden Schweiß. Summer gab mir die Zigarette.

»Ich rauche nicht.«

»Das ist auch keine echte Zigarette. So schmeckt innerer Friede.«

Sie zwirbelte die Zigarette mit ihren Fingerspitzen. Die Spitze glühte vor Möglichkeiten. Wie konnte etwas so Kleines etwas so Großes in sich bergen? Mein Herz schlug schneller beim Gedanken, etwas Verbotenes zu tun. Gleichzeitig schämte ich mich schon. Ich hatte bereits über die Stränge geschlagen: hatte wie ein Tier gebrüllt und voller Zorn auf ein Kissen eingeboxt. Also schüttelte ich den Kopf, bewegte mich aber nicht, sodass meine Schulter und mein nackter Arm weiterhin ihre berührten. Schauer liefen mir über den Rücken. Ein Teil von mir klammerte sich an den Trost ihrer Haut, auch wenn das falsch war.

»Wie du meinst.«

Ein seltsamer Ausdruck huschte über ihr Gesicht. Ich sah ihr zu, wie sie einen so tiefen Zug nahm, dass die Glut orangefarben aufleuchtete wie die untergehende Sonne. Sie grinste und blies mir den Rauch ins Gesicht. Mit Summers Atem drang er mir in die Nase. Ihre Lippen waren gefährlich dicht an meinen. Wärme breitete sich in meinem Bauch aus. Mit einem bitteren Geschmack schlängelte sich der Rauch in meine Lunge und kratzte dabei über meine Kehle. Der Husten kam prompt und heftig, und jeglicher Versuch, ihn zu unterdrücken, machte ihn nur noch schlimmer. Summers Gesicht löste sich hinter einem Tränenschleier auf.

»Tut mir leid, ich bin manchmal echt ein Miststück. Jeder hustet beim ersten Mal.«

Aber etwas sagte mir, dass ihr das beim ersten Mal nicht passiert war; irgendwie war sie die Ausnahme bei allen Regeln. Als hätte sie meine Gedanken gelesen, inhalierte sie tief, hielt ein paar Sekunden lang triumphierend die Luft an und blies dann den Rauch zur Decke. Kurz hing eine dunkelblaue Wolke über uns, bevor sie sich auflöste.

Die Rauchfäden in mir verteilten sich und lösten die Enge in meinem Brustkorb, sodass sich meine Lunge aufblähte wie zwei Ballons, die nur von den Schnüren der Adern festgehalten wurden. Ich sank unter den Schlafsack, dessen Stoff mich in eine synthetische Umarmung nahm. An der Decke erstreckten sich Ranken über den Putz. Mein Herz schwebte mit einer Erinnerung an Fleur in meiner Brust. Damals saßen wir im Schneidersitz auf dem Bett und küssten unsere Handrücken, um schon mal für unsere Ehemänner zu üben. Bis sie eine direktere Übung vorschlug, die zu dem Zeitpunkt ganz harmlos klang. Nur wie der Wunsch, für den Richtigen bereit zu sein. Die Erinnerung schmeckte nach Fleurs Zahnpasta mit Pfefferminz. Ich fragte mich, was sie wohl davon halten würde, dass ich hier mit Summer zusammen war.

»Bist du sicher, dass du es nicht mal probieren willst?«

Summers Frage riss mich aus meinen Gedanken und ließ Fleurs Gesicht wie Rauch verschwimmen.

»Du hast mir noch gar nicht erzählt, was du hier machst.«

»Ich wohne hier. Die Motels kosten ein Vermögen, und langsam geht mir das Geld aus.«

»Kriegst du nicht viel Geld für deine Dokumentation?«

»Podcast. Und schön wär's! Meine Sponsoren bezahlen nur für die Ausrüstung und die Reisekosten, und das Geld von meiner Untervermietung reicht gerade mal für die winzige Bude in East Brunswick. Aber die Hütte hier ist gratis und unauffällig. Nur Mist, dass ich mein Auto eine halbe Meile entfernt parken muss. Verdammt, für einen Sloppy Joe könnte ich jetzt töten!«

Als ich die komischen Wörter hörte, die Summer benutzte, dachte ich daran, wie groß die Welt jenseits unserer Insel war und wie wenig ich davon wusste. *Bude, Untervermietung, Sloppy Joe* – jedes Wort fühlte sich an wie der Schlüssel zu einer Tür, die ich noch nicht entdeckt hatte.

»Wie auch immer, solltest du nicht langsam zurück?«

Die gehorsame Tochter in mir sehnte sich danach, zurückzugehen und um Verzeihung zu bitten, aber ein anderes Ich – ein neues – ärgerte sich immer noch darüber, dass Daddy eine Trennlinie zwischen uns gezogen und sich auf Toms Seite gestellt hatte. Wenn ich mir vorstellte, ich würde zum Hunters Cottage zurückgehen, wo Mom am Küchentisch saß und Daddy mit einer Hand auf ihrer Schulter dahinter stand … Entschieden schüttelte ich den Kopf, um das Bild loszuwerden.

»Ich kann nicht, nicht heute Nacht. Zwing mich nicht dazu.« Ich war ganz heiser von dem bitteren Rauch und unterdrückte einen Hustenanfall.

»Ich doch nicht.« Sie stieß mich mit der Schulter an. »Aber kriegst du dann keinen Ärger?«

»Ist mir egal. Sie denken, ich würde im Newhaven schlafen. Hab ich schon öfter gemacht.«

Wenn ich jetzt nach Hause ginge, würde er die Sünde auf meiner Haut riechen und an meinen hochroten Wangen sehen. Ich hätte keinerlei Möglichkeit, mein schamloses Benehmen zu verbergen. Das Fleisch war schwach, und im Moment war mir wirklich völlig egal, was er dazu zu sagen hatte. In dem Moment keimte ein neuer Gedanke in mir auf und erhob sich in die Dunkelheit wie der Rauch, der aus Summers Mund quoll: Vielleicht wusste er ja gar nicht alles. Auch wenn er eine Linie zwischen uns gezogen hatte, die uns trennte, so hatte Summer gerade einen Kreis um mich gezogen und war zu mir getreten.

»Ich kann's dir nicht verdenken. Dein Vater ist ein Heuchler. Mir ist schon klar, dass eure Religion auf Vergebung und so weiter basiert, aber gleich einen Freipass für den Kerl ausstellen, der die eigene Tochter belästigt hat? Willkommen im Patriarchat! So benimmt sich nur ein Arschloch.«

»Aber das ist er nicht.«

»Wie kannst du ihn noch verteidigen?«

»Nein, ich meinte, er ist nicht mein Daddy. Er ist nicht mein Vater. Nicht mein richtiger.«

31.

Summer stützte sich auf einen Ellbogen. Ihre Silhouette war in der Dunkelheit kaum auszumachen.

»Was hast du gesagt?«

»Er ist nicht mein Daddy.« Die Wahrheit entschlüpfte mir einfach, und es fühlte sich komisch an, sie laut auszusprechen. Diese Wahrheit war jahrelang in einer Nische meines Hinterkopfs verborgen gewesen. Ich drehte mich auf den Bauch und legte mein Kinn auf die verschränkten Arme. »Wir kommen nicht von hier. Meine Mom und ich. Sondern aus Chicago. Daddy hat uns hierhergebracht, als ich noch klein war. Aber einen anderen Vater als ihn habe ich nie gekannt. Ich hab ihn schon immer Daddy genannt. Und ich glaube nicht, dass ich das je ändern werde.«

Summer drehte sich ebenfalls auf den Bauch. Wir sahen uns nicht an, sondern starrten in die Dunkelheit. »Von wo genau in Chicago?«

»Weiß ich nicht, ich war zu jung, als wir weggingen. Ich erinnere mich nur an große Türme und endlose Treppen, weil der Aufzug immer kaputt war. Sie stanken nach Urin.«

»Wie alt warst du?«

»Etwa sechs, schätze ich.«

»Also ist dein ... Stiefvater nicht aus Chicago?«

Ich schüttelte den Kopf.

»Weißt du denn, woher er kommt?«

»Über so was sprechen wir nicht.«

»Was soll das heißen?«

»Wir reden nicht über unser Leben vor Newhaven Plantation. Bevor man in Sein Licht tritt, ist nur Dunkelheit.«

»Und was hat er in Chicago gemacht?«

»Damals leistete er viel Missionsarbeit in der Stadt. Er gehörte zur Delegation der Kirche dort.«

»Und wart ihr nur zu zweit? Du und deine Mom?« In der Dunkelheit klang Summers Stimme leicht atemlos, heiser, wohl vom Rauchen und Schreien.

»Meinen echten Daddy habe ich nie kennengelernt. Mom hatte männliche Freunde, aber die blieben nie lange. Sie lebte in Sünde, bis er erschien.«

»Und sonst gab's da niemanden?«

»Nur uns Mädchen. Das sagte Mom früher immer.«

»Und wie ›erschien‹ er?«

»Er tauchte einfach eines Tages auf, da, wo wir wohnten. Es war einer dieser riesigen Hochhausblöcke. Das weiß ich noch, weil ich meinen Kopf weit in den Nacken legen musste, um bis nach oben zu schauen. Er redete mit den Leuten darüber, dass die Stadt böse wäre und wie man ein besseres Leben führen könnte. Aber die Leute wollten das nicht hören, meistens lachten sie ihn aus. Das war ihm egal. Eines Tages redete er draußen mit Mom. Ich glaube, sie bat ihn um zehn Dollar, um Milch zu kaufen. Er trug ihr die Tüten vom Laden bis zu uns nach oben und redete die ganze Zeit mit ihr. Danach war er jeden Tag da, und sie unterhielten sich am Küchentisch oder auf dem Sofa. Er ging mit uns zu Kirchentreffen in der Innenstadt und zeigte ihr, dass sie nicht auf sich allein gestellt war. Er war anders als die anderen: trug einen Anzug, roch gut. Für mich brachte er immer Pralinen mit, die ich lutschte, während ich fernsah ... Dann, als wir in Newhaven waren, folgten mir die Erinnerungen zuerst überallhin. Ich versuchte sie wegzuhauen wie bei einem Videospiel. Daddy hatte mir erklärt, dass wir nach vorn blicken müssten und niemals zurück. Im Laufe der Zeit verblassten die Erinnerungen an Chicago zu flüchtigen Gefühlen und Gerüchen, die manchmal verschwommene Bilder oder Gespräche heraufbeschworen.«

»Und dann?«

Ich zupfte an einem Faden, der sich vom Schlafsack gelöst hatte. »Dann waren wir in Newhaven und führten ein Leben an einem sicheren Ort.«

»Das ist krass, Abs.«

»So heiße ich nicht.«

»Sorry. Abigail.«

»Nein, Abigail ist nicht mein richtiger Name«, erwiderte ich und schaute sie an. Sie hatte eine tiefe Furche auf der Stirn. »Den gab er mir, als wir hier ankamen.«

Eines Abends nach dem Essen hatte er mich aufs Sofa in seinem Arbeitszimmer gesetzt. Meine Füße reichten nicht mal bis zum Boden. Der zerschlissene Samt unter meinen Fingern war weich. Ich habe ein Geschenk für dich, hatte er gesagt. Einen Namen. Dabei hatte ich schon einen. Einen, den ich gern behalten wollte, aber so war es eben Brauch in Newhaven. Und es gefiel mir hier. Hier weinte und brüllte Mom nicht mehr. Es kam immer Essen auf den Tisch, und das Wetter war viel besser. Die Leute sprachen zwar komisch und ganz anders als in Chicago, aber sie schrien nicht. Und ein Geschenk war ja nichts Schlimmes. Daddy erklärte mir die Bedeutung meines Namens: Freude des Vaters. Ich lernte meinen neuen Namen, wie man ein Gebet oder eine neue Regel lernt: durch Zuhören und Wiederholen, bis er mir in Fleisch und Blut übergegangen war. Seitdem hatte ich jeden Tag alles darangesetzt, meinem Namen gerecht zu werden und Daddy Freude zu machen. Was mir auch gelungen war, bis vor Kurzem.

»Mein echter Name lautet Faith.«

Die Stille zwischen uns breitete sich aus wie der Schimmel an den Wohnzimmerwänden. Ein neues Gewitter braute sich zusammen. Ich spürte, wie Summer vor lauter Missbilligung die Muskeln anspannte. Es war eine Sache, in Newhaven als Mitglied der New America Baptist Church geboren worden zu sein, aber eine ganz andere, freiwillig herzukommen ... Ihr Körper neben mir vibrierte geradezu.

»Verdammte Hitze!«, zischte sie, sprang auf und rannte aus der Hütte. Dann hörte ich nur noch Rascheln im Gras und das Platschen von Wasser.

In der darauffolgenden Stille krochen Ängste wie Ungeziefer aus den Schatten und krabbelten mir das Rückgrat hinauf. Ich wollte sie abschütteln, doch vergeblich. Ich hatte alle enttäuscht, sogar Summer. Mir wurde der Mund trocken. Ich tastete mit der Hand nach der Wasserflasche. Dabei berührte ich Summers Tasche und erfühlte den Umriss von etwas Hartem. Es war keine Flasche, sondern ein Buch. Es wog schwer in meiner Hand. Auf dem glatten Einband in leuchtendem Pink und Orange stand nur *Unterwegs*. Ich fragte mich, ob die Seiten vom Umblättern nach ihr riechen würden: nach Tabak und Kokos. Früher hatte ich in Chicago mal einen Film mit einer gelben Backsteinstraße gesehen. Vielleicht war das eine ähnliche Geschichte. Ein altes Taschenbuch mit gebrochenem Rücken, sodass es immer aufklappte; mit eselsohrigen Seiten und Gebrauchsspuren: Flecken, kleinen Rissen, unterstrichenen Wörtern oder Sätzen und einer Ausbeulung in der Mitte, über die sich die Seiten wölbten. An dieser Stelle klappte das Buch auf und enthüllte sein Geheimnis.

Zwischen den Seiten 124 und 125 lag ein kleiner Plastikbeutel.

Ich warf nur einen Blick auf den Inhalt, und mir gefror das Blut in den Adern. Obwohl das durchsichtige Plastik von Fingerabdrücken verschmiert war, sah ich doch deutlich, was sich darin befand. Ich schluckte, aber mein Mund war wie ausgedörrt, und meine Zunge klebte mir am Gaumen. Als ich es das letzte Mal sah, war es auf einem vergrößerten Foto auf einer Staffelei in der Kirche, zu ihrem sechsmonatigen Todestag, und hing an ihrem Hals. Ich musste das Medaillon nicht mal öffnen, um zu wissen, dass darin ein Foto von einem lächelnden Mädchen mit Zahnlücke war und ein zweites von einem Mann mit Lachfältchen und sandfarbenem Schnurrbart. Das raffiniert verschnörkelte F auf der goldenen Oberfläche schrie einen Namen, und das getrocknete Blut darauf schrie von einem Akt der Gewalt. Ich schleuderte den Plastikbeutel von mir, rutschte in Panik weg und presste mir die Hand vor den Mund.

Draußen war das Gewitter vorbei und der sternenlose Himmel vollkommen schwarz. Von Summer hörte ich spritzendes Wasser, scharfes Platschen in der stillen Nacht. Ich hockte auf dem Boden, schlang die Arme um mich und wiegte mich langsam hin und her, doch konnte das meine wirren, verwirrten Gedanken nicht beruhigen. Summer hatte Fleurs Kette. Das Medaillon, das sie an der Kette hin und her zog, wenn sie wirklich konzentriert zuhörte. Das hatte ich hundertmal gesehen. Warum hatte Summer Fleurs Kette? Die Kette, die sie nie abgenommen hatte?

Audiodatei Nr. 10

Aufnahmequalität: schlecht

Stimme A: weiblich

Stimme B: weiblich

(Die erste Minute konnte nicht wiederhergestellt werden.)

Stimme A: Warum stellst du ständig Fragen nach meiner Familie und vor allem nach meinen Eltern?

Stimme B: Ich versuche, das Kräftespiel innerhalb der Gemeinde zu verstehen, und da dein Vater der Pastor ist, also das Oberhaupt in dieser Hierarchie, ist er ein wichtiger Faktor.

Stimme A: Aber all diese Fragen gelten eben nicht nur meinem Vater, sondern auch meiner Mama, und die ist in dieser Hierarchie, von der du redest, vollkommen unbedeutend. Es besteht keine Notwendigkeit, über sie zu reden. Ich möchte einfach nicht mehr über meinen Daddy reden, in Ordnung?

Stimme B: Schon gut, wir können über alles reden, was du willst.

(Der nächste Abschnitt konnte nicht wiederhergestellt werden.)

Stimme A: Du lässt einfach nicht locker, oder? Ich hab dir gesagt, du sollst es lassen! Verdammt, Summer, lässt du es einfach niemals gut sein?

(Gedämpfte Geräusche)

Stimme B: Komm zurück! Bitte, es tut mir leid, ich hab's nicht so gemeint.

(Gedämpfte Geräusche)

Stimme B: Scheiße, es tut mir so leid! Ehrlich. Komm doch bitte zurück, ich hab's nicht so gemeint. Fleur. Entschuldige. FLEUR!

Teil zwei

Eh du wieder Wald wirst und Wasser
und wachsende Wildnis
in der Stunde der unfasslichen Angst,
da du dein unvollendetes Bildnis
von allen Dingen zurückverlangst.
Rainer Maria Rilke, Das Stundenbuch

32.

Heutiger Tag

Mrs Favreau nickt zu ihrem Audiobuch, die schwarzen Kopfhörer stehen in starken Kontrast zu ihrem weißen Haarschopf. Den Blick hat sie aufs Fenster gerichtet, auf den Himmel, den sie kaum sehen kann. Die tiefen Narben um ihre milchigen Augen und den Mund sind nach all der Zeit immer noch grellrosa. Sie wollte sich das Böse, das ihren Blick trübte und ihr die Worte im Mund verdrehte, mit einer Flasche Bleiche austreiben – die furchtbare Entscheidung ist ein Zeugnis ihres bedingungslosen Glaubens. Hätte Daddy sie nicht rechtzeitig gefunden, hätte sie sicher die ganze Flasche geleert. Ihre Schreie hallen immer noch durch die Korridore. Daddy ist weiterhin überzeugt, sie sollte außerhalb der Gemeinschaft versorgt werden, und ganz gleich, wie viel er zu tun hat, findet er doch immer die Zeit, sie zu besuchen. Was sie braucht, ist Liebe, nur dürfen wir nie vergessen, dass die Tür stets abgesperrt bleiben muss. Mrs Finch meint, es sei unwahrscheinlich, dass ihre Stimmbänder vollkommen zerstört sind, doch seitdem hat sie kein einziges Wort mehr gesagt.

Ich verlagere mein Gewicht, weil mir der Rücken schmerzt: Seit Stunden schon beuge ich mich über den Tisch und falte immer wieder ihre Kleider, bis sie perfekt sind. Die Monotonie der Aufgabe lässt die Bilder verblassen, die mich seit dem Vorfall am Zaun heimsuchen: Moms Blut, das mir von den Händen tropft, das Blut, das auch ihr Kleid durchtränkte. Je mehr ich mich erinnere, desto weniger will ich wissen.

Mrs Favreau scheint meine Anwesenheit nicht zur Kenntnis zu nehmen, aber sie weiß, dass ich da bin. Wie jeden Tag. Abgesehen von der gedämpften Stimme aus den Kopfhörern, ist es still hier oben, so still, dass man fast vergessen könnte, wie es in den unteren Stockwerken vor Menschen wimmelt, die mich nicht in ihrer Nähe haben wollen. Heute Morgen zog Melissa Pruitt ihre Tochter an sich, als ich auf dem Weg zum Unterricht für junge Frauen an ihnen vorbeikam. Jedes Mal, wenn Pastor Abernathy den Mund aufmacht, überkommt mich die Angst, er könnte verkünden, dass ich gehen muss.

Auf den weißen Laken liegt ein farbiges Quadrat. Das Foto fühlt sich in meinen Händen so spröde an, als wäre es aus Mrs Favreaus Haut geschnitten. Darauf steht Daddy neben Pastor Favreau, der den Arm um seine Frau geschlungen hat. Ich streiche mit den Fingerspitzen über Daddys Gesicht. Mein Herz zieht sich so schmerzhaft zusammen, dass ich zu Boden sinke. Alle auf dem Foto lächeln, und Mrs Favreaus Gesicht ist unversehrt. Sie ist die Einzige, die noch geblieben ist, die beiden anderen sind fort.

Das Foto zeugt von einer Vergangenheit, die noch gar nicht so lange zurückliegt. Von einer Zeit, bevor der Teufel ihre Zunge kontrollierte und sie zwang, gegen unseren Glauben zu wettern; bevor sie am Fuß der Treppe vor dem leblosen Körper ihres Mannes stand und kreischte, der Teufel hätte ihn geholt. Zwei Tage nach seinem Tod platzte sie derangiert und mit wildem Blick in den alten Ballsaal und schrie, sie könnte ihren Mann nicht finden. Sie stand da und zeigte mit dem Finger auf Daddy. Ein paar Frauen und Kinder brachen in Tränen aus, darunter die Zwillinge. Daddy war am Boden zerstört; seit seiner Ankunft in Newhaven war Pastor Favreau sein Mentor gewesen. Ein paar Wochen später verloren wir auch Pastor Munro und Fleur. Der Engel des Todes kreiste über unserer Kirche. Daddy stellte sich der Herausforderung und übernahm die Führung der Gemeinde.

Das scharfe Klappern der Tasten lässt meine Gedanken auseinanderstieben wie Staub aus einem ausgeschüttelten Laken. Mrs Favreau hat das Audiobuch weggelegt und sitzt vor der grässlichen Schreibmaschine: den Rücken gebeugt von Trauer und Wahnsinn, die dürren Finger zu Klauen gekrallt über der Tastatur. In den letzten zwölf Monaten ist sie um zehn Jahre gealtert. Das Foto ist auf den Boden gefallen. Ich hebe es auf und lege es neben sie auf den Schreibtisch, wo ihre Finger es später ertasten werden.

Sie wartet. Leicht alarmiert richte ich mich auf und warte ebenfalls. Ich sollte nicht hinschauen, aber ihre Reglosigkeit zieht mich an. Als sich unter meinem Schritt mein Gewicht verlagert, knarrt eine Bodendiele. Da spannen sich ihre Nackenmuskeln an, und die Blicke aus ihren farblosen Augen richten sich auf mich. Als ich das sehe, rinnt mir ein Schauer über den Rücken.

»Möchten Sie etwas?«

Ich habe noch nicht ausgesprochen, da klackert sie schon ihre Antwort und hämmert die Buchstaben fast aggressiv auf das Papier.

WO IST FLOYD?

Sie hat wohl noch weniger Erinnerungen als ich. Fängt es so an? Frisst der Teufel dein Gedächtnis, damit sich die Dunkelheit darin ausbreiten kann?

»Er ist fort, Mrs Favreau. Erinnern Sie sich nicht mehr?«

Die nächsten aufs Papier gehämmerten Wörter gehen mir durch Mark und Bein.

ABIGAIL GEFAHR ABIGAIL GEFAHR ABIGAIL GEFAHR.

»Das verstehe ich nicht. Ich bin Abigail.« Ich versuche zu schlucken, aber meine Zunge ist trocken wie Sandpapier. Die Wortfolge verwirrt mich, weil ich dadurch gleichzeitig die Gefahr oder in Gefahr sein könnte: Täter oder Opfer.

Da hämmern die Tasten auf eine neue Seite ein, die sie blitzschnell eingespannt hat, und das Trommelfeuer zerrt an meinen Nerven. Überall juckt meine Haut vom gnadenlosen Hämmern, sodass ich unwillkürlich die Hände nach Mrs Favreaus Schultern ausstrecke. In mir lodert der Drang, sie zum Schweigen zu bringen. Auf einmal halte ich es nicht mehr aus, und meine Hand schießt vor. Ich schnappe mir die neue Seite, knülle sie, ohne daraufzublicken, zu einem Papierknäuel zusammen und stopfe sie in meine Rocktasche.

Gerade will der Schlaf mich übermannen, da schrecke ich auf. Mein dummes Hirn hat mehr Löcher als die Moral einer Feministin. Ich habe vergessen, Mrs Favreaus Tablett nach dem Abendessen abzuholen. Leise öffne ich ihre Tür und schleiche auf Zehenspitzen ins Zimmer, um sie ja nicht zu wecken. Zu dieser späten Stunde schlafen schon alle im Newhaven. Da kann ich das Tablett heimlich in die Küche bringen und das Geschirr spülen, ohne dass Mrs Calhoun es bemerkt. Ich sollte ihr nicht noch mehr Gründe geben, enttäuscht zu sein. Oder mich wegzuschicken.

Der Teppich ist kratzig unter meinen nackten Füßen, und mein Nachthemd klebt mir vom Schweiß am Rücken. Die staubige Luft ist stickig und irgendwie bedrohlich. Ich atme durch den Mund. Als ich mit dem Tablett die Hälfte des Korridors hinter mir habe, flackert das Licht und gibt der Dunkelheit einen Puls. Irgendwo hinter mir ächzt eine Bodendiele. Es ist ein altes Gebäude. Nur ächzt es mit der Regelmäßigkeit von Schritten. Angesichts aller Gefahren, die sich hinter mir befinden könnten, stellen sich mir die Nackenhärchen auf. Ich wirble herum. Im flackernden Licht sehe ich: Da ist jemand, eine Frau, umrissen von Schatten. Mein Herz macht einen Satz. Der einzige andere Mensch in diesem Stockwerk ist Mrs Favreau, und die habe ich gerade in ihrem Zimmer eingeschlossen. Die Frau tritt näher. Besteck klappert auf dem Tablett. Langsam hebt sie die Hand und drückt einen Finger auf die Lippen. Ich weiche zurück, bis ich plötzlich keinen Boden mehr unter meinem linken Fuß spüre, und die Schwerkraft an mir zieht. Mich durchzuckt ein eiskalter Schauer. Das Licht zersplittert um sie herum und fragmentiert die Wirklichkeit. Ein Schrei bleibt mir in der Kehle stecken. Die Frau winkt mir, ich soll näher kommen. Drei Wörter brennen sich in mein Hirn: *Sie ist hier.*

Das Tablett kracht auf den Boden. Der Schreck befreit den Schrei in meiner Kehle.

»Hilfe! Bitte, Hilfe!«

Ich sinke zu Boden, taste hektisch übers Tablett und befühle jeden Gegenstand, bis sich meine Finger endlich um den Griff des Messers schließen können. Das Licht hört auf zu flackern. Ich strecke das Messer vor, entdecke aber, dass der Korridor leer ist. Die Frau ist verschwunden.

»Abigail?« Ein weiterer Schrei entfährt mir, als sich eine schwere Hand auf meine Schulter legt.

Pastor Abernathy löst meine Finger einzeln vom Messergriff und zieht mich zu sich hoch.

»Da war eine Frau. Am Ende des Korridors. Sie wollte mich zu sich locken, Pastor, das schwöre ich.«

»Was für eine Frau?« Sein Atem riecht nach Sauerkäse.

»Ich weiß nicht. Als ich aufschaute, war sie weg. Irgendwie verschwunden. Ich schwöre, ich bin nicht verrückt.«

»Schon gut, schon gut. Du hast viel durchgemacht. Dein Geist ist getrübt. Rebecca, würdest du Abigail wieder auf ihr Zimmer bringen?«

»Ich lüge nicht, sie war direkt dort.« Ich zeige mit ausgestrecktem Finger auf das Ende des Flurs.

»Wade, Ezra, überprüft bitte alle Zimmer in diesem Stockwerk.«

Wortlos schlüpfen sie an uns vorbei und reißen eine Tür nach der anderen auf. Luft und viel zu viele Wörter ringen in meiner Kehle um Platz. Hektisch atme ich ein, fühle mich aber, als würde ich in Sauerstoff ertrinken. Ich kralle die Finger um Mrs Calhouns Arm.

»Krieg. Keine Luft.«

Sie lächelt, aber ihre Augen lächeln nicht mit. »Schon gut. Das ist nur dein Körper, der sich gegen das Böse wehrt. Er verschließt sich davor. Gehen wir in dein Zimmer und beten.«

Sie stützt mich am Ellbogen und führt mich zurück in mein Zimmer.

Als ich wieder im Bett bin, versuche ich vergeblich zu schlafen. Ich werfe mich hin und her und werde den angsteinflößenden Gedanken nicht los, dass, wenn ich die Augen aufmache, die Frau vor meinem Bett steht und den Finger auf die Lippen legt – und dass meine Hände voller Blut sein werden. Durch die Hitze wird der Geruch der Feuchtigkeit in diesem Zimmer immer schlimmer und drückt mir gegen die Kehle, bis ich würgen muss. Plötzlich wird der Gedanke an die Frau und das Blut von dem an Mrs Favreaus Botschaft verdrängt, die ich zusammengeknüllt habe. Blasse Buchstaben, die mit solcher Gewalt aufs Papier gehämmert wurden, dass ich die Abdrücke sehe: DER TEUFEL IST HIER DER TEUFEL IST HIER DER TEUFEL IST HIER.

Erschöpfung drückt mir auf die Lider. Die Frau vom Flur schleicht sich wieder in meinen Kopf. Sie sitzt im Schneidersitz am Ende meines Betts und starrt mich mit honigfarbenen Augen an, während ihr Rauch aus dem leicht geöffneten Mund quillt. Sie hat Gerüche und Bilder mitgebracht, wie kleine Geschenke – das Beißende verbrannter Dinge, Lichtreflexe auf dem Wasser, das Ächzen von Bodendielen –, die alle so vertraut wirken, obwohl ich mich nicht erinnern kann. Der Geruch von Rauch umhüllt mich, als wäre sie wirklich hier gewesen. Es ist, als hätte jemand die Einzelteile von einem Dutzend Puzzles miteinander vermischt.

Der Teufel ist hier.

Sie ist hier. Sie ist hier.

Wer ist hier?

»Summer.« Unwillkürlich entschlüpft mir dieser Name. »Summer ist hier.«

Von: Cameron McPherson
Datum: Freitag, 9. September, 2022 um 16.35 Uhr
An: Jeb Abernathy
Betreff: Re: Sorgen – Führung erbeten

Mein lieber Pastor Abernathy,
danke für Ihre Nachricht und den Bericht über die Lage in Newhaven.

Ich bin mit Ihnen einer Meinung, dass da etwas nicht stimmt und dass die Lage im Auge behalten werden muss, besonders wenn die Polizei dort herumschnüffelt.

Wir dürfen nicht zulassen, dass sich das Böse in Newhaven ausbreitet und die Menschen an ihrem Glauben und ihrer Sicherheit zweifeln lässt. Vor allem nach dem, was mit Pastor Favreau und der lieben Elizabeth Favreau geschehen ist. Dieser Vorfall mit den toten Tieren am Zaun ist sehr verstörend.

Möglicherweise habe ich etwas gefunden, das all Ihre Probleme mit Abigail lösen könnte, doch zuerst muss ich den Ältestenrat um seine Zustimmung bitten. Sobald ich gesicherte Informationen habe, melde ich mich wieder.

Sein Wille geschehe. Einen gesegneten Tag.
Pastor Cameron McPherson

PS: Sie werden sich freuen, zu hören, dass auf GoFundMe die Spenden für Abigail und die Kinder sich mittlerweile auf 58 000 Dollar belaufen und diese Summe, abzüglich der Schenkung an die NABC, auf das Konto von Newhaven überwiesen wird.

33.

Drei Wochen vor dem Brand

Die Sonne tauchte den Horizont in ein blutiges Orange. Endlich war der Morgen gekommen. Ich hatte die Nacht über bleiben müssen, da man nachts keinesfalls den Sumpf durchqueren durfte. Doch nach der Entdeckung des Medaillons hatte ich kein Auge zumachen können. Jetzt trat ich auf die Verandastufen der alten Hütte. Der Sturm war über die Insel gefegt und hatte all die Spannung mitgenommen, die sich seit Wochen angestaut hatte. Abgesehen von der Flammenlinie am Horizont, gehörte ein Großteil des Himmels noch der Nacht. Vor seinem Indigoblau und dem Schwarz eines Wäldchens pulsierte etwas Rotes.

Summer schlief noch. Seit meiner Entdeckung musste ich ständig an das Medaillon denken, auch jetzt, während mir das flachsfarbene Gras an den Fußsohlen kitzelte. Die Zeit drängte, ich musste mich beeilen, doch das seltsame Phänomen am Waldrand zog mich magisch an. Ich hatte Summer nicht nach dem Medaillon gefragt, weil ich einerseits nicht sicher war, ob ich es wirklich wissen wollte, und andererseits nicht zugeben mochte, dass ich in ihren Sachen geschnüffelt hatte. Steif wie ein Brett, hatte ich neben ihr gelegen, während sie sich gemütlich zusammenrollte. Selbst ohne das Medaillon hätte ich wegen des Gestanks nach kaltem Zigarettenrauch nicht schlafen können.

Eine Flamme leckte schamlos an einem Baum und ließ die

graue Rinde aufspringen wie rissige Erde. Die Glut war wie heißer Atem auf meinem Gesicht. Ich fragte mich, ob so wohl das Tor zur Hölle aussah.

»So sieht es aus, wenn ein Baum von einem Blitz getroffen wird.« Ihre Stimme ließ mich zusammenschrecken. Mit einer Zigarette in der Hand tauchte Summer neben mir auf und beugte sich zu dem schartigen Baumstamm. Die Flammen, die träge an dem weichen Holz leckten, ließen einzelne Strähnen ihres Haars aufblitzen, ihre honigfarbenen Augen dunkel schimmern wie Bernstein und ihr Gesicht hell aufleuchten. Es sah aus, als wären der Baum und sie vom selben Feuer befallen.

In ihren Augen sah man noch den Schlaf und etwas, das ich nicht recht bestimmen konnte. Ich hatte den Blick schon mal gesehen, nur wusste ich nicht mehr, wo. Ich schürzte die Lippen, als ich sah, dass Summer ein knittriges Oberteil mit grellen Streifen in Gelb, Türkis, Purpur und Orange trug und dazu neongelbe Laufshorts. Sie sah aus wie ein irrer Regenbogen.

»Was? Ich musste lange Zeit an einem Ort leben, wo Farben nicht erlaubt waren.« Sie zog noch heftiger an ihrer Zigarette.

Diese persönliche Information traf mich. Ich sagte nichts, aus Angst, sie würde dann nicht weiterreden. Ich wollte mehr hören, aber gleichzeitig das Weite suchen.

»Deshalb kann ich Regeln nicht ausstehen und bleib auch nicht gerne lange an einem Ort. Der Himmel über uns ist weit, und ich will so viel wie möglich davon sehen.«

»Und deine Familie?«

»Ich hab keine.«

Das war lächerlich, jeder hatte eine Familie, wir alle kamen von irgendwoher. Nach ihrer Enthüllung senkte sich lastendes Schweigen über uns. Wieder zog sie an ihrer Zigarette.

»Faith.« Sie sagte meinen alten Namen, als würde sie ein verblichenes Foto neben mein Gesicht halten.

»Ich gehe jetzt besser.«

»Vielleicht ist es Zeit, *ganz* zu gehen.«

Diese neue Bedeutung des Worts beunruhigte mich. In dem darauffolgenden Schweigen strich sie mir lächelnd eine Strähne hinters Ohr. Mir stockte der Atem angesichts dieser intimen Geste. Ihre Fingerspitzen glitten über meine Wange. Sie rochen nach Nikotin. Auf ihrem Gesicht lag ein sanfter Ausdruck, den ich an ihr noch nie gesehen hatte. Um Zeit zu gewinnen, zwirbelte ich die Spitze meines Zopfs zwischen den Fingern und verlagerte mein Gewicht von einem Fuß auf den anderen. Sie musste mich gehen lassen. Auch wenn sie mich in der Gasse beschützt und meine Kratzer gesäubert hatte, war sie doch immer noch eine Fremde. Eine Fremde, die Fragen stellte. Zu viele Fragen. Und so was mochten wir hier gar nicht.

»Ja, du solltest gehen.« Ihre Sanftheit verschwand wie ein aufgeschreckter Vogel. »Wir wollen doch nicht, dass deine Mom sich Sorgen macht.«

Sie zog so heftig an der Zigarette, dass ihre Wangen ganz hohl wurden und die Glut orange aufleuchtete. Dann schnippte sie den Stummel ins Wasser. Ich runzelte die Stirn.

»Was denn? Ich will kein Feuer auslösen.«

Ich rannte den Bohlenweg entlang, doch die aufgehende Sonne ließ mich innehalten. Orangefarben glühende Strahlen teilten die dunklen Räume zwischen den Tupelobäumen und setzten den Sumpf in Flammen. Zumindest sah es so aus. Die wilde Schönheit der Natur erinnerte mich an Summer. Ein Teil von mir wollte für immer hierbleiben und in diesen Farben schwelgen, doch lief ich weiter.

Mit den Gedanken beim Medaillon bahnte ich mir einen Weg durchs Unterholz. Im Licht des anbrechenden Tages schwand meine Gewissheit, dass es Fleurs war. Schließlich war es nicht speziell für sie angefertigt worden. Fleurs Daddy hatte es in einem Laden gekauft, und sie war nicht das einzige Mädchen, dessen Name mit einem F anfing.

Die harten Bohlen unter meinen Füßen wichen weichem Waldboden.

Das Medaillon konnte auch einer Fiona oder Felicity gehört haben. Es konnte sogar Summers sein – wenn Summer ihr zweiter Vorname oder ein Spitzname war. Schließlich hatte ich ihr auch nicht die Wahrheit über meinen Namen gesagt. Ich kickte gegen das hohe Gras. Ich hätte das Medaillon aus dem Plastikbeutel nehmen und aufklappen müssen. Um Gewissheit zu bekommen. Aber die Chance, jeden Zweifel auszuschließen, war vertan. Ich zerbrach einen trockenen Zweig. Es war absurd und ergab überhaupt keinen Sinn, dass Summer Fleurs Halskette haben sollte. Ich hatte voreilige Schlüsse gezogen. *Nicht so schnell, lies die Frage vollständig*, hatte Mrs Calhoun mich immer ermahnt, wenn ich schon die Hand hob, bevor sie zu Ende gesprochen hatte. Ich war zu schnell mit meinem Urteil gewesen, genau wie die Menschen in Parkerville, die uns ständig verurteilten. Gott hatte einen Grund gehabt, mir Summer zu schicken, und nur wegen eines schlichten Missverständnisses durfte man keine verlorene Seele im Stich lassen.

Ich stöhnte frustriert, da störten plötzlich Schritte die Stille. Ich erstarrte. Als ich raschelndes Laub vor mir hörte, duckte ich mich ins hohe Gras. Eine Gestalt trieb sich da im Dickicht herum. Ich kroch näher. Vor mir schwang ein Pferdeschwanz hin und her wie ein Metronom und zählte die Schläge, bis ich entdeckt würde. Eine tief in die Stirn gezogene Baseballkappe verbarg das Gesicht.

Wer auch immer das sein mochte, trug nicht die in Newhaven übliche Kleidung. Sie stakte durch das Unterholz am Waldrand, so nah an Newhaven, dass man Teile des Zauns sehen konnte. Eine Erinnerung blitzte in mir auf: Das war die Frau aus dem Laden und dem Diner, die gefragt hatte, wo wir wohnten. Die Frau, die uns am Tag von Tanias Unfall finster angestarrt hatte.

Mit dem Handy in der Hand machte sie Fotos vom Zaun, und wohl auch vom Newhaven im Hintergrund. Als sie sich weiter vorbeugte, rutschte ihr Oberteil hoch und enthüllte nackte Haut und etwas, das mir das Blut in den Adern gefrieren ließ.

Was wollte diese Fremde von uns, dass sie uns ausspionierte und dafür eine Waffe im Bund ihrer Jeans brauchte?

Audiodatei Nr. 11

Aufnahmequalität: gut

Stimme A: weiblich

Stimme B: weiblich

Stimme A: Ich muss Ihnen nicht meinen Namen nennen.

Stimme B: Kein Problem. Wenn Sie wollen, können Sie anonym bleiben.

Stimme A: Dann erfährt keiner, dass es von mir stammt?

Stimme B: Ich werde weder Ihren Namen noch sonst etwas nennen, womit man Sie identifizieren könnte.

Stimme A: Na gut. Da war eine Frau namens Samantha, die kam zu der Polizeiwache, wo ich arbeite. Ich bin da am Empfang. Jedenfalls war sie sehr aufgebracht und wollte einen Detective sprechen, um eine Entführung zu melden: von ihrer Schwester und ihrem Neffen. Sie behauptete, ihre Schwester hätte ihr Zuhause in Virginia verlassen, um Mitgliedern der New America Baptist Church nach Newhaven Plantation zu folgen. Sie war ziemlich hibbelig. Ich hatte den Verdacht, dass sie was genommen hatte, konnte sie aber natürlich nicht fragen.

Also rief ich einen der Detectives, und der ging mit ihr ins Besprechungszimmer. Eigentlich erklärte er ihr nur, dass man da nichts machen kann. Schließlich ist ihre Schwester eine erwachsene Frau, und es gab keine Beweise, dass sie gegen ihren Willen mitgenommen worden war. Ich kann Ihnen sagen, dass sie keinen einzigen Beweis für Foul Play liefern konnte.

Stimme B: Foul Play?

Stimme A: Ach, ich arbeite wohl schon zu lange für die Cops. *(Gelächter)* Jedenfalls kam sie schreiend aus dem Besprechungszimmer gerannt und wollte erst gehen, wenn ein Protokoll aufgenommen und eine Untersuchung eingeleitet worden war. Detective Parker sagte ihr, wenn sie nicht gehen würde, dann würde sie wegen ordnungswidrigem Verhalten verhaftet.

Stimme B: Und was geschah dann?

Stimme A: Sie ging dann doch freiwillig, drohte aber, sie würde die Sache selbst in die Hand nehmen und nach Newhaven fahren, um ihre Schwester zu retten und es den Leuten dort heimzuzahlen. Als ich ihren Blick sah, bekam ich es echt mit der Angst.

34.

Mom knetete frischen Teig auf dem Küchentisch. Sie wälzte den Kloß herum, der unter dem Druck ihrer bemehlten Hände ständig die Form änderte. In einer Ecke schlief Sarah im Stubenwagen.

»Na endlich.«

Mom betrachtete mich prüfend, als wollte sie sich vergewissern, dass ich auch in einem Stück nach Hause zurückgekehrt war.

»Mom ...« Das Wort zog sich unter dem Druck meines Unbehagens wie Teig in die Länge. Ich öffnete schon den Mund, um ihr von der Frau mit der Waffe zu erzählen, die uns ausspionierte, doch heraus kam etwas ganz anderes. »Ich bin heute Morgen direkt zum Unterricht gegangen.«

»Das dachte ich mir, aber du hättest zuerst nach Hause kommen können.«

»Tut mir leid.«

Sollte sich doch die Patrouille um die Spionin kümmern. Ich wollte auch gar nicht erklären, wieso ich sie gesehen hatte. Verstohlen warf ich einen Blick auf Mom, doch sie war immer noch die Frau, die neulich Abend schweigend neben Daddy gestanden hatte.

Moms Hände machten sich wieder an die Arbeit und sanken

immer tiefer in den Teig. Ein Teil davon blieb am Tisch kleben, als wollte er sich davonmachen, aber sie streute noch mehr Mehl darauf und brachte ihn in die gewünschte Form. In der Hitze des Ofens würde er zu einer harten Kruste erstarren.

Nach der Begegnung mit Summer musste ich an Chicago denken. Plötzlich vermisste ich das viereckige Brot aus dem Mini-Markt, das weich und nachgiebig gewesen war. Das beste Brot für Sandwichs mit Mayo oder mit Erdnussbutter und Gelee. Der Zucker half Mom immer gegen ihre Kopfschmerzen. Bei jedem Bissen quoll das Gelee zwischen den Scheiben hervor. Ich leckte es dann vom Brot oder von meinen Fingern. Manchmal war ich nicht schnell genug, dann fiel es auf mein T-Shirt oder das Sofakissen. Mom lachte nur darüber, mit dem Mund voller Brotbrei. Aber das tat sie längst nicht mehr. Nicht, seit Daddy da war. Er erwartete ein makellos sauberes Haus.

»Ich konnte nicht duschen. Also wasche ich mich lieber mal.« Schnell verließ ich die Küche, bevor sie etwas Verdächtiges riechen konnte. Neben dem Schweiß und Staub, die zu einem klebrigen Film zusammengeschmolzen waren, rochen meine Haare und Kleider auch noch nach Summers Zigaretten.

Oben war es still, da die Zwillinge immer noch tief und fest in ihren Betten schliefen. Ich stand an ihrer offenen Tür. Irgendwann in der Nacht war Matthew in Elijahs Bettchen gekrochen. Sie hatten ihre Gesichter einander zugewandt, die Fäustchen geballt und die Lippen gekräuselt. Ihre Nähe zueinander versetzte mir einen leisen Stich. Was auch immer geschah, sie würden einander haben. Zwar empfand ich keinen Neid, wünschte mir aber eine ebenso mächtige Bindung. Als ich die Augen schloss, wurde mir klar, dass mich der Geruch nach abgestandenem Zigarettenrauch und Schimmel in der alten Hütte nach Chicago zurückkatapultiert hatte, als ich noch mit Mom kuschelte.

In der Dusche prasselte lauwarmes Wasser auf mich nieder. Ich seifte mich so gründlich ein, dass jeder Zentimeter meiner Haut nach Milch roch. Ich wollte die letzte Nacht von mir abwaschen, doch ganz gleich, wie viel Wasser oder Seife ich auch benutzte, nichts konnte die Erinnerung an mein Verhalten wegschrubben. Letzte Nacht war Newhaven ganz weit weg gewesen. Das Fleisch war schwach, sagte Daddy. Vielleicht war in Newhaven doch nicht alles perfekt, aber ich würde trotzdem lieber hier leben als in der Welt da draußen, wo so schreckliche Tragödien geschahen wie die mit dieser Frau namens Karen Elsher. Ich schrubbte mich noch gründlicher. Wenn es hier schon so was wie den Vorfall mit Tom geben konnte, was konnte mir dann außerhalb der Gemeinde passieren?

Mit einem sauberen, frisch gestärkten Kleid ging ich zurück nach unten. In der Küche war der Teig mittlerweile im Ofen und entwickelte sich, in Grenzen gehalten von der Kruste, zu seiner endgültigen Form. Mom folgte mir in den Flur.

»Du solltest dich heute Abend bei deinem Dad entschuldigen.«

»Ich weiß, aber ... es ist nicht alles meine Schuld. Tom hat sich auch falsch verhalten.«

»So einfach ist das nicht, Schatz. Männer geraten leicht in Versuchung. Wir müssen vorsichtig sein. Sei dankbar, dass es nur ein Kuss war.«

»Du hättest dich für mich einsetzen sollen. So einfach ist das, oder? Was ist aus ›nur wir Mädchen‹ geworden, Mom?«, fragte ich mit gepresster Stimme.

Sie streckte die Arme aus und zog mich an sich. Ich spürte, wie mir ein Stein vom Herzen fiel. »Das tut mir leid, Schatz.«

»Du hast dich für Daddy und gegen mich entschieden.«

»Das musste ich. Er ist mein Mann. Und was er für uns getan

hat! Welche Opfer er gebracht, welche Risiken er für uns eingegangen ist …«

»Was meinst du damit?«

»Wir müssen uns bedeckt halten.«

Ich dachte wieder an ihr Gespräch, das ich in diesem Flur mitgehört hatte. »Du redest unverständliches Zeug«, sagte ich und löste mich aus ihrer Umarmung.

»Er sorgt dafür, dass wir ein gutes Leben haben, und mehr musst du nicht wissen. Wir haben Essen auf dem Tisch und sind in Sicherheit. Dafür sollten wir ihm dankbar sein. Früher haben wir an einem schlimmen Ort gelebt, an dem man kein Kind aufziehen sollte.«

Unsere Wohnung war zwar klein gewesen, und wir hatten auch nicht viel Geld gehabt, aber das hieß doch nicht, dass man da kein Kind aufziehen konnte!

Überall in der winzigen Wohnung hatte man Zeichen ihrer Liebe gesehen, zum Beispiel an den Leuchtsternen, die sie an die Decke geklebt hatte, damit ich Zelten spielen konnte. Als ich hörte, wie Mom über Chicago sprach – was sie sonst nie tat –, kamen noch mehr Erinnerungen in mir auf. Ich landete in der Kindheit eines anderen Lebens. Eines Lebens, in dem Mom unnatürlich blonde Haare hatte und immer eine Zigarette im Winkel ihrer viel zu roten Lippen, die dort wie durch Zauberei hängen blieb. Ein Leben, in dem sie sich im Takt von Musik gewiegt hatte. Die Erinnerung roch wie die alte Hütte nach Schimmel, und die Kälte war mir dort in die Knochen gedrungen, aber meine Hände waren warm in ihren geborgen, und ihr Lächeln hatte das ganze Zimmer erhellt. Wir sangen zur Musik im Radio, und das so laut, dass uns die Kehle wehtat und unser Gelächter alle Worte übertönte. Und dann war es nicht mehr kalt, und der Teppich war auch nicht mehr kratzig, und wir landeten in einem Knäuel aus Gliedmaßen auf unserem durchgesessenen Sofa.

»Es war nicht alles schlimm.«

Sie hörte mir gar nicht zu. »Du wirst lernen, dass wir Kompromisse schließen und uns anpassen müssen, wenn wir es schaffen wollen. Da draußen ist es nicht sicher. Wir müssen uns an die Menschen halten, die wir kennen, denen wir vertrauen. Nach all den Opfern, die ich gebracht habe, nur um dich zu beschützen.«

»Ich weiß Bescheid über das Böse da draußen.«

»Nein, weißt du nicht.« Sie seufzte schwer. »Du bist noch ein Kind.«

In der Dunkelheit meines Geistes glühte der vom Blitz getroffene Baum, die Flammen in der Rinde züngelten heiß an meiner Haut, es war ein Tor zu etwas Altem und gleichzeitig Neuem, das den Weg nach Jaspers Island gefunden hatte. Ihr Seufzen fachte die Glut an und ließ Flammen daraus hervorschießen.

»Ich bin kein Kind mehr, Gott verdammt noch mal! Ich bin fast achtzehn!«

In dem Moment hob sie zornig die Hand. Ich zuckte zusammen, und als sie das sah, ließ sie voller Reue die Hand wieder sinken und umfasste meine.

»Du sollst den Namen Gottes nicht missbrauchen. Und schon gar nicht in Gegenwart deines Vaters. Die Lage ist ohnehin schon angespannt genug. Bitte.«

Mom hatte schon seit sehr langer Zeit nicht mehr die Fassung verloren, aber in ihrem Zorn schwang etwas mit, etwas Zittriges lag in ihrer Bitte. Der Hinweis auf eine Wahrheit, die sie mir vorenthielt. Etwas Wichtiges.

35.

Obwohl ich mich dagegen sperrte, kreisten meine Gedanken ständig um das Medaillon. Ich konnte es einfach nicht verdrängen, so viele Erklärungen ich auch dafür fand, dass es in Summers Tasche gewesen war. Während ich Mrs Favreaus Bett abzog, während ich das Bad putzte, während meine Hände wuschen und schrubbten und den Boden wischten, während ich meine Muskelerinnerung für Aufgaben nutzte, die ich schon tausendmal ausgeführt hatte: Das Medaillon war immer dabei. Die harten Borsten des Besens schrappten über den Boden, ich drückte mich so schwer dagegen, dass mein Arm brannte, meine Hand einen Krampf bekam und mir der Schweiß auf die Nase tropfte. Trotzdem: Medaillon, Medaillon, Medaillon. Als der Boden nichts mehr zu wünschen übrig ließ, wandte ich mich den Fenstern zu. Mit Blick auf den Wald wischte ich mit dem Lappen über das Glas und sah doch nur das Medaillon in Summers Buch. Es war, als hätte Summer es für mich dortgelassen, um mich irgendwie damit zu verzaubern. Normalerweise beruhigte mich das Putzen. Aber nicht heute.

Der Gedanke daran folgte mir nach draußen, als ich Dienst fürs Mittagessen hatte. Trotz der Hitze hüpfte Birdie fast, als wir beide die Körbe über den Rasen schleppten. Die Sonne hatte alle Wolken vertrieben, die noch einen Tag zuvor den Himmel verdunkelt hatten. Hätte ich nicht den brennenden Baum vor der Hütte gesehen, dann hätte ich fast daran gezweifelt, dass es den Sturm je gegeben hatte.

Rufe und Gelächter drangen schon lange zu uns, bevor wir die Scheune erreichten. Die Männer waren damit beschäftigt, das Tiergehege abzubauen. Schweiß glänzte auf ihren Gesichtern, ihre T-Shirts klebten ihnen am Körper. Mit ihren schwieligen Händen rissen sie alte Bretter vom Pferch und warfen sie auf einen Haufen. Später würden sie eingelagert und zu Brennstoff für den Winter verarbeitet werden – der Generator schien nie zu reichen. Das störte mich nicht. Ein kalter Tag oder Abend bedeutete ein prasselndes Feuer im Kamin des alten Ballsaals. Ich liebte es, wie der Rauch roch, wie sich die Haut von der Hitze über meinen Wangen spannte, wie das Holz knackte. Als ich noch klein war, nannte ich das Feuermusik.

Als die Männer uns kommen sahen, reckten und streckten sie sich. Ein paar wischten sich mit dem Saum ihrer T-Shirts die Stirn ab. Lächelnd begrüßten sie Birdie und mich. Bis auf Daddy.

»Gesegnet sei es«, schallte es aus der Gruppe. Zwischen den Männern entdeckte ich Jackson, der gerade ein Brett weghebelte. Er war der Einzige, der Handschuhe trug. Das nasse T-Shirt klebte ihm am Rücken, seine Armmuskeln spannten sich an. Ich fragte mich, ob ihm noch sein Kopf und sein Rücken wehtaten. Der Vorfall in der Scheune hatte dem Streit zwischen Jackson und Tom eine neue Bedeutung gegeben; hatte Tom doch gefragt, ob Jackson nicht genug Prügel bezogen hätte. Als die Gruppe sich um uns scharte, blieb Jackson im Hintergrund.

»Jackson, komm schon, Junge. Wir haben nicht den ganzen Tag Zeit, Junge!« Jackson zuckte zusammen, als er den Befehl seines Vaters hörte, der ihn mit jedem »Junge« ins Reich der Kindheit verbannte und ihm das Recht verwehrte, ein Mann zu werden. Als ich Mr Caine hörte, wurde auch ich ganz starr. Er war zwar kein großer Mann, aber sein Körper war gespannt wie eine Feder, seine Knochen muskelbepackt, seine Haut straff. An Mr Caine war nichts Schlaffes. Ich suchte in den Gesichtern der anderen nach einem Hinweis, dass sie über sein Verhalten Bescheid wussten und es missbilligten. Aber alle konzentrierten sich nur aufs Essen. Unter freiem Himmel war es leichter, einfach wegzuschauen, doch die Aggression, die in Mr Caine brodelte, musste innerhalb der Mauern von Myrtle Cottage unübersehbar gewesen sein. Trotzdem hatte Mrs Caine nie ein Wort gesagt, bevor sie davonlief. Hatte auch ich einfach weggeschaut?

Jackson kam zu mir.

»Alles klar?«, fragte ich und gab ihm ein Glas Eistee.

Seine Antwort ging in lautem Geschrei unter, das von der anderen Seite von Newhaven zu uns schallte. Mr Caine und die anderen Männer ließen ihre Gläser und Sandwichs fallen und stürzten Richtung Haupteingang.

»Bleibt hier!«, befahl Wade Pruitt. Aber Birdie und ich warfen uns nur kurz einen erschrockenen Blick zu, bevor wir unsere Körbe im Gras liegen ließen und dem Rest der Gruppe folgten.

Eine Frau rüttelte am Tor. Ihre Gestalt flirrte im Dunst der Hitze. Sie brüllte und kreischte und hatte Schaum vorm Mund wie ein tollwütiger Waschbär. Ungebührlich für eine Frau, hätte Daddy gesagt. Als ich näher kam, konnte ich in dem Geschrei einen Namen ausmachen.

»Jamie! Jamie!«

Als die Frau mich ansah, erstarrte ich: Es war die Frau, die am Morgen am Waldrand gestanden hatte. Sofort musste ich an die Waffe im Bund ihrer Jeans denken. Doch als ich sah, dass ein paar der Männer Gewehre hatten, entspannte ich mich etwas.

Eine dunkle Gestalt versperrte mir die Sicht. Daddy hatte sich aus der Gruppe gelöst. Jetzt standen er und die Frau je auf einer Seite des Zauns.

»Bitte gehen Sie. Hier gibt es keinen Jamie.«

»Ich weiß, dass meine Schwester und mein Neffe dadrinnen sind. Ich will sie sehen. Sie können mich nicht von ihnen fernhalten.«

»Dies ist eine Zuflucht für jeden, der um Schutz bittet. Sie sind hier nicht willkommen.«

»Bitte, sie sind doch das Einzige, was mir an Familie geblieben ist.«

»Sie möchte nicht mit Ihnen gehen.«

»Dann bringen Sie sie her, damit sie mir das ins Gesicht sagen kann«, forderte sie mit ausgeprägtem Yankee-Akzent. Ich sah, dass sich Daddys Kiefer unter seinem Bart anspannte. Ein Angstschauer lief mir über den Rücken. Ich schob mich näher zu ihnen. Ich musste ihn warnen.

»Daddy, sie hat …«

»Nicht jetzt, Abigail.« Dann, zu der Frau: »Bitte gehen Sie.«

»Ist das Ihre Tochter?«

Ich fasste seine Hand.

»Sie haben mir meine Familie weggenommen. Wie würden Sie sich fühlen, wenn ich Ihnen Ihre wegnähme?« Spritzer von ihrer Spucke landeten in Daddys Bart.

Er starrte die Frau an. Hinter ihm klickten die gelösten Sicherheitsriegel von einigen Gewehren. Ich wollte ihr sagen, dass sie verschwinden sollte, aber mir klebte die Zunge am Gaumen. Daddy drückte so fest meine Hand, dass meine Knöchel knackten. Sein Pistolenholster presste sich in meine Hüfte. *Gott findet immer einen Weg, die Sünder zu bestrafen.* Bei diesem Gedanken stockte mir der Atem. Gott bestraft die Sünder, aber Jackson wurde ohne jeden Grund bestraft. Wieso verdiente er solche

Züchtigung? Er war doch noch ein Kind. Ich wollte Daddy meine Hand entziehen, aber das hätte vielleicht ein falsches Signal gegeben. *Die gehorsame Tochter achtet ihren Vater.* Also biss ich die Zähne gegen den Schmerz zusammen und wartete darauf, dass mein Daddy bereit war, mich freizugeben.

36.

Heutiger Tag

Dunkle Augen auf der weißen Rinde der Birken beobachten mich. In einer Reihe stehen sie da, und dahinter der dichte Wald. Irgendwo hinter mir hat sich die ganze Gemeinde zum Sonntagsgottesdienst in der Kirche versammelt. Die Zwillinge sind wohl auch da. Mir wird die Brust eng bei der Vorstellung, ich könnte von ihnen und Baby Sarah getrennt werden. Die meisten Gemeindemitglieder machen immer noch die Welt da draußen für den Brand verantwortlich, aber einige ... Sie haben die Kadaver am Zaun gesehen, das Blut an meinen Händen, meine scheinbare Ungerührtheit bei der Trauerfeier, meinen Ausbruch beim Abendessen. Gar nicht auszudenken, was sie glauben würden, wenn ich ihnen meine Erinnerungsfragmente an den Tag des Brandes erzählen würde: Moms Blut an meinem Kleid und meinen Händen. Ich habe die Idee verworfen, ihnen den blauen Brief zu zeigen – ich will es nicht noch schlimmer machen, als es schon ist. Mein einziger Schutz ist der Schatten des Galgenbaums, an dessen weit ausgestreckten Ästen die Ranken von Louisianamoos hängen wie die Geister von hundert Gehenkten. Vielleicht werde ich auch so enden: nicht am Zaun, sondern an einem dieser Äste.

Ich setze mich auf einen niedrigen Ast und knibble an der rauen Rinde. Meine Stoffschuhe baumeln dicht über der Erde. Langsam klärt sich mein Geist, und Erinnerungen tauchen auf.

Summer. Der Umriss eines Gesichts, eine Wolke aus dunklen Haaren, honigfarbene Augen, dünne Lachfältchen an den Mundwinkeln. Dann die Frau, die ich am Zaun sah, und die aus dem Korridor. Das personifizierte Böse oder nur eine aus Stress und Trauer geborene Halluzination? Ein Rascheln im Unterholz alarmiert mich. Ich schirme die Augen mit einer Hand ab und starre in die dunklen Räume zwischen Brombeerranken und Blättern. Nichts.

»Wir haben dich alle in der Kirche vermisst.« Jackson lehnt sich gegen den Ast. Seine Lüge entlockt mir ein mattes Lächeln.

Zwei Fischadler hüpfen am Waldrand entlang und stochern in der Hoffnung im Gras, Würmer würden sich in der rissigen Erde verstecken. Sie machen immer weiter, obwohl der Boden viel zu ausgetrocknet ist, als dass noch etwas darin zu finden wäre. Schon bald werden sie sich vor lauter Hunger gegenseitig anfallen.

»Wonach suchst du?«

»Nach Summer«, rutscht es mir heraus.

»Summer ... meinst du das Mädchen mit dem Podcast?«

Überrascht starre ich ihn an. »Du kennst sie? Du weißt, wer sie ist?«

»Ich glaube, sie ist weg.«

»Wie kommst du darauf?«

»Sie nervt schon seit einer Weile niemanden aus der Stadt mehr mit ihren Fragen. Schon seit dem Brand nicht mehr. Anita Jones hat neulich mit Mrs Calhoun darüber gesprochen und erklärt, wie froh sie wäre, dass sie nicht mehr belästigt würden.«

Meine Hoffnung verpufft. Der eine Mensch, der vielleicht Antworten gehabt hätte, ist verschwunden. Ich werde niemals erfahren, was sie mit alledem zu tun hat. Doch vielleicht ist es auch besser für mich, dass sie weg ist. Vor lauter Frustration kratze ich so heftig an der Rinde, bis es wehtut.

Jackson setzt sich neben mich auf den Ast, der zwar ächzend protestiert, uns beide aber trägt. Mit einem breiten Grinsen sieht Jackson mich abwartend an. Ich muss unwillkürlich lächeln, werde jedoch abgelenkt, weil jetzt die Gemeinde aus der Kirche strömt und Tom zu Pastor Abernathy tritt, um mit ihm zu sprechen. Jackson folgt meinem Blick. Als er Tom sieht, presst er die Lippen zusammen. Eine Flut verschiedenster Emotionen zeichnet sich auf seinem Gesicht ab.

»Du solltest dich von ihm fernhalten.«

»Was meinst du?«

»Er ist böse, genau wie dein Dad.«

Ich fahre auf. »Daddy?«

»Tom und dein Dad sind genau gleich. Tun so, als wären sie rechtschaffen und so weiter, aber am Ende ist alles gelogen. Sie sind beide grausam und denken nur an sich selbst.«

»Da irrst du dich.«

»Weißt du denn nicht mehr, dass du Tom vorher nie getraut hast? Bei der Chorprobe hast du mir ständig erzählt, wie er dir und Birdie Angst eingejagt hat.«

»So ist das nicht.« Abwesend nehme ich meinen Zopf und zwirble die Spitze zwischen den Fingern. »Tom hat gesagt, die Dinge hätten sich schon vorher zwischen uns geändert ... seit dem Brand war er wirklich sehr nett zu mir.«

»Das kaufst du ihm ab? Wow! Du erinnerst dich ja wirklich an gar nichts mehr.« Er packt mich an den Schultern, um meine Aufmerksamkeit zu gewinnen. Angesichts seines kindlichen Äußeren ist das eine überraschend erwachsene Geste, und sein Griff ist erstaunlich fest. Der Ast schwankt unter uns, sodass ich das Gleichgewicht zu verlieren drohe.

Ich schüttle den Kopf und starre zu Boden. Die Erinnerungen aus den Wochen nach der Trauergedenkfeier für Fleur und Pastor Munro sind nur zusammenhanglose Schnappschüsse. Ich komme mir dabei immer vor, als wollte ich durch ein winziges Schlüsselloch ein ganzes Zimmer erkennen.

»Sie sagen, nach einem schweren Trauma würde der Geist manchmal die Erinnerungen blockieren«, sage ich.

»Wer *sie*?«

»Die Cops.«

»Ich wünschte, ich könnte meine Erinnerungen an diesen Ort blockieren.« Noch bevor ich nachfragen kann, fährt er fort: »Jedenfalls ist Tom genauso ein Lügner, wie dein Vater einer war.«

»Das stimmt nicht, mein Daddy ...«

»Wach auf, Abigail! Dein Vater war kein guter Mensch. Vielleicht kannst oder willst du dich nicht erinnern, aber ich weiß es noch genau. Vergiss Tom! Wenn du jemanden brauchst, dann kann ich mich um dich kümmern.«

»Jackson, du bist doch noch ein Kind.«

»Wir können zusammen abhauen. Hast du keine Angst, dass sie dich einsperren könnten wie Mrs Favreau?«

»Vielleicht sollten sie das auch. Vielleicht stimmt was nicht mit mir.«

Jackson hält mich immer noch an den Schultern fest. Ich versuche, mich aus seinem Griff zu lösen, weil ich mich an das Blut an meinen Händen erinnere, aber er zieht mich fest an sich. Ich spanne die Bauchmuskeln an, um nicht vom Ast zu fallen.

»Mit dir ist alles in Ordnung.« Seine nächsten Worte streichen heiß an meinem Ohr vorbei. »Wir könnten weglaufen. Es ist gefährlich hier.«

Er schlingt seine Arme fester um meine Schultern, drückt die Finger an meine Knochen und gräbt sein Kinn in meine Halsbeuge. Ich winde mich ein bisschen, finde es aber eigentlich nicht unangenehm. Die Luft um uns herum ist drückend und lässt mir den Schweiß über den Rücken rinnen. Über uns kreischen die Vögel. Mit jedem Atemzug schrumpft die Welt um uns.

»Weg von ihr!«, ertönt Mr Caines Stimme, so straff gespannt wie der Rest von ihm, und seine Warnung donnert durch die träge Luft. Jackson zuckt zusammen, seine Arme erschlaffen. »Hörst du, Junge? Weg von diesem Mädchen. Sie ist Gift!«

»Dad, es ist nicht, was du denkst.« Jackson hat sich von mir gelöst. Seine Schultern sacken nach vorn. Plötzlich wirkt er ganz klein.

»Du bist eine Schande für mich, Junge. Ich habe dir und deinen Schwestern verboten, mit diesem Mädchen zu sprechen.«

Mit zackigen Schritten kommt Jacksons Vater auf uns zu. Jackson gleitet vom Ast und wird mit jedem Schritt, der seinen Vater näher zu uns bringt, kleiner. Mr Caine packt ihn am Hemdkragen und reißt ihn so heftig weg vom Baum, dass ein Knopf abspringt. Ich klammere mich an den Ast, um nicht zu fallen. Die Rinde schneidet sich in meine Handflächen. Ganz kurz blitzt ein gelblicher alter Bluterguss an Jacksons Schlüsselbein auf. Sein Gesicht verzerrt sich vor Angst. Die Szene erinnert mich an etwas, das nach Tierschweiß und zertrampeltem Heu roch. Jackson und Mr Caine in der Scheune. Aber bevor ich die Erinnerung richtig erfassen kann, entgleitet sie mir wieder.

Die beiden werden schnell von der Menge verschluckt, die aus der Kirche heraus und zum Newhaven strömt. Niemand bleibt stehen, um mit mir zu sprechen. Nur die Augen der Birken starren mich weiterhin an. Ich bin wieder allein, allein mit der Wahrheit, die Jackson mir verkündet hat. Vielleicht kannte ich meinen eigenen Vater nicht. Vor lauter Verwirrung schwirrt mir der Kopf. Ich weiß nicht mehr, was ich denken soll – über Daddy, Tom,

Summer und sogar Mr Caine. Mit geschlossenen Augen reibe ich mir über die Schläfen und hoffe, damit eine Erinnerung oder irgendeine feststehende Wahrheit heraufzubeschwören. *Sie sind beide grausam und denken nur an sich selbst.* Dieser Satz läuft mir in einer Endlosschleife durch den Kopf, doch die einzigen Bilder, die er in mir hervorruft, sind die von Daddy und mir im Bad: Ich sitze auf dem Rand unserer Badewanne, während er sich mit einem feuchten Waschlappen um mich kümmert. Die Erinnerung ist seltsam und von Jacksons Warnung gefärbt, denn bei dem Bild spüre ich keine Liebe, sondern nur Angst.

»Kommst du zum Frühstück?«

Diese Frage reißt mich aus meinen dunklen Gedanken. Ich öffne die Augen. Tom steht da, hell im Morgenlicht, und schaut zu mir hoch. Die Sonne lässt seine blonden Locken leuchten.

»Ich hab keinen Hunger.«

»Dann kannst du mir Gesellschaft leisten, während ich für zwei esse.«

Lächelnd streckt er mir die Hand entgegen. Als ich sie erfasse, zieht er mich vom Ast.

»Hast du keine Angst, mit mir gesehen zu werden?«

»Ach was! Außerdem hab ich Lust auf was Süßes«, fügt er hinzu.

Schon wieder regt sich eine Erinnerung in mir, doch ich schüttle sie ab. Jackson weiß ja gar nicht, was er da sagt. Er ist bloß ein Kind, das wütend auf die ganze Welt ist. Tom lächelt mich an. Summer ist weg, wer auch immer sie gewesen sein mag. Aber vielleicht ist der Mensch, den ich wirklich brauche, noch hier.

Brand in Newhaven – Ursache weiterhin unklar

Von unserer ständigen Reporterin Marilynn Wasserman

Schon zwei Wochen sind seit dem Brand im Hunters Cottage in Newhaven Plantation vergangen, dem Pastor John Heywood und seine Frau Genevieve zum Opfer fielen, doch weder die Polizei noch die Feuerwehr haben ermitteln können, was genau passiert ist. Brandinspektor Wesley Dunlop bestätigte, dass man aufgrund der Spuren einen Unfall nicht ausschließen könne, obwohl ein Brandbeschleuniger im Spiel gewesen sei. Der Brennstoff stamme möglicherweise von den Petroleumlampen im Wohnzimmer. Außerdem wurden in der Asche mehrere Kerzen gefunden. Zeugen in der Siedlung bestätigten, dass der Generator an diesem Tag wegen eines Sturms wiederholt ausfiel. In diesem Stadium der Untersuchung gibt es keinerlei Beweis dafür, dass der Brand gelegt wurde.

Die Polizei hat immer noch nicht die offizielle Todesursache von John Heywood und seiner Frau bekannt gegeben. Die Ergebnisse des Autopsieberichtes werden unter Verschluss gehalten. Dennoch hat eine Quelle im Büro des Sheriffs verlauten lassen, dass man unbedingt mit einer jungen Frau namens Summer Washington sprechen wolle, die in der Stadt war, um über die New America Baptist Church und die Gemeinde in Newhaven Plantation zu recherchieren. Miss Washington ist die Produzentin und Moderatorin des Podcasts »Eine Frage des Glaubens«. Die Polizei möchte sie zum Kontakt mit mehreren Mitgliedern der Glaubensgemeinschaft befragen. Doch Carol-Ann Walt, die Geschäftsführerin des Sunny Inn Motels, wo Miss Washington übernachtete, erklärte, dass sie vor etwa vier Wochen abgereist sei. Außerdem haben mehrere Zeugen bestätigt, dass sie seit dem Brand nicht mehr im Ort gesehen worden sei. Momentan ist noch unklar, ob

Summer Washington als Zeugin oder als Verdächtige befragt werden soll.

Kommentare:

BlackStar
Wie macht man Millionen in Kryptowährung? Hier klicken.

Anon_1978
Würde mich nicht überraschen, wenn diese religiösen Fanatiker in Newhaven dem Mädchen was angetan hätten. Sie hat einfach zu viele Fragen gestellt.

Girl_Interrupted
@BlackStar wegen Spam gemeldet.

Sportsfanatic2000
Klingt wie aus einem True-Crime-Special von Netflix. Wenn sie diese Leute mal genauer unter die Lupe nehmen, finden sie sicher jede Menge verf**ten Scheiß.

37.

Zwei Wochen vor dem Brand

Summer nahm ein Sonnenbad auf dem Anleger: ein leuchtend roter Punkt am Ende des Bohlenwegs, da ihr Bikini die gleiche Farbe hatte wie ihr Lippenstift. Ihr Fuß tappte zum Takt der Musik, die aus ihren Ohrstöpseln drang. Es war irgendwas mit »braven Mädchen« und »Hölle«. Daddy nannte so was »seelenzerstörenden Unflat«. Ich schluckte hart und wappnete mich. Seit ich das Medaillon gefunden hatte, war ich nicht mehr hier gewesen, aber jetzt war ich gekommen, um von Summer die Wahrheit zu erfahren.

»Was geht?«, fragte sie träge und nahm die Ohrstöpsel heraus. Sie rührte sich nicht, als mein Schatten über sie fiel.

»Wieso trägst du hier Lippenstift? Es sieht dich doch keiner.«

»Machst du immer nur Sachen, um anderen zu gefallen?«

»Was heißt das eigentlich?« Ich zeigte auf die tätowierten Buchstaben, die sich über ihren Bauch zogen. Sie hob den Kopf von den Holzbohlen und folgte meinem Blick.

»*Solve et coagula.* Das ist lateinisch und bedeutet: Auflösen und wieder zusammenfügen. Dinge, die zusammenbrechen und dann wieder zu etwas völlig Neuem aufgebaut werden. Das erinnert mich daran, woher ich komme.«

»Und woher kommst du?«

»Von einem Ort, wo mir die Menschen, denen ich am meisten

vertraute, einen Dolchstoß versetzten und mich in einem beschissenen Gefängnis ähnlich wie deinem hier verrotten ließen. Mit ganz vielen Regeln und einem hohen Zaun. Mit Leuten, die mich jeden Tag zusammenschissen. Sonst noch was?«

Darauf breitete sich Schweigen zwischen uns aus, was mir zu verstehen gab, dass sie mir keine weiteren Details aus ihrem Leben erzählen wollte.

»Ich hab gehört, du warst gestern in der Stadt und hast ein paar Frauen aus unserer Gemeinde gefragt, ob sie dir was von unserem Alltag erzählen würden.«

»Stimmt, Recherche für den Podcast, aber keine wollte.«

»Vielleicht möchten sie nicht, dass man sich über sie lustig macht.«

»Wenn ihr alle so ein mustergültiges Leben an diesem Ort führt, wieso wollt ihr nicht mit mir darüber reden? Oder habt ihr was zu verbergen?«, fragte sie herablassend.

Daddy hatte mir erklärt, die Leute würden es nicht verstehen, weil sie weder Gott noch den Teufel fürchteten. Zwar hatte ich selbst in letzter Zeit Zweifel, doch würde ich nie zulassen, dass Außenstehende Newhaven kritisierten. »Ich schätze, sie möchten nicht, dass du ihnen für deine Dokumentation das Wort im Mund verdrehst. Schließlich bist du eine Fremde.«

»Podcast. Du hast mich durchschaut. Willst *du* mit mir reden, damit ich dir die Worte im Mund verdrehen kann?« Summer grinste.

»Ich hab dir was mitgebracht. Da kannst du mir wohl auch noch Fragen stellen«, sagte ich lächelnd, dachte aber für mich: Ich habe auch Fragen, auf die ich Antworten haben möchte.

Wir steckten uns Finger voller Honig in den Mund und genossen die durchdringende Süße. Vorher hatten wir im schattigen, modrigen Wohnzimmer der alten Hütte Zuflucht vor der Sonne gesucht.

»Ich fasse es nicht, dass ihr echte Bienenstöcke habt! Das Zeug hier schmeckt so gut! Viel besser als das aus dem Laden.« Sie steckte die Finger in das Glas und brach sich ein Stück von der Wabe ab. Als sich ihr Mund zu einem breiten Lächeln verzog, folgte ich unwillkürlich ihrem Beispiel. Selbst nach allem noch. Aber das Fleisch war schwach, erinnerte ich mich selbst.

Das Nachmittagslicht drang durch die vors Fenster genagelten Latten, die Außenwelt kroch zu uns, die Zeit drängte. Ich musste mich beeilen. Das Licht hielt sich hier nie lange auf, da es die Schatten und die Finsternis dieses Orts nicht stören wollte. Ich erschauerte bei der Vorstellung, dass Summer hier Nacht für Nacht allein verbrachte. Als ein Lichtstrahl auf die Ecke von Summers Buch fiel, leckte ich mir nervös über die Lippen.

»Weißt du, dass mir *Little Women* echt gefallen hat? Sie sind alle ganz wunderbar, vor allem Jo, aber ich glaube, Beth ist mir die Liebste.«

»Das überrascht mich nicht.« Sie steckte die Finger in den Mund und leckte den Honig ab. »Vielleicht sollte ich einfach mal bei euch auftauchen. In Newhaven, und sehen, ob jemand auf eurem eigenen Territorium mit mir reden will.«

»Das ist keine gute Idee. Daddy, er ...« Der Vorfall mit der Frau am Tor war immer noch eine frische Narbe im stillen Leben von Newhaven. Wenn Summer dort auftauchte, wäre es, als würde man am Schorf knibbeln.

»Was würde er denn machen? Mich zu Tode predigen?«

Ihre Sorglosigkeit drückte wie eine Last auf meine Schultern. Ich versuchte sie abzuschütteln, doch sie wollte nicht weichen. Summer saß dort gerade wie ein Streichholz. Aber ich hatte gesehen, was Daddy mit Streichhölzern machte, nachdem er sie angezündet hatte. Meine Knöchel brannten immer noch vom Phantomschmerz des Vorfalls mit der Frau am Tor. Was Daddy am meisten hasste, war Respektlosigkeit.

Mir war ein Stück von der Wabe im Hals stecken geblieben. Ich schluckte hart und hustete. »Hast du was zu trinken?«, fragte ich, hustete noch mal und schlug mir mit der Faust gegen die Brust.

»Klar. Warte kurz.«

Kaum war sie in der Küche verschwunden, stürzte ich mich auf das Buch mit der vertrauten Ausbeulung, das aus Summers Tasche hervorlugte. Es klappte auf. Aber mir sank das Herz, als ich statt des Medaillons Summers Feuerzug sah. Hektisch drehte ich das Buch um, schüttelte es und blätterte durch die Seiten. Kein Medaillon. Verdammt, die Möglichkeit, mir Gewissheit zu verschaffen – indem ich die Fotos im Medaillon sah –, schwand mit jeder Sekunde. Die einzige Entdeckung war ein verblichener Stempelabdruck auf dem Vorsatzblatt, der da lautete: EIGENTUM DER JUGENDVOLLZUGSANSTALT BAY PINES. Das musste wohl eine Art Bücherei sein. Ich starrte auf Summers offen stehende Tasche; vielleicht war das Medaillon dort hineingefallen.

»Was machst du da?« Von der Tür aus starrte Summer mich an. Ich konnte nicht deuten, ob sie überrascht oder misstrauisch war.

»Ich dachte, das könnte ich mir vielleicht leihen.«

»Es wäre mir lieb, wenn du nicht in meinen Sachen schnüffeln würdest.«

Vor lauter Scham brannten mir die Wangen. »Tut mir leid.«

Sie umklammerte die Colaflasche. »Ich kann's gar nicht leiden, wenn Leute an meine Sachen gehen. Draußen auf der Straße würdest du für so was die Prügel deines Lebens beziehen.«

»Ich ... ich mach's nicht wieder.«

»Gut.« Sie warf mir die Flasche zu, aber ich traute mich nicht, daraus zu trinken. »Wie auch immer, das ist mein Lieblingsbuch. Habe ich schon eine Ewigkeit. Aber es ist völlig anders als *Little Women* ... voll mit echt sündigem und unappetitlichem ... Zeug.«

»Oh, ach so.«

Bei der Vorstellung, etwas über sündiges Verhalten zu lesen, wurde mir leicht flau im Magen; gleichzeitig regte sich Neugier in mir. Ich wollte wissen, wieso Jack Kerouacs *Unterwegs* etwas Besonderes für sie war. So besonders, dass sie es aus einer Bücherei gestohlen hatte.

»Weißt du was? Ich leihe es dir. Aber zuerst musst du etwas für mich tun.«

So wie sie das sagte, hörte sich das ziemlich unheilvoll an.

38.

Heutiger Tag

Ich öffne das Fenster, und die Nacht kommt herein. Noch einen Hauch dunkler als sie ist der Wald. Ich streiche mit den Fingern über die Kerben im Fensterbrett und spiele mit der Spitze eines Splitters. Die Form der groben Schnitte im Holz beruhigt mich irgendwie. Pastor Abernathy blickte heute Morgen direkt zu mir, als er sagte, Gott erlege einem nie mehr auf, als man tragen könne, und man solle seine Last mit Demut annehmen. Ein paar Köpfe drehten sich, um einen Blick auf mich zu erhaschen, aber mein Platz in der letzten Reihe und mein tief ins Gesicht gezogener Schal schützten mich vor ihrer Neugier. Gott hat meine Kraft überschätzt. Frustration steigt in mir hoch. Ich schlage gegen die Kante des Fensterbretts, bis meine Knöchel und die alten Brandwunden schmerzen. Die anderen wissen ja nicht, wie es ist, mit einem Gedächtnis voller großer Löcher zu leben und sich nach all der Zeit nur an ein paar erschreckende Bilder zu erinnern, die auf eine Wahrheit weisen, die ich nicht glauben will. Ich wische mir über die Augen und schlucke, um nicht zu weinen oder zu schreien.

Vielleicht hat Tom recht. Heute hat er mich nach dem Gottesdienst mit einem Picknick am Brunnen überrascht, wo ich vor der wachsenden Skepsis der Gemeinde geschützt war.

»Könnte es nicht auch ein Segen sein, sich nicht zu erinnern? Vielleicht gewährt dir Gott so eine Pause in einer schweren Zeit.«

Bei dem Gedanken hielt ich mit dem Essen inne, sodass mein Maisbrot in der Luft schwebte. Ich war so darauf versessen gewesen, Erinnerungen auszugraben, dass ich daran nie gedacht hatte.

»Statt nach alten Erinnerungen zu suchen, solltest du dich damit beschäftigen, neue zu schaffen. Dabei könnte ich dir helfen. Deine erste neue Erinnerung könnte es zum Beispiel sein, mir eine Pfirsichpastete zu backen.« Er zwinkerte mir zu. Seine Augen erinnern mich stark an Daddys: Auch sie sind eisblau und scheinen einem direkt in die Seele zu blicken. Vor meinem inneren Auge blitzte ein Bild auf: Tom, der an der Tür der Küche lehnt und mir zuzwinkert. Aus irgendeinem Grund lief mir ein Schauer über den Rücken. Ich stopfte mir ein Stück Maisbrot in den Mund und verdrängte damit das Bild.

In meinem Schoß liegt Mrs Favreaus Botschaft. Jeder Buchstabe ins Papier geprägt, jeder hämmert die Worte in mein Herz: *Der Teufel ist hier*. In meinem Kopf explodiert das Bild der Frau am Ende des Korridors, und das Licht springt von ihr weg. Der Teufel ist hier. Mom würde wissen, was zu tun ist. Aber ich gestatte mir nicht, an sie zu denken. Es tut einfach zu weh, und dann wünsche ich mir nur, was ich nicht haben kann. Sie würde sagen: Sorge für deine Geschwister, lebe dein Leben nach den Regeln des Herrn, und erschaffe dir neue Erinnerungen. Glückliche Erinnerungen.

Ich zerreiße das Blatt, wieder und wieder, bis die warnenden Worte der alten Frau nur noch winzige Fetzen in meiner Handfläche sind. Mit einem Mal verliert ihr böses Omen an Macht. Ich werfe sie wie Konfetti in die Luft, um einen Neuanfang zu feiern. Dann sehe ich zu, wie sie in die Toilettenschüssel rieseln und vom Strudel der Wasserspülung in die Tiefe gezogen werden. Weg.

Von: Cameron McPherson
Datum: Montag, 12. September 2022, 16.05 Uhr
An: Jeb Abernathy
Betreff: Re: Sorgen – Führung erbeten

Mein lieber Pastor Abernathy,
ich wollte Sie über die mögliche Lösung für Ihre Probleme mit Abigail informieren, die ich schon einmal erwähnt habe.

Nachdem ich mit den anderen vom Ältestenrat gesprochen habe, darf ich Ihnen mitteilen, dass wir in Texas etwas Neues aufbauen: ein Neues Eden für eine Gemeinde, die nach Gottes Gesetzen lebt. Sie wird vollkommen autark und von der Außenwelt abgeschlossen sein. Möglicherweise wäre es ratsam, Abigail dort unterzubringen, wenn die Lage schlimmer wird oder die Polizei sich weiterhin einmischt. So können wir sie schützen und ihr helfen, wieder ihren Weg zu Gott zu finden. Es ist wohl nicht notwendig, schon jetzt mit ihr über diese Option zu sprechen. Wir wollen sie doch nicht verwirren.

Ich bin sehr besorgt wegen der Wörter, die Sie in ihrem Zimmer am Fensterbrett gefunden haben. Sie liegen richtig: Solve et coagula ist Latein. Ich habe etwas recherchiert und herausgefunden, dass dieser Ausdruck mit okkulten, gottlosen Praktiken in Zusammenhang steht. Vor allem aber frage ich mich, von wem sie diese Worte gelernt hat. Darauf gibt es nur zwei Antworten, die gleichermaßen besorgniserregend sind: Entweder das Mädchen spricht in fremden Zungen, oder sie konspiriert mit Außenstehenden – denen sie Gott weiß was erzählt hat! Wir müssen das Mädchen schützen, aber wir müssen auch Newhaven und die NABC schützen. Daher sollte Abigail unter keinen Umständen die Erlaubnis bekommen, Newhaven zu verlassen.

Sein Wille geschehe. Einen gesegneten Tag.
Pastor Cameron McPherson

39.

Zehn Tage vor dem Brand

Summers Anweisungen waren ziemlich einfach, die Ausführung aber viel schwieriger. Ich ließ mich aus meinem Fenster herab und tastete mit dem Fuß an der Fassade, bis ich die Stütze des Regenrohrs fand. Langsam kletterte ich daran herunter.

Nachdem Daddy und Mom in ihrem Zimmer verschwunden waren und kein Licht mehr unter ihrem Türspalt hervordrang, hatte ich mich unruhig im Bett hin und her gewälzt. Ich hatte bis fünfhundert gezählt und dann noch mal zehn Minuten auf etwaige Geräusche gelauscht, bis ich mich aus dem Bett wagte und Summers Plan in die Tat umsetzte: als Wiedergutmachung dafür, dass ich in ihren Sachen herumgewühlt hatte.

Mir war ziemlich beklommen zumute, als meine Füße das Gras berührten. Ich hatte mich noch nie nachts rausgeschlichen. Nicht ein einziges Mal. Die Sünde lastete auf meinen Schultern, aber ich schüttelte sie ab – wenn meine Eltern Geheimnisse hatten, durfte ich das auch.

Summer wartete am Waldrand und war nur ein Schatten zwischen anderen Schatten. Vor Aufregung fing mein Körper an zu kribbeln. Im Zaun gab es eine alte Lücke, die noch nicht repariert worden war. Als Summer hindurchgetreten war, ging ich vor, und sie lief hinter mir. Das hohe Gras raschelte unter unseren Füßen. Wir umrundeten das vollkommen dunkle Newhaven, um den

Hintereingang zu erreichen. Dort spürte ich einen Anflug von Scham, als ich langsam die Türklinke herunterdrückte.

»Was? Die ist nicht abgeschlossen?«

»Wieso sollte sie?«

»Unfassbar!«

In der Küche manövrierte ich uns um alle Hindernisse und möglichen Geräuschquellen herum. Wir schlichen den Flur hinunter, und nur unser Atem, der mir seltsam laut vorkam, und das Klicken ihrer Handykamera störten die Stille. Unter ihrem Blitzlicht erwachten die Andachts- und Missionierungsräume zum Leben. Ihre Fotografierbegeisterung machte mich nervös. Nach einem Blick zu mir wechselte sie in den Videomodus. Sie schlug ein paar Lehrbücher auf und fuhr mit dem Finger über die schartigen Reste herausgerissener Seiten. In dem Moment ertönte über uns ein lautes Knacken. Wir erstarrten und blickten zur Decke.

»Und jetzt?«, flüsterte sie.

Nun, da sie hier war, wollte ich sie seltsamerweise nicht wieder gehen lassen. Noch nicht.

»Komm mit.« Ich winkte sie zu mir, und sie fasste meine Hand, was mir sofort einen Stromschlag versetzte. Wir schlichen zurück in die Küche, zu einer Tür in der Ecke. Als ich sie langsam öffnete, quietschte sie in den Angeln.

»Die alte Dienstbotentreppe. Die wird nicht mehr benutzt.«

In dem engen, seit Ewigkeiten nicht mehr gelüfteten Treppenhaus voller Staub und alter Geister stiegen wir bis zum Dachgeschoss hoch. Sie verschränkte ihre Finger mit meinen und ließ sich von mir durch den dunklen Korridor bis zu einem der Zimmer führen. Statt uns auf die Pritsche mit der muffigen Matratze zu setzen, ließen wir uns auf den Boden nieder und sahen uns an.

»Tja, das war knapp. Hattest du nicht gesagt, hier würden alle zur selben Zeit ins Bett gehen?«

»Tun sie auch. Also wir. Ich weiß nicht ...«

»Schöne Bude habt ihr hier. Ist ja riesig! Ich wünschte, ich hätte mehr Fotos und Videos machen können, vor allem von den Büchern.«

In der Dunkelheit, mit der ihre Gestalt verschmolz, war sie fast nur noch eine körperlose Stimme. Ich hätte aufstehen und die Vorhänge zurückziehen sollen, wollte mich aber nicht rühren.

»Groß genug, um eine zweite Treppe nur für die Dienstboten zu haben.«

»Aber du weißt schon, dass es keine waren, oder?«

Ich rutschte leicht auf dem Boden hin und her. »Was meinst du?«

»Es gab keine Dienstboten. Das waren Sklaven.«

»Oh!«

Plötzlich war ich froh, dass es so dunkel war. Ich blickte auf meine Hand, die noch warm von ihrer Haut war, und wurde rot, weil ich das nicht gewusst hatte.

»Vielleicht solltest du etwas über die Geschichte des Ortes lernen, den du dein Zuhause nennst«, sagte sie und zündete sich eine Zigarette an.

»Du solltest hier nicht rauchen.«

»Hast du nicht gesagt, hier oben wäre niemand?«

»Bis auf Mrs Favreau.«

»Das ist die verrückte alte Frau, stimmt's?«

»Ja. Die Witwe von Pastor Favreau. Der war früher unser Pastor. Als er starb, übernahm Daddy das Amt. Mrs Favreau ist sehr alt und ... krank.« Ich verstummte an der Schwelle zur Wahrheit.

»Apropos ... Als ich das letzte Mal zum Einkaufen im Ort war, habe ich mehr darüber erfahren, was in der verlassenen Hütte passiert ist«, sagte sie und wühlte in ihrer Tasche. Die Flasche, die sie daraus hervorholte, ging mit einem Zischen auf. Nachdem sie einen Schluck getrunken hatte, reichte sie sie mir.

Ich trank ebenfalls einen Schluck und spürte warme Cola auf meiner Zunge. »Von wem denn?«

»Ein paar Typen, mit denen ich rumgehangen habe.«

»Rumgehangen?«

»Du weißt schon – ach nein, natürlich weißt du nicht«, spöttelte sie. »Mit denen ich was getrunken habe.«

Ich ließ in der Dunkelheit Bilder von ein paar Typen entstehen, mit denen sie in einer verschwiegenen Sitznische mit roten Lederbänken zusammengesessen hatte, und fragte mich, was sie außer trinken noch getan haben mochten. Stellte mir Lippen auf Lippen vor, leises Stöhnen, Finger, die sich über feuchte Haut tasteten, Sünde, die nach Pfirsich schmeckte – nach etwas Klebrigem, Verbotenem. Die Bilder jagten mir einen Feuerstoß durch die Adern.

»Wie sich herausgestellt hat, wurde dieser Typ nicht von seiner Frau verlassen. Man fand ihre Leiche im Sumpf, ein paar Wochen nachdem er sich eine Kugel in den Kopf gejagt hat. Wahrscheinlich hat er sie umgebracht.«

Die Brutalität der Außenwelt traf mich bis ins Mark: Es war ein durch und durch verrotteter Ort, wo Männer ihre Frauen töteten – Karen Elsher, die Frau aus der Hütte und wer weiß wie viele andere noch. Und warum? Wahrscheinlich wegen des Feminismus.

Summer verschmolz mit der Dunkelheit. Ich fragte mich, wie sie in einem Haus bleiben konnte, wo es eine solche Tragödie gegeben hatte. Andererseits lebte ja auch ich in einem Haus, das Sklaven beherbergt hatte. Mit jedem Zug von ihrer Zigarette glühte die Spitze auf, und die Schatten zogen sich bis an den Rand ihres Gesichts zurück, nur um es kurz darauf wieder zu verbergen.

Es war, als hätte die Dunkelheit einen Herzschlag. Als sie ihre Zigarette abklopfte, fiel ein schmaler Ascheturm auf den Boden.

»Das wäre hier nicht passiert.«

»Nur, weil die Frauen sich hier ihren Männern unterwerfen.«

»Weil es das ist, was Gott will.«

»Ach, echt? Ich hatte nicht den Eindruck, dass du dich Tom in der Küche unterworfen hast.«

»Weil er auch nicht mein Ehemann ist.«

»Und wenn er es gewesen wäre?«

Allein von der Vorstellung, mich Tom als meinem Mann zu unterwerfen, wurde mir schlecht. Daddy würde das niemals zulassen. Er wusste, was ich von Tom hielt.

»Frag dich mal, was das für eine Religion ist, die Frauen nicht vor solchen Kerlen wie Tom schützt – die im Gegenteil auch noch Entschuldigungen für solche Kerle findet!«

»Das Fleisch ist schwach.«

»Und wieso bist du dafür verantwortlich, dass Tom schwach ist?«

Ich öffnete schon den Mund, wusste aber nicht, was ich antworten sollte. Mein Kopf war wie leer gefegt, denn in diesem Moment dämmerte mir die Wahrheit: dass Daddy bei jenem Gespräch auf dem Sofa Toms Seelenheil über mein eigenes gestellt hatte.

Als Summer in der Dunkelheit erneut einen tiefen Zug von ihrer Zigarette nahm, leuchtete ihr Gesicht in feurigem Orange auf. Sie sah aus wie eins der gefährlichen Wesen im Sumpf. Ich schnappte mir die Flasche und trank so schnell, dass mir die Kehle wehtat.

»Ehrlich, der ganze Ort hier ist so voll von aufgestauten, verklemmten Emotionen, da ist es ein Wunder, dass hier noch keiner ausgetickt ist und ein Blutbad angerichtet hat.«

40.

Neun Tage vor dem Brand

Daddy trat auf die Kanzel. Er wartete, bis es ganz still war, bis sich niemand mehr räusperte oder die Nase putzte und bis Mr Garrett ihm angezeigt hatte, dass die Aufnahme lief.

»Man sagt, der Teufel ist ein Ungeheuer mit Hörnern und Pferdefuß, aber ich sage euch, der Teufel ist eine Frau im Geschäftsanzug. Eine Frau, die wider die Natur und ihre natürliche Rolle handelt. Die sich um ihre Karriere kümmert statt um ihre Familie. Die Männern die Arbeit wegnimmt, ihnen die Möglichkeit raubt, eine Familie zu gründen und zu ernähren. Der es gefällt, wenn Männer sich klein fühlen. Ihr Ehrgeiz wuchert wie Krebs und lenkt sie zunehmend von ihren Pflichten ab. Denn der Feminismus ist die Schlange im Garten Eden. Doch unter der Führung unseres Herrn haben wir unseren wahren Garten Eden erschaffen. Ein neues Paradies. In Seiner Wahrheit sind wir stark. Doch habt acht, denn das Fleisch ist schwach und zieht den Geist ins Verderben ...«

Diese Szene katapultierte mich direkt zurück in meinen Albtraum von letzter Nacht, nachdem ich Summer wieder zum Zaun gebracht und mich danach in mein Zimmer geschlichen hatte. In meinem Traum hatte Daddy eine ähnliche Predigt gehalten. Die Worte quollen ihm zwischen Glut und Asche aus dem Mund. In Panik hatte ich mich an die Gemeinde gewandt, doch ich sah nur

Reihen ausdrucksloser Gesichter, so nackt und glatt wie Kiesel am Strand.

»... wir müssen nicht nur unser Vertrauen, sondern unseren Glauben in den Herrn setzen. Wir müssen aufeinander achten und die Schwachen in unserer Gemeinschaft schützen. Jedes Mal, wenn wir nach Parkerville gehen, versucht die Gesellschaft das schwächste Fleisch unter uns in Versuchung zu führen ...«

Ich wollte fliehen, war jedoch an die Bank gefesselt, von dicken Ranken, die meine Beine umschlangen. Daddys Torso auf der Kanzel pulsierte in einer orangefarbenen Aura und zerriss dann wie die Rinde eines Baums, mit einer tiefen Wunde aus glühenden Kohlen quer über seiner Brust. Der Gestank von brennendem Fleisch drohte mich zu überwältigen. Als sich die Flammen zurückzogen, erschien im Spalt auf seiner Brust ein vertrautes Bild. Das fahle Licht eines Fernsehers lockte mich. Ich riss an den Ranken, bis mir die Finger bluteten und ich freikam. Mit beiden Händen zog ich den Riss weiter auf, stieg durch die Öffnung in seiner Brust und landete in einem Wohnzimmer, wo Summer mit einer Flasche Cola auf mich wartete.

»Aber noch andere Teufel erscheinen in unserer Gesellschaft. Denkt an Levitikus 18,22: ›Du darfst nicht mit einem Mann schlafen, wie man mit einer Frau schläft: Das wäre ein Gräuel.‹ Dieses Gräuel grassiert in unseren Städten, sie verstecken sich nicht mal mehr, sondern gehen bei Tageslicht Händchen haltend auf der Straße und entweihen die heilige Ehe. Sie sind eine Gefahr für die Moral und verderben unsere jungen, leicht zu beeinflussenden Menschen genau wie die Schlachthäuser, die manche Frauen aufsuchen, um sich ihrer Verantwortung als Mutter zu entziehen. Frauen, die für alle die Beine breit machen.«

Ein einmütiges Amen schallte aus der Gemeinde und ermutigte ihn weiter.

»Wir dürfen nicht untätig bleiben, weil sie schon die Klauen nach unseren Kindern ausstrecken. Das seht ihr im Fernsehen und bei ihren Aufmärschen, wo sie mit Rosa oder den Farben des Regenbogens auftrumpfen. Aber ich sage euch: Wenn sie sich zusammentun können, dann können wir das auch. Nichts ist stärker als der Glaube an unseren Herrn. So folgt meinem Aufruf: Morgen werden wir am Schlachthaus von Parkerville protestieren, und ich fordere euch alle auf, nein, ich flehe euch an, es uns gleichzutun. Versammelt euch und protestiert an allen Orten in eurer Stadt, wo die Sünder zusammenkommen. Denkt daran, euch dabei zu filmen und die Zeugnisse eures tätigen Glaubens ins Internet zu stellen.«

Ich hätte anklopfen sollen, aber die Tür stand weit offen. Daddys Arbeitszimmer war ein einziges Chaos. Dieser völlig ungewöhnliche Anblick verschlug mir die Sprache. Sonst hatte hier alles seinen festen Platz, und Daddy erwartete von jedem Ordnung. Selbst die Zwillinge mussten ihr Spielzeug aufräumen, wenn sie es nicht mehr benutzten. Doch jetzt waren sämtliche Schubladen herausgezogen, und ihr Inhalt ergoss sich über die Schreibtischplatte. Eine große, mit Samt überzogene Schachtel, die ich noch nie zuvor gesehen hatte, stand auf einem Haufen Unterlagen, und Daddy durchwühlte sie hektisch.

Da ich ahnte, dass es ihm gar nicht gefallen würde, in solch aufgeregtem Zustand gesehen zu werden, schlich ich zurück in den Flur, hustete ein paarmal und schob dann vorsichtig die Tür auf. Die Szene in seinem Arbeitszimmer war jetzt eine ganz andere. Daddy saß an seinem Schreibtisch und sichtete seine Unterlagen. Die Schachtel war nirgendwo zu sehen.

»Daddy, ich habe mich gefragt …«

»Ja, Schatz?«

»Kannst du mir vielleicht sagen, woher Fleurs Medaillon kam? Ich weiß, ihr Daddy hat es ihr geschenkt, aber wo hatte er es gekauft?«

»Warum fragst du?« Er war erstarrt und hielt ein Blatt Papier mitten in der Luft.

Rasch antwortete ich: »Ach, nur so. Ich fand es so hübsch.«

Nach meinem fehlgeschlagenen Versuch, das Medaillon in der alten Hütte zu finden, wollte ich jetzt in Erfahrung bringen, ob es selten oder überall zu kaufen war. Mom wusste es nicht, als ich sie fragte.

Daddy zerknüllte das Papier. Es wirkte genauso klein in seinen Händen, wie ich mich in seinem Arbeitszimmer fühlte.

»Du solltest dich schämen. Neid und Eitelkeit sind eine Sünde.«

Ich spielte mit dem Ende meines Zopfs, weil mich die rauen, splissigen Haarspitzen trösteten. Ich fand seine Reaktion auf meine harmlose Frage übertrieben. Offenbar hatte ich ihn zu einem schlechten Zeitpunkt erwischt. Schließlich musste er sich um eine ganze Gemeinde kümmern. Bestimmt lastete der Druck auf ihm, für das Seelenheil so vieler Menschen verantwortlich zu sein, und da fragte ich ihn nach Schmuck!

Als ich die Ecke eines blauen Umschlags unter einem Stapel Papiere hervorlugen sah, ergriff ich die Gelegenheit.

»Haben wir schon wieder einen Drohbrief bekommen? Was steht denn drin?«

Daddy folgte meinem Blick, riss den Umschlag aus seinem Versteck und stopfte ihn in eine der offenen Schubladen.

»Das muss dich nicht kümmern, Schatz. Aber jetzt geh, und hilf deiner Mutter beim Abendessen.«

41.

Heutiger Tag

In der Kellerküche des Newhaven schneide ich mit dem Gemüsemesser die Haut vom Pfirsich. Eine Haarsträhne fällt mir ins Gesicht, ich puste sie weg. Die Klinge zittert, als sie mit der Haut kämpft. Ich habe meine Fähigkeiten überschätzt und hätte besser ein Schälmesser nehmen sollen. Als der letzte Rest von der samtigen Haut in die Schüssel fällt, rutscht der nackte Pfirsich in meiner Hand hin und her und verteilt Saft auf meinen Fingern. In Moms ordentlicher Handschrift warten die nächsten Anweisungen auf mich. Nun muss ich den Kern entfernen und das Fruchtfleisch in Spalten schneiden.

Der süße Duft von Pfirsich und Zimt mischt sich mit dem sauren Aroma des Zitronensafts. Alle Zutaten, die für einen Neuanfang stehen und die Vergangenheit mit ihren offenen Fragen hinter sich lassen sollen, liegen auf dem Tisch. Sie müssen nur in den richtigen Mengen vermischt werden, dann erledigen Hitze und ein bisschen Geduld den Rest. Noch liegt der Pfirsich glitschig auf dem Schneidebrett, weil ich mich an etwas erinnere: Mom, die am Küchentisch Pfirsiche klein schnitt. Eine jüngere Version von mir stand auf einem Stuhl, hatte die Hände tief in eine Schüssel getaucht und vermengte Butter mit Zucker und Mehl. Der Teig quoll mir durch die Finger.

»Wie läuft es, Honey-Bunny?«

Mom, mit chicagokurzen Haaren, blickte lächelnd zu mir herab. Der Raum war in weiches Sonnenlicht getaucht, und ich sonnte mich in ihrem Lächeln und erkundete ein neues Leben mit ihr, das wir ausprobierten wie neue Kleider – und mit ihm neue Persönlichkeiten, die zu diesem Ort passen könnten. Die Stille in Newhaven hatte uns zuerst irritiert, aber wir waren ja zu zweit, nur wir Mädchen, und orientierten uns gemeinsam.

Bei der Erinnerung bildet sich ein dicker Kloß in meinem Hals. Fast wünschte ich, ich könnte auch ganz alte Erinnerungen vergessen. Ich wische mir mit dem Handrücken übers Gesicht, beschmiere dabei aber meine Wange mit Pfirsichsaft. Vom Geruch wird die Erinnerung nur noch intensiver und zerreißt mir fast das Herz. Also lenke ich meine Aufmerksamkeit auf den Pfirsich. Aber das Messer zögert, bleibt in der Schwebe, weil der Pfirsich unter meinem Griff rutscht. Mom könnte das, sie konnte alles mühelos schneiden, ihre Klinge senkte sich glatt in Gemüse, Hühnchen, Rindfleisch und hin und wieder auch Fisch. Wieso konnte ich nicht mehr sein wie sie? Wieder zittert der Pfirsich, und in mir braut sich ein Sturm aus Frustration zusammen.

»Hier riecht's aber gut!«

Tom erscheint in der Küche, und mich überkommt ein Déjàvu. Die blonden Haare feucht von der Sommerhitze und die Wangen vor Anstrengung gerötet, kommt er näher. Seine Augen glitzern, und mir schnürt es die Kehle zu. Das Gefühl, genau das schon einmal erlebt zu haben, wird stärker, verfestigt sich jedoch nicht zu einer konkreten Erinnerung. Aber das ist schon in Ordnung, denn ich weine ja nicht mehr der Vergangenheit nach. Daher hefte ich meine Blicke auf Tom und verdränge das Gefühl.

»Ich backe eine Pfirsichpastete.«

Ich konzentriere mich wieder auf den Pfirsich und drücke das Messer in das orangefarbene Fruchtfleisch. Als Tom von hinten näher an mich herantritt, stockt mir der Atem. Das Messer zittert in meiner Hand. Er riecht nach einem Tag harter Arbeit und nach dem Versprechen auf ein normales Leben. Vielleicht werden aller Kummer und Schmerz mit ihm ein Ende finden.

»Ich habe Lust auf was Süßes. Süß wie ein Pfirsich.«

Ich schrecke zusammen, als ich seine Hände an meiner Taille und seinen Atem an meinem Ohr spüre. Das Messer rutscht über den Pfirsich und gräbt sich in meinen Finger. Ich schreie auf. Seine Worte rufen wieder das Dèja-vu-Gefühl hervor, so als wäre ich in einem vertrauten dunklen Zimmer und tastete nach dem Lichtschalter. Als er meine Hand nimmt, schaue ich ihm forschend ins Gesicht, tappe aber immer noch im Dunkeln.

»Oh, sch... Scheibenkleister. Abigail, du blutest ja!«

Ich folge seinem Blick und sehe, dass mein Zeigefinger voller Blut ist. Von der Farbe stockt mir der Atem. Mit einem Mal höre ich das Prasseln von Feuer in meinen Ohren und hallende Schreie. Mein ganzer Körper spannt sich so heftig an, dass er zittert. Tom führt mich zum Spülbecken. Er spült meine Finger ab und verdünnt damit das Blut zu zarten rosafarbenen Fäden, die im Abfluss verschwinden, bis das Wasser ganz klar ist. Meine Anspannung lässt nach, und ich lehne mich gegen Toms Brust. Er schlingt einen Arm um meine Schultern. Dennoch rinnt mir ein kalter Schauer über den Rücken.

Wasser strömt aus dem Hahn im Bad. Ich schrubbe mir die Hände, so manisch, dass ich überall Wasser verspritze. Das Pflaster fällt ins Becken, jetzt ist die geschwollene rote Linie des Schnitts zu sehen. Einen Tag hatte ich Ruhe, bevor der Wahnsinn mit einem weiteren Albtraum aufwartete. Und der war bisher der schlimmste. Ich starre auf meine Hände und das Pflaster, das Tom mir gestern über die Fingerspitze klebte. Die Bilder aus dem

Albtraum haben sich allmählich zu einem anklagenden Zeigefinger zusammengefügt, der auf mich zeigt. Und das war das Schlimmste. Warum gibt der Teufel mich nicht frei?

Meine Hände hören einfach nicht auf zu zittern. Auch im Traum haben sie gezittert. Rot. Rot tropft von ihnen. Die Flammen lecken das Blut vom Boden, Rot verschwindet unter Rot. Aber das ist nicht der Höhepunkt, nur das blutige Präludium zum neuen Machwerk: Mom und Daddys Körper liegen auf dem Boden. Als ich den Blick senke, wirkt meine Hand so klein und das Messer darin so groß. Vorher war da kein Messer. Es schimmert blutrot. Ich kann sie nicht sehen, weiß aber, sie steht neben mir.

42.

Eine Woche vor dem Brand

In Parkerville besetzte unsere Gruppe jeden Zentimeter des Bürgersteigs und erfüllte die Luft mit unserer leidenschaftlichen Wahrheit. In diesem Gebäude mit der weißen Stuckfassade und den Kübeln voller Geranien wollten Frauen ihr kostbares Geschenk loswerden, das Wesen, für das sie die Verantwortung hatten und das sie ablehnten, weil es nicht in ihr selbstsüchtiges Leben passte. Mrs Calhoun hob mit Nachdruck ihr Plakat, das wie immer das Bild eines beendeten Lebens zeigte, mit allen blutrünstigen Details, und darüber in leuchtendem Rot das Wort Mörder. Doch an diesem Tag fühlten sich ihr Plakat und die anderen seltsam falsch an, fast grotesk. Ich wandte meinen Blick davon ab und konzentrierte mich darauf, zusammen mit den anderen unsere Slogans zu rufen, denn dies war meine Chance auf Wiedergutmachung. Mit neuem Glauben und der Hoffnung, Daddy stolz zu machen, reckte ich die Faust.

Meine Blicke huschten über die Gesichter auf der Straße. Ich konnte Summer aber nirgends entdecken. Ich wusste nicht, wie sie reagieren würde, wenn sie mich hier sähe. Auf der anderen Straßenseite stand eine nervöse Frau und drückte sich die Tasche gegen den Bauch. Sie verströmte Angst, so wie der Asphalt Hitze verströmte. Wenn da noch Angst ist, können sie gerettet werden, würde Daddy sagen: Wenn sie Angst fühlten, wissen sie, dass sie etwas Falsches tun. Ich konnte sie retten. Also rief ich im Sprechchor mit den anderen, aber an diesem Tag schmeckten die Worte anders in meinem Mund. Als die Frau mit der Tasche aufschaute, schimmerten Tränen in ihren Augen, was mich traf wie ein Schlag: Ich hatte sie mit meinen Worten zum Weinen gebracht!

»Was ist bloß los mit euch? Lasst sie doch einfach in Ruhe und macht ihr den Weg frei. Sie hat es ohnehin schon schwer genug.«

Das war Tanias Freundin. Heute trug sie kein Blümchenkleid, sondern Jeans und T-Shirt und hatte tiefe Ringe unter den Augen. Ihre sichtbare Trauer schockierte mich.

»Natürlich verteidigt die Lesbe die Hure, die unbedingt die Beine breit machen musste.« Diese Bemerkung kam von Tom. Doch aus seinem Mund klang die Wahrheit irgendwie schäbig. Tanias Freundin zuckte zusammen, fasste sich aber wieder.

»Hey, du Genie, was glaubst du denn, wie sie schwanger geworden ist? Hast wohl den Aufklärungsunterricht geschwänzt, du Trottel.«

Die Bemerkung brachte ihr Kichern und Beifall von Passanten ein. Tom ballte die Fäuste.

»Soll ich mit dir zusammen reingehen?«, fragte sie die junge Frau, die sofort nickte.

Sie zwängte sich durch die Menge, da gab Tom ihr einen heftigen Schubs, der sie zu Boden warf. Die andere Frau schoss wie ein Kaninchen aus dem Fuchsbau und verschwand im Gebäude. Ohne nachzudenken, kniete ich mich vor die Frau, fasste sie am Ellbogen und half ihr, sich aufrecht hinzusetzen.

»Es tut mir leid.« Warum ich mich entschuldigte, wusste ich nicht, doch ich musste es einfach tun. Vielleicht um ihr zu zeigen, dass ich nicht wie Tom war.

»Wirklich? Aber du gehörst doch zu denen, oder nicht?«

Darauf wurde ich rot und senkte den Blick.

»Es tut mir auch leid wegen deiner Freundin. Du weißt schon, wegen des Unfalls. Ich meine, mein herzliches Beileid.«

Als ich es wagte, sie wieder anzuschauen, sah ich, dass ihre Miene weicher geworden war. An diesem Tag hatte sie ihre Zöpfe nicht aufgesteckt, sondern trug sie so, dass sie ihr über die Schultern fielen. Keine von uns bewegte sich, aber ich spürte die umstehenden Menschen.

Ich senkte die Stimme. »Was hast du neulich damit gemeint, als du meinen ... den Mann, der bei mir war, angeschrien hast?«

»Er stand direkt bei uns und hat irgendwas mit ihr gemacht. Er trat hinter uns an die Ampel und dann ... dann war's, als würden ihre Beine nachgeben, und sie fiel nach vorn.«

Immer schön aufpassen, Schätzchen, ertönte Daddys Stimme in meinem Kopf, und mein Herz war im freien Fall. Sie musste sich irren. Ich öffnete den Mund, doch noch bevor ich etwas sagen konnte, schlang sich ein Arm um meine Taille und riss mich zurück. Toms Körper an meinem fühlte sich schwitzig an. Durch die erzwungene Nähe erwachten plötzlich die Erinnerungen an die Szene in der Küche. Alle. Adrenalin und Angst setzten meine Muskeln unter Strom.

»Fass mich nicht an!«

Alles passierte in ein, zwei Schrecksekunden. Dieses eine Mal fand meine Faust ihr Ziel nicht an meinem Oberschenkel, sondern an Toms Kinn.

Die oft geübten Slogans verstummten. Alle starrten mich an. Tom hielt sich den Kiefer. Meine Knöchel brannten vor Schmerz. Die Blicke aller verurteilten mich für das, was ich getan hatte. Nicht einer fragte nach dem Grund.

Während der gesamten Rückfahrt herrschte Schweigen, so erstickend wie die Mittagshitze. Toms finsterer Blick verhieß, dass sich ein Sturm zusammenbraute. Er brannte mir ein Loch in den Hinterkopf. Allerdings war es nicht so schlimm wie die Schmerzen in meiner Hand.

Erschöpft von den Ereignissen des Tages, schleppte ich mich die Treppe hinauf. Daddy und Mom waren noch im Newhaven und sprachen über den Vorfall. Sie alle sprachen darüber, aber niemand machte sich auch nur die Mühe, mich danach zu fragen. Es war so ungerecht, dass ungeweinte Tränen in meinen Augen brannten. Vor allem, da Daddy und Mom ganz genau wussten, was Tom mir angetan hatte.

Ich schloss die Tür zu meinem Zimmer und machte nicht mal Licht, als ich mich auszog. Aber es half nichts: Auch die Dunkelheit bot mir keinen Schutz. Ich schlüpfte in mein Nachthemd. Wie hatte sich mein Leben innerhalb weniger Wochen nur so ändern können? Ich hatte Daddys Vertrauen verloren, Tom hatte mich angefasst, meine Eltern hatten ein Geheimnis vor mir. Früher bestand mein Leben aus einer Reihe unwandelbarer Gewissheiten, die so tief in festem Boden wurzelten wie die kahlen Zypressen im Sumpf. Aber jetzt fühlte ich mich wie eine Wohnwagensiedlung in einem Tornado und hatte Angst vor dem Augenblick, da alles zusammenbrechen würde.

Daddy. Als ich ihn eben ansah, hörte ich nur die Anklage von Tanias Freundin: *Er hat irgendwas gemacht ... und dann war's, als würden ihre Beine nachgeben ... immer schön aufpassen, Schätzchen.* Solche Leute logen ständig, redete ich mir ein. Aber mein Glaube bekam Risse.

Das Laken lag leicht auf meinem Körper und hatte in dieser Hitze eigentlich nur die Aufgabe, meinen Körper zu bedecken. Summer schlief sicher auf ihrem Schlafsack und bot ihren Körper den Elementen dar. In dem Moment spürte ich etwas Nasses zwischen meinen Beinen, mein Nachthemd klebte mir an der Haut. Meine Hand berührte eine breiige Masse. Der Schock trieb mich aus dem Bett. Wild schlug ich auf den Lichtschalter. Die in den Augen schmerzende Lichtexplosion zwang mich, ein paarmal zu blinzeln. Meine Hand und mein Nachthemd waren grellrot und klebrig. Blut lief mir warm über die Finger. Die Gänsehaut auf meinen Armen teilte mir mit, dass ich mich nicht verrechnet hatte: Bis zu meiner nächsten Periode waren es noch drei Wochen. Vorsichtig näherte ich mich dem Bett und riss das Laken beiseite. Dann zuckte ich zurück und musste würgen. Ich presste mich mit dem Rücken an die Wand.

Auf meiner Matratze glänzte ein Häufchen Eingeweide drohend im Licht. Ein seiner Form beraubtes Tier, ohne Haut, ohne Knochen. Der blutige Rest eines atmenden Wesens, reduziert auf eine blutige Warnung.

Audiodatei Nr. 12

Aufnahmequalität: gut

Stimme A: weiblich

Stimme A: *(Husten)* Diese Episode von »Eine Frage des Glaubens« gehört zu unserer Serie, die sich mit der New America Baptist Church beschäftigt, einer schnell wachsenden, archaischen Freikirche mit einer Reihe von Gemeinden und Ländereien im Süden des Landes. Ursprünglich wurde sie 1980 von Pastor Jeremiah Spence in Benton, Arkansas, gegründet und ist angeblich eher eine religiöse Sekte, eine barbarische Hassgruppe mit extremer Ideologie als eine ... eine ...

(Stöhnen) Verfickt noch mal! Wieso mach ich das überhaupt? Ist doch sowieso egal. Das alles ist doch Schwachsinn. Nichts davon ist mehr wichtig. Wichtig ist nur sie. Jetzt geht es nur noch um sie. Irgendwelche Vorwände sind doch vollkommen unnötig geworden.

43.

Fünf Tage vor dem Brand

Ich konnte Mom nicht ins Gesicht blicken. Sie saß am Küchentisch und schälte Kartoffeln, krümmte ihre geröteten Finger um das Messer. Wieder musste ich an Chicago denken, an eine Frau, die gerne feierte. Eine Frau, die ging, wohin sie wollte, die keine Angst hatte, ihr Haus zu verlassen und die große Stadt zu erkunden. Bilder strömten auf mich ein: Mom, die mich beim Anziehen um Rat fragte, die in einer anderen Gemeinschaft lebte, einem Projekt von Menschen, das so viel größer war als Newhaven und so viele Stockwerke hatte, dass wir praktisch in den Wolken lebten. In einer Zeit vor Daddy.

»Welches, Honey-Bunny?«, hatte Mom gefragt und verschiedene Optionen vom vollgepackten Kleiderständer gezeigt.

»Das glitzernde, Mommy.«

Damals passten Mom die Kleider wie eine zweite Haut, die sie dann am Morgen auf den Boden warf. Nach dem Anziehen nahm sie in der Küche Platz, und ich saß im Schneidersitz auf dem Tisch. Ihr Körper steckte in einer blauen glitzernden Hülle, während sie ihr Gesicht im Spiegel auf dem Fensterbrett begutachtete.

»Rouge«, sagte sie mit aufgeregt klingender Stimme und streckte die Hand aus.

Mit einem Aufschrei griffen kleine Hände in eine Kosmetiktasche und suchten eifrig nach dem richtigen. Die Tasche war eine weiche Schatzkiste voller Reichtümer: glänzenden Muscheln mit Puder in verschiedenen Farben, von schimmerndem Kupfer zu glitzerndem Rosa bis zu goldenem Sternenstaub. Mommy spitzte die Lippen, malte sie rot an und ließ sie einmal schmatzen. Als es laut an der Tür klopfte, leuchteten ihre Augen im gelben Schein der Küchenlampe auf.

»Sei brav, Honey-Bunny. Im Kühlschrank ist noch ein Rest Pizza«, sagte sie und eilte in einer Wolke aus Aufregung und blumigem Parfüm aus der Tür. Sie ging, war aber am nächsten Morgen immer wieder da und roch nach jemand anderem.

»Vermisst du Chicago manchmal?«

Sie erstarrte. »Nein.«

»Vermisst du es denn nicht auszugehen? Du verlässt nie diesen Ort. Das muss doch manchmal langweilig sein. Ich weiß, ich hab Hausarrest, aber irgendwann mal sollten wir zusammen nach Parkerville fahren. Einen Ausflug machen. Wir könnten sogar die Zwillinge mitnehmen.«

»Mir gefällt es hier. Ich habe alles, was ich brauche, wieso sollte ich da woanders hingehen?«

Meine brutalen Erfahrungen der letzten Wochen passten nicht zu Moms Meinung von Newhaven. Was mir in der Küche passiert war, hätte einen Riss in die Fassade dieses Orts ziehen müssen: dass Tom sich mir aufgedrängt und mich in Parkerville schon wieder angefasst hatte. Aber sie tat immer noch, als wäre sie zufrieden, und schälte Kartoffeln für Daddys Abendessen. In ganz Newhaven gab es nicht genug Kartoffelschalen, um das zu begraben, was mir zugestoßen war.

Plötzlich erkannte ich: Der Verantwortliche für all das Elend war Tom, nicht ich. In diesem Augenblick hasste ich Newhaven, weil es mich zum Sündenbock gemacht hatte.

»In Chicago war es nicht perfekt, aber das ist es hier auch nicht.«

Sie hielt mit dem Schälen inne und blickte auf. »Du weißt ja nicht, was du da sagst. Als wir Chicago verließen, warst du noch viel zu klein. Es war nicht so, wie du dir das jetzt vorstellst.«

»Ich weiß, Chicago ist nicht perfekt, aber Newhaven hat sich verändert. Dort waren wir auch glücklich, nur auf andere Art. Das weiß ich noch. Du warst ständig unterwegs, bist gegangen, wohin du wolltest. Wir hatten Musik, wir haben getanzt, wir hatten ... Pommes frites.« Die Wahrheit brannte mir in der Kehle. Mom stand auf und beugte sich über den Tisch.

»Ja, du hast Pommes frites gegessen. Du hast immer gegessen, aber *ich* hatte tagelang nichts zu essen. Und die laute Musik? Die sollte das Geschrei und noch viel Schlimmeres übertönen.« Mom ließ sich auf ihren Stuhl sinken, als hätten die Worte oder Erinnerungen sie Kraft gekostet. »Als John uns fand, als er mich fand, erinnerte er mich daran, was meine wahre Aufgabe war. Ich hatte meine Verantwortung vergessen. Ich musste dir ein besseres, sichereres Leben bieten.«

»Das ist nicht wahr! Du warst immer eine gute Mutter, auch in Chicago.«

»Du bist diejenige, die sich verändert hat, Abigail, und nicht zum Besseren.«

Sie begann wieder, Kartoffeln zu schälen, und beendete damit das Gespräch. Ich war verwirrter als je zuvor, klammerte mich aber an Summers Worte: *Du bist hier das Opfer.* All das Gerede über Parkerville und Chicago brachte mich auf eine Idee. Ich wollte meinen Glauben beweisen und gleichzeitig meiner Verwirrung entfliehen.

»Lass uns fortgehen! Nur für eine Weile. Wir können in Chicago missionieren, ganz sicher bringen wir Mrs Calhoun und Mr

Garrett dazu, uns zu begleiten. Wir könnten unser altes Viertel sehen, die Pizzeria, in die wir immer gegangen sind, und …«

»Ich kann nicht von hier weg …«

»Natürlich kannst du! Und sei es nur für ein paar Tage. Möchtest du nicht auch mal Chicago wiedersehen?«

»Du bist fast achtzehn, Abigail. Langsam musst du erwachsen werden.« Ihr ganzer Körper war starr vor Anspannung. Ihr Stuhl schrammte über den Fußboden. »Chicago ist gefährlich. Wir konnten nicht mehr dortbleiben, vor allem nicht nach … und dein Dad …«

»Dad hätte nichts dagegen.«

»O doch! John ist ein guter Mann, er hat uns ein besseres Leben geschenkt und die Zwillinge und Sarah. Er sorgt für unsere Sicherheit. Aber auch bei ihm gibt es Grenzen, und die müssen wir respektieren. Ich verdanke ihm alles.«

»Stellst du dich deshalb immer auf seine Seite und nicht auf meine?«

»Das ist ein kleiner Preis, nach allem …«

»Nach was, Mom?«

»Das ist Vergangenheit.«

»Was ist Vergangenheit?«

»Nichts.«

»Nichts? Na, du machst es dir leicht!«

»Das verstehst du nicht.«

»Und wie ist es mit: Du sollst nicht lügen?«

»Sie hätten dich mir weggenommen!«

»Wovon redest du?«

»Die Behörden. Sie hätten dich mir weggenommen. Wir mussten verschwinden.«

»Was?«

»Es hieß, ich wäre eine unfähige Mutter, die dich vernachlässigt. Und die Umgebung, in der ich dich aufzog, wäre nicht stabil, sondern gefährlich.«

Sie ließ sich wieder auf den Stuhl fallen und hatte Tränen in den Augen. Ich taumelte zurück, bis ich an der Küchentheke tröstenden Halt fand. Da die Luft im Zimmer erstickend war, schnappte ich mir ein Glas und füllte es mit Wasser aus dem Hahn. Gierig trank ich, mit großen Schlucken, bis meine Kehle schmerzte.

Ihre Erklärung passte nicht zu dem Bild, das ich von ihr hatte. Wie sie für die Zwillinge und Sarah sorgte. Als die Zwillinge die Windpocken hatten, schlief sie vier Nächte hintereinander auf einem Sessel in ihrem Zimmer. Selbst in Chicago hatte sie auf Essen verzichtet, damit ich nicht hungern musste. Immer hatte es geheißen: Nur wir Mädchen gegen den Rest der Welt. Und wir hatten es geschafft. Ihre Liebe hatte sie mit den Leuchtsternen gezeigt, die sie sorgfältig an unsere Decke geklebt hatte, damit ich unter einem Sternenhimmel zelten konnte – Sommersterne nannten wir sie. Diese Leute wussten doch gar nichts. Ich ballte die Faust. Was für Behörden nahmen einer liebenden Mutter die Kinder weg? Arschlöcher, hätte Summer gesagt, alles Arschlöcher.

»Verstehst du denn nicht? Wenn sie mich finden, lande ich im Gefängnis.«

»Aber du bist eine gute Mutter! Ich hab dich doch mit den Zwillingen und Sarah gesehen! Als ich klein war, hast du mir Sterne an die Decke geklebt.«

Als Mom daran erinnert wurde, kamen ihr die Tränen, die sie hastig wegwischte. Die heftigen Umarmungen, in die Mom mich geschlossen hatte, wann immer ich nach Parkerville ging, ihre Verzweiflung, als sie dachte, ich wäre weggelaufen, ihre jahrelange Weigerung, Newhaven zu verlassen – all dies hatte einen triftigen, einen bitteren Grund. Damit bekam alles eine neue Bedeutung.

»Du musst dich noch waschen, bevor dein Dad nach Hause kommt.«

»Ich bin fast achtzehn. Man kann mich dir nicht mehr wegnehmen.«

»Trotzdem würde ich ins Gefängnis kommen. Und sie könnten mir Sarah und die Zwillinge wegnehmen.«

»Vielleicht suchen sie gar nicht mehr nach dir.«

»Schluss jetzt! Bitte, geh dich jetzt waschen.«

Wie konnte sie eine solche Bombe platzen lassen und sich dann weigern, darüber zu reden? Amerika war groß, wenn wir Chicago mieden, würde man uns nicht so leicht finden. Sie konnte nicht klar denken, weil ihr zu viel Angst das Gehirn vernebelte.

Nachdem ich die Badezimmertür abgeschlossen hatte, stieg ich in die Wanne, um nachzudenken. All die Unstimmigkeiten schwirrten mir durch den Kopf und vergrößerten meine Verwirrung. Mom liebte mich so sehr, dass sie aus Chicago floh, schützte mich aber nicht vor Tom oder Daddy; Newhaven verurteilte mich für das, was in Parkerville passiert war, hörte sich aber nicht meine Seite der Geschichte an. Vor meinem inneren Auge blitzten die blutigen Eingeweide in meinem Bett auf, die so aussahen wie die grausigen Bilder auf unseren Plakaten. Eigentlich waren sie als anonyme Warnung gedacht, als Sperre auf meinem Weg, damit ich umkehrte. Doch stattdessen hatten sie etwas in mir geöffnet. Ich boxte mir auf den Oberschenkel und verwandelte meine Frustration in einen blauen Fleck, den ich drücken konnte, um mich an diesen Moment zu erinnern. Newhaven war für mich immer eine einfache Wahrheit gewesen, aber jetzt hatte es sich zu etwas verändert, das ich nicht mehr verstand. Mom.

Daddy. Sogar Mr Caine. Sie alle predigten das Gleiche: Das Wichtigste auf der Welt war die Familie. Aber sie verhielten sich nicht danach, im Gegenteil: Eltern stellten sich gegen ihre Tochter, und ein Vater misshandelte seinen Sohn. Zum ersten Mal brachte mir mein Glaube keinen Trost.

44.

Heutiger Tag

Stille durchdringt die Kirche, die jetzt nur eine leere Hülle ist und darauf wartet, mit dem Widerhall des hingebungsvollen Glaubens ihrer Gemeinde gefüllt zu werden. Diesen erweckte Daddy Sonntag für Sonntag neu zum Leben, er hämmerte den Menschen seinen Glauben ein, während Pastor Abernathys Stil ein viel zurückhaltenderes Anfachen der Glut ist. Ich störe kaum die Stille, da ich zwar inbrünstig bete, aber nur stumm. Mit gesenktem Kopf und verschränkten Händen klammere ich mich an meinen Glauben und das, was mir noch an Vernunft geblieben ist.

»Lieber Gott im Himmel, ich komme zu dir im Namen Jesu Christi. Ich gestehe dir, dass ich gesündigt habe, dass ich meine Sünden und das Leben, das ich geführt habe, bereue. Ich ersehne deine Vergebung. Bitte, schütze mich vor dem Bösen, Heiliger Vater. Gib mich nicht auf. Bitte, Gott, mach, dass es aufhört. Amen.«

Ich verlagere mein Gewicht, weil meine Knie wegen der Blutergüsse protestieren. Dabei weiß ich nicht mal, woher ich die habe. Angst überkommt mich, aber ich verdränge sie. Ich presse die Zähne zusammen und bete weiter, denn das ist eine Prüfung von Gott, ob ich auch hingebungsvoll genug bin. Die Hitze wetteifert mit der Stille in der Kirche. Mein ganzer Körper ist schweißbedeckt. Die anderen arbeiten oder gehen ihrem Tagwerk nach.

Ich aber versuche verzweifelt, meine Seele zu retten. Als meine Schultern weiter nach vorn sacken, verliere ich fast das Gleichgewicht. Die letzten paar Tage habe ich kaum geschlafen, nur hin und wieder bin ich kurz eingenickt. Ich halte den Blick fest auf das Kreuz über dem Altar gerichtet und überlege, ob ich die Augen schließen und mich der Dunkelheit ergeben soll. Woran werde ich mich erinnern? Welche Gesichter werden vor meinem Kopf oder am Fußende meines Betts erscheinen? Welche Stimme wird zu mir sprechen? Mir stockt der Atem, genau wie in jener Nacht im Korridor. In der Nacht, als sie im Newhaven erschien.

Ich bete noch inbrünstiger, aber die Erlösung will nicht kommen. Durch die Risse meines mürbe gewordenen Glaubens dringen Bilder. Daddy, der mit entsetztem Blick ausruft: »Vergib ihr, Herr, denn sie weiß nicht, was sie tut!«; laut brüllendes Feuer; die Frau aus dem Korridor und die aus meinem Traum, die an der Schwelle zum Hunters Cottage stand; Kaninchen und Beutelratten, die an ihren eigenen Eingeweiden aufgehängt wurden; stinkendes Fleisch, das in der Sonne verwest. Immer wieder suchen mich diese Bilder heim, aber ich will mich nicht mehr erinnern.

Ich renne aus der Kirche, taumle keuchend auf die Veranda und stoße mit etwas Weichem zusammen.

»Hey, ich hab dich gesucht. Alles in Ordnung?« Jackson sieht mich prüfend an.

»Ja. Braucht man meine Hilfe bei Mrs Favreau?«

Jackson hebt die Schultern bis zu den Ohren und schiebt seine Fäuste in die Hosentaschen. »Nein, ich wollte nur ... können wir reden?«

Ich winke ihn in die schattige Kirche. Zwar ist es auch hier drückend heiß, aber wenigstens brennt die Sonne nicht auf uns nieder. Obwohl ich ihn ermutigend anlächle, scheint ihn doch irgendetwas zurückzuhalten, sein Anliegen vorzubringen. Er war schon immer ein stilles Kind. Aber da ich Mr Caines Wutausbruch mitbekommen habe, kann ich mir denken, dass ihm nichts anderes übrig blieb. Daddy hätte gesagt, dass Gott ihn prüfen will. *Scheißprüfung!* Ich kneife die Augen zu und klopfe mir mit der Faust leicht auf den Oberschenkel. Sie kann nicht hier sein, nicht in meinem Kopf und nicht im Haus des Herrn.

»Komm schon, wieso wolltest du mich sprechen?«

Die Frage reißt ihn aus seinem Schweigen. »Weil ich mich entschuldigen wollte.«

»Wofür denn?«

»Für meinen Dad. Er war gemein zu dir.«

»Ist doch nicht deine Schuld. Er ist auch ziemlich gemein zu dir. Kommt das oft vor?«

Hartnäckig hält er den Blick auf den Boden gerichtet, wo er mit den Schuhen ein imaginäres Muster auf den Teppich zeichnet. Ich frage mich, wie viele Geheimnisse sich noch in Newhaven verstecken – einem Ort mit so vielen verschlossenen Türen und so vielen Schatten selbst im Hochsommer.

»Hast du mal versucht, es jemandem zu erzählen?«

»Dein Dad wusste es.«

»Daddy?«

»Er wusste Bescheid. Ich bat ihn, mit meinem Dad zu reden. Weißt du, was er sagte?«

Ich schüttle den Kopf.

»Er sagte, Gott hätte meinen Vater so gemacht, wie er ist, und ich sollte versuchen, ihn zu ehren und ihm ein besserer Sohn zu sein«, spuckt er höhnisch aus. Dann reckt er das Kinn und sieht mich an. »Mir tut's nicht leid, dass er tot ist.«

Ich öffne den Mund.

»Nein, tut's nicht, klar?«

Ich bin sprachlos. Was Jackson sagt, deckt sich nicht mit meinen Erinnerungen an Daddy, den Mann, der Mom und mich gerettet hat – das weiß ich noch. Allerdings sind meine Erinnerungen eben nicht vollständig, mir fehlen immer noch mehrere Wochen.

Er schnaubt, bevor er fortfährt: »Weißt du, was komisch ist? Wäre Pastor Munro nicht gestorben, wäre dein Dad auch nicht der neue Pastor geworden. Und dann hätte ich vielleicht ein ganz anderes Gespräch geführt. Und bevor du jetzt was sagst: Nein, mit Pastor Abernathy muss ich erst gar nicht reden, der ist viel zu schwach für irgendwas.«

Ich sammle im Geist die Namen, die er hat fallen lassen, und füge noch einen hinzu: Pastor Munro, Pastor Heywood, Pastor Abernathy und ganz am Anfang Pastor Favreau. Drei von vier sind tot, dem Schicksal oder etwas Schlimmerem zum Opfer gefallen. Und Mom und Fleur sind nur Kollateralschäden, weil sie sich in der Nähe großer Männer befanden. Ich frage mich, ob die anderen Pastoren auch Drohbriefe bekommen haben. Eigentlich dachte ich, wir wären die Einzigen.

Jackson setzt wieder zum Sprechen an. »Willst du hören, was ich meine? Wir werden hier niemals sicher sein. Wir müssen hier weg.«

»Ich kann nicht weg. Meine Familie ist hier: die Zwillinge und Baby Sarah. Und selbst wenn ich wollte, ich habe kein Geld.«

»Ich hab was beiseitegelegt, wann immer ich konnte. Mittlerweile sind es fast fünfhundert Dollar.«

»Hast du die etwa gestohlen?«

Nun zeichnet er kein Muster mehr, sondern tritt mit den Füßen gegen die Bank vor uns. »Spenden sind für die ganze Gemeinde, also darf ich sie auch nutzen, weißt du?«

Sein trauriger Blick verrät mir, dass er jetzt keine weiteren Zurückweisungen mehr erträgt. Der glückliche kleine Junge, der er früher war, verschwand zum gleichen Zeitpunkt wie seine Mutter. Eines Tages war Mrs Caine mit zu einer Demonstration gegen das Perversen-Zentrum gefahren. Aber sie wollte kurz auf die Toilette des Busbahnhofs und kam nie mehr heraus. Sie hat ein Loch in Jacksons Seele hinterlassen, das er mit fünfhundert Dollar, einem Busticket und dem Traum füllen will, sie irgendwo wiederzufinden.

Der warme Wind trägt gedämpfte Stimmen zu uns.

»Ich gehe mal besser. Versprich mir, darüber nachzudenken, ja?«

»Ist gut.«

Es braucht nur diese zwei kleinen Wörter, da breitet sich ein Grinsen über sein Gesicht, und er rennt hinaus ins grelle Licht. Wieder wird es still in der Kirche. Ich falte die Hände: Vergib mir Vater, denn ich habe gesündigt ...

Die Uhr an der Wand mahnt mich, dass ich Miss Favreau zu spät ihr Mittagessen bringen werde. Dabei gibt es heute ihre Lieblingsspeise: Maisgrütze mit Käse und Speck. Unter der Uhr lehnen Protestschilder an der Wand, bereit für die nächste Demonstration. Nach den Slogans zu schließen, wird sie vor dem Gebäude von Planned Parenthood stattfinden. Wir nennen das hingebungsvollen Glauben, sie brandmarken es als Hass. Als ich Daddy einmal danach fragte, sagte er, das sei eine Frage der Perspektive. Man könne ein und dieselbe Sache unterschiedlich betrachten, je nachdem, wie nahe man Gott stehe. Diese Leute hätten sich zu weit von Gott entfernt, um in der Demonstration einen Akt des Glaubens zu sehen. »Ist es wie bei der Hase-Ente-Illusion?«, hatte ich gefragt. Da hatte er mich auf seinen Schoß gezogen. Ein sanfter Regen trommelte gegen das Fenster, und von der Küche drang der Geruch nach frisch gebackenen Brötchen zu uns herauf. »Ganz genau, Schätzchen, wie bei der Hase-Ente-Illusion.« Nachdenklich hatte ich die Stirn gerunzelt. »Was ist denn, Schatz?« »Aber wer sind wir dann, Daddy: der Hase oder die Ente?« Die Erinnerung an sein Lachen begleitet mich, als ich die Kirche verlasse.

Dort trifft mich die Realität mit voller Wucht, denn ich werde wieder hineingeschoben und so heftig gegen die Wand gestoßen, dass mein Kopf gegen den Putz knallt. Mir bleibt die Luft weg. Ein paar Protestschilder fallen klappernd zu Boden. Nur wenige Zentimeter von meinem Gesicht entfernt droht mir Mr Caines vor Wut verzogene Fratze. Er gräbt seine Finger so tief in meine Oberarme, dass sie Dellen bekommen. Vom Druck knacken meine Knochen.

»Du solltest dich doch von meinem Jungen fernhalten!«

»Lassen Sie mich los! Ich glaube ...«

»Niemand will deine verdammte Meinung hören!« Noch mal stößt er mich so heftig gegen die Wand, dass ich kein Wort mehr hervorbringe. Aber mein ganzer Körper schreit Alarm. »Ich will nicht, dass so ein Drecksstück wie du meinen Sohn verdirbt!« Das Wort *Sohn* sagt er so, wie man *mein Tisch*, *mein Boot* oder *meine Waffe* sagen würde. »Ich sag dir was, dein Vater war ein guter Mann, aber zu schwach. Er wusste, was du und deine Mutter wart, trotzdem brachte er euch hierher, wo ihr nichts zu suchen hattet. Gott hat ihn für seinen Hochmut bestraft und sein Haus mit Feuer gereinigt. Ich dulde eure Perversion nicht in der Nähe meiner Familie, und das schließt Jackson mit ein. Klar?«

Vor lauter Angst ist mein Kopf wie leer gefegt. Ich nicke hektisch. Da schiebt er mich ohne ein weiteres Wort beiseite und marschiert aus der Kirche.

Von: Jeb Abernathy
Datum: Freitag, 16. September 2022, 10.27 Uhr
An: Cameron McPherson
Betrifft: Re: Sorgen – Führung erbeten

Lieber Pastor McPherson,
ich hoffe, es geht Ihnen gut.

Leider muss ich Ihnen mitteilen, dass die Lage in Newhaven eskaliert ist. Man hat entdeckt, dass etwa 500 Dollar aus unserer Portokasse entwendet wurden. Die einzige Person, der ich so etwas zutrauen würde, ist Abigail. Ich mag gar nicht daran denken, wofür das Geld sein soll. Sie könnte es benutzen, um jemanden für was auch immer zu bezahlen oder um nach Parkerville zu fahren oder noch Schlimmeres.

Sie erwähnten die Möglichkeit, Abigail nach New Eden zu versetzen. Ich war zuerst skeptisch, da wir ja die Verantwortung für sie haben, aber vielleicht würde sie in einer neuen Umgebung wieder zu sich kommen. Wir können schließlich nicht wissen, was sie herumerzählen würde, wenn sie die Kirche verließe. Und vielleicht hat New Eden die nötigen Mittel, ihr ihren Irrweg vor Augen zu führen. Ich schulde es Pastor Heywood, dass man sich angemessen um seine Tochter kümmert.

Ich erwarte Ihre Antwort und bin dankbar für Ihren Rat.

Sein Wille geschehe. Einen gesegneten Tag.
Pastor Jeb Abernathy

45.

Vier Tage vor dem Brand

Wie jeden Sonntag wurden die Kirchenbesucher still. Wie jeden Sonntag bedeckten die Frauen aus Respekt ihren Kopf. Wie jeden Sonntag richteten sich alle Blicke auf Daddy. Wie jeden Sonntag nahm er ihre Energie und ihre Sehnsucht nach Erlösung in sich auf. Dennoch war an diesem Sonntag nicht alles wie sonst. Es wirkte irgendwie verzerrt, wie ein Bild, das sich im Wasser spiegelt. In trübem Wasser.

Gleichwohl war die Atmosphäre wie elektrisch aufgeladen, und das, weil Daddy sich die Hände rieb und breit grinste. Selbst das Mikrofon an seinem Revers knisterte vor Energie.

»Heute will ich mit euch allen etwas ausprobieren. Erhebt euch. Auch die, die online zuschauen. Jetzt ziehen alle verheirateten Männer ihre Schuhe aus.« Unruhiges Gemurmel lief durch die Menge. »Kommt schon. Ihr vertraut mir doch, oder?«

Er ging mit gutem Beispiel voran und zog sich die Schuhe aus. Die anderen Männer folgten ihm und schlüpften aus ihren Sonntagsschuhen, von denen einige neu und andere schon alt waren. Fragend blickten sich die Gemeindemitglieder an, als wüsste jemand, was das sollte. Ich hingegen schaute mich um und fragte mich, wie viele hier vor jemandem oder etwas weggelaufen waren. Mr Caine streifte sich mit den Füßen die Schuhe ab; bei der

Erinnerung an die Szene in der Scheune wurde mir ganz eng um die Brust.

»So, meine Damen, jetzt zieht euch die Schuhe eurer Ehemänner an und geht ein bisschen damit herum.«

Nach ein paar Schritten stolperte Mom in Daddys Schuhen, die ihr fünf Nummern zu groß waren. Da war sie nicht die Einzige. Andere taumelten ebenfalls oder gingen so unsicher wie neugeborene Kälber auf ihren staksigen Beinchen. Das Experiment rief leises Gelächter aus allen Ecken der Kirche hervor. Selbst Daddy musste lachen. Nach ein paar Minuten landeten alle Schuhe wieder an den richtigen Füßen, und der Status quo war erneut hergestellt.

»In diesem kleinen Experiment steckt eine wichtige Lektion. Werte Damen, ihr hattet in den Schuhen eurer Männer schon ziemlich zu kämpfen, oder? Würdet ihr das nicht auch sagen?« Allgemeine Zustimmung. »Genau da liegt das Problem in der heutigen Gesellschaft: Frauen versuchen, in den Schuhen ihrer Männer zu laufen, und übernehmen Aufgaben, die zu groß für sie sind. Die Verantwortlichkeiten eurer Männer sind für euch genauso wenig gedacht wie ihre Schuhe. Hier haben wir verstanden, dass Männer und Frauen unterschiedliche Aufgaben haben. Ehemänner sollen die Familie versorgen und beschützen, während Ehefrauen ihnen den Rücken stärken und sich um die Familie kümmern. Sein Wille geschehe.«

Der Schal spannte sich um meinen Kopf. Ich lockerte ihn mit einem Finger, um Platz an meiner Kehle zu schaffen. Während ich zur Kanzel schaute, hörte ich eine andere Stimme – Summers Stimme –, die mir etwas ganz anderes erzählte.

Nach dem Frühstück verließen die Menschen einzeln oder in Grüppchen den alten Ballsaal. Auf der großen Treppe stand Melanie Le Roux neben Owen Nolan, der mit Daddys Segen nun offiziell ihr Verlobter war. Ich eilte mit gesenktem Blick vorbei. Sie sahen gar nicht aus wie ein zukünftiges Ehepaar, sondern eher wie Vater und Tochter.

»Ich bin in deinen Schuhen hin und her gerutscht. Keine zwei Schritte hätte ich hingekriegt, ohne zu fallen.«

»Schön, dann hätte ich dich aufgefangen.«

»Was ist eigentlich, wenn du größere Füße kriegst als dein Mann?« Meine Frage beendete ihr Geplänkel. Sie war mir einfach so herausgerutscht – schon wieder übernahm Summer die Kontrolle über mich. Meine Erkenntnis ein paar Tage zuvor, dass Tom und nicht ich an allem schuld war, hatte ungeahnten Trotz in mir ausgelöst. Melanie starrte mich an wie ein Karpfen in einem Teich.

»Dieses Problem wirst du nicht haben, wenn wir verheiratet sind.« Tom ging mit selbstgefälliger Miene an mir vorbei. Mein Schlag hatte ihm seine Arroganz nicht ausgetrieben. Alles in mir brannte darauf, noch mal zuzuschlagen, aber dazu waren zu viele Menschen in der Nähe. Also zwang ich mich, ganz ruhig zu atmen.

»Ich werde dich nicht heiraten. Niemals.«

»Da sagt dein Dad aber was anderes.«

Das erwischte mich kalt. Noch ein paar Wochen zuvor hätte ich eine solche Bemerkung sofort als Lüge betrachtet, aber jetzt ... Trotzdem klammerte ich mich noch an die Hoffnung, dass Daddy mir nicht so etwas Schreckliches antun und mich zu einem Leben in Elend verurteilen würde.

»Natürlich dulde ich nicht, dass du alles infrage stellst, aber du wirst bestimmt lernen, eine gute Ehefrau zu sein.«

»Niemals.«

»Sei dir da nicht so sicher.«

»Auf gar keinen Fall.«

»Du wirst nie Angst haben müssen, in meinen Schuhen zu laufen.«

Mir riss der Geduldsfaden. Ich beugte mich so weit über das Treppengeländer, dass ich vornüberzukippen drohte, und rief so laut, dass meine Stimme durch das ganze Foyer hallte: »Es war ein blödes Experiment, und ich würde dich niemals heiraten, selbst wenn du der letzte Mann auf Erden wärst!«

Ich zwängte mich durch die Menge, stieß auf dem Weg gegen Ellbogen und Hüften und ließ nur erstarrte Gestalten hinter mir zurück. *Da sagt dein Vater aber was anderes.* Toms Behauptung stieß mich in tiefste Verwirrung. Zweifel erwachten und gefährdeten den Glauben an meinen Vater. Es war eine Sache, dass er mich für Toms Übergriff verantwortlich machte, aber eine ganz andere, mich an ihn zu binden, bis dass der Tod uns schied. Ich musste an den Mann in der Hütte denken und seine Frau, die man tot im Sumpf gefunden hatte. Draußen traf mich die Hitze wie ein Schlag, aber ich wurde nicht langsamer. Da stolperte ich und hoffte nur, ich würde weich fallen, doch die Sonne hatte den Boden hart gemacht. Ich stand auf und rannte weiter.

46.

Die Haustür knallte so laut, dass ich erschrak und fast meine Bibel fallen gelassen hätte. Ich hatte keinen Trost darin gefunden, da meine Gedanken immer wieder zu Toms Drohung zurückwanderten. Donnernde Schritte auf der Treppe, viel zu schwer für Mom, gefolgt von einem scharfen Klopfen an meiner Zimmertür. Ich zuckte zusammen

»Abigail, kommst du runter in mein Arbeitszimmer.« Das war keine Frage. Ich bekam eine Gänsehaut. Noch nie hatte ich diesen Ton an ihm gehört. Er war vollkommen ausdruckslos. Ich öffnete den Mund, doch bevor ich ein Wort herausbrachte, donnerte er wieder die Treppe hinunter.

An der offenen Tür zum Arbeitszimmer zögerte ich. Das Haus war in Stille gehüllt, die mir signalisierte, dass wir allein waren. Vor Angst und Hitze brach mir der Schweiß aus. Früher hatte ich mich oft gefragt, ob der Herr uns Hitzewellen schickte, um uns daran zu erinnern, warum wir nicht in die Hölle kommen wollten. Daddys Gesicht wirkte so leer wie die Blätter auf seinem Schreibtisch. Ich sah ihm nicht an, ob er mich wirklich verraten hatte. Aber nachzufragen traute ich mich auch nicht. Ein Angstschauer lief mir über den Rücken.

»Schließ die Tür, ja?« Sie schloss sich lautlos und sperrte uns in den Raum. »Komm her.«

Unter meinen Füßen knirschte etwas. Verwirrt runzelte ich die Stirn, als ich ungekochte Reiskörner auf dem Boden verteilt sah.

»Ich bin sehr enttäuscht, Abigail. Über das, was du bei der Demonstration getan hast, und über deinen schändlichen Ausbruch eben. Du musst nachdenken und unseren Herrn um Vergebung und Führung bitten.«

Abwartend verlagerte ich mein Gewicht von einem Fuß auf den anderen. Da lächelte er, und ganz kurz war er wieder mein alter Daddy, der mich anstrahlte. Der Mann, der so stolz auf mich gewesen war, der mir mit dem Daumen die Tränen von der Wange gewischt hatte, als ich die Verandatreppe runtergefallen war, und der zugehört und geklatscht hatte, als ich das Gelöbnis Junger Frauen auswendig aufgesagt hatte.

»Jetzt knie dich hin und bete, Schatz.«

Ich bückte mich, um den Reis wegzufegen.

»Nein, lass das.« Als ich aufblickte, lächelte er immer noch wohlwollend. »Knie dich einfach hin. Und zieh vorher dein Kleid unter den Knien weg.«

Ich starrte ihn an und wartete, dass er mir sagte, wohin ich mich knien sollte – oder dass er lachte und sagte, es wäre nur ein Witz gewesen, so wie bei Mom. Doch als sein Lächeln schwand, schwand auch meine Hoffnung.

»Ich sag's nicht noch mal.«

Mir sank das Herz, als ich mich hinkniete und sich der Reis vom Gewicht meines Körpers in meine Knie bohrte. Als ich hin und her rutschte, durchschoss mich heftiger Schmerz, denn der Reis grub sich nur noch tiefer in meine Kniescheibe. Ich biss mir auf die Unterlippe.

»Lukas 15, 18 und 18,13. Laut.«

»Ich will mich aufmachen und zu meinem Vater gehen ...« Ich

musste mir die Verse abringen, unter Schmerzen ausstoßen, denn sie blieben mir wegen meiner brennenden Knie fast in der Kehle stecken.

Während ich immer tiefer in meiner Qual versank, hatte Daddy seinen Schreibtisch verlassen, sich vor mich hingehockt und so dicht zu mir runtergebeugt, dass sein Atem und sein Bart über meine Haut strichen. Seine Nähe ließ mich zusammenzucken, worauf der Schmerz in meinen Knien erneut aufloderte. Ich biss die Zähne zusammen.

»Hör gut zu, denn ich sage es nur einmal. Es reicht mir mit deiner Unverschämtheit. Ich habe sie geduldet, aber jetzt nicht mehr. Bis hierhin und nicht weiter.«

Ich konzentrierte mich auf einen Punkt an der weißen Wand gegenüber. Klammerte mich an seine Worte, um mich von dem scharfen Schmerz abzulenken, aber es gelang mir nicht. Die Reiskörner gruben sich immer tiefer in meine Knie und verstärkten die Qual. Ein brennender Schmerz schoss mir die Oberschenkel hinauf und steckte meinen ganzen Körper in Brand. Mir kamen die Tränen, und das Zimmer verschwamm vor meinen Augen. Ich unterdrückte ein Schluchzen, denn das rief nur noch heftigere Schmerzen hervor. Mein ganzer Körper stand in Flammen. Der Tod konnte nicht schlimmer sein.

»Du wirst dich benehmen, wie man es von einer gehorsamen Tochter erwarten kann. Du wirst dich benehmen, wie *ich* es von meiner Tochter erwarte. Ich sorge dafür, dass du und deine Mutter ein gutes Leben habt, aber wenn du mir den Respekt verweigerst, bist du für alles verantwortlich, was ihr zustoßen mag.«

Ich riss die Augen auf, als ich begriff, was das hieß. Als ich ein paarmal blinzelte, bahnten sich Tränen einen brennenden Pfad über meine Wangen. Sie sammelten sich an meinem Kinn und tropften auf meine gefalteten Hände. Immer noch starrte ich auf den Punkt an der Wand. Mein ganzer Körper loderte vor Schmerz.

»Was wird wohl passieren, wenn ich deine Mutter verstoße und sie von hier verbanne? Wegen der sündigen Vergangenheit deiner Mutter werden die Zwillinge und Sarah bei mir bleiben. Ich weiß, dass sie dir von der Sache mit den Behörden erzählt hat.«

Jetzt war sein Gesicht so dicht an meinem, dass seine Lippen mein Ohrläppchen berührten. Sein Atem roch nach Eistee. Vom Geruch und den Schmerzen drehte sich mir der Magen um. Ich unterdrückte einen Würgereiz.

»Das wird deiner Mom das Herz brechen. Und dann wird sie wegen Entführung und Kindesgefährdung ins Gefängnis geworfen. Das willst du doch nicht verantworten, oder, Schatz?«

Tränen und Schmerzen ließen alles um mich herum verschwimmen. Nur Daddys scharfe Stimme drang zu mir durch.

»Vergiss nicht, was auch geschieht, es wird immer dein Wort gegen meines stehen. Glaubst du ernsthaft, hier würde dir irgendjemand glauben?«

Immer wieder grub sich der Reis in mein Fleisch und entfachte den Schmerz neu. Daddys fast geflüsterte Drohung rann wie Eiswasser über meine Wirbelsäule und sammelte sich in meinem Magen. Er würde es tun. Und Mom würde sterben, wenn man ihr die Kinder wegnahm.

»Hast du verstanden?« Wie eine Peitsche zischte seine Frage durch die Luft, sodass ich erschrocken nickte. Ich wimmerte, weil sich der Reis wieder in meine Knie grub.

»Gut. Dann kannst du jetzt aufstehen.«

Als ich mein Gewicht verlagerte, schoss mir der Schmerz bis in den Unterleib, sodass ein bisschen Urin in meine Unterhose tropfte. Ich zuckte zusammen und klappte nach vorn. Daddy hielt mich und fasste mich am Ellbogen.

»Komm, ich stütze dich.«

Er half mir auf und strich den Reis von meinen Knien. Die Körner fielen zu Boden, doch ihre Abdrücke waren deutlich auf meiner Haut zu sehen. Als Daddy fertig war, umfasste er mein Gesicht und wischte mir mit den Daumen die Tränen ab.

»Na, na. Jetzt ist es ja gut. Alles in Ordnung, Schatz. Gehen wir ins Bad, um dich ein bisschen sauber zu machen.«

Ich folgte ihm, war zu benommen, um etwas zu sagen. Mein Wille war gebrochen und lag irgendwo zwischen den Reiskörnern auf dem Boden von Daddys Arbeitszimmer. Im Bad setzte er mich auf den Rand der Wanne, säuberte sanft mein Gesicht und betupfte meine Knie mit einem kalten Waschlappen und Desinfektionsmittel. Ich wusste nicht, was ich schrecklicher fand: seine grausame Bestrafung oder seine zärtliche Fürsorge, um die Folgen seiner eigenen Grausamkeit zu beseitigen.

47.

Zwei Tage vor dem Brand

Auf der Küchentheke kühlte ein Brombeerkuchen ab. Es war Daddys Lieblingskuchen – natürlich. Ich war noch nie gefragt worden, was ich gerne aß. Beim Gedanken an Daddy taten mir sofort wieder die Knie weh. Angst hatte den Glauben in meinem Herzen verdrängt und prägte sich mit jedem Herzschlag tiefer ein. Dies war nun der Antrieb von all meinen Handlungen und dem Bestreben, eine gehorsame Tochter zu sein.

Wenn ich Mom anschaute, sah ich nur die Frau, die kriminell geworden war, um ihre Tochter zu behalten. Wie sie den Kuchen buk, wie sie die Küchengeräte schrubbte, wie sie Daddys Abendessen vorbereitete und seine Hemden bügelte: All das war der Beweis dafür, wie sehr sie mich liebte und wie weit sie ging, damit ich in Sicherheit war. Und nun stand sie kurz davor, nur durch meine Rücksichtslosigkeit zerstört zu werden. Nach meiner Bestrafung im Arbeitszimmer fragte ich mich, ob er ihr auch schon mal so was angetan hatte; ob hinter ihrer Hingabe eher Angst stand als Liebe. Seine Drohung hing wie ein Schatten über der Küche. Sie wusste es nicht, aber das hatte ich bewirkt. Vor lauter Schuldgefühl hatte ich einen Kloß im Hals, den ich herunterzuschlucken versuchte.

Matthew rammte den Tisch und stieß dabei fast ein Glas um. Sarah weinte in ihrem Stubenwagen. Mom schloss die Augen und stieß einen langen Seufzer aus, bei dem ihr aller Lebensmut zu entweichen schien.

»Kann ich dir helfen?«

Sie blickte mich an, als sähe sie mich zum ersten Mal seit langer Zeit.

»Könntest du dich um die Zwillinge kümmern? Ich weiß nicht, was heute in sie gefahren ist.«

Also hockte ich mich vor Matthew und Elijah und fragte: »Jungs, wollen wir Verstecken spielen?«

»Eins, zwei, drei ...«

Ich hörte Kichern und das Tappen kleiner Füße auf der Treppe. Meine Mundwinkel zuckten: Leise sein war nicht gerade ihre Stärke.

»... fünfzig! Ich komme, ob ihr versteckt seid oder nicht!«

Langsam stieg ich die Treppe hinauf und hustete ein paarmal, um es für die Zwillinge noch aufregender zu machen. Als ich am oberen Treppenabsatz sah, dass die Tür zum Elternschlafzimmer einen Spalt offen stand, musste ich lächeln. Obwohl wir dieses Spiel schon hundertmal gespielt hatten, suchten sie sich immer wieder dasselbe Versteck.

»Also, wo könnten sie denn sein«, fragte ich mich laut, worauf aus dem Schlafzimmer ein Rumpeln erklang. »Hier vielleicht?«

Ich drückte die Tür weiter auf. Das ganze Zimmer war in Streifen getaucht, da Sonnenlicht durch die halb geschlossenen Jalousien drang. Ich kam mir immer komisch vor, wenn ich in Moms und Daddys Zimmer ging, ohne dass sie da waren. Als ich leise Geräusche im Schrank hörte, unterdrückte ich ein Kichern. Mom würde gar nicht begeistert sein, wenn sie Daddys Hemden runterzogen. Ihm würde es egal sein. Ich schlich mich zum Bett, spürte aber, wie sich beim Anblick des Quilts mit dem geometrischen

Blümchenmuster meine Kehle zuschnürte: Es war ein Hochzeitsgeschenk von den Frauen der Gemeinde. Daddy hatte nichts zu Toms Heiratsabsichten gesagt, und ich würde nicht fragen.

Ich zog die Decke hoch und schaute mit übertriebener Sorgfalt unters Bett. Ganz kurz rechnete ich damit, Summer dort grinsend liegen zu sehen, doch da wartete nur eine Armee von Staubmäusen. Mir sank das Herz.

Gedämpftes Kichern erinnerte mich an meine Prioritäten.

»Also, wo könnten sie denn sein? Wo, wo, wo …?«

Ich verstummte, als ich auf dem Schrank etwas Grünes sah. Ohne den Blick davon zu lösen, riss ich die Schranktüren auf und stieg auf die Kante des Bodens.

»Du hast uns gefunden, Abbay!«

Kreischend stürzten die Zwillinge aus dem Schrank, während ich mich auf die Zehenspitzen stellte, um an die Schachtel zu kommen. Meine Finger berührten eine der Ecken, aber die Schachtel rutschte zurück. Ich streckte den Arm so weit aus, dass meine Schulter schmerzte und mir der Schweiß ausbrach. Ich krümmte den Zeigefinger und zog die samtige Schachtel weiter zu mir. Zentimeter für Zentimeter rückte sie weiter nach vorn, bis ich das Gleichgewicht verlor und sie mit mir zu Boden fiel.

Die Unterseite der Schachtel hinterließ eine Staubschicht auf meinen Fingern. Es war die Schachtel, in der Daddy an dem Tag im Arbeitszimmer hektisch gewühlt hatte, als suchte er etwas. Das Innere roch wie die unbewohnbaren Zimmer im Newhaven. Mein Blick blieb an den gebogenen Ecken eines Fotostapels hängen. Er wog schwer in meinen Händen. Ich kannte die Gesichter nicht, die mir entgegenstarrten. Eine Frau, die ein Stück von zwei weiteren Personen entfernt stand: gertenschlank, die Arme unter der Brust verschränkt, die Ellbogen umfasst. Eine Zigarette zwischen den Fingern. Das kleine Mädchen hielt die Hand des Mannes – vermutlich ihres Vaters. Er sah jung aus, gerade mal zwanzig. Es war ein Farbfoto, das im Laufe der Zeit und durch Licht stark verblasst war. Das kleine Mädchen blickte nicht in die Kamera, sondern hoch zu seinem Vater. Man sah nicht mehr die Augen, sondern nur noch dunkle Schatten, vor allem beim Mann. Ich hatte das Gefühl, er würde mich anklagend anblicken. Obwohl fast alles stark verblasst war, sah man doch deutlich, dass der Mund der Frau geschminkt war, grellrot wie ein Warnschild, und leicht verschmiert. Ich fragte mich, wer das wohl war. Sie waren nicht wie wir gekleidet. Die Frau trug ein Strandkleid in verblichenem Gelb oder Weiß und hatte von der Sonne gerötete Schultern. Der Stoff spannte sich über ihren schwangeren Bauch. Im Hintergrund sah man nur Felder. Die anderen Fotos zeigten Szenen aus dem Alltag einer Familie. Eigentlich fröhliche Szenen, doch ihre Mienen wollten nicht dazu passen. Die letzte Aufnahme war ein Hochzeitsfoto, auf dem die Frau lachend den Kopf zurückgeworfen hatte und ihre nackte Kehle präsentierte. Die beiden sahen aus wie Teenager, die Erwachsene spielen.

»Abbay ...« Elijah zupfte an meinem Kleid.

»Psst.«

Ich legte die Fotos in die Schachtel zurück und berührte damit ein paar unförmige Perlen. Als ich eine davon herausnahm, sah ich, dass es ein Milchzahn war. Aber von wem? Die Zwillinge hatten ihre noch nicht verloren. Zumindest waren es keine Erwachsenenzähne. Ich ließ ihn wieder in die Schachtel fallen. Er landete neben einer Damenuhr, aber es war nicht Moms. Als ich den kleinen Samtbeutel öffnete, glitten mir zwei Kreolen in die Hand.

Mir stockte der Atem, denn ich erkannte sie. Plötzlich blitzten Bilder in meinem Kopf auf, ich sah ein Päckchen vor mir, aus einer gelben Serviette. Ich hörte es rascheln, als Mom das dürftig eingewickelte Geschenk auspackte. *Oh, wie schön, Honey-Bunny! Danke!*

»Kann ich auch mal sehen?«

Ich fuhr auf und riss meine Hand hoch. Er durfte sie nicht haben. Daddy verwehrte ihnen nie etwas. Ich starrte hinunter zu den Zwillingen mit ihren runden, glücklichen Gesichtern. Sie mussten niemals Angst haben, mussten nie Daddys Regeln oder Strafen befürchten – weil sie Jungen waren. Ich rieb mir über die Knie. Ganz kurz spürte ich den Impuls, sie einfach im Schrank einzuschließen und wegzugehen. Um sie aus ihrer unschuldigen Welt zu reißen. Sollten sie doch schreien und lernen, so wie ich vor Kurzem, dass manchmal, wenn man in der Dunkelheit schrie, niemand kam. Ich wollte Gesellschaft in meiner Verzweiflung. Stattdessen verlor ich mich im Anblick der goldenen Ohrringe und las die Buchstaben darauf. Früher fing sich das Licht in der Küche darin, dann blitzten sie auf wie Sterne.

»Abigail.«

Ich richtete mich auf und schob die Ohrringe in die Taschen meines Rocks, an den sich die Zwillinge immer noch klammerten.

»Kommst du bitte herunter? Dein Vater möchte mit dir sprechen.«

Audiodatei Nr. 13

Aufnahmequalität: mittelmäßig

Stimme A: weiblich

Stimme B: weiblich

Stimme A: Also, was hat es mit den Räumen im Keller und den Büchern mit den herausgerissenen Seiten auf sich?

Stimme B: Halt, du wolltest mich doch nur fragen, wenn du nicht aufnimmst.

Stimme A: Mist, du hast recht.

Stimme B: Schon gut. Kannst mich ruhig aufnehmen. Dieser Raum wird als Andachtsraum bezeichnet. Dort findet der Unterricht statt.

Stimme A: Was für Unterricht?

Stimme B: Männer und Jungen haben jeden Morgen um sieben Glaubensschule, und dann gibt es noch den Unterricht für junge Frauen.

Stimme A: Okay, das will ich genauer wissen: Was ist die Glaubensschule?

Stimme B: In der Glaubensschule lernen Männer, wie sie Anführer werden, sowohl in geistiger als auch in körperlicher Hinsicht. Wie sie die Heilige Schrift nutzen können, um starke Männer zu werden und moralische Vorbilder, um ihre Frau und ihre Familie zu führen. Sie lernen, wie man das Wort Gottes unter die Menschen bringt, die gerettet werden müssen.

Stimme A: *(lautes Ausatmen)*: Also Gehirnwäsche, um sie zu Tyrannen zu erziehen.

Stimme B: Du urteilst ja schon wieder vorschnell.

Stimme A: Sorry, ich will's nur verstehen, weil es in meinen Ohren vollkommen verrückt klingt.

Stimme B: Wieso?

Stimme A: Egal. Und der Raum mit den vielen Computern?

Stimme B: Dort missionieren die Männer im Internet. Sie gehen in Foren, wo sich verlorene männliche Seelen versammeln, und bieten ihnen eine Alternative, wie sie mithilfe des Glaubens ein erfülltes Leben führen können. Es geht um Männer, die um die Möglichkeit eines anständigen Lebens gebracht wurden, und zwar wegen der Fallstricke der modernen Gesellschaft und der Selbstsucht feministischer Frauen. Es sind Männer die unfreiwillig zöl…«

Stimme A: INCELS? WILLST DU DAMIT SAGEN, DEINE KIRCHE REKRUTIERT INCELS UND REDET IHNEN EIN, ES WÄRE IHR GOTTGEGEBENES RECHT, ÜBER FRAUEN ZU HERRSCHEN?

Stimme B: Sei still! Sie können doch nichts dafür!

Stimme A: Dein Glaube züchtet gefährliche Männer. Da musst du dich nicht wundern, wenn sie sich gegen dich wenden und ihre Macht missbrauchen!

48.

Heutiger Tag

Die Worte auf der Bibelseite verblassen hinter den Bildern meines gestrigen Zusammenstoßes mit Mr Caine in der Kirche. Seitdem habe ich mein Zimmer, abgesehen von einem Besuch bei den Zwillingen, nicht verlassen. Das Klopfen an der Tür ist eine reine Formalität; sie kommen so oder so herein. Aber heute Abend gibt es eine Veränderung, denn Tom bringt mir lächelnd das Tablett. Alle anderen – mich eingeschlossen – haben mich schon aufgegeben. Doch er nicht. Er setzt das Tablett neben dem blauen Brief aus Daddys Arbeitszimmer auf dem Bett ab. Die Matratze sinkt ein, als er sich daraufsetzt. Ich weiß nicht, was ich mit dem Brief anfangen soll, da die Polizei nicht mehr kommt und mir keiner hier vertraut, also nutze ich ihn einstweilen als Lesezeichen und schiebe ihn jetzt in die Mitte des Buchs Genesis.

Toms Lippen bewegen sich. Er sagt etwas, aber ich höre ihn nicht. Er schenkt mir ein Lächeln, das sein ganzes Gesicht erhellt. Ich erwidere es, aber meins ist nicht wie seins.

»Du hast keine Ahnung, was ich gerade gesagt habe.«

»Tut mir leid. In meinem Kopf ist ein solches Chaos ...«

Vor lauter Hilflosigkeit kommen mir schon wieder die Tränen. Ich bin so eine Heulsuse! Die Tränen kommen mir viel leichter und reichlicher als meine Erinnerungen. Ich blinzle heftig, um sie in Schach zu halten, schüttle den Kopf. Aber jetzt lassen sie sich nicht mehr zurückhalten. Frustriert boxe ich mir so heftig auf den Oberschenkel, dass das Tablett mit seinem Inhalt klappert.

»Hey, ist schon gut.«

Als er mir mit dem Daumen über die Wangen wischt, durchläuft mich ein Schauer, weil mir wieder einfällt, dass Daddy das auch getan hat. Da saßen wir im Bad, und er tröstete mich, doch warum, weiß ich nicht mehr. Toms warme Hand umschließt sanft meine Wange und bleibt dort liegen.

»Ehrlich gesagt, bin ich etwas gekränkt, dass ich keinen bleibenden Eindruck bei dir hinterlassen habe.«

Wieder lächelt er, und ich beiße mir auf die Unterlippe, um mir ein Lächeln zu verkneifen. Als das Licht im Raum flackert, schauen wir uns in Erwartung eines weiteren Stromausfalls im Zimmer um. Nach ein paar Sekunden beruhigt sich das Licht wieder. Im Gegensatz zu meinem Herzen.

»Ich wünschte, du könntest dich an die letzten Wochen mit mir erinnern.«

Sein Blick verändert sich, seine Finger brennen auf meiner Wange. Tief unten in meinem Bauch regt sich etwas, drückt gegen die weichen Innenwände, will sich befreien und an die Oberfläche dringen. *Glaub ihm kein einziges verdammtes Wort!* Meine Muskeln verhärten sich zu Knochen, meine Knochen zu Stein. Sie schon wieder! Ich vergrabe ihre Stimme unter dem Gewicht dieses Augenblicks und konzentriere mich auf Tom.

»Aber ich habe eine Idee, wie ich deinen Erinnerungen auf die Sprünge helfen könnte.«

Er schiebt das Tablett beiseite und rückt näher zu mir. Mein Atem verlangsamt sich, und das Licht flackert wieder. Er beugt sich zu mir. Streicht mit den Fingern über meine Wange. Mit den Lippen fährt er sanft über meine und drückt sie dann fester auf meinen Mund. Sein Mund wird ganz weich, als er mich küsst.

Als meine Lippen sich teilen, berührt er mit seiner Zungenspitze meine Zähne. Er umfasst mein Gesicht und küsst mich verlangender. Mit zunehmender Leidenschaft wird er heftiger, gröber. Er gleitet mit der Hand in meinen Nacken und hält mich fest, während sein Mund immer hungriger und schlabberiger wird. Mich erfasst ein Anflug von Angst. Mit seinem Kuss drückt er mich nach hinten, auf die Matratze, und legt sich mit vollem Gewicht auf mich. Ich bin gefangen. Wie ein Reiter treibt ihre Stimme meine wachsende Panik an. *Wehr dich! Wehr dich, verdammt noch mal!*

Ich schlage ihm gegen den Kopf, doch das stoppt ihn nicht. Ich spüre, wie er an meinem Schenkel hart wird. Er stöhnt mir in den Mund. Die Stimme in meinem Kopf führt meine Hand: Ich verdrehe sein Ohr, bis er seine Lippen von mir löst.

»Du Miststück!«

Ich wende den Kopf zur Seite und sehe das Tablett, taste mit der Hand darauf herum, bis sich meine Finger um Metall schließen. Er weicht zurück und hebt abwehrend die Hände. Ich richte mich auf und stoße mit der Gabel nach ihm.

»Raus! Raus hier!«, schreie ich.

Sein Übergriff hat einen Sturm von Bildern und Gefühlen ausgelöst: Tom in der höhlenartigen Küche des Newhaven, wie er die Tür blockierte; mein Unbehagen, das in nackte Panik umschlug, als er sich einfach nahm, was er wollte; seine kneifenden Finger. Jetzt erinnere ich mich an alles.

»Du hast mich angegriffen. Du hast dich in der Küche auf mich gestürzt. Er hatte recht. Jackson hatte recht. Du bist ein Ungeheuer.«

Er grinst höhnisch über meinen Ausbruch. »Du verdammte kleine Scharfmacherin. Dabei war ich so nett zu dir. Ich hab dir zugehört und dir geholfen, das Arbeitszimmer deines Vaters zu durchsuchen. Du solltest mir dankbar sein.«

»Raus! Raus mit dir! Verschwinde, verdammt noch mal!«

»Komm schon, hab dich nicht so.«

»Ich werde es ihnen sagen. Ich sag der Polizei, was du getan hast.«

Als er mich jetzt ansieht, gefriert mir das Blut in den Adern. Seine Kiefer und sein ganzer Körper sind angespannt, bereit, mich zu verletzen. Ich rutsche zurück, bis mein Rücken gegen das Kopfende drückt. Ich schreie. Wieder flackert das Licht. Mir graut bei der Vorstellung, mit ihm in diesem Zimmer gefangen zu sein, wenn der Generator ausfällt.

»Hilfe. Helft mir, bitte! Tom, verschwinde! Hilf mir doch jemand ...«

Die Tür springt auf, und Pastor Abernathy und Wade Pruitt kommen keuchend hereingestürmt. Erleichtert lasse ich meine Schultern sinken, als ich sehe, dass Mr Pruitt sein Gewehr im Anschlag hat.

49.

Heutiger Tag

Der Tumult hat noch mehr Leute zu meinem Zimmer gelockt, darunter auch Mrs Calhoun. Sofort fühle ich mich sicherer und rücke ein Stück vom Kopfende ab.

»Was geht hier vor?«, verlangt Pastor Abernathy zu wissen.

Die Worte strömen mir aus dem Mund wie Menschen aus einem brennenden Gebäude. Je schneller sie es erfahren, desto schneller werden sie ihn rauswerfen.

»Er hat mich angegriffen, Pastor. Er behauptete, er wollte mir helfen, mich zu erinnern, aber er hat gelogen. Er hat sich mir aufgedrängt. Er hat mir vorgegaukelt, wir wären Freunde, aber er hat gelogen, weil er keinen Anstand hat und verdorben ist. Wir können nicht ... wir müssen die Polizei rufen ...«

»Nicht so schnell, Abigail.«

Auf meinen Ausbruch hin erhebt sich Gemurmel. Tom steht am Bett und wirkt seltsam ruhig. Pastor Abernathy bringt die Schaulustigen zum Schweigen und wendet sich an Tom. Er prüft, wie der auf meine Vorwürfe reagiert, aber der scheint vollkommen ungerührt.

»Tom, was hast du dazu zu sagen?«

»Pastor, ich möchte nichts Schlechtes sagen, auch weil ich nicht so lange hier lebe wie Sie alle.«

»Sag einfach nur die Wahrheit, mein Sohn.«

»Ich fürchte, sie lügt. Ich habe sie nicht angerührt.«

»Pastor ...«

Doch Pastor Abernathy hebt die Hand und bringt mich damit zum Schweigen. Alle starren mich an und warten darauf, was ich als Nächstes tue. Ich schlucke meinen Widerspruch und warte.

»Verzeihung, Tom, was sagtest du, mein Sohn?«, fragt Pastor Abernathy.

»Ich habe Abigail geholfen, weil sie mir leidtat nach dem Brand. Weil sie so ihre Eltern verlor. So was kann einen in tiefe Verwirrung stürzen. Nach dem Vorfall mit dem Zaun wollte ich sie nicht verurteilen.«

Pastor Abernathy nickt, und erneut höre ich Gemurmel in der Gruppe.

»Also beschloss ich, etwas Nettes zu tun und ihr Essen zu bringen. Sie sagte, ich sollte mich zu ihr setzen, wissen Sie, damit wir uns unterhalten können. Das tat ich, weil ich nett sein wollte. Aber dann begann sie mit mir zu flirten und fragte, ob ich ihr einen Gefallen tun könnte.«

Ich will protestieren, doch ein Blick von Pastor Abernathy unterbindet das.

»Sie wollte, dass ich einen Brief für sie aufgebe.«

Mein Kopf schnellt zu Tom herum. Er starrt mich mit Herablassung und leichter Missbilligung an. Sie macht sich in mir bemerkbar, regt sich in meiner Magengrube wie eine Schlange. Ich packe die Gabel fester. Mit einem schnellen Blick vergewissere ich mich, dass ihm bislang alle glauben. Er bestätigt ihr Misstrauen mir gegenüber.

»Ich meine, eigentlich war ich froh, etwas für sie tun zu können. Ich wollte, dass es ihr gut geht. Wollte ihr in dieser schwierigen Zeit helfen. Aber irgendwas stimmte nicht mit diesem Brief.

Und dann fing sie an zu schreien – so als wäre der Teufel in sie gefahren.«

Mit leicht zusammengekniffenen Augen sehe ich ihn an, begreife aber immer noch nicht, was er mit seinen Lügen bezweckt. Als er die Zuhörer überblickt, beugen sie sich näher zu ihm, weil sie unbedingt wissen wollen, wie seine Geschichte weitergeht.

»Es war die Adresse. Der Brief sollte nach Newhaven gehen.«

»Wieso sollte sie einen Brief hierherschicken?«, fragt Pastor Abernathy.

»Ich habe nicht …«

»Genau das habe ich mich auch gefragt, Pastor, also habe ich ihn geöffnet, und da fing sie an zu schreien, weil ich ihn nicht zurückgeben wollte. Wie auch immer, urteilen Sie selbst.«

Als Tom den blauen Brief mit zwei Fingern Pastor Abernathy übergibt, starrt er mich an. Mein Blick huscht zum Bett, wo meine Bibel aufgeschlagen liegt. Hinter dem Pastor recken sich ein paar Köpfe, um mitlesen zu können. Ihm weicht alle Farbe aus dem Gesicht, als er den Brief liest.

»Was in aller Welt ist das, Abigail?«

»Er lügt. Der Brief hat mit dem Ganzen nichts zu tun. Eigentlich wollte ich Ihnen den schon früher geben. Wir haben solche Briefe zu Hause mit der Post gekriegt. Hassbriefe. Daddy hat sie mir gezeigt. Diesen hier habe ich im Hunters Cottage in seinem Schreibtisch gefunden. Vielleicht hat der Urheber uns so gehasst, dass er den Brand gelegt hat.«

»Ach, wirklich?« Diese Frage kommt von Tom. Er lächelt schief, als lachte er im Stillen über einen Scherz, in den ich nicht eingeweiht bin. Mir schwirrt der Kopf, weil er mir ständig einen Schritt voraus ist.

»Wie kann dein Dad diesen Brief mit der Post bekommen haben, obwohl er nicht frankiert ist?«

Er hält mir den Umschlag vors Gesicht: Die Marke trägt keinen Poststempel. Ich taumle, genau wie früher, wenn Daddy mir in die Kniekehle trat. Wie konnte ich das übersehen, obwohl ich ihn schon länger hatte? Verwirrung breitet sich in mir aus. Ich sehe das Urteil der anderen, an ihren zerfurchten Stirnen, ihren geöffneten Lippen. Dies ist die Bestätigung ihres Verdachts, dass ich etwas mit dem Brand und auch mit den Kadavern am Zaun zu tun hatte. Jetzt glauben sie, ich würde einen Sündenbock von außerhalb präsentieren, um meine Taten zu verbergen. Was würden sie tun, wenn sie von meinen Erinnerungsfragmenten wüssten? Vom Blut, Moms Blut, vom Messer in meiner Hand? Würden sie mir daraus einen Strick drehen?

»Abigail, warum hast du das getan?«, fragt Pastor Abernathy betont langsam.

Ich folge seinem Blick: Er ist auf meine Hand mit der Gabel gerichtet. Ich lasse sie los. Klappernd fällt sie zu Boden. Es hallt in meinem Kopf wider und zieht Kreise wie ein Stein, der in einen Sumpf geworfen wird.

»Was hast du getan, Abigail?«, fragt Pastor Abernathy erneut, als ich nicht antworte. Denn jetzt steigen Erinnerungen in mir auf.

Pastor Abernathys Frage hängt im Raum, doch ich bin wieder im Hunters Cottage, umgeben von einem überwältigenden metallischen Gestank. Da ist ein Messer in meiner Hand, beide sind voller Blut. Es ist nicht mein Blut. Ihr Blut. Ihr Lebenssaft bedeckt wie Handschuhe meine Hände. Ihr Blut, das ganze Messer ist glitschig davon. Es fällt zu Boden, und Mom folgt ihm, sie presst ihre Hände auf den Bauch, und Blut sickert durch ihre Finger.

50.

Zwei Tage vor dem Brand

Angst hämmerte in meiner Brust, als ich an die Tür von Daddys Arbeitszimmer klopfte.

»Abigail, komm herein und schließ die Tür hinter dir.«

»Hallo, Daddy«, sagte ich leise, als ich mich auf den Stuhl vor seinem Schreibtisch setzte. Wenigstens knirschte nichts unter meinen Füßen. Ich drückte mir mit der Zunge gegen die Schneidezähne. Nichts an seiner Miene verriet, was ich hier sollte. Unwillkürlich nahm ich die Spitze meines Zopfes, die sich spröde gegen meine Finger drückte. Ein Blick von ihm, und ich ließ den Zopf los.

»Weißt du, warum ich dich hierhergebeten habe?« Er hatte die Hände flach auf die Tischplatte gelegt. Die Fingerspitzen zeigten zu mir. Auf dem polierten Holz wirkten seine Hände riesig.

»Nein, das weiß ich nicht. Mom sagte nur, du wolltest mich sprechen. Verzeihung.« Ich hasste mich dafür, dass meine Stimme zitterte.

»Das ist schon in Ordnung. Nimm dir einen Moment Zeit und denk nach. Gibt es irgendwas, das du mir erzählen willst?« Sein gedehnter Südstaatenakzent zog die Frage in die Länge und verstärkte meine Anspannung. Ich rutschte auf der Stuhlkante hin und her.

Er beugte sich vor und stützte sein Kinn auf eine Hand. Die

Uhr auf dem Kaminsims tickte missbilligend. Nervös blickte ich mich um, aber vor seiner Frage gab es kein Entkommen. Im ganzen Zimmer fand mein Blick keinerlei Zuflucht. Alles hatte hier einen Platz, einen Zweck, folgte einer Ordnung: von den gerahmten Psalmen an den Wänden bis zu den Regalen mit den sorgfältig aufgereihten, makellosen Büchern. Und inmitten dieser Ordnung ich, ein konfuses, vor Angst aufgelöstes Mädchen auf einem kippelnden Stuhl. Als mein Blick wieder auf die Regale fiel, sah ich sie: die Reisschachtel in fröhlichem Gelb und Blau, mit einer lächelnden Hausfrau in einem gemalten Oval, die ihre perfekten weißen Zähne zeigte. Vor lauter Angst wurde ich ganz steif, und die Erinnerung an meine Bestrafung pochte in meinen Knien. Hatte Daddy vergessen, den Reis nach der Strafe wegzuräumen, oder hatte er die Schachtel aus einem bestimmten Grund dorthin gestellt? Angestrengt suchte ich in meinem Kopf nach einer Antwort, irgendeiner Antwort, die ihn zufriedenstellen würde, aber mein Kopf war wie leer gefegt.

»Dachtest du, ich würde es nicht mitbekommen?«

Vor lauter Anspannung fing ich an zu zittern. Ich wünschte, er würde aufhören, mit mir zu spielen. Das war fast noch schlimmer, als auf Reis zu knien. Zahllose Möglichkeiten, was er mir antun konnte, schossen mir durch den Kopf. Hilflose Panik drückte auf meine Blase. Ich schloss meine Finger um die Ohrringe in meiner Tasche. Meine Blicke huschten von seinem Gesicht zur Schachtel auf dem Regal. Ich wusste einfach nicht, was ich sagen sollte. Das Falsche konnte nur schaden, aber was war der Preis dafür, gar nichts zu sagen? War es möglich, dass er schon Bescheid wusste?

Am Morgen nach dem Unterricht für junge Frauen saß ich auf dem Rand des alten Brunnens und spürte, wie sich der poröse Stein in meine Haut drückte. Die feuchte Luft und die bedrohliche

Präsenz des Newhaven hinter mir belasteten mich. Daddy hatte vor dem Morgengebet öffentlich verkündet, dass ich Jaspers Island erst wieder verlassen durfte, wenn ich aufrichtig bereut und für all meine Taten Buße getan hätte. Bis auf Weiteres war Parkerville gestrichen. Er hatte meine Welt auf Newhaven und die unmittelbare Umgebung begrenzt. Zweifel wuchsen in meinem Kopf wie das Unkraut rund um den Brunnen und bahnten sich einen Weg durch jeden Spalt. Was war, wenn er mich nie wieder gehen ließ? Nicht, dass ich das mit ihm hätte ausfechten können. Der Preis war zu hoch.

In Gesellschaft der alten Gartenstatuen mit ihren bröckelnden Nasen und fehlenden Fingern saß ich da. Ich starrte zu Boden, weil ich ihrem leeren Blick und den ausdruckslosen Gesichtern ausweichen wollte. Sie jagten mir Angst ein. Nachdem Mrs Calhoun in der Bibelstunde die Geschichte von Lots Weib erzählt hatte, witzelte sie, die Statuen im Garten könnte echte Menschen gewesen sein, die Gott zu Salzsäulen hatte erstarren lassen, weil sie keine gehorsame Frau oder Tochter gewesen waren. Jetzt fühlte ich mich wie eine von ihnen.

Die Vorstellung lag schwer auf meiner Brust. Ich spielte mit meinem Zopf, und in dem Moment stach mich etwas am Schienbein. Diese elenden Pferdebremsen! Ich wedelte mit den Armen in der Luft, um das unsichtbare Insekt zu vertreiben, da stach mich ein anderes in die Schulter. Aber dann sah ich einen winzigen Stein in der Kuhle meines Rocks. Stirnrunzelnd starrte ich ihn an, da traf mich noch einer am Kopf.

»Faith.«

Diese Stimme weckte meine Aufmerksamkeit mehr als die Steine. Auf der anderen Seite des Zauns stand Summer mit ihren abgeschnittenen Jeans und den Arbeiterstiefeln. Ein selbstzufriedenes Lächeln umspielte ihre Mundwinkel. Sie war viel zu nahe am Newhaven. Ich sprang vom Rand des Brunnens und rannte zu ihr. Das Gras streifte an meinen Füßen entlang.

»Was machst du hier?«

»Offensichtlich Steinchen werfen, um deine Aufmerksamkeit zu wecken.«

»Wie bitte?«, fragte ich, blickte aber zum Newhaven. Alte Gebäude hatten viel zu viele Fenster, und die blendende Sonne war auch nicht gerade hilfreich.

»Egal, ich …« Ein durchdringender Laut übertönte den Rest ihres Satzes. »Scheiße, was war das denn?«

Ich lachte über ihre entgeisterte Miene. »Das sind nur die Kühe.«

»Ihr habt Kühe?«

»Ja. Und Hühner.«

»Old McDonald, was? Wie auch immer«, sagte sie so sorglos, wie sie sich in der Sonne aalte oder zu nah ans Newhaven kam, um entdeckt zu werden. Ich beneidete sie darum. »Ich wollte nach dir schauen. Mich vergewissern, dass du okay bist. Hab dich seit einer Woche nicht mehr gesehen.«

Sie steckte die Finger durch den Maschendraht und verschränkte sie mit meinen. Jetzt war sie so nah, dass ich den abgestandenen Zigarettenrauch riechen konnte, der sie umgab wie eine Aura, als wollte sie damit ihr Territorium markieren. Mir wurde ganz warm ums Herz bei der Vorstellung, dass sich jemand Sorgen um mich machte. Die Fenster vom Newhaven blinkten wie ein Dutzend blickloser Augen.

»Also, geht's dir gut?«

»Ich hatte viel zu tun.«

»Stimmt was nicht?«

»Nein, alles gut. Bitte, du musst jetzt gehen.«

»Erst, wenn du's mir gesagt hast.«

»Bitte, man kann dich hier sehen. Die Patrouille wird gleich hier sein.«

»Dann komm zur alten Hütte.«

»Ich kann nicht …« Ich drehte mich zum Newhaven und spürte, wie sich meine Eingeweide verkrampften.

»Doch, klar kannst du mich besuchen.«

»Verdammt, Summer, es dreht sich nicht immer alles um dich!« Ich zuckte zusammen. Mir wurde flau vor lauter Angst, jemand könnte mich gehört haben.

Sie starrte mich mit verschlagener Miene an. »Versprich, dass du kommst, sonst schreie ich, und zwar so laut, bis hier alle angerannt kommen.«

Das versetzte mich in Panik. Ich nickte hektisch. Endlich drehte sie sich um.

»Wenn du nicht auftauchst, komme ich wieder, und dann brülle ich das ganze Gebäude da zusammen. Also, wenn du keinen Ärger willst, musst du kommen«, sagte sie über ihre Schulter hinweg, verschwand zwischen den Bäumen und ließ ihre Drohung wie eine Heckwelle hinter sich.

Unter Daddys Blick schrumpfte meine Gewissheit, dass uns niemand gesehen hatte. Hatte er vielleicht an einem der blinkenden Fenster gestanden, oder hatte ihm jemand unser Treffen gesteckt?

»Ich verstehe, dass du besorgt bist, denn Stolz ist eine Sünde. Doch ich habe mich gefreut, als Rebecca Calhoun mir erzählte, du hättest dich bei ihr und allen anderen entschuldigt, die nach dem Gottesdienst im Newhaven waren und deinen Ausbruch auf der Treppe mitbekommen haben.«

»Ja«, hauchte ich.

Ich wartete darauf, dass noch was kam, weil ich nicht glauben konnte, dass das schon alles gewesen sein sollte. Es fühlte sich an wie ein Ablenkungsmanöver in einer der Zaubershows in Chicago, die ich früher samstagabends besuchen durfte: wenn die Assistentin das Publikum so ablenkte, dass es den Trick nicht mitbekam. Die ganze Zeit hatte ich die Reisschachtel im Hinterkopf und rechnete fest mit ihrem Einsatz. Als Daddy meinen Blick sah, lächelte er.

»Mehr wollte ich nicht sagen. Ich freue mich, dass du wieder das Benehmen einer gehorsamen Tochter zeigst. So wie ich es von dir erwarte.«

»Ich ... da bin ich froh.«

»Schön. Was hattest du denn gedacht, was ich wollte?« Er wartete nicht auf eine Antwort. »So, vor dem Abendessen habe ich noch etwas zu tun.«

Ohne ein weiteres Wort richtete er seine Aufmerksamkeit auf ein Buch auf seinem Schreibtisch und verdrängte mich aus seinen Gedanken, noch bevor ich das Zimmer verlassen hatte.

»Ach, eins noch, Schatz.«

Ich umklammerte die Türklinke, setzte eine, wie ich hoffte, gefällige Miene auf und drehte mich um.

»Ja, Daddy?«

»Ich bin sicher, deine Mama wird auch wirklich dankbar für deine Verhaltensänderung sein.«

Ich stützte mich an der Wand ab, als ich die Treppe hinaufging, und hielt erst inne, als ich die Badezimmertür geschlossen und mich in die Wanne gelegt hatte. Ins Bad platzte nie jemand, und dort hatte ich viel mehr Privatsphäre als in meinem Zimmer. In der tröstenden Umarmung der Keramik löste ich mich auf und schluchzte – mit einem Handtuch vor dem Mund, damit niemand mich hörte. Ich hasste ihn, weil er solche Macht über mich hatte, fürchtete mich vor dem, was er tun konnte, um mich zu vernichten. Aber mich selbst hasste ich noch mehr, weil ich so erbärmlich war und ihm solche Macht über mich gegeben hatte.

Ein niederschmetternder Gedanke zuckte mir durch den Kopf: Vielleicht gibt es keinen Gott. Die Vorstellung zog mir den Boden unter den Füßen weg. Auf einmal fühlte ich mich unendlich allein. Ich schluckte meine restlichen Tränen hinunter, sie schmeckten bitter. So voller Tränen war ich, dass ihr Salz mein weiches Inneres zerstörte. Ich boxte mir auf den Oberschenkel, prügelte mir die Frustration aus dem Leib. Ein Mensch konnte nur eine bestimmte Menge ertragen. Ich hätte alles für die Genugtuung gegeben, auch mal in Daddys Augen Angst zu sehen.

Audiodatei Nr. 14

Aufnahmequalität: mittelmäßig

Stimme A: weiblich

Stimme B: männlich

Stimme C: männlich

Stimme A: Ist es okay, wenn ich euch aufnehme?

Stimme B: Klar, nur zu! *(Gelächter)*

Stimme C: Kein Problem.

Stimme A: Was haltet ihr von der New America Baptist Church und den Leuten, die in Newhaven Plantation leben?

Stimme B: Die sind mir egal, solange sie sich von mir fernhalten. Ich meine, na klar sind das Jesus-Freaks, aber was soll's, jeder, wie er will. *(Hintergrundgeräusche, gedämpfte Stimmen und Musik)*

Stimme C: Sehe ich auch so. Trotzdem jagen die mir irgendwie Schiss ein mit ihrer Uniform und den Mädchen mit ihren Zöpfen und dem ernsten Gesichtsausdruck. Ist doch gruselig … wie der Film mit den blonden Kindern, die alle gleich aussehen und jeden in der Stadt umbringen …

Stimme B: *Die Kinder der Verdammten?*

Stimme C: Genau der, danke, Bro. *(Hintergrundgespräche, Klirren, wahrscheinlich von Gläsern)*

Stimme A: Du sagst, du hast Schiss. Hast du je mit einem von ihnen geredet? Oder ihnen Fragen über sie und ihre Gemeinschaft gestellt?

Stimme B: Einmal haben sie versucht, mich zu bekehren. *(würgende Geräusche)* Eindeutig ohne Erfolg, weil ich nicht interessiert war.

Stimme A: Wann war das, und was haben sie zu dir gesagt?

Stimme B: Letztes Jahr. Ein paar von den jüngeren Männern aus Newhaven Plantation waren im Ort. Sie meinten, in ihrer Gemeinde hätten sie das Gefühl, ihr Leben hätte einen Sinn. Sie fühlten sich nützlich und wertgeschätzt und ob mir das in meinem Leben nicht fehlen würde.

Stimme A: Und, fehlt es dir?

Stimme B: Irgendwie schon. Ich meine, weil ich in meiner Ausbildung als Mechaniker nicht so viel verdiene. Ich muss im Keller meiner Eltern wohnen. Sie haben den zwar zu einer Wohnung mit eigenem Eingang und eigenem Bad umgebaut. Aber trotzdem.

Stimme A: Warst du in Versuchung?

Stimme B: Könnte ich mir schon ganz schön vorstellen. Ich hätte eine Frau und ein eigenes Heim. Du weißt schon, jemand wartet auf dich und freut sich, wenn du nach Hause kommst, du kriegst ein leckeres Essen und so weiter. Aber dafür würde ich nicht mein ganzes Leben aufgeben. Also sonntags mit meinen Kumpeln raus, Bier trinken und ein Spiel gucken.

Stimme C: Apropos Bier, gibst du uns endlich einen aus? DAS SCHULDEST DU UNS!

Stimme A: Ihr habt gesagt, ihr würdet mir gern ein paar Fragen beantworten.

Stimme C: Nein, weil wir dem Mädchen Angst eingejagt haben. Zach hier war doch ziemlich gut. Das nenne ich mal Einsatz und Hingabe.

Stimme B: Ja, ich war schon großartig. Brad Pitt ist nichts gegen mich. *(Gelächter)*

Stimme A: Ja, du hast mir einen Gefallen getan ... aber hab ich euch dafür nicht schon bezahlt?

Stimme B: Hast du. Aber musstest du so brutal sein? Ich meine, meine Intelligenz beleidigen?

Stimme A: Ich musste doch überzeugend sein. *(Gelächter)*

Stimme B: Trotzdem solltest du uns noch 'ne Runde ausgeben. Für mein gekränktes Ego. Nicht, dass ich nicht dankbar wäre, aber wieso hast du uns dafür bezahlt, dass wir dem Mädchen Angst einjagen? Wo du uns doch dann vertrieben hast?

Stimme A: *(langes Einatmen)* Ich musste doch ihr Vertrauen gewinnen.

51.

Am Tag vor dem Brand

Der Wald war nur ein verschwommenes Braun und Grün. Zypressen und Tupelobäume sausten vorbei, Baumstämme, die wie Muskelstränge aussahen, reckten sich zum Himmel. Frösche und Insekten riefen mir zu, wie verantwortungslos ich war, und drängten mich zur Umkehr, aber ich lief immer weiter. Mir blieb keine andere Wahl. Obwohl mir das Herz in meiner Brust hämmerte, drosselte ich nie mein Tempo. Ich rannte vor meiner Vernunft davon und schwitzte wie ein Sünder in der Kirche. Selbst als ich die brüchigen Stufen zur Veranda hinaufsprang, wurde ich nicht langsamer. Vor Anstrengung brannte mir die Lunge. Hechelnd wie ein Hund stürmte ich ins Wohnzimmer. Doch auf dem Holzboden lag kein Schlafsack, alle Spuren von Summer waren verschwunden: die Tasche, die auf dem Sofa verstreuten Kleider, die Essensverpackungen. Nichts außer schalem Zigarettenrauch.

Keine Spur von Summer.

Eigentlich hätte ich erleichtert sein sollen. Ich hätte aus der Hütte stürzen und direkt zurück nach Newhaven rennen sollen. Stattdessen gaben meine Knie nach, und ich sank zu Boden, wo mich ein schwacher Kokosgeruch empfing. Sie hatte mich gezwungen, zu kommen und ein irrsinniges Risiko einzugehen. Ihre Abwesenheit stieß mir bitter auf. Abigail, die so leicht zu manipulieren war, dass jeder mit ihr spielen konnte wie mit einer Marionette! Ich hatte so viel riskiert: für nichts!

Meine Dummheit lastete schwer auf mir. Alle Energie, die mich hierhergetrieben hatte, schwand. Eigentlich hätte ich gedacht, nach den Vorfällen mit Tom und mit Daddy keine Tränen mehr in mir zu haben, aber mein Körper war eine unerschöpfliche Quelle. Ich fuhr mit dem Finger über das gemaserte Holz und hielt nicht mal inne, als sich ein Splitter in mein Fleisch bohrte. Im Gegenteil, ich drückte ihn noch tiefer hinein, öffnete mich dem Schmerz und ließ zu, dass der Staub sich mit meinem Blut vermischte.

»Faith?«

Mein alter Name riss mich aus meinem Selbsthass. Summer stand in der Tür, in knappen Shorts und grell rosafarbenem Spitzen-BH, und lehnte sich mit der Hüfte an den Türrahmen. Sie war auf rebellische Art schön, sie war schön, allein, weil sie da war. Sie wirkte fast unwirklich.

»Ich dachte, du wärst weg.«

»Auf keinen Fall! Ich hab nur meine Sachen hochgebracht, weil ich aufgeräumt habe. Das ist ein Drecksloch hier, aber es ist mein Drecksloch.« Sie ließ sich neben mir auf den Boden nieder und warf ein Päckchen Zigaretten zwischen uns. »Musst nicht gleich so pathetisch werden«, fügte sie hinzu und tippte mir mit dem Zeigefinger an die Nase. Als sie grinste, rahmten kleine Fältchen ihr Lächeln ein wie zwei Klammern. Sie wischte mir die Tränen mit ihrem T-Shirt ab, das leuchtend rosa- und orangefarben war. Doch dann verblasste ihr Grinsen, und ihre Miene wurde hart.

»Ich wusste, dass irgendwas passiert ist. Was hat dein durchgeknallter Stiefvater diesmal gemacht?«

Ein Piksen an meinem linken Oberschenkel lenkte mich ab. »Ich hab dir was mitgebracht.«

»Ach ja? Noch mehr von eurem sauleckeren Honig?« Sie zog eine Augenbraue hoch und steckte sich eine Zigarette in den Mundwinkel. Doch die kippte nach unten, sodass die Flamme in ihrer abschirmenden Hand sie nicht traf. »Wo hast du die denn her?« Wie magisch angezogen von dem billigen Modeschmuck, beugte sie sich vor. Ihre Finger schwebten über den Ohrringen auf meiner Handfläche.

»Die gehörten Mom.«

»Faith, wieso schenkst du mir die?«

»Ich hab sie vor ein paar Tagen in einer alten Schachtel gefunden und wollte sie dir zum Dank geben. Und zum Abschied. Momentan gibt es in Newhaven viel zu tun, und meine Mom braucht meine Hilfe, deshalb werde ich nicht mehr kommen können.«

Darauf senkte sich lastende Stille über uns. Summer strich so zart über das eingravierte H für Honey, dass ihre Finger zu zittern schienen. Mich überkam der überwältigende Drang, sie zu umarmen, aber die immer noch offene Frage, wieso sie Fleurs Medaillon hatte, hielt mich zurück.

»So nannte meine Mom mich immer: Honey-Bunny.« Ich drückte meine Zunge gegen meine Schneidezähne. »Ich schätze, sie wird sie nicht vermissen, und ich selbst kann sie ja nicht tragen.«

»Sie hat dich Honey-Bunny genannt?«

»Ich weiß, es ist albern. Früher hatte ich eine Lücke zwischen meinen Schneidezähnen, aber die ist jetzt weg. Trotzdem ist es ein alberner Spitzname.«

Mir war selbst nicht ganz klar, wieso ich ihr unbedingt die Ohrringe schenken wollte. Sie waren mein einziger Besitz, auch wenn ich sie genau genommen gestohlen hatte. Sie bildeten die letzte Verbindung zu meinem Leben mit Mom in Chicago. Als Summer sie nicht nahm, blickte ich zu ihr auf und sah, dass sie Tränen in den Augen hatte. Das war ein Schock: Tränen hätte ich bei Summer niemals erwartet.

»Wenn sie dir nicht gefallen, musst du sie nicht tragen.«

»Soll das ein Witz sein?«, schniefte Summer. »Ich liebe sie«, fügte sie hinzu und schnappte sie sich.

Sie steckte sich die Ohrringe an und band ihre Haare zu einem unordentlichen Knoten zusammen. »Wie sehe ich aus?«

Mich durchzuckte ein Stromschlag. Irgendwas an diesem Anblick, wie Moms Ohrringe an ihren Ohrläppchen baumelten, war mir vertraut und fremd zugleich. Es weckte Erinnerungen, die ganz tief in meinem Hinterkopf vergraben waren und jetzt an die Oberfläche dringen wollten. Doch bevor es dazu kam, schloss mich Summer so fest in die Arme, dass sie es jetzt war, die mir die Luft zum Atmen nahm. Ich erstarrte, weil es vollkommen untypisch für sie war. Bis jetzt war ich immer wieder gegen die große, dicke Mauer gerannt, die sie um sich errichtet hatte, aber jetzt hatte sie mich einfach hindurchgezogen.

52.

Summers überschwängliche Umarmung dauerte nicht lange. Sie ließ mich rasch wieder los, als hätte sie sich daran erinnert, wer sie war. Ihre emotionale Reaktion auf die Ohrringe irritierte mich, weil sie so untypisch war. Plötzlich wollte ich zurück nach New-haven.

»Verdammter Heuschnupfen.« Wieder schniefte sie. »Hör mal, da ist was, das ich dir sagen muss …« Sie drückte mir das Knie. Ich zuckte zusammen und biss mir auf die Innenseite meiner Wange. Da sah sie mich stirnrunzelnd an: »Was ist denn?«

»Ach nichts. Ich muss jetzt los.«

»Wag es ja nicht!«

Ihr schroffer Befehl ließ mich erstarren. Sie drückte noch mal mein Knie, während sie mich prüfend anschaute. Vor Schmerz schossen mir Tränen in die Augen. Ein Wimmern entfuhr meinen zusammengepressten Lippen. Summer wartete gar nicht erst auf eine weitere Ausflucht oder Erklärung, sondern hob meinen Rock hoch. Zornig verzog sie das Gesicht, als sie die blauen Flecken und Einkerbungen vom Reis sah. Sie biss so fest die Zähne zusammen, dass ihre Schultern zitterten. Ihr ganzes Verhalten jagte mir Angst ein.

»Was zum Teufel ist das?«

Ich suchte hektisch nach einer plausiblen Erklärung, nach irgendwas, das sie besänftigen würde, doch mein Kopf war wie leer gefegt, als Moms Gesicht vor mir aufblitzte.

»War er das? Antworte mir! Das hat er dir angetan, oder etwa nicht?«

Ich hasste mich dafür, dass mir die Tränen immer leichter kamen, als ich Worte fand. Neuerdings schienen Tränen meine Antwort auf alles zu sein. Ich musste weg, wegen Mom.

Während Summer auf meine Knie starrte, schienen Wellen des Zorns aus ihr herauszuströmen. Sie erfüllten das Zimmer und waren so drückend wie die Hitze draußen.

Als sie aufsprang und in die Küche rannte, sah ich die Gelegenheit zu fliehen, doch ich hielt inne, weil ich etwas poltern und klirren hörte. Summer tobte ihre Wut in der maroden Küche aus. Sie schlug mit einer Holzlatte gegen die Schränke, in denen Stapel von alten Tellern und Gläser standen. Zwei aufgeschreckte Wanzen huschten über die Anrichte.

»Das verfickte Ungeheuer! Und wie konnte sie das zulassen? So feige!«

»Summer! Summer, bitte hör auf.« Ihr Wutausbruch machte mir Angst. Ich zitterte förmlich.

»Er und ... und ...« Summer fegte ein Glas von der Anrichte. Es zersplitterte an der gegenüberliegenden Wand. »Sie ist deine Mom! Sie sollte dich beschützen!«

»Ich gehe.«

»Halt, was?«

»Du verstehst gar nichts, weil du keine Familie hast. Und jetzt verschwinde einfach.«

Das sagte ich so, wie ich die Pflaster von meinen aufgeschürften Knien gerissen hatte. Ich musste hier weg, durfte nie mehr zurückblicken. Summers ungezügelte Gewalt löste Panik in mir aus. Ich hätte es fast zur Tür geschafft, doch da riss sie mich zurück.

»Du darfst nicht gehen!«

»Ach, Summer, das geht dich nichts an! Wir sind nicht mal Freunde oder so!« Sie zuckte zusammen. »Ich wollte dich bekehren, aber es steckt einfach zu viel Sünde in dir.« Ich entzog mich ihr, doch sie grub ihre Finger in meinen Arm. Wieder durchfuhr mich Panik. Wenn ich es nicht nach Hause schaffte, machte er seine Drohung vielleicht wahr und ließ es an Mom aus.

»Lass mich gehen, oder ich schreie. Im Sumpf fällen ein paar Männer Bäume. Die werden mich hören und kommen.«

Ich wehrte mich heftig gegen ihren Griff, doch sie war unerbittlich und erstaunlich stark. Ihre Augen wirkten fast schwarz, mir lief ein Angstschauer über den Rücken. Sie war schon vorher mit ihrer selbstsicheren und forschen Art einschüchternd gewesen, aber jetzt jagte sie mir eine Heidenangst ein. Unwillkürlich musste ich an das blutverkrustete Medaillon von Fleur denken und wehrte mich noch heftiger.

»Lass mich los, oder ich schreie, das schwöre ich! Sie werden dich finden. Und sie haben Gewehre!« Ich schluckte hart. »Ich sage, dass du mich angefasst hast!«

In dem Moment traf mich ihre Faust seitlich im Gesicht. Die Welt schwankte und kippte dann. Plötzlich wurde mein Körper ganz leicht.

Dann ... nichts.

53.

Dies war nicht mein Bett. Die Matratze roch nach feuchtem Tierfell und kratzte an meiner Wange. Auch die Stille stimmte nicht: keine Geräusche von Menschen, sondern nur Frösche, die missbilligend quakten – unterbrochen vom Kreischen eines Fischadlers. Die Luft roch nach sumpfigem Wasser.

Ich stützte mich auf einen Ellbogen und blinzelte den Schlafsand aus den Augen. In Schnappschüssen tauchte ein Zimmer vor mir auf: geschwärzte Wände und vernagelte Fenster, die nur wenig Licht hereinließen. Schmerz pochte hinter meinen Augen und auf der linken Hälfte meines Gesichts. Ich strich mit den Fingern über die schmerzende Stelle und zuckte zusammen. Plötzlich erinnerte ich mich: Summers Faust, die auf mich zuschoss, die Dunkelheit in ihrem Blick. Angst schnürte mir die Kehle zu. Summer hatte so getan, als wäre sie meine Freundin, und doch hatte sie mich verletzt. Sie war auch nicht besser als Daddy. Mir wurde ganz flau im Magen bei der Vorstellung, dass ich ihr nicht trauen durfte.

Trotz der Hitze fröstelte ich. Als ich das rissige Kopfende und die braunen Flecken auf der Matratze wahrnahm, schreckte ich hoch. Sie hatte mich in das Bett eines Toten gesteckt! Eines Mannes, der seine Frau umgebracht und sich genau auf dieser Matratze erschossen hatte. Hier lauerte das Böse, und die rußigen

Wände erinnerten daran, dass das Zimmer gebrannt hatte wie die Hölle. Mein Gesicht hatte auf den verkrusteten Resten von Blut und Hirnmasse gelegen. Ich brach zusammen und musste mich übergeben.

Ich musste hier raus. Die Tür ratterte, als ich hektisch an der Klinke zog. Aber sie öffnete sich nicht. Ich drückte die Klinke herunter und lehnte mich mit meinem ganzen Gewicht zurück. Panik stieg in mir hoch, drückte mir die Lunge und das Herz zusammen. Ich hämmerte gegen die Tür. Tränen brannten mir in den Augen. Ich wollte nur noch nach Hause.

»Lass mich gehen! Bitte, lass mich gehen!«, brüllte ich, bis ich vor lauter Verzweiflung außer Atem war.

»Sorry, ich kann dich nicht rauslassen«, ertönte Summers Stimme von der anderen Seite der Tür. »Es ist nur zu deinem Besten. Du kannst nicht zu Leuten zurück, die dir wehtun.«

»Das verstehst du nicht! Mach einfach die Tür auf! Ich schwöre, ich verrate dich nicht.«

»Sorry, das geht nicht. Das kann ich nicht riskieren.«

»Meine Mom wird sich Sorgen machen.«

»Sie sollte sich Sorgen über das machen, was er dir antut.«

»Du weißt doch gar nichts!«

»Ich werde diese Tür nicht öffnen, also vergiss es einfach.«

Frustriert schrie ich auf und trat gegen die Tür. Vor lauter Ohnmacht gaben meine Beine unter mir nach, und ich glitt zu Boden. Ich umschlang meinen Körper, dabei sehnte ich mich nach der Umarmung eines anderen Menschen. Mom würde am Boden zerstört sein, wenn ich nicht zum Abendessen auftauchte – oder war das schon passiert? Es zerriss mir das Herz bei der Vorstellung, sie könnte glauben, ich wäre weggelaufen und hätte sie im Stich gelassen. Und Daddy würde glauben, ich wäre ungehorsam.

Frustriert schlug ich mir auf den Oberschenkel, bis mein Muskel pochte.

»Warum bestrafst du mich? Ich hab dir doch nichts getan!«

»Es geht nicht um dich, sondern um diesen Ort. Diese Menschen. Sie sind gefährlich.« Ihre Stimme klang jetzt näher, so als würde sie durch die Risse im Holz der Tür sprechen.

»Warum hasst du den Glauben so sehr?«

Ich hörte sie seufzen. »Ich hab kein Problem mit dem Glauben, aber er sollte keine Gehirnwäsche sein. Ganz ehrlich, der Glaube hat mir sogar in einer schwierigen Phase meines Lebens geholfen. Und dazu ist er auch gedacht: um zu helfen. Und nicht als Instrument, Menschen zu kontrollieren oder einzuschränken. Dein Stiefvater benutzt ihn als Hasswaffe. Das ist nicht richtig.«

Ich wollte ihr widersprechen, sagen, dass sie sich irrte, dass sie keine Ahnung hatte, wovon sie da sprach. Ich wollte sagen, dass Newhaven im Laufe der Jahre vielen Menschen geholfen hatte. Ich hatte Frauen gesehen, die aus Schutzhäusern zu uns gekommen waren, die vor Angst ständig nervös waren und bei jedem lauten Geräusch zusammenzuckten. Ich hatte Männer gesehen, die am Boden waren, weil ihnen das Recht verwehrt wurde, der Ernährer der Familie zu sein: ihre ungesunden Körper, die Unruhe und Ticks ehemaliger Raucher, die den Verlust ihrer Sucht betrauerten, während der Geist des Nikotins noch in ihrer Lunge und an ihren Fingern haftete.

Doch stattdessen überdeckte eine Erinnerung alle anderen: Nachdem meine Mom mit dem Rauchen aufgehört hatte, kaute sie an ihren Fingernägeln, und das so heftig, dass ihre Fingerspitzen immer ausgefranst und wund waren. Eines Tages kam sie mit gesenktem Kopf aus Daddys Arbeitszimmer, und da waren nicht mehr ihre Fingerspitzen rot, sondern ihre Augen. Und sie hatte nie wieder an ihren Nägeln gekaut. Nach meiner eigenen Erfahrung fragte ich mich jetzt, welche Art Strafe sie in diesem Zimmer hatte erdulden müssen. Zusammengesunken auf dem staubigen Boden, schlug ich mir gegen den Oberschenkel.

Jackson und sein Dad, Toms Verhalten, Daddy und der Reis. Newhaven repräsentierte Daddys Lieblingsmetapher: die Hase-Ente-Illusion. Die Sicht veränderte sich, je nachdem, wohin man sein Augenmerk richtete. Mir wurde eng um die Brust. Ich bekam Angst, dass Daddy nur eine Illusion war, dass ich ihn immer aus dem falschen Blickwinkel gesehen und erst jetzt eine andere Perspektive eingenommen hatte. Ich unterdrückte einen Schrei und fing heftig an zu husten.

»Am Bett ist Wasser, und ich hab dir was zum Anziehen dagelassen, worin du schlafen kannst. Bei der Hitze ist dein Kleid viel zu warm.«

Ihre Schritte wurden immer leiser, als sie die Treppe hinunterging, und klangen dann zu gedämpften Geräuschen irgendwo unten ab. Ich stürzte zum Fenster und versuchte, die Bretter zu entfernen. Aber die rostigen Nägel hielten sie fest. Da zupfte eine weitere Erinnerung an meinem Herzen: Ich sah Mom zu, wie sie mit einem blutroten Fläschchen in der Hand und einem Fuß auf dem Fensterbrett ihre Fußnägel lackierte. Ich zerrte an einem Brett, bis meine Schultern brannten. *Sieht das nicht hübsch aus, Honey-Bunny?* Danach hatte sie meine lackiert; und wir hatten sie zusammen trocken gepustet. Als sie probeweise meine Zehen küsste, kitzelten ihre Lippen an meiner Haut ... Zehn Minuten später gab ich auf, obwohl die Freiheit immer noch durch die Spalten der Bretter lockte. Meine Anstrengungen hatten mir nur ein paar Splitter und abgebrochene Fingernägel eingebracht.

Ich trank so gierig vom Wasser, dass es mir übers Kinn lief. Dann wischte ich mir mit dem Unterarm über den Mund und ließ die leere Flasche neben einem roten Stück Stoff fallen.

Kurz darauf stand ich vor dem blinden Spiegel, der ähnliche Flecken hatte wie Mrs Favreau auf ihren Handrücken. Vorsichtig strich ich mit den Fingern über den leichten Stoff. Trotz des Kleides fühlte ich mich nackt. Das Mädchen im Spiegel sah aus wie jemand aus einer Geschichte; ein Mädchen, das ein solches Kleid trug, hatte auch einen anderen Namen; ein solches Mädchen hätte ich sein können, wäre ich in Parkerville oder Chicago aufgewachsen. Nachdem die bräunliche Hülle meines eigenen Kleides von mir entfernt war, sah ich mit dem roten Trägerkleidchen aus wie die gehäuteten Kaninchen auf der Küchentheke, nur Fleisch und Knochen im gelblichen Licht, da ihr Fell ein paar Meter entfernt zum Trocknen aufgehängt war. Im Übergangsstadium zwischen heil und gesund auf der einen Seite und klein gehackt und zum Kochen bereit auf der anderen.

Ich rollte mich am Fußende des Betts zusammen und wischte mir mit den Fingerspitzen die Tränen weg. Starrte zur Tür, bis die Erschöpfung mich übermannte, zutiefst verzweifelt, dass ich Mom im Stich gelassen hatte, in Panik vor dem, was passieren mochte, wenn Summer zurückkäme und die Tür öffnete.

Von: Cameron McPherson
Datum: Montag, 19. September 2022 um 9.15 Uhr
An: Jeb Abernathy
Betreff: Re: Sorgen – Führung erbeten

Mein lieber Pastor Abernathy,
ich habe wunderbare Neuigkeiten für Sie. Der Herr und der Ältestenrat haben unsere Gebete erhört. Abigail darf zu uns nach New Eden, wo sie sich wieder mit ihrem Glauben verbinden und ihren Heilungsprozess beginnen kann.

Außerdem hat eines unserer hochrangigen Mitglieder, Boyd Belmont, kürzlich einen schmerzlichen Verlust erlitten und ist bereit, sich wieder zu verheiraten. Ich glaube, Abigail wäre eine mehr als geeignete Braut für ihn. So kann sie ihre wahre Natur und ihren Platz im Haus wiederfinden und sich um Boyd Belmonts fünf Kinder kümmern, von denen keines über zehn Jahre ist.

Ich weiß, Sie waren sich unsicher, was mit Abigail zu tun wäre, doch ich glaube, in New Eden können wir sie schützen und ihr ein erfüllendes neues Leben schenken.

Bitte teilen Sie mir mit, ob wir alles für ihre Reise hierher arrangieren sollen.

Sein Wille geschehe. Einen gesegneten Tag.
Pastor Cameron McPherson

54.

Heutiger Tag

Sie zerren mich aus dem Schatten und stoßen mich ins blendend helle Tageslicht. Ihre Hände sind an meinem ganzen Körper. Sie ziehen mich unter schrillem Geschrei voran und lassen mir keine Wahl. Ich muss in die sengende Sonne, darf nicht mal stehen bleiben oder mir den Schweiß von der Stirn wischen. Wem will ich was vormachen? Ihr Wille war schon immer viel stärker als meiner. Sie werden mich nicht in Ruhe lassen, also gebe ich einfach auf.

»Abbay, komm die Hühner gucken«, sagt Elijah.

»Die Hühner füttern!«, kreischt Matthew und zieht aufgeregt an meiner Hand.

Kaum ist der Hühnerstall in Sicht, lassen sie mich los und rennen mit ausgebreiteten Armen dorthin, als wollten sie die ganze Welt umarmen. Ich hocke mich neben sie und schwelge in ihrer Freude. Die Hühner stolzieren im Käfig herum und scharren und picken im Staub. All das fühlt sich ganz normal an, so als wären sie keine Waisen, als hätten sie ihre Eltern nicht auf höchst traumatische Weise verloren. Als würde mich nicht jeder hier hassen. Ich will den gestrigen Abend und Toms Verrat einfach nur vergessen. Die Zwillinge grinsen mich an, aus keinem besonderen Grund; es drängt mich, sie zu umarmen. So etwas wie Glück flattert in meiner Brust, kann meinen Schmerz jedoch nicht vertreiben.

»Körner, Körner, Körner«, rufen sie im Chor.

»Bitte, Abbay«, fügt Elijah hinzu.

Lächelnd verbanne ich Tom aus meinem Kopf. Ich öffne meine Hände und lasse die Körner in die Händchen der Zwillinge rieseln. Daraufhin werfen sie sie im Käfig in die Luft, als wären es Blütenblätter bei einer Hochzeit. Sie klatschen, als die Hühner zu picken anfangen, und bitten um mehr Futter.

»Abbay«, fragt Matthew mit ernster Miene, »kann Momma mit uns die Hühner füttern, wenn sie zurückkommt?«

Mir bleibt die Antwort im Halse stecken, weil Bilder in meinem Kopf aufblitzen: blutbedeckte Gliedmaßen, bei denen man nicht weiß, ob sie alle von einer Person sind, meine Hand, die ein Messer aus Moms Körper zieht, das Brausen und Prasseln des Feuers. Mir wird übel vom Gestank nach rostigem Metall, bis es überdeckt wird von beißendem Rauchgeruch. *Was hast du getan, Abigail?*

»Nicht traurig sein, Abbay.« Elijahs Stimme dringt durch die Erinnerungen und löst sie auf.

Ich schenke ihm ein schiefes Lächeln. »Siehst du? Ich bin gar nicht traurig.«

»Weißt du noch, wie ich Angst vor Hühnern hatte?«, fragt Matthew.

Ich nicke.

»Da hat Momma ein Huhn auf den Arm genommen, und ich durfte es streicheln, und da hatte ich keine Angst mehr.«

»Das weiß ich noch.« Ich lächle.

Beide grinsen mich so breit an, dass ich ihre perlenartigen Zähnchen sehe. Schon bald werden sie ausfallen, aber Mom wird nicht da sein, um sie aufzuheben. Da überflutet mich eine Welle der Liebe, und ich umarme die beiden ganz fest. Plötzlich lockt mich die Idee, eine alleinerziehende Mutter zu sein. Auf der ganzen Welt übernehmen Mädchen, die zum Teil noch jünger sind als ich, diese Verantwortung. Jackson hat fünfhundert Dollar und einen Fluchtweg. Die Zwillinge winden sich in meiner Umarmung, weil sie unbedingt wieder die Hühner füttern wollen. Es wäre so leicht, mein Leben um sie herum zu gestalten und mit ihnen irgendwo neu anzufangen. Bevor sie mich von meinen Geschwistern trennen.

»Weg von den Jungen!«, höre ich Pastor Abernathy rufen. Erschrocken lasse ich Elijah und Matthew los. Trotz der Warnung rennen die beiden zu den Hühnern, aber Mrs Calhoun ist schon da und nimmt sie in ihre Arme.

»Es ist doch nichts«, sage ich und stehe auf. »Wir füttern hier nur die Hühner.«

»Sicherlich. Aber es ist wohl im Interesse aller, dass jemand bei dir ist, wenn du bei den Kindern bist.«

»Wie bitte?«

»Wir wollen doch nicht, dass sie dich erschöpfen.«

»Sie erschöpfen mich nicht, sie sind meine Brüder.« Ich mache einen Schritt auf Mrs Calhoun und die Zwillinge zu, doch da stellt sich Pastor Abernathy mir in den Weg.

»Es ist am besten so, Abigail.«

»Ich brauche keine Überwachung, wenn ich mit meinen Brüdern zusammen bin.« Entschlossen verschränke ich die Arme vor der Brust. »Mir gefallen Ihre Unterstellungen nicht. Liegt es an Toms Lügen?«

Ich will um ihn herumgehen, aber er packt mich am Arm.

»Lassen Sie mich los!«, sage ich schrill. Ich versuche, mich von ihm zu lösen, aber sein Griff ist fest. Jetzt packt er mich auch am anderen Arm. »Ich hab doch schon gesagt, dass er lügt. Ich habe ihn nicht gebeten, den Brief zur Post zu bringen!«

»Bitte beruhige dich, Abigail. Du bist hysterisch.«

Da kommt Mr Caine hinter der Scheune hervor, so als hätte er die ganze Zeit auf ein Stichwort gewartet. Hinter Pastor Abernathy scheucht Mrs Calhoun mit alarmierter Miene die Zwillinge davon. Sie sind es, die wegen nichts hysterisch werden – wir haben doch nur die verdammten Hühner gefüttert!

Mr Caine packt mich mit eisernem Griff, drückt meine Arme an meinen Rumpf und zerrt mich fort. *Verdammte Scheiße!* Da ist sie wieder, in meinem Kopf, dieses Mädchen: Summer. Ich stemme mich mit dem Rücken von seiner Brust weg und trete wild um mich, kann mich aber nicht befreien. Während ich gegen seinen und Pastor Abernathys Griff kämpfe, erwacht etwas in mir, eine wilde Energie in Form eines Mädchens. *Komm schon, kämpfe!*

Schreie entfahren mir, als ich mich so heftig wehre wie eine wütende Beutelratte. »Fasst mich nicht an! Dazu habt ihr kein Recht! Lasst mich los!« Aber meine Raserei gibt ihrer irren Logik recht.

»Helft mir, sie wieder in ihr Zimmer zu bringen«, befiehlt Pastor Abernathy.

Irgendwie ist jetzt auch Wade Pruitt dabei. Mr Caine packt noch fester zu und presst meine Arme an meine Rippen. Pastor Abernathy und Wade Pruitt halten meine Fußgelenke fest und heben mich unversehens hoch. *Zeig's diesen Arschlöchern!* Wie Lava fließt der Zorn durch meine Adern, meine Haut steht in Flammen, meine Kleider sind schweißnass. Mein ganzer Körper wehrt sich gegen ihre aufgeblähte Selbstgerechtigkeit. Einer meiner großen Zehen verhakt sich an einem Hemdknopf – irgendwie habe ich einen Schuh verloren.

»Pastor, sie ist hysterisch.«

»Beten wir zum Herrn, dass er ihr hilft, den Weg zu Seiner Wahrheit wiederzufinden. Möge er ihr den Teufel austreiben.«

»Seid ihr verrückt? Lasst mich verdammt noch mal los!«

»Sie haben recht, Pastor Abernathy. Sie ist nicht mehr bei Sinnen.«

Verschwommene Gesichter ziehen an mir vorbei, als unsere pervertierte Prozession das Newhaven erreicht. Meine Schreie hallen von der hohen Decke und der Treppe wider. Geflüster über meinen Zusammenbruch begleitet uns auf dem Weg. Tom tritt einen Schritt zurück, während ein böses Lächeln über sein Gesicht zuckt und seine Augen hämisch aufleuchten. *Kämpfe heftiger!* Mit meinem linken Bein trete ich Wade Pruitt in die Rippen. Als er vor Schmerz das Gesicht verzieht, lächle ich grimmig. Ich will sie verletzen. Meine Muskeln schmerzen, meine Kehle brennt. Ich will ihnen auch wehtun. Ihnen allen.

Es gelingt ihnen, mich in mein Zimmer zu sperren – das heißt, die Kammer im Dachgeschoss, die sie mir zugewiesen haben. Hier gibt es keinen persönlichen Besitz, es ist alles Gemeinschaftsgut, nichts gehört mir, nichts kann ich mein Eigen nennen, nicht mal meine Gedanken. Sie werfen mich aufs Bett wie eine Lumpenpuppe mit wirren, verschwitzten Haaren und vollkommen verdrehten Kleidern.

Groll und Rage treiben mich aus dem Bett. Ich werfe mich gegen die sich schließende Tür und knalle mit dumpfem Aufprall dagegen. Doch was mir wirklich Angst einflößt, ist das Klicken des Schlosses. Ich zerre an der Klinke, aber die Tür bewegt sich nicht. Sie haben mich eingesperrt.

»Es ist nur zu deinem Besten, Abigail«, ertönt Pastor Abernathys Stimme.

»Das ist nicht mal mein Name! Das könnt ihr nicht machen! Das dürft ihr nicht! Dazu habt ihr kein Recht!«

Doch meine Rufe verhallen, und ihre Schritte werden immer leiser. Mit Händen und Füßen bearbeite ich die Tür, bis ich völlig erschöpft bin. *Total sinnlos.* Summer verschwindet in den Tiefen meines Bewusstseins, und ihre Energie verfliegt. Nun meldet sich ein heftiges Gefühl der Einsamkeit.

Zusammengesunken auf dem Boden, erinnere ich mich an Dinge, die ich vielleicht gar nicht erlebt habe: Gesprächsfetzen, Nachmittage, an denen ich im Sumpf gewatet bin, selbst ihr Geruch nach Kokos ist möglicherweise eine Täuschung meines Geistes. Ich sollte mich vielleicht einfach dem Wahnsinn überlassen und ihnen geben, was sie wollen.

Ich denke an den Mann, der in der Hütte am Sumpf lebte, an ihn und seine Frau. Dass er verrückt wurde, seine Frau tötete, Feuer legte und sich selbst erschoss, sodass fast die ganze Hütte niederbrannte. Unwillkürlich frage ich mich, ob das nicht auch im Hunters Cottage passiert ist: dass der Teufel einen von uns dazu brachte, alles in Brand zu setzen.

Und wenn ich sage »einen von uns«, dann meine ich mich. Ich bin das Feuer, ich bin das Flüstern, das mit dem Wind kam und sich in seinem Geist festsetzte. Ich bin die Hitze in der Nacht, die ihm den Schlaf raubte, bis er seine Frau ermordete und sein Haus ansteckte. Ich bin die Flammen, die das Hunters Cottage verschlangen. Ich bin alles, was böse ist. Ich war eine Närrin. Woanders gibt es für mich keine Erlösung. Und nun habe ich es wieder getan, ich habe sie verrückt gemacht. Die Frage ist nur, was werden sie mir antun?

55.

Fünf Stunden vor dem Brand

Im Schneidersitz saß ich mitten im Raum. Davor hatte ich mich an die Wand gepresst, um Summer zu überwältigen, sobald sie durch die Tür käme. Bis ich wieder an das Teppichmesser denken musste.

»Wieso hast du das?«, hatte ich gefragt, als ich es mir in der Nacht des Sturms angeschaut hatte.

Sie hatte mich durchdringend angesehen, so als wollte sie etwas sagen, hielt sich aber zurück. Trotz der Hitze hatte sich das Messer kalt angefühlt und schwer. Meine Finger ertasteten den Sicherheitsknopf. Als ich ihn drückte, schoss die dreieckige Klinge hervor. Die Gefahr sah ganz harmlos aus. Dabei hatte Mr Caine mal so eins dazu benutzt, um die Getreidefuttersäcke für die Hühner damit aufzuschlitzen.

»Zum Schutz. Vor Typen wie Zach«, hatte sie gesagt und es mir abgenommen.

Es würde schon schwer sein, Summer ohne eine Waffe zu überwältigen. Aber wenn sie eine Waffe hatte? Aussichtslos.

Als der Schlüssel im Schloss klickte, krabbelte ich instinktiv weg von der Tür. Summer kam mit einem Teller in der Hand herein, und das gefürchtete Teppichmesser lugte aus ihrer Hosentasche.

»Du hast bestimmt Riesenhunger.«

Große Dreiecke aus gehaltlosem Weißbrot, dick beschmiert mit Erdnussbutter und Marmelade. Ich zögerte. Als mir laut der Magen knurrte, seufzte Summer.

»Ich will dich nicht vergiften. Ist nur was zu essen.«

Die Traurigkeit in ihrer Stimme überraschte mich. Als ich den süßen Duft der Marmelade roch, lief mir das Wasser im Mund zusammen. Vielleicht nur einen kleinen Happen. Als ich meine Zähne in dem weichen Brot versenkte, schmeckte ich die Mischung aus Zucker und Salz. Und schon verschlang ich das Ganze mit drei Bissen.

»Nicht so scheiße, wie du erwartet hast?«

»Nein«, brachte ich hervor, obwohl mein Mund mit dem klebrigen Brei verstopft war. »Wie lange willst du mich hier festhalten?«, fragte ich mümmelnd.

»So lange, bis du begreifst, dass dieser Ort reinstes Gift ist. Guck dir nur an, was er mit deinen Knien gemacht hat!«, sagte sie, als ich das rote Kleid über meine Blutergüsse zog. Ich dachte daran, dass Mom zu Hause bei ihm gefangen war und ich hier bei Summer. »Und da ist noch was, worüber wir reden müssen …«

Summer holte eine Zigarette aus ihrem Päckchen. Sie schirmte sie mit einer Hand ab, beugte sich darüber und drückte mehrfach aufs Feuerzeug. Als keine Flamme kam, war sie so frustriert und abgelenkt, dass ich zuschlug und sie mit dem Teller an der Schläfe traf. Es krachte laut, aber ob es das Porzellan war oder ihre Knochen, wusste ich nicht. Ich versuchte auch gar nicht, es herauszufinden, sondern schoss von Adrenalin getrieben aus dem Zimmer. Mit Bildern vom Mom im Kopf donnerte ich die Treppe hinunter, verpasste jedoch die letzte Stufe, fiel und knallte mit dem Kinn auf den Boden. Aber ich ignorierte den scharfen Schmerz und rappelte mich sofort wieder auf.

Nach dem Zwielicht im Haus war die Sonne so blendend grell,

dass ich erst mal nur Weiß sah, bis langsam der schmale Streifen des Bohlenwegs vor mir auftauchte. Ich holte tief Luft und atmete den modrigen Geruch des Sumpfes ein, und in dem Moment schlug etwas Schweres gegen meinen Rücken. Wieder knallte ich hart auf den Boden. Summer setzte sich auf mich, drückte mit ihrem Becken gegen meine Rippen, und der dünne Stoff des sogenannten Kleides war nur wie eine weitere Hautschicht zwischen uns. Ich wand mich unter ihr, aber es war vergeblich. Panik kam in mir auf.

»Bitte, ich will nicht sterben. Bitte!«, stieß ich, ohne nachzudenken, hervor.

»Was?«

»Ich will nicht wie Fleur enden.«

Ich hämmerte mit den Fäusten auf ihre Schultern und Schenkel, aber ohne erkennbare Wirkung. Es war klar, dass ich Mom nie wiedersehen würde, genauso wenig wie die Zwillinge und Baby Sarah. Aber ich wollte nicht sterben. Panik schnürte mir die Kehle zu, und mir wurde übel.

»Faith. Faith! Beruhige dich, verdammt noch mal!«

Es war hoffnungslos. Wie hatte ich nur glauben können, ich hätte die Chance zu fliehen? Ich schluckte die Tränen und die bittere Flüssigkeit in meiner Kehle herunter. Summer hielt mich mit den Beinen am Boden fest. Ich roch ihren Zigarettenatem, als ihre wilde Mähne wie ein Vorhang aus Louisianamoos uns vom Licht abschirmte. Schweißtropfen fielen mir auf die Wange. Ich atmete nur noch durch den Mund. Der Tod schmeckte salzig.

»Was meinst du mit, ›ich will nicht wie Fleur enden‹?«

»Meine Freundin Fleur. Ich glaube, ich hab ihre Halskette in deinem Buch gefunden. Tut mir leid, dass ich geschnüffelt habe. Sie hat sie nie abgenommen. Bitte, ich will nicht sterben.«

»Ich weiß, dass sie nie … Moment mal. Glaubst du etwa, ich hätte sie umgebracht?«

»Ich werde auch nichts verraten. Versprochen!«

»Aber ich will dir doch nichts tun!«

»Bitte …«

»Hör zu. Du irrst dich, ich …«

»Du hattest ihre Kette!«

»Die hab ich in Newhaven gefunden!«

Das brachte mich zum Schweigen. Ich wehrte mich nicht mehr. Summer hatte die Kette in Newhaven gefunden? Sie blickte mich forschend an, wie ich darauf reagieren würde. Doch ich begriff noch nicht, was das bedeuten sollte.

»Hast du gehört?«

Da ich einen dicken Kloß im Hals hatte, nickte ich nur.

»Ich hab in Newhaven herumspioniert, weil ich das Loch im Zaun schon kannte, bevor du es mir gezeigt hattest. Aber ich konnte nur in der Kirche und ein paar Häusern rumschnüffeln. Da war es einfacher, unentdeckt zu bleiben, als im Newhaven. Mir war nicht klar, dass auch dein Haus dabei war. Ich hab die Kette in einer Schachtel gefunden und nur mitgenommen, weil ich sie für einen Beweis hielt. Ich hab sie erkannt, weil ich Fleur vor einiger Zeit für meinen Podcast interviewt habe.«

Zwar glitt Summer jetzt von mir herunter, dennoch fühlte ich mich nicht leichter. Sie strich sich das Haar aus dem Gesicht.

»Faith, die Schachtel war im Arbeitszimmer deines Stiefvaters.«

Als ich mühsam aufstand, verschwamm der Sumpf vor meinen Augen, die Hitze drückte brennend auf meinen Nacken und Hinterkopf, das misstönende Quaken der Frösche erfüllte meine Ohren, und wie aus weiter Ferne hörte ich Summer fragen, ob alles in Ordnung sei. Doch in meinem Kopf hallte es nach: *Die Schachtel war im Arbeitszimmer deines Stiefvaters.*

Daddys mit Samt bezogene Schachtel. Das war doch nicht möglich! Ich starrte Summer an und erkannte, dass sie nicht log. Ich brach zusammen und musste mich im hohen Gras übergeben.

56.

Die Wildnis im Wohnzimmer war gewichen: kein Farn mehr, keine Erde, keine Spuren von irgendwelchem Getier. Summer hat das Territorium von der Natur zurückerobert.

Sie hatte mich überredet, wieder mit ihr hineinzugehen. Zwar konnte ich mir mit frischem Wasser den Mund ausspülen, aber der schlechte Geschmack war geblieben. Daddy hatte Fleurs Kette. Ich glaubte Summer, obwohl ich das nicht sollte. Benommen saß ich da; mein Kopf fühlte sich leicht an, mein Körper taub, und mein Geist war gespickt mit den Scherben meines Lebens, weil sie diese Bombe hatte platzen lassen.

»Hier, trink das. Ist gut gegen den Schock.«

Sie drückte mir eine Flasche Cola in die Hand. Sprudelnd zischte die Flüssigkeit in meinen Mund, aber nicht mal der Zuckerschock löste das Gedankenknäuel in meinem Kopf. Sie hatte gesagt, sie wollte mich vor Daddy schützen. Nachdem sie meine Knie gesehen hatte, wollte sie mich nicht mehr gehen lassen.

»Und wenn es anders war, als du denkst?«, sagte ich schließlich. »Er könnte sie ja gefunden und dann in seiner Schachtel aufbewahrt haben.«

Dabei glaubte ich das selbst nicht, das wurde mir klar, kaum hatte ich es ausgesprochen. Erschöpfung überkam mich und drückte mich zu Boden, bis ich nur noch meinen Kopf in ihren

Schoß legen konnte. Als sie mir übers Haar strich, bemühte ich mich, nicht an Daddy zu denken und das riesengroße Loch in meinem Herzen, das er hinterlassen hatte.

»Wieso hast du in Newhaven herumspioniert?«

»Wegen Fleur. Ich war für meinen Podcast in Florida, in ihrer Gemeinde – die mich übrigens wesentlich freundlicher willkommen hieß als deine. Sie war nett, genauso wie ihr alter Herr. Nach ihrem Tod musste ich einfach herausfinden, was passiert war. Es dauerte eine Weile, bis ich nach Parkerville kam, weil ich vorher anderen Spuren nachgegangen war.«

»Was wolltest du damit anfangen?«

»Ganz ehrlich, keine Ahnung!«

»Ich kann nicht glauben, dass Daddy ...«

»Sieh dir doch an, was er dir angetan hat! Das mit deinen Knien. Das ist pervers, wie du es auch betrachtest.« Es knisterte, als sie sich eine Zigarette anzündete. »Ganz sicher war es auch nicht das erste Mal. Solche Typen fangen erst mal klein an, bevor sie sich hochschaukeln. Glaub mir!«

Gott findet immer einen Weg, die Sünder zu bestrafen. Daddy hatte in der Menge an der Ampel gestanden und war bereit gewesen, Gott zu spielen und sein Urteil auszuführen. Tania hatte ihn respektlos behandelt. Mir wurde eiskalt bei der Vorstellung, dass meine eigene Strafe nicht das Äußerste war, das er getan hatte.

Also erzählte ich Summer von Daddy, entwirrte das Knäuel seines Verhaltens und unserer Beziehung während der letzten Wochen. Dabei war ich nur froh, sie nicht ansehen zu müssen. Ich erzählte von seinen scherzhaften Tritten gegen meine Kniekehle, von der Lüge über meinen Ausflug nach Parkerville, von meinen Zweifeln, von seiner Bemerkung nach Tanias Unfall und von der Erklärung von Tanias Freundin. Ich erzählte ihr von der gehorsamen Tochter und seinen Predigten über die Gesellschaft, die Frauen verderbe und aus Müttern und Ehefrauen Huren mache. Summer hörte zu, ohne mich auch nur ein einziges Mal zu unterbrechen.

Als ich mir alles von der Seele geredet hatte, senkte sich Stille über uns, die nur vom Knistern der Zigarettenglut unterbrochen wurde. Ich stellte mir vor, dass jedes Mal, wenn Summer an der Zigarette zog, die Spitze so hell aufglühte, als wollte sie in Flammen ausbrechen. Schließlich schnippte sie den Stummel in den Kamin. Dort prallte er gegen die Backsteinwand, und die Glut explodierte in tausend Funken.

»Gott, was für ein bösartiges Arschloch! Und so einen Kerl hat deine Mom freiwillig geheiratet!«

Das riss mich aus meiner Benommenheit. Denn Mom hatte ihn nicht aus freiem Willen geheiratet, sondern nur, um vor den Behörden zu flüchten. Er hatte sie mit der Aussicht auf Schutz und Sicherheit gelockt, und sie hatte ihm die Fesseln gegeben, mit denen er uns an sich binden konnte. Diese Macht hatte er ausgenutzt, als er mich zwang, mich auf den Reis zu knien. Er hielt Mom mit der Drohung gefügig, sie bei den Behörden zu melden, und mich mit der Drohung, Mom zu gefährden. Mir lief ein eiskalter Schauer über den Rücken: Mom war allein mit ihm im Hunters Cottage.

Ich stand mühsam auf und rannte die Treppe hoch. Als Summer mir nachgestürzt kam, zog ich gerade das Kleidchen aus. Aber in diesem Augenblick war mir meine Intimsphäre egal.

»Wie spät ist es?«, fragte ich und schnappte mir mein eigenes Kleid vom Fußende des Betts. Vom Schweiß und der feuchten Luft fühlte es sich klamm an.

»Keine Ahnung, so gegen zwei?«

»Ich muss die genaue Zeit wissen. Bitte.«

Sie schnaubte und rannte wieder die Treppe hinunter. Ich zog mich eilends an und setzte meinen neuen Plan um. Fehler gab es nur, um daraus zu lernen.

»Also, mein Handy sagt, es ist 15 Uhr 16, aber du kannst auf keinen Fall zurückgehen, weil es da nicht sicher ist. Faith?«, hakte sie nach, als ich nicht antwortete.

Sie ging weiter ins Zimmer hinein. Mit angehaltenem Atem schlich ich mich aus meinem Versteck hinter der Tür. Ich hatte schon die Schwelle erreicht, da verriet mich eine knarzende Diele. Summer wirbelte herum und riss die Augen auf, als sie ihren Fehler erkannte. Ihr Blick huschte von meinem Gesicht zum Schloss. Wütend verzog sie den Mund, als sie meinen Verrat erkannte. Bei diesem Anblick verkrampfte sich mein Magen.

»Tut mir leid. Aber ich muss meine Mom warnen.«

In einer einzigen schnellen Bewegung zog ich die Tür zu und schloss sie ab. Dann rannte ich die Treppe hinunter ins Freie. Was sagte Jackson noch, als er im Alter von neun Jahren mit einer ganzen Pfirsichpastete wegrannte?

Besser um Verzeihung bitten als um Erlaubnis.

Auszug aus Pastor Abernathys Predigt

Ich habe unseren Herrn um Führung gebeten, habe gesagt: »Zeig mir, was ich tun soll.« Ich habe lange und intensiv gebetet und auch Pastor McPherson und den Ältestenrat der New America Baptist Church um Rat gefragt. Denn ich fürchte, der Teufel ist erneut nach Newhaven gekommen. Er hat unserer lieben Elizabeth Favreau so lange Lügen ins Ohr geflüstert, bis er ihren Geist verdorben hatte und sie verführen konnte, sein Werk auszuführen. Und jetzt stehen wir kurz davor, unsere geliebte Abigail zu verlieren. Wir waren alle Zeugen ihres Verfalls: ihrer körperlichen Reaktion auf die Worte unseres Herrn, ihrer Albträume, ihrer Schreie, ihrer Lügen, des Vorfalls am Zaun und ihrer allgemeinen Ungerührtheit über den Tod ihrer Eltern.

Pastor McPherson hat auf unseren Hilferuf reagiert und mir wunderbare Nachrichten zuteilwerden lassen. In Texas wird eine neue Gemeinde aufgebaut, genannt New Eden. Er hat uns bestätigt, dass man unsere Abigail dort aufnimmt und ihr hilft, gesund zu werden und wieder ihren Weg zu Gott zu finden. Außerdem hat sich ein rechtschaffener Mann bereit erklärt, sie zu heiraten, um ihr ein Ziel und Pflichten als Ehefrau und hoffentlich bald auch als Mutter zu geben.

Donnerstag wird eine Delegation aus New Eden kommen, um Abigail zu ihrem neuen Zuhause und ihrem Bräutigam zu bringen. Bis dahin sollten wir ihr nichts davon sagen. Wir wollen sie doch nicht noch mehr verwirren! Schon bald wird sie erkennen, dass dies alles nur zu ihrem Besten ist.

Das schulden wir unserem lieben Freund und Vorbild, dem verstorbenen Pastor Heywood.

57.

Heutiger Tag

Mein Kleid stinkt, aber ich weigere mich, es auszuziehen, weil es wie eine zweite Haut für mich ist. In der Mittagshitze stinke ich wie ein Kadaver. Ich sitze im Schneidersitz und knibble mit dem, was mir von meinen Fingernägeln übrig geblieben ist, an einer losen Tapetenecke. Fast kann ich sie greifen, aber sie entschlüpft mir immer wieder. Ich kratze ein bisschen daran und hebe sie an. Ja! Die Tapete spannt sich, und ich ziehe. In einem langen Streifen löst sie sich wie ein Gedanke, der sich entfaltet, und legt den Putz darunter frei. Aber ich ziehe zu hastig, daher reißt der Streifen, bevor er das Fensterbrett erreicht. Er fällt zu den anderen auf den Boden. Ansonsten gibt es hier kaum was zu tun. Das Zimmer ist kahl, und in meinem Kopf herrscht das Gewirr verschiedener Stimmen: von Summer, Daddy und Mom. Da, unter dem Feuer, liegt, was mit ihnen geschehen ist, der Ursprung des Bluts, aber ich komme nicht so tief und kann nur Fragmente greifen, wie die zu früh gerissenen Tapetenstreifen.

Jetzt höre ich auch draußen gedämpfte Stimmen, stehe auf und schaue aus dem Fenster. Wie eine Reihe Ameisen kommen Menschen aus dem Eingang des Newhaven, gehen über den dürren Rasen und werden vom dunklen Tor der Kirche geschluckt. Aber es ist doch gar nicht der richtige Tag für einen Gottesdienst, oder? Mittlerweile ist die Zeit wie ein Brei, wo man die einzelnen

Haferflocken nicht mehr unterscheiden kann. Es ist etwa ein Tag vergangen, seit ich gewaltsam von meinen Brüdern getrennt und hier eingesperrt wurde – glaube ich. Eine Gestalt unten bleibt zurück und dreht sich um. Auf einmal ist es, als würde Daddy zu meinem Fenster hochschauen. Er sagt Wörter, die ich nicht verstehe. Ich reibe mir die Augen. Doch dann ist es nur Tom mit seinem schiefen Lächeln. Mein Geist spielt mir Streiche.

Müßig blicke ich zu den Birken hinter dem Zaun. Zwischen ihren Silhouetten entdecke ich eine menschliche Gestalt. Heute kommen alle Geister zum Spielen heraus. Ihr Gesicht liegt im Schatten; vielleicht kommt sie mich holen. Frauen sind schwach, wir haben die Schlange ins Paradies gelassen und das Übel des Feminismus erschaffen. Vielleicht ist der Teufel eine Frau, und sie steht dort am Waldessaum. Könnte ich sie hier in Newhaven heraufbeschwören? Vielleicht brauche ich nur die richtigen Worte – die, die ich ins Fenstersims geritzt habe: *Solve et coagula.* Sie hat ihr Gesicht zum Fenster gewandt, die wilde Mähne kaum gebändigt vom roten Schal. Guck her, guck her! Ich bin hier, ich bin bereit! Aber das Fenster lässt sich nicht öffnen. Ich hämmere gegen die Scheibe, in dem Moment lenkt mich das Klicken des Schlüssels ab.

Tom schließt die Tür hinter sich und lehnt sich daran. Sein Körper ist ein Hindernis, das ich überwinden muss. Bei seinem Anblick spannt sich jeder Muskel in mir an. Er passt nicht in dieses Zimmer, in das sie mich gesperrt haben. Als ich wieder aus dem Fenster schaue, ist die Gestalt zwischen den Bäumen verschwunden.

»Jetzt sieh dich an! Du siehst aus wie ein erbärmliches Wrack.« Er beugt sich vor und schnüffelt übertrieben laut. »Und du riechst auch so.«

»Was willst du?«

Falsche Frage. Er löst sich von der Tür und verringert langsam den Abstand zwischen uns, bis sich das Fensterbrett in meinen Rücken bohrt.

»Die werden dir nicht helfen«, bemerkt er, als er meinen Blick aus dem Fenster sieht. »Denn die sind alle bei einer Versammlung, bei der es um dich geht. Um deine Albträume, dein Geschrei und deinen Anfall neulich, als wir rumgemacht haben.«

»Lüg nicht, wir haben nicht rumgemacht!«

»Und wie konnte ich die Sache am Zaun vergessen! Ich wünschte, das hätte ich gesehen. Ich hielt mich schon für clever, als ich die Eingeweide in dein Bett packte – kleine Vergeltung für deinen Versuch, mich zu demütigen –, aber das ist ja Kinderkram im Vergleich zu dem, was mit den armen Viechern passiert ist.« Mit selbstgefälligem Grinsen beugt er sich näher zu mir. »Nur so unter uns: Warst du das? Komm schon, mir kannst du's doch sagen.«

»Was machst du hier?«

»Ich hab mich bereit erklärt, die Tiere zu füttern.« Grinsend fletscht er die Zähne. Die Tiere füttern. Die Tiere müssen gefüttert werden. Wie das Feuer, das in jener Nacht mit ihren Körpern gefüttert wurde. Er macht einen Schritt auf mich zu. Und noch einen. Langsam straffe ich mich, aber meine Beine sind gefühllos.

»Ich bin hier, um zu Ende zu bringen, was wir begonnen haben.« Er fährt mit dem Finger über meinen Arm, streift dabei meine Brust, gluckst, als ich seine Hand wegschlage. »Tu doch nicht so verklemmt«, sagt er und fasst mit den Fingern meine Brustwarze. Er kneift sie und weckt sie auf.

Summers Geist sammelt sich in meinem Mund und fliegt heraus. *Nein, verdammt!* Die Spucke landet neben seiner Nase und läuft ihm über die Wange. Er wischt sie mit dem Handrücken weg und lächelt. Und dann brennt *meine* Wange. Von seinem Schlag knallt mein Kopf gegen den Fensterrahmen. Lautes Klingeln in meinem Schädel.

»Ich muss verrückt gewesen sein, als ich daran dachte, dich zu heiraten. Zugegeben, ich fand, das wäre eine nette Herausforderung. Ohne Reibung kein Spaß.« Er lächelt. »Ja, du machst mich verrückt. Genau das ist es. Du hast mich mit deinem bösen feministischen Geist verhext.«

Als er mich ansieht, blitzt Daddy in seinen Augen auf. Selbst nach seinem Tod lässt er mich nicht in Ruhe. Tom legt in einer stummen Drohung die Hand auf seinen Gürtel. Jetzt meldet sich in mir nicht mehr Summer, sondern die Angst. Nervös schlucke ich die bittere Galle hinunter.

»Ich werde es verraten, ich werde es allen sagen. Dann werden alle wissen, was für ein Mann du bist. Dass du nicht nach den Lehren Gottes lebst.«

Da packt er mich an der Kehle, und sein verzerrtes Gesicht lässt mir das Blut in den Adern gefrieren. »Niemand wird dir glauben. Du bist doch nur eine Irre, die Lügen verbreitet.«

»Aber sie werden sehen, was du mir angetan hast«, bringe ich mit Mühe hervor, denn seine Finger umschließen wie eine Garrotte meinen Hals.

»Wir wissen doch alle, dass du eine Lügnerin bist. Außerdem war ich die Tiere füttern. Also kann dir das nur der Teufel angetan haben oder du dir selbst.« Seine Stimme ist so ruhig, als würde er tatsächlich glauben, was er da sagt.

Es gibt kein Entkommen. Er macht einen letzten Schritt auf mich zu. Ich kneife die Augen zu und bin auf alles gefasst. Sein Mund presst meine Lippen auseinander, seine Zunge drückt meine Schreie tief in meine Kehle. Seine Hand gleitet in meinen Schritt. Ich hoffe nur, er tötet mich danach. Er schuldet mir einen Gefallen, und das wäre einer. Wenn ich tot bin, könnte ich Mom endlich fragen, was an jenem Tag wirklich passiert ist. Wieso mich das Feuer nicht auch erfasste. In der Dunkelheit hinter meinen geschlossenen Lidern spüre ich sein Gewicht auf mir – und dann plötzlich nicht mehr.

Ich reiße die Augen auf und sehe Jackson anstatt Tom. Er hat eine Nachttischlampe in der Hand, hält sie hoch über dem Kopf. An einer Ecke kleben Blut und Haare. Sein Arm ist gestreckt, bereit, noch mal zuzuschlagen. Tom liegt schlaff auf dem Boden. Als ich das sehe, fängt mein Herz an zu hämmern.

»Die anderen sind in der Kirche, also dachte ich, jetzt wäre die beste Zeit«, erklärt Jackson und lässt die Lampe auf den Boden fallen. »Glaubst du … glaubst du, er ist tot?«

Ich kann ihm nicht antworten, weil meine gesamte Aufmerksamkeit auf das Blut und einen weiteren Körper am Boden gerichtet ist. Eine weitere Tragödie, die man mir anlasten wird.

»Komm schon, wir müssen weg von hier!«, drängt Jackson und fasst mich am Handgelenk. »Wir haben nicht viel Zeit.«

58.

Vier Stunden vor dem Brand

Schweißtropfen liefen mir von der Stirn und brannten in meinen Augen. Niedrige Äste und Dickicht verhakten sich in meinem Kleid und kratzten mir über die Arme, aber das hielt mich nicht auf. Ich musste zu Mom. Zu den Zwillingen und Baby Sarah. Ich musste sie zur alten Hütte bringen, und dann konnte ich Summer um Verzeihung bitten und hoffentlich ihren Wagen benutzen. Es war 15 Uhr 16. Daddy war bestimmt beim wöchentlichen Online-Update der Kirche. Also würde es im Hunters Cottage sicher sein. Von der Anstrengung und der schwülen Luft erlahmten meine Muskeln, aber ich rannte immer weiter, flog geradezu über die Bohlen des alten Holzwegs.

Als ich in die Küche stürzte und gegen den Tisch prallte, schlug die Fliegentür laut hinter mir zu. Mom sah um Jahre gealtert aus, hatte dunkle Ringe unter den Augen. Mich überkamen Schuldgefühle, weil ihr mein Verschwinden so zusetzte. Sie saß erstarrt da, wie eine der Statuen im Garten. Als ich mich auf sie stürzte, fuhr sie vom Gewicht meines Körpers auf. Sie umarmte mich heftig und drückte mich vor Liebe und Erleichterung fast platt.

»Lob sei dem Herrn! Ich wusste, dass du nicht weggelaufen bist.«

»Niemals, Mom. Nur wir Mädchen. Das habe ich nicht vergessen.«

»Wo warst du? Ich bin fast verrückt geworden.«

»Jetzt ist keine Zeit für Erklärungen. Wir müssen hier weg, bevor Daddy zurückkommt.«

»Ich muss deinen Vater anrufen. Er und andere haben in Parkerville nach dir gesucht.« Sie stand auf und ließ mich los.

»Daddy ist in Parkerville?«

»Er dachte, du wärst weggelaufen, weil er will, dass du Tom heiratest.«

Mir wurden die Knie weich, und ich ließ mich auf einen Stuhl sinken. Also stimmte es, was Tom behauptet hatte. »Was?«

»Du brauchst Führung, Abigail, eine Richtung. Du gerätst außer Kontrolle. Also brauchst du einen Ehemann, der dich führt. ›Frauen, ordnet euch euren Männern unter wie dem Herrn. Denn der Mann ist das Haupt der Frau, wie auch Christus das Haupt der Gemeinde ist.‹«

Ungläubig klebte ich auf meinem Stuhl. Er hatte ihr eine Gehirnwäsche verpasst! Sie hatte mich in Sicherheit gebracht, nur, um mich dann auszuliefern? Mein Leben hatte in diesen Händen gelegen, die mir früher die letzten Fritten überließen, wenn ich Hunger hatte; die mir die Windeln wechselten; die Plastiksterne an meine Zimmerdecke klebten, damit ich nachts keine Angst hatte. Aber anstatt mich freizulassen, hatte Mom meine Hand an Daddy weitergegeben, der sie jetzt an Tom weiterreichen wollte. Etwas Bitteres brannte in meiner Kehle. Ich starrte meine Mutter an. Dabei verdiente die Frau diesen Titel gar nicht. Eine Mutter soll ihre Kinder mit allen Mitteln schützen und sie nicht den Raubtieren zum Fraß vorwerfen. Wo war die Frau geblieben, die aus Liebe zu mir ein Flüchtling geworden war? Daddy hatte sie gebrochen, in tausend Teile, um sie nach seinen eigenen Vorstellungen wieder zusammenzusetzen. Aber jetzt war nicht der rechte Zeitpunkt für solche Überlegungen. Ich schluckte meine Wut herunter.

»Hör zu. Ich glaube, Daddy hat Fleur und Pastor Munro was angetan. Ich glaube, er ist verantwortlich für ... für das, was ihnen zustieß. Wir müssen hier weg.«

»Das ist doch lächerlich. Du erzählst Unsinn!«

»Vertrau mir. Wir müssen hier weg.«

»Wohin denn?«

»Zuerst zur alten Hütte am Sumpf hinterm Marshall Point. Ich hab dieses Mädchen kennengelernt, die alles erklären kann. Und dann weiß ich noch nicht. Wir könnten für ein paar Tage in Savannah in ein Motel gehen.« Mein Antrieb kehrte zurück. Ich sprang auf und ging zum Flur. »Pack nur das Nötigste ein.«

»Ich gehe nirgendwohin.«

»Mom, hast du nicht gehört, was ich gesagt habe?«

»Er hat uns bislang beschützt und wird das auch weiterhin tun.«

»Er ist gefährlich.«

»Das ist ein kleiner Preis für unsere Sicherheit.«

»Im Ernst? Und was sagst du dazu?«

Ich hob meinen Rock und zeigte meine Knie, den unwiderlegbaren Beweis für seine Grausamkeit. Mom senkte den Blick.

»Ich bin sicher ... er hatte seine Gründe dafür. Ein Vater muss seine Kinder disziplinieren. Du musst dich einfach nur still verhalten, dann bleiben wir in Sicherheit. Es wird alles gut werden.« Sie nickte.

»Disziplinieren? Das nennst du disziplinieren? Ehrlich, Mom?« Vor lauter Frustration wurde meine Stimme schrill. »Wie zum Teufel kannst du ihn auch noch verteidigen? Wir beide sind eine Familie! Wir sind Blutsverwandte! Er nicht!«

Meine Stimme hallte durch die Küche. Mom riss den Kopf zurück. Ihr Blick war hart, doch in ihren grünen Augen lag ein Anflug von Traurigkeit.

»Genau das ist das Problem hier: deine Einstellung! Einfach weglaufen, allen Angst einjagen, Widerworte geben. Mit jedem Tag erinnerst du mich mehr an ... an mich selbst in deinem Alter. Aber es darf sich nicht wiederholen.«

Alle Entschuldigungen, die ich für sie hatte, verbrannten im Feuer, das in mir toste. Ich schmeckte ihre Asche in meinem Mund. Ich hielt die Überreste in meinen Fäusten und quetschte die Bedeutung aus ihnen. Ich hatte Summer eingesperrt, hatte Mom gegen Summers Anklagen verteidigt, hatte mich für sie eingesetzt. Wieso tat sie das nun nicht für mich?

»Jetzt verstehst du das noch nicht, aber wir tun das alles nur zu deinem Besten.«

In ihrem Blick las ich nur noch Unterwürfigkeit. In diesem Moment sah ich meine Zukunft ganz deutlich vor mir. Aber ich konnte mich nicht mit dem Leben abfinden, in das Mom geschrumpft war: immer nur jede Tat, jedes Wort meines Ehemannes vorhersehen, um ihn ja nicht wütend zu machen. Und Daddy. Ich konnte nicht im Schatten eines Mannes leben, der vielleicht was mit Fleurs Tod zu tun hatte.

»Nur weil du dein eigenes Leben aufgegeben hast, muss ich ja nicht dasselbe tun.«

Ein Schlag brachte mich zum Schweigen. Ich ballte die Fäuste.

»Abigail, ich ...« Mom streckte die Hand nach mir aus, dieselbe Hand, mit der sie mich noch Sekunden zuvor geschlagen hatte, doch ich wich vor ihrem vergifteten Friedensangebot zurück. Und ich hatte es riskiert zurückzukommen, nur um sie zu retten!

»Ich hasse dich.«

»Wag es ja nicht, schon wieder weg…«

Ich knallte die Fliegentür hinter mir zu, bevor sie ihre Drohung ganz aussprechen konnte. Was auch immer sie zu sagen hatte, für mich konnte sie einfach zur Hölle gehen – obwohl die Hölle draußen schon da war. Die Luft war so schwül, dass man Molasse zu atmen schien, dunkle Wolken bedeckten den Himmel, und eine bedrohliche Dunkelheit hatte das Tageslicht vertrieben. Während ich zum Himmel blickte, platzten ein paar dicke Regentropfen auf meiner Stirn. Als ich die schwüle Luft einatmete, schien die Zeit einen Moment stillzustehen. Doch als ich ausatmete, riss der Himmel auf und entfesselte eine Sintflut, die mit aller Gewalt auf mich herniederging. Ich rannte los.

Audiodatei Nr. 15

Aufnahmequalität: mittelmäßig

Stimme A: weiblich

Stimme B: weiblich

(Erster Teil der Aufnahme konnte nicht wiederhergestellt werden.)

Stimme A: Du? Du kennst dich mit der Bibel aus? *(Gelächter)*

Stimme B: »Es ist aber nichts verborgen, was nicht offenbar wird, und nichts geheim, was man nicht wissen wird. Darum, was man in der Finsternis sagt, wird man im Licht hören; und was ihr ins Ohr flüstert in den Kammern, das wird man auf den Dächern verkündigen.« Religionen kommen und gehen, doch dieser Vers ist bei mir hängen geblieben. Da hatte ich das Gefühl, Gott hätte etwas nur für mich geschrieben. Wie findest du das? *(geräuschvolles Ausatmen)* Mir gefällt Gott am besten, wenn er rachsüchtig ist; nach allem, was mir zugestoßen ist, fühle ich mich ihm da am nächsten. Jedenfalls hab ich ein paar Jahre auf der Straße gelebt, bis ich in einem Obdachlosenheim einen Pastor traf. Der alte Mann redete mir stundenlang gut zu, so wie man einen streunenden Hund streichelt. Für eine kostenlose Mahlzeit musste ich nur zuhören. Und dieses Zitat blieb bei mir hängen, ich markerte die Stelle sogar in der Bibel an, die er mir gab *(leises Lachen)*. Der alte Mann war stocksauer. Du sollst Gottes Wort nicht beflecken, wetterte er. In dem Fall hätte Gott nicht den Mann erschaffen sollen, der Textmarker erfunden hat, gab ich zurück.

Stimme A: Und was gefällt dir so an diesem Zitat?

Stimme B: Dass nichts für immer verborgen bleibt, wie sehr man es auch zu verstecken versucht.

59.

Drei Stunden vor dem Brand

Wasser tropfte aus meinen Kleidern auf den Boden, als ich vor Summer stand. Vor lauter Enttäuschung wackelte sie mit dem Kopf und den Ohrringen. Draußen schlug der Regen gegen die Hütte und drang durch die kaputten Fenster, durch die Ritzen in den Wänden und durch jedes einzelne Loch im Dach. Auch all mein Mut sickerte aus mir heraus.

»Wie bist du aus dem Zimmer gekommen?«

»Hab mir was einfallen lassen. Schon zurück? Wolltest du nicht nach Hause, um deine liebe Mutter zu warnen?«, höhnte sie durch eine Wolke aus Zigarettenrauch.

Als sie Mom erwähnte, kamen mir die Tränen. Meine Faust hämmerte auf die empfindliche Stelle mit den blauen Flecken, die Wochen und Monate der Frustration geschaffen hatten. Ich starrte in ihre glänzenden honigfarbenen Augen und beneidete sie darum, dass sie trocken waren.

»Mist! Tut mir leid, ich wollte nicht so gemein sein.«

Trotz meines inneren Aufruhrs und des tosenden Sturms merkte ich, dass sie mich in die Arme nahm. Ich verschmolz praktisch mit ihr und ließ mich von ihrem Geruch nach Kokos und Tabak einhüllen. Ich hatte Summer weggestoßen, hatte sie provoziert, stehen lassen, eingeschlossen und sogar mit einem Teller geschlagen ... und doch war Summer immer noch für mich da, so wie es Mom hätte sein sollen.

»Es tut mir leid. Es tut mir so leid, dass ich dich eingesperrt habe und abgehauen bin und dass ich dir einen Teller auf den Kopf geschlagen hab.«

»Ehrlich gesagt, hat mir das irgendwie imponiert.«

Ich schnaubte, lachte unter Tränen, schüttelte meinen an ihre Brust geschmiegten Kopf. »Du hattest recht. Du hattest die ganze Zeit recht.«

»Was meinst du?«

Wieder schüttelte ich den Kopf, vor lauter Scham über meine Naivität und Dummheit. Summer drückte mich sanft von sich weg. Mit ihrem Zeigefinger hob sie mein Kinn, bis wir uns direkt in die Augen sahen. Ihr Blick ließ den meinen nicht mehr los.

»Du hattest recht mit deinem Urteil über Mom. Ich brauchte ihre Hilfe, aber sie hat mich verraten. Fuck, sie hat mich einfach verraten. Sie wird ihn nicht verlassen. Sie hat sich für ihn entschieden.«

»›Fuck‹?«, wiederholte Summer grinsend. »Sorry, aber das Wort passt nicht zu dir.«

Ich lächelte matt. »Ich hab Mom gesagt, dass ich sie hasse.«

»Wieso denn?«

»Sie hat mich geohrfeigt.«

»Das Miststück!« Summer sprang auf und ließ mich los. »So darf sie dich nicht behandeln. Es macht mich krank, wie dich alle behandeln!«

Ich klammerte mich an Summers Shorts und zog sie zurück auf den Boden, damit sie mir wieder in die Augen blicken konnte. Sie musste meine Entschlossenheit sehen.

»Vergiss meine Eltern! Gehen wir.«

Dieses eine Mal war sie sprachlos. Ich verzog meinen Mund zu einem Grinsen, bis mir die Wangen wehtaten.

»Ich bin bereit. Lass uns irgendwohin gehen ... ganz gleich wohin, so wie in deinem Buch *Unterwegs*.«

Da grinste auch sie. Sie war, auf ungewöhnliche Weise, schon immer schön gewesen, aber jetzt strahlte sie geradezu. Als ich das sah, beugte ich mich impulsiv zu ihr und drückte sie so fest an mich, dass ich spürte, wie ihr Herz an meiner Brust klopfte. In diesem Augenblick umarmte ich nicht nur Summer, sondern viel mehr.

»Verschwinden wir von hier«, sagte ich und schmiegte mein Gesicht tiefer in ihr Haar.

»Warte. Zuerst muss ich dir noch was erzählen.«

»Später.«

»Nein, es ist wichtig.« Sie legte die Hände auf meine Schultern und schob mich sanft zurück. »Es geht um den Grund, warum ich hier bin.«

Ich musste an Fleurs Kette denken und Summers Geständnis, dass sie in Newhaven eingebrochen war und herumgeschnüffelt hatte.

»Ist mir egal. Das kann warten.«

Jetzt war alles anders. Bislang hatte ich die alte Hütte jedes Mal in dem Wissen verlassen, dass Summer eines Tages für immer verschwinden würde, aber jetzt würden wir zusammen gehen. In einem wilden Crescendo trommelte der Regen gegen die Glasscherben in den Fensterrahmen und die Ziegel, die sich noch ans Dach klammerten. Doch im Vergleich zu der Aufregung, die in meinem Körper herrschte, war das nur ein sanftes Pladdern. Wir würden zu einem Abenteuer aufbrechen, das umweht war von beißendem Zigarettenrauch.

Summer berührte meine Wange und blickte mich so durchdringend an, als sähe sie mich zum ersten Mal. Mir wurde die Kehle eng.

»Ich weiß nicht, wie ich dir …«

»Abigail!«

Mein Name hallte im Raum wider und drang mir bis ins Mark. Diese Stimme hatte hier nichts zu suchen.

Daddy stand in der Tür. Er war nass bis auf die Knochen, und seine am Kopf festgeklebten Haare umrahmten ein Gesicht voll Abscheu und Wut. Als sein Blick zwischen mir und Summer hin und her huschte, quollen ihm vor Entsetzen die Augen aus den Höhlen.

»Was machst du hier?«, fragte er mit eiskalter Stimme.

Wir standen mühsam auf. Als ich Summers Hand umklammerte, drückte sie meine. Was auch immer geschehen mochte: Wir standen das gemeinsam durch.

»Komm her, Abigail.« Er streckte den Arm aus und bot mir seine Hand. Glaubte er ernsthaft, ich würde freiwillig zu ihm gehen?

»Verpiss dich!«, zischte Summer. »Du hast genug Schaden angerichtet. Sie kommt mit mir.« Erneut drückte sie meine Hand.

Da fing er an, hin und her zu tigern, und seine Wut befeuerte seine Schritte. »Wie kannst du es wagen, so mit mir zu sprechen! Du … Ihre Mutter und ich entscheiden, was das Beste für sie ist.«

»Das Beste für sie ist es, von hier wegzukommen, verdammt noch mal! Ich habe gesehen, was du ihr angetan hast!«

»Kriech in dein Loch zurück, und lass uns in Ruhe! Ich werde nicht zulassen, dass du meine Tochter ins Verderben ziehst!«

»Ich bin nicht deine Tochter!«, schrie ich, doch meine Stimme zitterte. Ich war keine gehorsame Tochter mehr. Er hielt kurz inne und kam dann direkt auf uns zu.

»Das reicht, noch mehr Respektlosigkeit dulde ich nicht. Du kommst mit nach Hause. Auf der Stelle!«

Wir wichen vor ihm zurück, bis mein Fuß gegen den Kamin stieß. Summer stellte sich vor mich, schirmte mich mit einem Arm ab und reckte trotzig das Kinn: Mit allem, was sie hatte, stellte sie sich ihm entgegen. So geschützt, legte ich meine Hand auf ihre Taille. Dabei streiften meine Finger das Teppichmesser in ihrer Tasche. Sofort ließ die schmerzhafte Anspannung in meinen Schultern ein bisschen nach. Im dämmrigen Licht tanzten Schatten über Daddys Gesicht, zeichneten scharfe Kanten und ließen seine Augen in ihren tiefen Höhlen leuchten. Meine nassen Kleider klebten mir an der Haut. Ich erschauerte trotz der Hitze.

»Aus dem Weg!«

»Dir liegt nichts an ihr. Du hast deine Frau und deine eigenen Kinder. Deine kostbare Familie. Also überlass sie mir. Du wirst uns nie mehr wiedersehen.«

Aber so war er nicht. Auch wenn ihm nichts an mir lag, gehörte ich doch ihm, und was ihm gehörte, ließ er sich nicht wegnehmen, bis er selbst entschied, es loszuwerden. Einmal hatte Mom eine kaputte Armbanduhr weggeworfen, ihn aber vorher nicht gefragt. Da musste Mom sie aus dem Müll holen, bis zu den Oberarmen im Abfall steckend, während er am Küchentisch saß und sich ein Ei pellte. Ich durfte auch nicht helfen. Zwei Wochen später hatte er die Uhr auf den Tisch geworfen und Mom beiläufig aufgefordert, sie wegzuwerfen.

Mit einem letzten Schritt stand er vor uns. Summer richtete sich auf, aber im Vergleich zu seinem kräftigen Körper wirkte sie so schmal wie ein Zweig, der sich gegen einen aufziehenden Sturm stemmt. Regen prasselte gegen die Wände. Versteckt hinter ihrem Körper, zog ich das Teppichmesser aus ihrer Tasche.

Daddy wischte Summer beiseite wie eine schlechte Idee. Ich fummelte am Sicherheitsknopf, aber meine Finger zitterten zu sehr. Daddy schnappte sich das Teppichmesser, packte mich am Handgelenk und verdrehte es, bis mein Unterarm zu brechen drohte. Er brannte vor Schmerz; Tränen ließen alles vor meinen Augen verschwimmen.

»Lass mich los! Du tust mir weh.«

»Schluss jetzt, du kommst nach Hause.«

Als er mich durch das Wohnzimmer zerrte, schrammten meine Schuhe über den Holzboden. Trotz meiner Schmerzen wehrte ich mich gegen ihn. Die Haustür am Ende des Flurs kam immer näher. Ich grub meine Absätze in den Boden: Wenn er mich aus der Hütte brachte, würde ich Summer nie wiedersehen.

Summer sprang ihm auf den Rücken, schlang einen Arm um seine Kehle und stieß ihm mit dem Ellbogen gegen den Hals.

»Lass sie los! Du nimmst sie nicht noch mal mit!«

Sein Griff um mein Handgelenk lockerte sich. Ich riss mich von ihm los und griff ihn ebenfalls an, trat ihm gegen das Schienbein und trommelte gegen seine Brust. Summer zerkratzte sein Gesicht und zog an seinem Bart.

»Weg von mir, du Hure!«

Mit einer einzigen Bewegung riss er Summer von sich herunter und schleuderte sie so heftig weg, dass sie quer durchs Zimmer flog, gegen die Wand knallte und schlaff zu Boden sank.

»Nein!«

Ich stürzte zu ihrem reglosen Körper. Panik erfasste mich. Als ich Summer schüttelte, wackelte ihr Kopf leblos hin und her. Sanft hob ich ihn an, da spürte ich, dass meine Finger in ihrem Haar nass wurden. Das durfte nicht sein! Als ich einen Blick auf meine Finger warf, waren sie rot. Vom Blut, das irgendwo aus

Summers Hinterkopf kam. Brennende Flüssigkeit schoss mir in die Kehle.

»Summer, sag doch was! Komm schon, wach auf! Bitte.«

Als ich ihr eine Strähne aus der Stirn schob, wurde sie rot vom Blut.

»Was hast du getan?« Ich umarmte Summer. Ihre Haut war warm, aber ihr Körper schlaff.

»Sie hätte nie hierherkommen dürfen.«

Ich merkte kaum den Schmerz, als Daddy meinen Zopf packte und mich von Summer wegriss. Draußen übertönte der platschende Regen meine Schreie. Das Wasser betäubte meinen Schmerz, die Hütte verschwand rasch in der Sintflut. Meine Schuhe rutschten über den Schlamm, als Daddy mich zum Sumpf und zurück nach Newhaven zog.

60.

Heutiger Tag

»Los, schnell!«

Jackson führt uns raus aus Newhaven, zu den Booten. Wir sind so deutlich zu sehen wie die Sonne am wolkenlosen Himmel. Die Hitze versengt meinen Nacken.

»Als ich von der Versammlung hörte, dachte ich, dies wäre unsere Chance. Ich hab den Schlüssel von einem der Boote geklaut. Bis sie das merken, sind wir schon in Parkerville und steigen in den nächsten Bus Richtung Ganz weit weg.«

Seine Hand an meinem Handgelenk ist schweißnass. Seine Finger drücken sich in meine Haut. Er zieht mich vorwärts, und ich stolpere hinterher, weil sich in meiner Schulter ein Schmerz aufbaut, der eine Erinnerung weckt. *Du Hure, das hätte ich mir denken können*, sagte Daddy, als er mich aus der alten Hütte zerrte. Ich rammte meine Schuhe in den Boden, meine Schultern brannten, meine Lippen waren salzig von Tränen. Jetzt drängen sich mehrere Erinnerungen in meinem Kopf: Daddy, der mich durch den Sumpf zieht, Daddy, der mich quer durchs Zimmer in unserer Wohnung in Chicago zieht. Immer zerrt er mich gegen meinen Willen irgendwohin. Die Erinnerungen drängen und überlagern sich. *Ich weiß, was das Beste für dich ist.* Wer hat das gesagt? Daddy, mit Blut an den Händen? Ein Mann mit Wurstfingern und goldenen Ringen? So viel Blut. Der Zaun krümmt sich um uns. Auch die Wände des Wohnzimmers biegen sich um uns.

»Stopp!« Ich entreiße ihm meine Hand.

»Bitte, lass uns gehen. Wir haben nicht viel Zeit.« Mit jeder Bitte wird Jacksons Stimme schriller. »Das ist meine Chance, *unsere* Chance. Ich bleib hier nicht länger. Nicht mit meinem Dad.«

Seine Schreie mischen sich mit den anderen in meinem Kopf. Hinter uns kreisen kreischende Möwen, die uns beobachten. Wellen schlagen gegen die Boote. Gefährliche Tiere lauern im Wasser. Die Kirche bedrängt mich von hinten, Jacksons ausgestreckte Hand von vorn, und rechts, jenseits des Waldes locken der Sumpf und die alte Hütte.

Ich stürze los, durch das Loch im Zaun, das ich sofort finde. Dabei schramme ich mich mit der Wange am Draht. Die Bäume weichen zurück und bieten mir einen Pfad, über den ich immer tiefer ins Dickicht renne. Die Schreie von Jackson und den Möwen jagen mir hinterher, doch schon bald werden sie leiser und dann vom lauten Quaken der Frösche übertönt. Zweige greifen nach meinen Haaren und Kleidern, aber ich schlage sie weg. Auch wenn ich Jackson hinter mir gelassen habe, verfolgen mich die Stimmen und Bilder. Das sind keine Geister, denn die Stimmen sind in meinem Kopf, ihre Worte drängen sich in meinem Mund, ihre Erinnerungen blitzen hinter meinen Augen auf. Vor mir wird der Wald erst dunkler, bevor Lichtstrahlen durch den Baldachin aus Laub dringen.

Die feste Erde unter meinen Füßen weicht nachgiebigem, knackendem Holz. Der Bohlenweg schlängelt sich zwischen Bäumen hindurch, über das Wasser und führt immer tiefer in den Sumpf hinein. Am Ende des Stegs geben meine Beine nach, und ich sinke keuchend zu Boden. Das Wasser spiegelt schwach mein Gesicht: die Wangen vor Anstrengung gerötet, mit einer

Schramme quer darüber. Als sich mein Atem verlangsamt, hallen Angstschreie aus meinem Kopf über die Oberfläche: Ich bin noch mitten im Albtraum gefangen. Ich muss weiterrennen.

Da sehe ich sie. Am Ende des Weges steht die Hütte, eine Seite von Flammen und Ranken zerstört und verformt, zerbrochene Fenster wie leere Augenhöhlen. Selbst aus der Ferne zeugt sie von Schmerz und Einsamkeit, dennoch lockt sie mich zu sich, denn irgendwo dadrinnen ist ein Teil von mir, so als hätte ich dort Antworten hinterlassen. Es hilft mir auf die Beine und zieht mich vorwärts, bis ich wieder auf festem Boden stehe. Er starb im Schlafzimmer oben, ich schlief, wo er sich erschoss, hatte den Kopf auf seiner Matratze, meine Wange an seinem Blut.

»Was willst du hier?« Diese Stimme kommt nicht aus dem Haus, sondern von Jackson. Er kommt mit vorgebeugtem Körper, angespannten Muskeln und geballten Fäusten auf mich zu. Jetzt sieht er aus wie sein Vater. Seine Schritte auf dem Bohlenweg werden immer lauter. »Hier gibt's doch nichts. Wir müssen weg.«

Statt ihm zu antworten, drehe ich mich nur zum Haus um.

»Ich frag's nicht noch mal!«

Sein Ultimatum hängt in der Luft, doch alles vor mir ist in der Hütte.

Die Tür schwingt auf und zeigt nur Dunkelheit, bis eine Gestalt erscheint. Und da ist sie: das Mädchen aus dem Spiegel, das Mädchen in meinem Kopf, vor dem Zaun, im Flur. Summer ist zurück. In ihrer einen Hand schimmert grün ein Apfel, in ihrer anderen silbern ein Messer. Sie ist die Flamme am Docht, und mit einem Mal explodiert ein Bild zum Leben: Summer mit einem anderen Messer, Blut, das aus Moms Mund quillt, Daddys Hemd voller Blut, mit zahllosen Schnitten im Stoff. Sie kommt auf mich zu, und Blut tropft von ihren langen Fingern. Sie ist hier.

Das Feuer hat sie abgeschirmt, aber jetzt kann ich es sehen. An jenem Tag war sie auch da.

Sie hat sie getötet.

Jacksons Atem kitzelt mein Ohr. Ich rieche seine Angst.

Der Teufel ist echt. Jetzt steht sie vor uns, mit einem anderen Messer in der Hand, bereit, ihr Werk zu vollenden.

Instinktiv drehe ich mich um und renne los.

61.

Zwei Stunden vor dem Feuer

Ich wehrte mich nicht mehr. Es war sinnlos. Mein einziger Grund zu kämpfen lag leblos auf dem staubigen Boden in der alten Hütte. Daddy zog mich durch die Hintertür vom Hunters Cottage, quer durch die Küche und den Flur hinunter und hinterließ eine nasse Schlammspur. Dann warf er mich vor Moms Füßen auf den Teppich und stürmte wieder hinaus.

Der Generator hatte auch aufgegeben. Mom machte sich daran, Kerzen anzuzünden, und fummelte an einer der Petroleumlampen herum. Ihre Bewegungen waren mechanisch, ihr Gesicht eine ausdruckslose Maske. Ich knallte mit der Schulter auf den Boden, spürte aber keinen Schmerz. Moms Kleidersaum war dunkel vom Regen. Ich blickte auf zu der Frau, die jetzt auf dem Sofa saß. Sie trug das Gesicht meiner Mutter, war aber eine aus Daddys Worten und Handlungen gemeißelte Statue. Als sie meinem Blick auswich, wusste ich, wer Daddy verraten hatte, wo ich zu finden war.

»Was hast du getan, Abigail?«, fragte Mom.

Das Prasseln des Regens hörte sich ebenfalls an wie eine Anklage, aber das war mir egal. *Was ich getan hab?*, dachte ich, statt zu antworten *Was hast du getan, Mom?* Ich spielte nicht mehr nach ihren Regeln. Eine gute Tochter zu sein hatte seine Bedeutung verloren. Sie wollten es gar nicht wissen, sie wollten nur irgendwelche Wörter, die sie mir im Mund verdrehen konnten, bis sie die Geschichte hatten, die sie hören wollten. Eine, die in ihr Weltbild passte.

Daddy betrat die Stille, als wären wir beim Gottesdienst in der Kirche. »Danke für den Anruf. Du hattest recht, sie war in der verfallenen alten Hütte hinter Marshall Point. Ich ertappte sie bei ungebührlichem, schamlosem Verhalten.«

»Ich habe versagt«, gab Mom zu. »Ich hab's versucht, aber sie ist nicht zu retten. Was wollen wir tun?« Sie sah ihn an. War ich noch ihre Tochter oder nur noch ein Fehler, der berichtigt werden musste?

»Lasst mich doch einfach gehen! Bitte. Ich verschwinde, und ihr werdet nie wieder was von mir hören. Dann mache ich euch keine Schande mehr. Ihr wäret mich einfach los.«

Ich klammerte mich an Moms Knie und die Idee, ich könnte vielleicht zu dem durchdringen, was von meiner einstigen Mutter geblieben war: von der Frau, der es wirklich um mein Glück ging. Sie wich meinem Blick aus und damit jedem Versuch, mit mir in Verbindung zu treten. Ihre gesamte Aufmerksamkeit galt ihm.

»Du gehst nirgendwohin. Und schon gar nicht mit diesem Mädchen«, brüllte er so laut, dass er den Regen übertönte, der gegen die Fenster prasselte. Wie getrieben tigerte er mit großen Schritten hin und her. Summers Auftauchen hatte eine tiefe Furche in seine Stirn gegraben – ich hatte ihn noch nie so außer sich gesehen. Da ich erlebt hatte, wozu er in der Lage war, wenn er ruhig und besonnen war, mochte ich gar nicht daran denken, was jetzt drohte. Vor Angst war meine Kehle wie zugeschnürt, sodass ich nicht mal schlucken konnte.

»Welches Mädchen?«, fragte Mom.

Diese Frage schien seine Unruhe noch zu vergrößern. Seine

Schritte wurden kürzer, und mit der Hand strich er sich immer wieder über den Bart. Er grollte, vielleicht aus Frustration.

»Sie«, knurrte er. »Sie ist hier.«

»Ich verstehe dich nicht. Wer ist hier?«

»Summer!« Der Name detonierte so laut im Zimmer, dass es Mom auf ihrem Sofa zurückwarf. »Sie war bei Summer.«

Er schnaubte verächtlich, blieb abrupt stehen und blickte Mom an. Vor lauter Verwirrung erschlafften ihre Gesichtszüge. Sie öffnete den Mund, sagte aber nichts. Mein Blick huschte von ihr zu ihm. Ich fühlte mich, als tastete ich im Dunkeln nach einem Lichtschalter: Er war irgendwo, aber ich konnte ihn nicht finden.

»Hast du gehört, Genevieve?«

Die Frage ließ sie aufschrecken. »Wie kann sie hier sein?«

»Woher soll ich das wissen?«

»Aber sie wurde doch eingesperrt.«

Ich bekam eine Gänsehaut, denn sie redeten, als würden sie sie kennen, als wäre sie nicht nur das Podcast-Mädchen, das sich in der Stadt herumtrieb. Sie kannten ihren Namen und ihre Vergangenheit. Ihre Worte, ihr Ton beunruhigten mich. Wer waren diese Menschen, und wie viel hatten sie vor mir verborgen? In diesem Augenblick waren sie mir fremder als Summer.

»Tja, wie's aussieht, ist sie wieder draußen. Jugendknast dauert nicht ewig.«

Je länger ich zuhörte, desto weniger Sinn ergab alles. Als ich mich auf einen Arm stützte, strahlte ein dumpfer Schmerz von meiner Schulter aus. Die Angst wurde schwächer, kribbelte aber immer noch unter meiner Haut, bereit, beim kleinsten Zeichen von Gefahr aufzuflammen.

»Summer ist hier.« Als ich Mum ihren Namen aussprechen hörte, spürte ich ein Loch in meiner Magengrube, das darauf wartete, gefüllt zu werden.

»Sie ... Wie sah sie aus?« Begierig auf seine Antwort, rückte sie ein Stück vor.

Ich wollte sie anschreien, sie sollten mir sagen, was sie mir verschwiegen hatten. Aber ich hatte Angst, was passieren würde, wenn sie wieder auf mich aufmerksam wurden. Summer hatte nie erwähnt, dass sie sie kannte. Sie hatte nur zugegeben, dass sie in Daddys Arbeitszimmer herumgeschnüffelt hatte.

»Was soll ich dir noch sagen, Genevieve?«, fragte Daddy resigniert. »Deine Tochter ist hier. Sie hat uns gefunden – oder eher sie«, fügte er hinzu und zeigte auf mich.

Tochter. Plötzlich war mein Kopf ganz leer, und ihr Gespräch verblasste im Hintergrund, bis nur noch dieses eine Wort blieb: Tochter. Deine Tochter ist hier. Summer. *Summer war Moms Tochter?* Aber sie sahen sich gar nicht ähnlich. Als es zur Kollision der beiden in meinem Kopf kam, vernichtete die Explosion alles, was ich bislang über mein Leben wusste. Und aus den Trümmern, aus dem öden Niemandsland erhob sich ein Gedanke, der mir nie in den Sinn gekommen wäre.

Summer war meine Schwester. Ich hatte eine Schwester. Das ergab keinen Sinn und dann irgendwie doch: Sie war meine Halbschwester, mit derselben Mom und verschiedenen Vätern. Kein Wunder, dass Daddy ausgeflippt war, als er mich mit ihr sah. Bevor er auftauchte, hatte sie mir unbedingt etwas sagen wollen. Aber wieso hatte sie mir das nicht schon viel früher erzählt?

Dann tauchte aus dem Gewirr der tausend Fragezeichen eine Frage auf und dominierte alle anderen: *Wie konnte ich vergessen, dass ich eine Schwester hatte?* Die Antwort lag irgendwo in den Tiefen von Moms Schweigen. Sie hatte mich nie daran erinnert, dass ich eine Schwester hatte, hatte bei den seltenen Gelegenheiten, wenn Chicago zur Sprache kam, nie eine Schwester erwähnt. Unser Streit, als Mom von den Opfern geredet hatte, den Entscheidungen, die ich nicht verstehen konnte: War Summer der Preis für eine Passage in ein bequemeres Leben gewesen, das unschuldige Opferlamm? Mir wurde schwindelig vom Ausmaß meiner Ahnungslosigkeit.

Nur wir Mädchen. Diese Worte liefen in einer Endlosschleife durch meinen Kopf, als ich auf das Sofa kletterte und mich, abgekühlt von meinen nassen Kleidern, in die warme Kuhle schmiegte, die Mom hinterlassen hatte, als sie zu Daddy an die Tür ging, um mit ihm zu reden. *Nur wir Mädchen.* Geborgen zwischen Rücken- und Armlehne, zog ich langsam die Lügen ans Licht, die mir einen Großteil meines Lebens das Gedächtnis vernebelt und meine Schwester ausgelöscht hatten. Ich schlang meine Arme um die Knie und ging mit diesem neuen Filter vor all meinen Erinnerungen in die Vergangenheit vor Newhaven zurück. Nur wir Mädchen. Das war unser Motto gewesen, aber nicht mit dem Zusatz »du und ich«, wie ich gedacht hatte. Nicht wahr, Honey-Bunny? Honey, Bunny. Summer, Faith. Mit der Zeit hatte mein Geist das Komma zwischen den Kosenamen gegen einen Bindestrich ausgetauscht und so Summer aus meinem Gedächtnis gelöscht.

Nach dem Umzug hatte mein sechsjähriges Ich nicht gewusst, wie es die Stimme nennen sollte, die mich früher immer tröstete, die Hand, die mir die Tränen abgewischt oder die letzten Fritten gegeben hatte. Mein kindlicher Geist hatte die Erinnerungen um die neue Wirklichkeit in Newhaven herum geformt. Aber nun flackerte eine Erinnerung so lebhaft wie ein frisch entzündetes Streichholz in mir auf: Summer balancierte auf einem Stuhl im Schrank und klebte Leuchtsterne an die Decke.

Diese Wahrheit tauchte die letzte Zeit mit Summer in ein neues Licht: Summers Drängen, mich an etwas aus Chicago zu erinnern, ihre Reaktion auf die Ohrringe, die Erwähnung, ihre Mutter hätte sich getrennt, als sie noch klein war. Ich kniff die Augen zu, und trotzdem quollen Tränen hervor. Sie rannen mir über die Wangen, aus Trauer um die Schwester, die ich verloren hatte, und aus Freude, sie endlich wiedergefunden zu haben.

»Wo ist sie? Wo ist Summer?« Moms Stimme riss mich aus meinen Gedanken.

»Das ist jetzt nicht so wichtig, Genevieve.«

»Wieso habt ihr sie zurückgelassen?«, fragte ich, doch sie antworteten nicht, sondern starrten mich an, als hätten sie ganz vergessen, dass ich auch da war. »Denn so war es doch: Ihr habt meine Schwester zurückgelassen. Wieso? Waren zwei Mädchen zu viel Arbeit für euch? Deshalb seid ihr auch so überstürzt aufgebrochen.«

Gepackte Koffer an der Wohnungstür, Mom hatte mich gedrängt, in dem neuen braunen Mantel, den Daddy ihr geschenkt hatte. Wir wollten eine Überraschungsreise machen. Plötzlich überkam mich die Verzweiflung, die ich auch damals empfunden hatte. *Mommy, wo ist Summer?* Jetzt strömten tausend verlorene Erinnerungen auf mich ein, blitzten wie rote Lichter in der Dunkelheit auf: wie ich nachts aufgewacht war und um meine Schwester geweint hatte. Bis die Zeit ihr perfides Werk vollbracht hatte.

»Du hast deine eigene Tochter verlassen? Aber warum?«

Die Antwort stand an der Tür. Eine archaische Wut überkam mich und verengte meinen Blick. Ich schlug wild mit der Faust auf meinen Oberschenkel. Sprang vom Sofa auf. Stürzte mich auf ihn. Ich brannte darauf, etwas kaputt zu machen.

»Du warst es! Du hast mich von ihr weggebracht! Hat ihre Hautfarbe nicht zu deinem Bild von einer perfekten Familie gepasst?« Ich trommelte mit den Fäusten gegen seine Brust, doch er wirkte völlig unbeeindruckt. »Wieso hast du das getan?«

»Um dich zu retten!«, schrie Mom mit tränenerstickter

Stimme und lenkte meine Aufmerksamkeit auf sich. »Sie war schon verloren, aber du … du warst noch so jung. In der richtigen Umgebung konnte für dich noch alles anders werden. Ich musste dich nur aus Chicago wegbringen.«

»Ihr seid solche Heuchler, ihr widert mich an!«

Sie hatte Tränen in den Augen, doch wusste ich nicht, ob sie ihrer Tochter galten, die sie im Stich gelassen hatte, oder ihrer Scham, ihre Pflichten als Mutter derart sträflich vernachlässigt zu haben. Es war mir auch egal.

»Wie geht es ihr? Hat Summer …«

»Wie es ihr geht?«, wiederholte Daddy mit schneidender Stimme. »Als ich sie fand, versuchte sie Abigail gerade zu überreden, ihren Glauben aufzugeben und von ihrer Familie wegzulaufen. *So* geht es ihr. Sie vergiftet alles, was sie berührt. Du hättest sehen sollen, was sie anhatte! Sie hat Abigail halb nackt umarmt!«

Entsetzen stand in Moms Gesicht. Aber Daddy verzerrte alles. Ich war es gewesen, die Summer umarmt hatte, und sie musste mich auch zu nichts überreden. Er war derjenige, der mich dazu trieb wegzulaufen, nicht Summer. Summer, die als Opfer seines Zorns auf den morschen Dielen der alten Hütte lag, die Haare voller Blut. Der Sumpf jenseits der Hintertür war mir noch nie so groß vorgekommen.

»Frag ihn! Frag ihn mal, was er Summer angetan hat!«

Aber Mom fragte nicht. Stattdessen sagte Daddy mit leiser, drohender Stimme: »Mit diesem Mädchen wirst du nirgends hingehen, also kannst du sie gleich vergessen. Du bleibst hier, wo du hingehörst. Du wirst Tom heiraten und lernen, dich deinem Ehemann unterzuordnen. Es ist Zeit, für deine Rettung zu beten.«

Drohend stand er vor mir. In diesem Augenblick war seine Vorstellung von Rettung der reinste Horror.

62.

Heutiger Tag

Erinnerungen durchströmen mich wie mein eigenes Blut, als ich vor der Hütte fliehe, es ist ein Strom finsterer Bilder und Klänge, die mein Herz hämmern lassen. Als ich einen Blick auf meine Hände werfe, sehe ich, dass das Blut getrocknet ist. Zweige und Dickicht wollen mich zurückhalten, doch ich werde nicht langsamer.

Meine Lunge brennt, meine Beine schmerzen, aber ich werde nicht langsamer.

Das Gesicht des Mädchens im Spiegel schiebt sich in meine Erinnerungen. Sie ist echt. Jackson hat sie auch gesehen. Der Teufel ist hier. Als ihr Gesicht vor meinem inneren Auge aufflackert, schmecke ich Blut. Es erstickt mich, ersetzt den Sauerstoff in meiner Lunge, aber ich werde nicht langsamer.

Das Farnkraut um mich herum zischt. Der Bohlenweg ist fester Erde gewichen, doch ich werde nicht langsamer.

Es ist zu viel um mich herum. Ich muss langsamer werden, aber nicht hier. Ich muss zum Hunters Cottage, um zu sehen, wie die Erinnerungen dorthin passen. Das Puzzle in meinem Kopf zusammenbekommen. Der Wald vor mir verändert sich, aber ich werde nicht langsamer.

Nicht mal, als vor mir ein Baum sich bewegt.

63.

Eine Stunde vor dem Brand

Drohend stand Daddy vor mir. Ich wusste nicht, was er vorhatte, doch von der Erinnerung an meine letzte Buße pochten mir die Knie. Entsetzen packte mich an der Kehle, griff tief in meine Brust und breitete sich dann in meinem ganzen Körper aus.

»Auf die Knie!«, blaffte er.

Doch statt mich seinem Willen zu beugen, riss etwas in mir. Ich reckte das Kinn, starrte ihn an und beschwor meine Schwester herauf.

»Nein.«

»Ich dulde keine Respektlosigkeit mehr. Also, auf die Knie!«

»Nein.«

Er verzerrte das Gesicht vor Wut und blähte die Nasenflügel. So hatte ich ihn noch nie gesehen, weder als wir am Abend des Unwetters am Esstisch stritten und ich zur Hütte rannte noch als ich im Arbeitszimmer auf Reis knien musste. Ich stellte mich breitbeinig auf, verankerte mich in meinem Widerstand und wappnete mich gegen das, was er mir antun würde. Als er die Hand hob, um zuzuschlagen, schirmte ich mich instinktiv mit meinem Arm ab.

»Auf die Knie, sagte ich!«

In dem Moment explodierte ein greller Schmerz in meiner Schulter und breitete sich über meinen ganzen Arm aus. In meiner Kehle stauten sich zu viele Wörter, und in ihrem Drang, ins Freie zu kommen, wurde Sprache zu einem Urinstinkt, und ich schrie. Er hatte mein Handgelenk gepackt und verdrehte mir so heftig den Arm, dass mein Körper praktisch gefaltet wurde. Wie ein Tier, das versucht, der Falle eines Jägers zu entkommen, schob ich mich vorwärts, doch die leiseste Bewegung rief eine neue Welle überwältigenden Schmerzes hervor. Mein Knochen stand kurz davor zu brechen.

Mom drückte sich an die gegenüberliegende Wand.

»Hilf mir doch, Mom! Lass nicht zu, dass er mir das antut!«

Mein nächster Hilferuf löste sich in Schluchzen auf, denn selbst meine Schmerzen hatten Mom nicht aus ihrem Rückzugsort gelockt. Dad packte noch fester zu und verstärkte den qualvollen Druck. Dadurch rückte mein Körper näher zu ihm. Ich spürte seinen Atem an meinem Ohr, seine Brust an meinem Rücken, sein nasses Hemd an meinem Kleid. Blitzschnell trat ich ihm mit aller Wucht auf den Fuß. Überrascht heulte er auf und lockerte seinen Griff. Ich stolperte nach vorn. Befreit vom Schmerz, jubelte mein Körper ekstatisch auf. Doch nicht lange, denn Dad schlug mich so heftig, dass mein Kopf zur Seite flog und ich das Gleichgewicht verlor. Bevor ich mich wieder fangen konnte, packte er mich mit noch größerer Wut und verdrehte mir erneut den Arm hinter dem Rücken. Aufschreiend ging ich so ungeschützt zu Boden, dass ich mit dem Kinn aufschlug. Ich bäumte mich unter seinem Gewicht auf und testete mit jeder Bewegung die Grenzen meiner gefolterten Schulter aus.

»Runter von mir! Runter von mir!«

»Hilf mir, deine Tochter zu bändigen! Das ist Summers Werk. Willst du, dass sie wie ihre Schwester endet, wenn ich sie doch retten kann?«

Mom schob sich zu uns. Ich fuchtelte heftig mit dem freien

Arm, um ihn zu schlagen. Erschöpfung drückte mich nieder, Tränen brannten in meinen Augen, sein Gewicht nahm mir den Atem.

»Mom … bitte.«

»Jetzt, Genevieve, oder willst du noch ein Kind dem Teufel überlassen?«

Mom kniete sich vor mich.

»Halt sie fest.«

Mom griff nach meinem freien Arm. Dabei wich sie meinem Blick aus. Wie ein Opfertier pressten mich beide zu Boden. Ich spürte, dass mich alle Hoffnung verließ. Mein Körper wurde ganz leicht. Vielleicht musste ich gar nicht hierbleiben. Ich konnte mich doch einfach in die Lüfte erheben, aus dem Hunters Cottage, darüber hinweg, über die Wälder und den Sumpf. Zur alten Hütte fliehen, mich zu Summer legen und mein Gesicht in ihren Haaren vergraben. Mein Geist zeichnete die Wände des Hauses und die Haustür, die ich durchschreiten und hinter mir verriegeln konnte. Doch ein weiterer sengender Schmerz riss mich in das Grauen dieses Zimmers zurück. Ein Schluchzen stockte in meiner Kehle.

»Nun bereue und versprich, Tom in zwei Wochen zu heiraten.«

»Mom, lass das nicht zu!«

»Sag es, Abigail.«

»Das ist nicht mein Name!«

»Satan, ich befehle dir, diesen Körper zu verlassen!«

Der Teppich kratzte an meiner Haut, Spucke rann mir übers Kinn und vermischte sich mit meinen Tränen. Daddy legte sich mit seinem ganzen Gewicht auf mich, sodass noch größerer Schmerz in meiner Schulter aufloderte.

»Durch die Macht unseres Herrn …«

Ich drehte den Kopf zu Mom.

»Mom, bitte ... Mom, sieh mich an.« Ich spürte, dass Moms Schulter zitterte. »Hilf mir, bitte ...«

Meine letzte Bitte löste sich in einem Schrei auf, als Daddy meinen Arm noch mehr verdrehte.

»Mommy!«, brüllte ich so laut, dass ihr Gesicht zu mir schnellte. Wir sahen uns direkt in die Augen, beide unter Tränen. »Bitte, lass das nicht zu. Er hat Summer verletzt. Lass nicht zu, dass er mich auch verletzt ... Nur wir Mädchen, Mom!«

Die Worte brannten in meiner Kehle. Sein Knie bohrte sich in meinen unteren Rücken. Moms Griff lockerte sich, sie ließ mein Handgelenk los. Doch die Hoffnung, die in mir aufflackerte, verpuffte sofort wieder. Als ich sah, dass Mom aus dem Zimmer stürzte, überlief mich kaltes Grauen.

64.

Heutiger Tag

Schmerz durchschießt mich, als ich hart aufs Steißbein falle. Wade Pruitt versperrt mir den Weg, und hinter ihm lösen sich weitere Gestalten von den Bäumen. Hände packen mich und ziehen mich vom Boden.

»Wo sind Tom und Jackson? Was hast du mit ihnen gemacht?« Wade Pruitt rüttelt mich, als würde er so die Antwort aus meinem Körper schütteln. Ich habe Angst, dass wieder nur unverständliche Schreie aus meinem Mund kommen, wenn ich ihn öffne. Gesichter um mich herum, die nur Verachtung und Wut zeigen. Der arme Jackson. Ich bin weggerannt und habe ihn zurückgelassen. Bei ihr. Gott weiß, was sie ihm angetan hat.

»Sie ist doch nicht richtig im Kopf. Seht sie an! Seht sie doch nur an!« Mit weit aufgerissenen Augen starren sie mich entsetzt an. Das Blut an meinen Händen und an meinem Kleid spricht eine deutliche Sprache. Das hatte ich ganz vergessen. Wie befürchtet, machen sie mich auch dafür verantwortlich.

»Was hast du mit Jackson gemacht, du Hexe? Spuck's aus!«

Sein Schlag stoppt das Karussell der Toten in meinem Kopf. Meine Wange pocht.

»Ich hab gar nichts gemacht. Er ist mir gefolgt. Sie ... es ist sie, das Mädchen in meinem Kopf. Sie ist real. Sie ist der Teufel«, stoße ich hervor und verstumme dann, um Luft ringend. Ich kann ihnen nicht sagen, was ich getan habe. Die Scham, Jackson mit ihr allein gelassen zu haben, schnürt mir die Kehle zu.

»Was hat sie mit meinem Jungen gemacht? Was hast du mit meinem Jungen gemacht?«

Mr Caine reißt mich aus Wade Pruitts Griff, packt mich bei den Schultern und gräbt seine Finger tief in die Haut an meinem Schlüsselbein. Die Haut an seinem Hals ist rot und straff, und darunter pocht eine dicke Ader. Er presst die Daumen in mein Kehlgrübchen.

So werde ich also sterben: erwürgt von Jacksons Dad. Meine Lunge brennt, und vor meinen Augen erscheinen dunkle Flecken.

»Ezra, so nicht«, mahnt Pastor Abernathy.

»Sie hat meinen Jungen ermordet. Das weiß ich genau. Sehen Sie sie doch an!«

Ganz kurz verkrampft er die Hände um meinen Hals und lässt dann los. Pastor Abernathy tätschelt ihm die Schulter, aber Mr Caine schlägt seine Hand weg. Ein fast tierisches Brüllen entfährt seinem aufs Äußerste angespannten Körper. Am liebsten würde ich ihm sagen, wenn *ich* Jackson getötet habe, weil ich ihn bei ihr zurückgelassen habe, dann hat *er* ihn schon hundertmal getötet: Mit jedem Knochenbruch und Bluterguss hat er seine freundliche Seele langsam ermordet. Aber ich habe viel zu viel Angst, dass er mich dann mit seinen Zähnen in Stücke reißt.

»Ezra, Ezra.«

Pastor Abernathys Stimme beruhigt ihn, bis die Anspannung aus seinem Körper schwindet und nur noch seine Schultern zittern. Ich habe noch nie gesehen, dass Mr Caine verzweifelt gewirkt oder gar geweint hat. Wie kann er so um einen Sohn trauern, den er doch ständig geschlagen hat?

»Suchen wir als Erstes deinen Jungen. Vertrauen wir darauf, dass der Herr über Jackson wacht. Sein Wille geschehe.«

»Sein Wille geschehe.« Mr Caine nickt, doch seine Stimme hat ihre sonstige Inbrunst verloren.

Pastor Abernathy weist fünf Männer an, Mr Caine zu begleiten. Der Rest bringt mich nach Newhaven zurück: Wade Pruitt und Mr Garrett gehen rechts und links von mir und Pastor Abernathy voraus. Mein Geist ist wieder umnebelt, doch schlimme Bilder blitzen in der Trübnis auf. Tod, der Tod anzieht. Blut, das Blut anzieht. An meinen Händen tropft das erloschene Leben eines anderen. Oder sind es Summers Hände? Moms Mund, aus dem Blut rinnt. Daddys mit Blut getränktes Hemd. Finger, die in die Luft greifen. Aus den tiefsten Tiefen meines Geistes erhebt sich etwas und zieht den ganzen Bodensatz mit empor. Das ist zu viel. Überwältigt klappe ich zusammen.

»Weiter.« Eine Hand schubst mich so rüde vorwärts, dass ich falle. Niemand hilft mir auf, keiner von ihnen wird auch nur langsamer. Gottes Gnade und unendliche Liebe gelten für mich nicht mehr.

65.

Fünfundvierzig Minuten vor dem Brand

Die Erkenntnis, dass sie mich im Stich gelassen hatte, dass ich nur auf mich selbst zählen konnte, drang mir eiskalt bis ins Mark. *Kämpfe!* Ich trat wild um mich, fuchtelte mit meinem freien Arm. Irgendwie verlor Daddy das Gleichgewicht, und er ließ los. Ich fiel auf den Rücken und wand mich unter ihm hervor. Als er mein Handgelenk packte, biss ich ihn mit all meiner Kraft. Ich spürte die Knochen unter seiner Haut und schmeckte etwas Metallisches. Sein Blut befeuerte meine Entschlossenheit. Er packte mich an der Kehle und drückte die zarten Knochen bis aufs Äußerste zusammen. Ich rang nach Luft. Schwarze Flecken tanzten mir vor den Augen. Ich krallte mich in seine Hände, aber sie drückten nur noch fester zu.

»Lass sie los!«

Mom schob sich ins Zimmer. Sie umklammerte so krampfhaft ein Küchenmesser, dass ihre Knöchel weiß wurden. Sie schwenkte die Klinge vor sich wie einen Talisman.

»Was soll das!« Daddys Griff erschlaffte.

»Weg von meiner Tochter, John!«

Immer wieder sank ihr Arm, als hätte sie nicht genug Kraft, das Messer zu halten. Langsam löste er sich von mir, viel zu langsam für meine Mom, die das Messer in seine Richtung stach.

»Schon gut.« Er hob die Hände und stand auf.

Kaum war ich frei, rappelte ich mich auf und rannte zu Mom, die mich mit der anderen Hand zu sich winkte. Meine Schulter brannte immer noch vor Schmerz. Mom schirmte mich mit dem Arm ab, genau wie Summer in der alten Hütte. Nach all den Jahren war die Frau, die alles für mich riskiert hatte, wieder da. Vor lauter Erleichterung wurde ich ganz schlaff. Auf Moms Gesicht rangen Angst und Mut miteinander. Sie war immer noch irgendwo dadrinnen, die Frau mit den dunklen Haarwurzeln, die Männern, die ihr hinterherpfiffen, den Stinkefinger zeigte. Doch meine Dankbarkeit hatte einen bitteren Beigeschmack. Denn dies war auch die Frau, die ihre eigene Tochter verlassen hatte – schlimmer noch, die so getan hatte, als hätte es sie nie gegeben. Und Moms Lügen hatten in mir eine neue Wirklichkeit geschaffen. Es hatte Summer bestimmt das Herz gebrochen, als ihre eigene Schwester sie nicht mehr erkannte.

Auf der anderen Seite des Teppichs steckte sich Daddy sein Hemd in die Hose, strich sich die Haare zurück und stellte damit die Fassade der Rechtschaffenheit wieder her. Er erinnerte mich an das Wasser im Sumpf. Es wirkte so friedlich, dass man die Alligatoren unter der Oberfläche vergaß.

»Und jetzt?«

»Stell dich da drüben hin.«

Statt ihr zu gehorchen, trat er ein paar Schritte vor.

»Zurück.« Moms Stimme zitterte, genauso wie das Messer.

»Ein Messer? Im Ernst, Genevieve, was hat deine Familie nur mit Messern?«

»Was meint er damit?«, fragte ich, aber sie antwortete nicht, sondern hielt ihren Blick starr auf ihn gerichtet. »Was meint er damit?«, fragte ich noch mal.

Lässig verschränkte er die Arme, was mich schon wieder in Rage brachte. Er sollte genauso Angst verspüren wie seine Opfer.

Im Stillen wollte ich ihn provozieren, noch näher zu kommen. Denn jetzt hieß es, nur wir Mädchen gegen ihn.

»Ein Messer ist genau der Grund, aus dem deine Mama entschied, es wäre zu gefährlich für dich, weiter in Chicago zu bleiben. Der Grund, wieso das Jugendamt auftauchte und deine Mutter in die Flucht schlug.« Seine Worte waren so beißend wie Säure aus einer kaputten Batterie.

»Was meint er damit?«

Als ihr Blick zu mir huschte, zog sich mein Magen zusammen.

»Leg das Messer weg, Genevieve, sonst siehst du deine Kinder nie wieder.«

»Hör auf, bitte.«

»Mit zehn Jahren hat deine Schwester einen Mann erstochen, während sie auf dich aufpassen sollte. Mit so einem Mädchen hast du deine Zeit verbracht.« Er lächelte, als er sah, in welches Entsetzen mich seine Enthüllung stürzte. Er erkannte es an meinen aufgerissenen Augen, an meinem geöffneten Mund.

»Nicht, John.«

»Hast du heute deine Kinder umarmt, Genevieve? Denn du wirst sie nie wiedersehen.«

Ich musste an das Teppichmesser denken. Summer hatte einen Mann erstochen, und ich war dabei gewesen. Ich war dabei gewesen und konnte mich nicht erinnern, denn mein Gedächtnis war ein schwarzes Loch. Die Zeit hatte so viele Löcher gegraben, dass Summer und ein Großteil von Chicago darin verschwunden waren. Aber irgendwo wand sich etwas in den finsteren Tiefen: Die Larve einer Erinnerung erwachte.

Auch wenn ich es vergessen hatte, so kannte ich doch Summer. In unseren gemeinsamen Stunden hatte mein Körper sich nach ihr gesehnt, nach der unerklärlichen Geborgenheit, die ich in ihrer Nähe empfand. Sie war die Sonne, um die ich kreisen wollte. Summer hatte mir immer den Rücken gestärkt, hatte mir in der Nacht des Unwetters Kraft gegeben, sich für mich eingesetzt und mich bei unserer ersten Begegnung in der Gasse in Parkerville vor Zach gerettet.

»Wieso hat sie das getan?«

Mom zuckte die Schultern. »Ich weiß nur, dass ich dich zusammengerollt und weinend im Schrank fand. Da war mir klar, dass ich wegmusste. Ich musste dir die Chance auf ein besseres Leben geben. Sie konnte ich nicht retten, dich aber schon.«

»Aber das macht es nicht besser.«

»Summer behauptete, er hätte sie begrapscht, aber das ist noch kein Grund, jemanden zu erstechen.«

»Sie hat's getan, weil sie nur auf Zerstörung aus ist. Das liegt ihr im Blut, Genevieve. Du weißt ja nicht mal, wer ihr Vater ist. Damals warst du ein sittenloses Flittchen. Und jetzt gib mir das Messer. Dies ist deine letzte Chance, die Mutter deiner restlichen Kinder zu sein.«

»Hör nicht auf ihn! Wir können zu ihr gehen, Mom. Sie ist hier. Wir können zusammen mit den Zwillingen und …«

»Das reicht!«, blaffte er so laut, dass seine Stimme im ganzen Raum widerhallte. »Mit *meinen* Kindern wirst du nirgendwohin gehen! Gib mir das Messer! Auf der Stelle!«

Ohne auf eine Reaktion zu warten, marschierte er mit ausgestreckter Hand auf uns zu, überzeugt, sie würde ihm das Messer überlassen. Aber sie umklammerte es noch fester.

»Gib mir das Messer.«

Sie zog es näher an sich und widersetzte sich ihm erneut. Angesichts ihres Ungehorsams wurde sein Gesichtsausdruck hart.

»Ich sagte, gib mir das verdammte Messer!«

Er stürzte sich auf sie, packte ihre Finger und wollte sie vom Messergriff lösen. Sie zerrten daran wie die Zwillinge, wenn sie sich um ihr Spielzeugauto stritten, doch ging es hier um Leben und Tod. Immer näher rückten sie zusammen, weil keiner loslassen wollte. Als Moms Gesicht sich vor Schmerz verzerrte, wollte ich eingreifen und fasste ihn am Arm, aber er reagierte nicht. Ich versuchte, mich zwischen sie zu zwängen, fand aber keine Lücke. Ihr Kampf wurde immer erbitterter, sodass sie, mit dem Messer zwischen sich, hin und her schwankten. Ich warf mich mit meinem ganzen Gewicht auf sie. Vor lauter Frustration knurrte Daddy, und Mom stieß einen lauten Schrei aus.

Mit einem Mal hielt sie inne. Wegen der plötzlich einsetzenden Stille wich ich vor ihnen zurück. Daddy taumelte mit nachgebenden Knien nach hinten. Er starrte auf seine Hände, auf das Blut. Ich drehte mich zu Mom um, und als sie zu Boden sackte, sank mir das Herz. Direkt unter den Rippen ragte das Messer hervor. Sie öffnete den Mund, doch die Schreie drangen aus meinem.

66.

Heutiger Tag

Sie werfen mich in eine der leeren Kammern im Dachgeschoss.

Neben der Pritsche sinke ich auf den staubbedeckten Boden. Da fällt mir etwas unter dem Metallgestell ins Auge. Die Blaubeere ist zusammengeschrumpft wie eine Rosine. Jackson hatte ständig welche in seinem verdammten Taschentuch dabei. Mit diesem Pfand in der Hand lasse ich zu, dass ein Gedanke an die Oberfläche steigt, mit dem ich nicht umzugehen weiß: Ich habe Jackson im Stich gelassen. Bin einfach geflohen, als ich Summer mit ihrem Messer sah. Dabei brauchte er jemanden, der ihn beschützte, der mit ihm zusammen weglief. Aber ich habe ihn dem Tod überlassen. Dafür werden sie mir auch die Schuld geben. Und bei diesem einen Mal zu Recht.

Meine bruchstückhaften Erinnerungen weisen darauf hin, dass Summer mit all dem zu tun hat, was in den Wochen vor dem Brand geschah. Sie ist diejenige, die den Vorhang zurückziehen und die Wahrheit enthüllen kann. Wie lange kannte ich schon den Teufel? Ich hätte nicht flüchten sollen, aber als ich sie sah, und das Blut ... Irgendwie habe ich das Gefühl, als wären Summer und Blut untrennbar miteinander verbunden. Das Blut strömt nicht nur durch sie hindurch, sondern auch um sie herum. Jetzt, auf dem staubigen Boden, ist die alte Hütte wieder da. Ich liege auf ihrem Boden und spüre Summers Herzschlag an meiner Wange.

Als der Schlüssel im Schloss klickt, ist die Sonne schon tief gesunken und wirft lange Schatten ins Zimmer. Mein Kleid ist steif vom getrockneten Blut. Immer wieder bin ich in den Schlaf gesunken und habe neue Erinnerungsfragmente gefunden, wie Scrabble-Buchstaben, mit denen mein Unterbewusstsein und mein Bewusstsein Worte bilden wollen, Geschichten von allem, was in dem Feuer verloren ging, das meinen Kopf heimsuchte.

Mrs Calhoun und Pastor Abernathy stehen im Türrahmen. Ich schätze, nach all dem, was geschehen ist, geht niemand mehr das Risiko ein, mit mir allein zu sein. Mein einziger Fluchtweg verläuft durch diese Tür, weswegen sie mich wohl auch ins Dachgeschoss gesperrt haben. Sollte ich durchs Fenster fliehen, würde die Schwerkraft die Drecksarbeit für sie erledigen.

Ich frage mich, ob sie Tom schon gefunden haben.

Der leblose Tom wog eine Tonne. Er blutete heftig aus der Wunde am Kopf, wo ihn die Lampe getroffen hatte. Der ganze Raum roch davon nach Metall.

»Dafür haben wir keine Zeit«, sagte Jackson.

»Bitte, er darf nicht hier drin aufwachen, und sie dürfen ihn hier auch nicht finden.«

Seufzend gab Jackson auf. »Na gut, aber dann schnell. Wohin?«

»Zu Mrs Favreau.«

Als ich Tom unter den Achseln packte, drückte sich sein Kopf in meinen Schoß, und meine Hände und mein Kleid wurden blutig. Also wickelten wir mein Nachthemd um seinen Kopf. Jackson nahm seine Beine, dann schleppten wir ihn aus dem Zimmer und den Flur hinunter.

»Wieso machen wir das überhaupt?«

Das versteht er nicht. Das kann er auch nicht verstehen. Schließlich musste er nie unter dem Erwartungsdruck leben, eine gehorsame Tochter zu sein. Ich konnte ihn einfach nicht in meinem Zimmer lassen.

Wir legten ihn in Mrs Favreaus Bad in die Wanne. Ich wollte das Blut aus meinem Kleid entfernen, aber vergeblich.

Ich starrte auf Tom und den blutigen Schleier auf seinem Gesicht, bis Jackson mich am Handgelenk packte und aus dem Bad zog.

67.

Dreißig Minuten vor dem Brand

Das Messer ließ sich nur schwer herausziehen, aber ich konnte das Stück Metall, das er in sie gerammt hatte, einfach nicht dort lassen. Danach drückte ich meine Hände auf die Wunde wie einen provisorischen Verband, um die Blutung zu stoppen. Vergeblich. Warm und dickflüssig quoll das Blut zwischen meinen Fingern hervor. Ich bekam eine Gänsehaut, weil die Farbe so eklig war. Mich durchzuckte der Impuls, einfach wegzurennen, doch rührte ich mich nicht. Ich würde nirgendwohin gehen.

Ein schrecklicher Geruch nach Rost erfüllte die Luft. Angst und bittere Galle brannten mir in der Kehle.

»Mom? Kannst du mich hören? Mom?«

Sie öffnete den Mund, doch statt irgendwelcher Worte quoll Blut hervor und rann ihr übers Kinn. Die Angst schnürte mir die Kehle zu. Wenn nur Summer hier wäre, sie wüsste, was zu tun wäre! Mom hatte mich verteidigt, sie brauchte mich jetzt, aber ich fühlte mich so ohnmächtig. Meine Hände verloren die Schlacht, die Niederlage färbte sie rot. In Panik drückte ich sie fester auf die Wunde. Darauf stöhnte Mom gurgelnd auf.

»Nein, nein, nein ... Es tut mir leid.«

Dennoch drückte ich weiterhin auf die Wunde, fest und beharrlich, während mein restlicher Körper zitterte. Ich schluckte die Angst und die bittere Flüssigkeit herunter und wandte mich an den einzigen Menschen, der jetzt helfen konnte.

»Sie braucht Hilfe. Du musst jemanden holen.«

Daddy blickte mich vom anderen Ende des Zimmers entsetzt an. »Was hast du getan, Abigail? Was hast du getan?«

Er redete wirres Zeug, denn ich hatte nichts getan, außer das Messer herauszuziehen. Ich konnte die kalte Klinge nicht einfach in ihrer Brust lassen. Moms Lider flatterten, ihr Blick war trüb.

»Mom, ich bin hier. Kannst du mich hören?«

»Weg von ihr! Wie konntest du das deiner eigenen Mutter antun?« Daddys Miene war voller Abscheu, völlig unpassend zu der Rolle, die er in dieser Katastrophe gespielt hatte. Mit ihm hatte alles angefangen.

»Du hast sie erstochen.« Ich spürte, wie Mom unter meinen Händen flach atmete.

»Wag ja nicht, dich rauszureden! Du hast dich dazwischengezwängt. Vergib ihr, Herr, denn sie weiß nicht, was sie getan hat.«

»Bitte, Daddy, du musst ins Newhaven und Mrs Finch oder Mr Abernathy holen. Ruf aus Parkerville einen Krankenwagen oder einen Helikopter, irgendwas. Bitte.«

»Ich soll dich mit deiner Mutter allein lassen, damit du dein Werk vollenden kannst? Auf keinen Fall.«

Ich konnte sie nicht verlassen, nicht jetzt. Als Mrs Calhoun im letzten September ihre Hand beim Muschelöffnen aufgeschlitzt hatte, befahl Mrs Finch ihr immer wieder, auf die Wunde zu drücken – drück auf die Wunde! Ich wusste zwar nicht, warum, aber Mrs Finchs Ton war sehr dringlich gewesen.

Plötzlich fing Mom an zu gurgeln und zu würgen. Mein Herz schlug schmerzhaft gegen meine Rippen. Sie drohte, das Bewusstsein zu verlieren, ihre Augen verdrehten sich. Ihre Blässe jagte mir noch mehr Angst ein: Ihr Gesicht war so weiß wie die

Fahne der Kapitulation. Schon jetzt wirkte sie wie tot, was mich bis ins Mark erschütterte. Ich überlegte angestrengt, was ich sagen konnte, um sie bei uns zu behalten.

»Es tut mir leid. Ich hab das alles nicht so gemeint, was ich gesagt habe. Ich war nur wütend. Ich liebe dich, Mom, hörst du mich?«

Ihr Blick fand den Weg aus der Dunkelheit zurück zu mir. Sie konnte einfach nicht sterben, sie war zu jung dafür. Sie war noch nicht mal vierzig.

»Ist schon gut, Bunny«, flüsterte sie kaum hörbar. Der Anflug eines Lächelns umspielte ihre Lippen, bevor sie sie wieder vor Schmerz verzerrte. »Hilf mir auf, ja?«

Gemeinsam schafften wir es, sie aufzurichten und an die Wand zu lehnen. Vor lauter Anstrengung und Schmerz stöhnte Mom, und ich holte erschrocken Luft.

»Wenn du dich nicht eingemischt hättest, wäre das nie passiert«, beharrte Daddy, der sich nicht vom Fenster wegrührte. Er war nur ein paar Schritte von der Tür ins Freie entfernt, wo er Hilfe für meine Mom holen konnte, für seine Frau. Es war alles so schnell gegangen. Wenn ich mich nicht eingemischt hätte, ja dann, vielleicht, nur vielleicht. Aber das würde ich jetzt nie wissen.

»John …« Sein Name saugte die letzte Energie aus ihr.

»Mom, ich wollte nicht …«

»Bunny … welche Zeit haben wir. Morgen …«

Panik erfasste mich. Ihr Geist glitt fort. Fort, wie das Blut, das durch meine Finger quoll. Bitte, geh nicht! Bleib! Es gab noch so viel, was ich ihr sagen musste, zum Beispiel, dass ich gelogen hatte, als ich behauptete, ihr Hackbraten würde mir schmecken. Oder dass ich diejenige war, die damals in Chicago ihren Lieblingslippenstift ruiniert hatte. Oder dass ich die Ohrringe gefunden hatte und jetzt wusste, warum sie sie aufbewahrt hatte.

In dem Moment nahm ich aus dem Augenwinkel eine Bewegung wahr.

»Wegen dir werde ich nicht alles verlieren. Ich habe zu viel geopfert, um Pastor Heywood zu werden. Das werde ich nicht aufgeben.«

»Weg von ihr, du kranker Bastard!«

Als ich die vertraute Stimme hörte, hüpfte mir das Herz vor Freude. Summer stand kampfbereit in der Tür. Daddy starrte sie finster an. Ich war so in Panik versunken gewesen, dass ich nicht bemerkt hatte, wie er langsam zu mir schlich. Sein Blick huschte kurz zu dem Messer, das zwischen uns auf dem Boden lag.

»Denk nicht mal dran!«, sagte Summer, sah ihn grimmig an und schnappte sich das Messer.

Er erwiderte nichts, aber seine zusammengebissenen Zähne waren Antwort genug. Draußen hatte der Wind sich gelegt, und der Regen glitt lautlos über die Scheiben.

Moms Gesicht war blass, ihre Haut wirkte schlaff und grau. Ich musste stark bleiben. Jetzt war Summer ja da. Meine Schwester kniete sich zu Mom, legte das Messer weg und verstärkte mit ihren eigenen Händen den Druck auf Moms Wunde. Wir spürten, wie Moms Brust sich sacht hob und senkte. Die Mädchen hatten sich wiedergefunden.

»Mom, ich bin's. Summer. Ich bin hier. Ich hab dich vermisst.« Als Summer Mom übers Gesicht strich, verschmierte sie Blut über ihre Wange. Sie versuchte zu lächeln, aber ihre brüchige Stimme verriet sie. »Ich bin's, Mom. Summer.« An ihren Wimpern hingen Tränen, schwarz von Mascara, und fielen bei jedem Blinzeln auf ihre Wangen.

»Honey ... Bunny.«

»Genau, Mom. Weißt du noch? Nur wir Mädchen.« Summer ergriff das Messer mit einer Hand und schob die andere unter ihre Achsel. Ich folgte ihrem Beispiel. »Komm, gehen wir.«

Mom lehnte sich an uns. Sie war schwer, aber ich stemmte meine Schultern dagegen. Summer starrte Daddy drohend an, der die Tür blockierte. Wir würden hier rauskommen, und wenn wir ihn umrennen mussten. Mit Summer hatte ich das Gefühl, wir wären unbesiegbar. Aber es war fast unmöglich, Mom in ihrem Zustand zu bewegen, und nach ein paar Schritten stockten wir. Ohnmacht und Tränen schnürten mir die Kehle zu. Wir drei sanken auf den Boden. Das Messer fiel klappernd neben uns auf die Dielen. Moms Hand kroch langsam zu unseren. Wir ergriffen sie gleichzeitig, wechselten einen Blick, lächelten und lehnten unsere Stirn an Moms. Für einen kurzen Moment war unsere Welt wieder in Ordnung. Nur wir Mädchen.

»Ist schon gut.« Mom verzog die Lippen zu einem matten Lächeln. Eine tröstende Geste, die mir das Herz zerriss. »Ihr kommt schon klar, meine Mäd…«

Sie verstummte. Erneut verdrehten sich ihre Augen.

»Mom? Mom, wach auf. Bitte, Mommy, wach auf!«

Ihr Körper verkrampfte sich unter unseren Händen. Vor lauter Schreck biss ich mir auf die Unterlippe. Nach ein paar rasselnden Atemzügen erschlaffte Mom. Alles war still. Zu still. Das durfte nicht sein. Nicht, wenn meine Familie endlich wieder vereint war.

68.

Zwanzig Minuten vor dem Feuer

Die Kerzen flackerten unter meinen Schreien. Die Wolken draußen tauchten das Zimmer in noch tiefere Dunkelheit. Trauer erstickte mich, zerrte mir an Haut und Haaren. In einem weiteren Schrei löste ich mich auf.

»Du hast deine Mutter getötet. Deine eigene Mutter. Wie konntest du nur? Du wirst den Rest deines Lebens im Kittchen verbringen – wenn du keine Giftspritze kriegst!«

Summer knurrte. »Du Bastard! *Du* hast sie umgebracht! Wag es ja nicht, das meiner kleinen Schwester unterzuschieben!«

»Sie war es. Zwei Schwestern, zwei Mörderinnen. Wem wird man wohl glauben?«

»Glaubst du ernsthaft, man wird *dir* glauben?«

»Ich bin ein Mann Gottes.«

»Aber nicht nur das!«

Jeder Muskel in Daddys Körper spannte sich an. Ich wartete, dass sie das mit Fleurs Medaillon verriet. Dass sie sein Geheimnis preisgab und ihm damit seine Selbstgefälligkeit und Heuchelei austrieb.

»Ist ja nicht die erste Ehefrau, die du ermordet hast, *Pastor Heywood.*«

Als ich das hörte, schnellte mein Kopf zu ihr. Nicht die erste Ehefrau? Nicht der erste Mord? Ganz gleich, wie oft ich ihre Anklage im Kopf wiederholte, sie ergab keinen Sinn. Forschend blickte ich in ihre Gesichter, fand dort aber keine Erklärung. Summer und Daddy starrten sich an wie die Yankees und die Konföderierten kurz vor Kriegsausbruch.

»Ich weiß nicht, wovon du sprichst.«

»Ach, nicht? Wie erbärmlich! Ich weiß genau, wer du bist.«

»Ich bin Pastor John Heywood.«

»Ach ja? Oder nicht doch Lee Elsher?«

Der Name ließ Daddy zusammenzucken. Selbst durch meinen Tränenschleier hindurch sah ich endlich das in seinen Augen, was ich noch nie gesehen hatte, nicht mal, als Matthew die Treppe runterfiel: nackte Angst.

»Ich wusste, dass ich richtiglag«, erklärte Summer.

Der Name nagte an mir. Diesen Namen hatte Summer schon mal erwähnt, nur wusste ich nicht mehr, wann. Ich starrte meine Schwester an und erinnerte mich an unser erstes Treffen an der alten Hütte. Ich hatte neben ihr im Gras gesessen. Meine Haut hatte von der Sonne gespannt. In einer Wolke aus Zigarettenrauch hatte Summer gesagt: *Ihr Name war Karen – Karen Elsher. Sie fanden sie im Bett. Ihre Kehle war von einem Ohr bis zum anderen aufgeschlitzt. … Man fand die Kinder auch in ihren Betten, mit einer Kugel im Kopf. … Der Mann wurde nie gefunden.* Daddy? Der Mann, der sich um mich gekümmert hatte, als ich aufwuchs? Dieselben Hände, die mich und die Zwillinge im Bett zugedeckt hatten, die Baby Sarah gehalten hatten, als sie geboren wurde – diese Hände hatten seine eigenen Kinder erschossen, als sie in ihren Bettchen schliefen?

»Ich weiß nicht, wovon du sprichst.«

»Aber ich weiß es. Ich weiß, was du deiner ersten Frau und deinen Kindern angetan hast.«

»Was denn? Wenn du dir so sicher bist, wieso sind dann die Bullen noch nicht hier?«

Wütend kniff sie die Augen zusammen. »Das weißt du ganz genau!«

»Sie werden dir niemals glauben.«

»Damals vielleicht nicht, aber nach dem, was mit Fleur und ihrem Dad passiert ist? Und Pastor Favreau? Und jetzt unserer Mom? Es kommt alles zusammen, Elsher.«

»Das reicht! Mein Name ist Pastor John Heywood.«

Er starrte auf das Messer auf dem Boden, an dem immer noch Blut glänzte. Was würde er der Gemeinde erzählen? Dass diese Fremde eingebrochen wäre und mich und Mom ermordet hätte, bevor er sie überwältigen konnte und in Notwehr tötete?

Sie ahnte wohl, was er vorhatte, denn sie stürzte sich auf das Messer. Er packte ihr Handgelenk so, dass ihre Faust in der Schwebe hing wie ein endgültiges Urteil, das darauf wartete, gefällt zu werden. Darauf entfaltete sich jenseits meines Tränenschleiers ein Kampf. Sie trat ihm gegen die Schienbeine, versuchte, ihm das Knie in den Schritt zu rammen, doch er wehrte sie ab. Mit wilder Energie bestürmte sie ihn immer wieder. Das Teppichmesser, das er mir abgenommen hatte, glitt aus seiner Hosentasche und fiel klappernd zu Boden. Ich wusste, ich sollte meiner Schwester beistehen, aber ich konnte Mom einfach nicht loslassen.

Er boxte Summer so heftig in den Magen, dass sie zusammenklappte. Sie hustete vor Schmerz und wirkte in seinem Schatten irgendwie kleiner. Orientierungslos wehrte sie sich nicht, als er sie gegen die Wand presste und ihr die Kehle zudrückte.

»Das ist alles deine Schuld«, sagte er und bohrte seine Finger in ihr zartes Fleisch. »Wieso konntest du nicht einfach wegbleiben?«

Summers Lippen wurden blau. Das durfte ich nicht zulassen. Nicht schon wieder. Dunkelheit verengte mein Sichtfeld. Die

Flammen hockten geduckt auf ihren Dochten. Aus einer verborgenen Tiefe in mir brannte sich etwas seinen Weg nach oben. Es versengte meine Adern und sammelte sich wie Sturmwolken in meiner Kehle. Das hatte ich schon mal verspürt, vor langer Zeit, als es notwendig war.

Statt wie sonst auf meinen Schenkel schlug ich mit der Faust auf seinen Rücken. Seine Hand verkrampfte sich kurz an Summers Hals und ließ dann los. Er würde mir niemanden mehr wegnehmen. Sie war meine Familie. Noch mal rammte ich meine Faust in seinen Rücken. Die Klinge verschwand vollständig in seinem Fleisch. Und noch mal, als Daddy auf die Knie sank. Und noch mal, als er auf dem Boden lag. Und noch mal, nachdem er sich nicht mehr rührte. Ich würde es nicht zulassen. Es war schon mal passiert, und sonst würde es wieder passieren.

Meine Hände. Rot. So viel Rot. Meine Hände so klein. Das Zimmer vermischte sich mit dem in Chicago und Daddys Körper mit dem eines anderen, der kräftiger war und kürzere Haare hatte. Die beiden vereint durch die Menge an Blut, die sie verloren.

Ich war ein böser Mensch. Brave Mädchen machten so was nicht. Aber ich musste. Ich hatte ihn aufgehalten. Jetzt würde er nicht mehr aufwachen.

Ich konnte den Blick nicht von dem Blut lösen, das mir von den Fingern tropfte. Schreie strömten aus meinem aufgerissenen Mund. In einem endlosen Strom würgte ich sie hervor. Ich spreizte die Finger, damit ich das Blut nicht spürte, das sie bedeckte.

»Ist schon gut. Warte kurz.«

Meine Hände glänzten rot, zu warm, zu klebrig. Bilder des Grauens blitzten in meinem Kopf auf: das blutige Fell der Kaninchen, das rote Rinnsal an Moms Mund, Fischadler, die einem

Specht das Fleisch vom Leib rissen, die Wunden an Daddys Rücken. Meine Hände verströmten den Geruch des Todes. So viel Rot.

Die Luft neben mir bewegte sich. Dann Summers Stimme an meinem Ohr. »Komm, lass mich.«

Sie half mir mit langsamen, liebevollen Bewegungen aus meinen Kleidern. Als Nächstes wusch sie mich. Wasser lief über meine Hände und entfernte das Rot. Und meine Schreie. Summer half mir in ein neues Kleid.

»Siehst du, so ist es besser. Alles wieder gut.«

Aber die Bilder konnte das Wasser nicht entfernen. Mom. Sie konnte helfen. Ich kroch zu meiner Mutter. Ich hatte sie einmal allein gelassen. Aber nun nie wieder.

»Faith. Komm, wir müssen gehen, bevor man uns entdeckt.« Summers Stimmer war nur ein leises Echo, das gegen die unzähligen Erinnerungen und Bilder in meinem Kopf kämpfen musste.

Etwas zerrte an meinem Körper und zog mich von Mom weg. Schreie zersplitterten die Luft, scharf wie die Fingernägel, mit denen ich einmal die Hände zerkratzt hatte, die mich festhalten wollten.

Ein dumpfer Schlag von einem Gewicht, das gegen Möbel rammte, das Scheppern fallender Gegenstände.

»Ich muss die Beweise loswerden, aber ich komme zurück und hole dich. Das schwöre ich.«

Moms Hand wog schwer in meiner. Mit dieser Hand hatte sie mir in jener Nacht die Tränen abgewischt, hatte mir den Rücken gestreichelt und mich aus dem Flurschrank gehoben. Ich legte Moms Hand auf meine Wange, aber sie rutschte immer wieder ab.

Das Klirren von Glas, dann das Brausen von Flammen. Ich irrte durch das Labyrinth meiner Erinnerungen. Konnte den Ausgang nicht finden. Geriet immer tiefer hinein.

Audiodatei Nr. 16

Aufnahmequalität: gut

Stimme A: weiblich

Stimme B: weiblich

Stimme C: männlich

Stimme A: Haben Sie was dagegen, wenn ich das aufnehme? Ich recherchiere für einen Podcast.

Stimme B: Nein, gar nicht. Wie kann ich Ihnen helfen?

Stimme A: Ich suche nach Informationen zum Tod des früheren Pastors in Newhaven Plantation – Pastor Favreau. Ich hab auch in den Zeitungen gesucht, aber nicht viel gefunden.

Stimme B: Hmmm … Da könnte Ihnen vielleicht Ferg helfen. FERG. HEY, FERGUSON! Kannst du mal kurz herkommen?

Stimme C: Was kann ich für dich tun, Liebes?

Stimme B: Diese junge Frau sucht nach Informationen über den Tod des früheren Pastors in Newhaven Plantation, aber in den Zeitungen steht nicht viel.

Stimme C: O ja, der alte Pastor Favreau. Das war eine unschöne Geschichte. Man weiß nicht, ob er gestolpert ist oder einen Schwindelanfall hatte, jedenfalls lag er mit gebrochenem Genick am Fuße der großen Treppe. Seine Frau hockte neben ihm. Völlig außer sich, die arme Seele. Es geht das Gerücht, sie hätte ihn vielleicht gestoßen. Mein Neffe ist Sanitäter, verstehen Sie? Genau genommen ist er mein Großneffe. Er wurde gerufen und schätzt, sie war nicht ganz bei sich.

Stimme A: Was meinen Sie damit?

Stimme C: Dass sie dement war oder so was. Natürlich denken die Leute da drüben, sie wäre vom Teufel besessen und der hätte sie verrückt gemacht.

Stimme A: Woher wissen Sie denn, was passiert ist, wenn sie nicht mehr zurechnungsfähig war?

Stimme C: Der neue Pastor hat alles mit angesehen. Er sagte, der alte Mann wäre mit dem Kopf voran die Treppe hinuntergefallen. Man stelle sich vor, dass man seinen eigenen Mann so sterben sieht! Das Schlimmste ist, dass er – also Pastor Favreau – sich offenbar zur Ruhe setzen wollte, um sich um seine Frau zu kümmern. Er hatte sogar schon einen Nachfolger für die Gemeinde, jemanden aus Florida, aber der starb wenige Wochen nach Pastor Favreaus Unfall, als bei ihm eingebrochen wurde. Ist das zu glauben? Seine Tochter kam dabei auch ums Leben. Eigentlich hatte sie mit ihrer Mutter und ihren Geschwistern einen Ausflug machen wollen, aber sie fühlte sich nicht wohl und blieb zu Hause. Das arme Mädchen war erst sechzehn oder so. So was bricht einem alten Mann wie mir das Herz. Tut mir leid, ich schweife ab. Vermische alles miteinander.

Stimme A: Nein, tatsächlich wird dadurch alles klarer, Ferg.

Stimme C: Ach ja? Schön, ich freue mich, dass ich helfen konnte, Liebes.

69.

Heutiger Tag

»Abigail, würdest du bitte mit uns kommen?«, fragt Pastor Abernathy.

Ich spiele mit und tue so, als hätte ich in dieser Situation tatsächlich die Wahl. Vor uns liegt der lange Korridor. Es drängt mich, einfach loszurennen, aber zwischen dem Dachgeschoss und der Eingangstür sind einfach zu viele Meter und zu viele Hände, die mich aufhalten können. Mrs Calhoun führt unsere kleine Prozession an, Pastor Abernathy geht hinter mir und riegelt den Rückweg ab. Ich spiele auf Zeit.

Auf dem Mezzanin zum zweiten Stock versperrt uns eine große Gruppe den Weg: die meisten aus unserer Gemeinde mit Mr Caine als Anführer. Menschen, die mich als Teil der Familie betrachteten, Menschen, mit denen ich an einem Tisch gesessen und im Garten gearbeitet habe, Menschen, mit denen ich gebetet und mich gegen das Böse in der Welt verbündet habe, haben sich jetzt gegen die neue Ausgeburt des Bösen zusammengetan: mich. Ezra starrt mich mit rot geränderten, toten Augen an. Sie müssen Jackson tot aufgefunden haben, und jetzt stehe ich blutverschmiert vor seinem Vater. Unwichtig, dass es nicht Jacksons, sondern Toms Blut ist. Meine Erscheinung passt zur Untat.

»Ezra, Ezra, ich weiß, du leidest, aber wir müssen alle erst mal darüber reden«, sagt Pastor Abernathy und stellt sich neben mich.

»Bei allem gebotenen Respekt, Pastor, aber der Zeitpunkt zum Reden ist längst vorbei. Wir haben schon entschieden, was getan werden muss, um unsere ... Familien zu schützen.«

Zustimmendes Flüstern in der Gruppe.

»Treten Sie beiseite, Pastor, und Rebecca auch, damit ihr nicht zufällig verletzt werdet.«

Vor aufgestautem Zorn sind seine Arme von den Schultern bis zu den Fingern angespannt. Er hält etwas in der Hand, und als er sie bewegt, sehe ich einen Stein. Mein Blick huscht zu den anderen: Sie alle halten Steine in unterschiedlichen Größen in der Hand. Mrs Calhoun löst sich von meiner Seite und stellt sich neben Ezra Caine. Ich rechne schon damit, dass sie auch aus ihrer Tasche einen Stein holt.

Pastor Abernathy hebt seine leeren Hände. »Ezra, wir wollen doch nicht ...«

Da explodiert ein Schmerz an meinem Schlüsselbein. Pastor Abernathy fährt zurück. Ezra Caine starrt mich an, doch der Angriff hat seinen Zorn nicht gemindert. Ein weiterer Stein zischt an meinem Ohr vorbei. Ich renne los, weg vom wütenden Mob. Gebückt rase ich die Treppe hoch und nehme immer zwei Stufen auf einmal. Steine folgen mir, manche verfehlen mich, manche treffen meinen Rücken und verletzen meine Rippen und meine Wirbelsäule. Jeder neue Schmerz zeigt mir, dass ich noch lebe, doch jeder mindert auch die Distanz zwischen mir und dem Tod. Im dritten Stock ist mein ganzer Rücken ein einziges Schmerzfeld, das meine Muskeln zerreißt. An der letzten Stufe bleibe ich hängen, falle und schlage mit den Ellbogen voran auf. Wie ein Blitz durchzuckt der Schmerz meine Arme. Meine Handflächen schrammen brennend über den verschlissenen Teppich. Die wütende Menge donnert die Treppe hinauf und erreicht mich. Verzerrte Gesichter starren mich an. All meine Taten haben mich eingeholt, und jetzt muss ich dafür bezahlen.

Doch statt weiterer zischender Steinen höre ich, wie lautes Heulen durchs Treppenhaus dringt. Wir alle erstarren. Wieder ertönt ein Schrei und noch einer und noch einer. Es sind so tierische Laute, dass mich eine Gänsehaut überläuft. Und dann nehme ich einen durchdringenden, beißenden Geruch wahr. Die meisten anderen drehen sich nach der Geräuschquelle um. Es ist Zeit, zu fliehen, dennoch frage ich mich, was da los ist.

Sie erscheint auf dem Treppenabsatz: schwarzes Kleid, blaue Adern unter papierdünner Haut. Sie reißt den Mund auf und stößt einen weiteren bestialischen Schrei aus.

»Mrs Favreau?«

Sofort muss ich an meine Flucht mit Jackson denken, nachdem wir den leblosen Tom in Mrs Favreaus Wanne gelegt hatten. Danach rannten wir durch die Tür, ohne zurückzuschauen – und ohne sie abzuschließen.

»Dein Vater ist der Teufel! Er hat meinen Floyd geholt. Wo ist Floyd?«

»Ezra hatte recht. Sie ist das Kind des Satans!«, kreischt Mrs Calhoun, zeigt anklagend mit dem Finger auf mich und hebt einen Stein vom Boden auf.

Ich hole zittrig Luft und rieche wieder den starken Geruch, der so beißend ist wie Farbverdünner. Doch darunter liegt noch ein weiterer Geruch, der mich ganz kurz tröstet, erinnert er mich doch an damals, als Mom noch rauchte und mir erlaubte, das Feuerzeug zu betätigen.

»Mein lieber Floyd. Dieser Ort ist verflucht. Er gehört jetzt dem Teufel.«

Es ist verwirrend, sie nach all den Monaten des Schweigens sprechen zu hören, aber offenbar geht das nur mir so.

Ich sehe in Mrs Favreaus Hand ein zerknittertes Foto. Zwei Gesichter, dicht beieinander, glückstrahlend. Ihr Blick richtet sich auf mich, obwohl sie nichts sehen kann. Ich erstarre, als mir aufgeht, wer ihr das angetan hat und was ihr und ihrem Mann zugestoßen ist. *Das ist alles eine Frage der Perspektive, Schatz.* Ihre Botschaften, waren das die wirren Gedanken einer Verrückten oder die Anklagen einer trauernden Witwe? Daddy. Daddy war verantwortlich für ihren Schmerz und den Tod ihres Mannes. Ich habe keine Ahnung, woher ich das plötzlich weiß, aber ich bin sicher. Aus den unteren Stockwerken ertönen mit einem Mal weitere Schreie. Angst und Unruhe zerstreuen die Gruppe. Ein paar rennen an Mrs Favreau vorbei und weiter die Treppe hinunter.

»Feuer. Feuer!«

Wie aufs Stichwort weht eine Rauchwolke zu uns hoch und versetzt den Rest der Gruppe in Hysterie. Mich haben sie völlig vergessen. Das ist die Erklärung für den Geruch. Weil Mrs Favreaus Kleid schwarz ist, hat man nicht bemerkt, dass es völlig nass ist. Jetzt sehe ich auch einen kleinen Kanister Benzin in ihrer Hand. Getrieben von einer neuen Angst, stürzen noch mehr von der Gruppe die Treppe hinunter. Panik bricht aus, aber die Schreie werden übertönt, als Mrs Favreau erneut aufheult. Sie ist noch nicht fertig. Das Aufflackern des Feuerzeugs lässt alle erstarren. Sie wirft es auf das Benzinrinnsal auf dem Boden. Sofort züngeln die Flammen an ihrem Rock und schlängeln sich ihren Körper hinauf. Unwillkürlich muss ich an das von Flammen verschlungene Zimmer mit den rußschwarzen Wänden im Hunters Cottage denken. Als Mrs Favreau durchdringend kreischt, bricht auf der Treppe das Chaos aus. Mrs Favreau fährt hinab in den Tod und gedenkt, den Rest von Newhaven mitzunehmen.

Das trockene Holz des Gebäudes lässt das Feuer sofort hoch aufschießen. Als ich mich übers Geländer beuge, sehe ich, dass die unteren Stockwerke bereits in Flammen stehen. Wie viele Feuer hat sie gelegt, bevor sie zu uns kam? Dicke schwarze Rauchwolken wallen zu uns hoch, sodass jeder Atemzug in der Kehle brennt.

Panik setzt mich in Bewegung. Mein Körper erinnert sich an die Hitze, die meine Haut versengte und meine Lunge verbrannte. Ich renne los. Als sich der Korridor mit Rauch füllt, peinigt ein hartnäckiger Hustenreiz meine Kehle. Um mich herum herrscht ein Chaos aus Schreien, klirrenden Fensterscheiben und tosenden Flammen.

Durch den Rauch blinkt mir eine der Nummern auf den alten Hoteltüren zu. Ich folge ihrem Wink, doch selbst als ich die Tür hinter mir geschlossen habe, dringt der Rauch durch den Spalt und jede Ritze. Das Fenster lockt, die frische Luft auf der anderen Seite. Der Riegel klemmt, und ich brauche drei Versuche, um ihn zu lösen. Doch selbst dann bewegt sich das Fenster nicht. Nicht mal, als ich mich mit meinem ganzen Gewicht dagegenstemme. Das Holz hat sich nach Jahren der Feuchtigkeit und Vernachlässigung verzogen. Als der Wind draußen raschelnd durch die Blätter fährt, ist es beinahe, als wollte er mich provozieren. Ein Hustenanfall überkommt mich. Ich brauche Sauerstoff, sonst tötet mich der Rauch noch vor dem Feuer. Als ich meine Schulter unter das Fenster klemme, erwacht von Neuem der Schmerz in meinem Rücken. Also höre ich auf.

Ich renne aus dem Zimmer und die Treppe hinunter. Mittlerweile ist der Rauch so dicht, dass ich kaum noch etwas sehe. Die Luft brennt in meiner Kehle, das Feuer tost in meinen Ohren. Ich bin in der Hölle gelandet. Die Flammen wecken neue Erinnerungen: die Vorhänge im Vorderzimmer vom Hunters Cottage zwei lodernde Säulen, das Feuer so mächtig, dass es meine Schreie schluckt und meine Tränen wegbrennt. Ich breche zusammen und will nur noch meine Mom, aber mein Überlebensinstinkt lässt nicht locker. Auf allen vieren taste ich über den Boden, bis ich einen Stein finde.

Damit taumle ich zurück ins Zimmer und zerschmettere mit ein paar Schlägen die Fensterscheibe. Herrlich frische Luft strömt herein, die ich gierig einatme. Mit dem Ellbogen stoße ich die restlichen Scherben aus dem Rahmen. Doch als ich mich hinausbeuge, wird mir vom Anblick der Tiefe ganz flau im Magen. Nicht eine Regenrinne in Sicht. Der Rauch im Zimmer wird dichter und verdrängt die frische Luft. Meine Lunge brennt, und meine Kehle ist wund vom ständigen Husten.

Also Schwerkraft oder Rauch, ich muss meine Todesursache wählen. Ich krieche dicht am Boden zum Kamin. Dort, zwischen Staub und alter Asche, wartet ein einzelner Zigarettenstummel. Sofort sehe ich vor mir, wie Summer im Schneidersitz einen tiefen Zug nahm. Sie war hier. Bei mir. Die Erinnerung ist so stark wie der Husten, der meinen Körper erschüttert. Ich rolle mich im Kamin zusammen und wähle den Rauch. Mit einem Andenken an Summer in der Hand werde ich einschlafen und meine Asche mit der bereits vorhandenen vermischen. Schon bald werde ich bei Mom sein. Jetzt kommt alles zu mir zurück. Sie kommt zu mir zurück, zusammen mit den Erinnerungen. Ich hätte nicht vor ihr wegrennen sollen. Wenn sich mein dummer, nutzloser Kopf nur früher erinnert hätte! Der Rauch legt sich schwer auf meine Lunge, wie eine Decke, die mich von innen erstickt. Er schläfert mich ein, sodass mein Geist nun freier in die Vergangenheit driften kann. Eine Stimme dringt zu mir. *Faith, Faith*, ruft sie. *Mom? Ich bin bald bei dir, Mommy.* Doch die Stimme übertönt das Tosen des Feuers, sie klingt drängend. Lauter und lauter wird sie, bis sie sich real anfühlt.

»*Summer?*, krächze ich. Ich sammle Spucke in meinem Mund

und schlucke. »Summer. Hier bin ich.« Ich krieche zur Tür und hämmere dagegen. »Ich bin hier, Summer«, bringe ich zwischen zwei Hustenanfällen hervor.

Die Tür drückt gegen mich. Sie ist hier, ihr Gesicht dicht vor meinem, Tränen glitzern in ihren Augen.

»Endlich hab ich dich gefunden! Tut mir leid, dass ich so lange gebraucht habe, um dich zu finden. Da waren überall Leute. Aber vertrau mir, okay?«

Sie streckt die Hand nach mir aus, als wollte sie ein verängstigtes Tier zu sich locken. Ich schlinge meine Arme um sie.

»Du hast mich gefunden.« Ihre Arme schließen sich um meine Schultern. Schmerz und Feuer sind unwichtig geworden. Der Teufel ist hier. Nein, sie ist viel mächtiger. Was auch immer geschieht, meine Schwester ist hier bei mir.

Sprachaufzeichnung

(Faith): Ich hoffe, ich mache das richtig. Summer hat mir gezeigt, wie es geht. Im Laufe der Jahre und der letzten Wochen habe ich so viel vergessen, das soll mir nie wieder passieren. Daher nehme ich jetzt alles auf, wie eine Art Tagebuch. Also, für meinen ersten Eintrag habe ich die Erinnerung ausgewählt, mit der alles anfing. Eigentlich hatte Summer gar nicht geplant, sie mir zu erzählen, aber ich hab sie gezwungen. Also, Summer, ich sage es mit deinen Worten:

Fat Travis hatte sich wie ein Seestern auf dem Sofa ausgebreitet. So nannten wir ihn, wegen seines Wabbelbauchs und der Wurstfinger. Er hatte die Beine so weit gespreizt, dass ich mich zwischen sie stellen und mich um mich selbst drehen konnte, ohne sie zu berühren. Er sah im Wohnzimmer fern, und das trübe Licht vom Apparat drang bis zu dir in die Küche.

»Hey, Zwerg«, hörtest du ihn sagen. »Hol mir noch 'n Bier, ja?« Du hast die Augen verdreht, obwohl niemand dich sehen konnte. *Gott, seine Stimme ist so nervig*, dachtest du. *Wieso geht er nicht einfach nach Hause? Mom ist nicht mal hier.* »Ach, und schmeiß das weg.«

Ich sauste in die Küche, wo du am Tisch gesessen und einen Apfel geschält hast. Unter dem Messer bog sich die Haut in einer einzigen, ununterbrochenen Spirale. Als ich dich angrinste, schwoll dir das Herz vor Liebe, genau wie an dem Tag, an dem du mich zum ersten Mal in deinen Armen hieltest und das Gewicht der Verantwortung spürtest. An jenem Tag hast du einen Schwur geleistet und mir winzigem Baby ins Ohr geflüstert: »Ich hab dich, Schwesterchen, für immer und ewig.«

Jetzt zog ich die Kühlschranktür auf, stellte mich auf die Zehenspitzen und versuchte, die Bierdosen zu erreichen, die auf dem obersten Bord kühlten. Ich konnte sie zwar berühren, aber nicht greifen. Schnaufend mühte ich mich ab, doch vergeblich.

»Kannst du mir helfen?«

»Was brauchst du denn, Bunny?«

»Ein Bier für Fat Travis.«

»Kann er sich das nicht selbst holen?« Du rucktest mit dem Messer, worauf die Spirale abbrach. Du hast geseufzt, weil du sie immer in einem Stück haben wolltest.

Dann hast du eine Dose Bier geschnappt und die Tür des Kühlschranks zugeknallt. Der Inhalt des Kühlschranks klapperte missbilligend. Währenddessen stopfte ich eine Pappschachtel in den Mülleimer.

»Aua!« Ich saugte an meiner Fingerspitze. »Mich hat was gestochen.«

»Lass mal sehen.«

Du bist in die Hocke gegangen und hast meinen Finger begutachtet. Ein winziger roter Punkt wie eine Zielscheibe für Mücken krönte die Spitze. Du hast gepustet und einen Kuss draufgedrückt und danach im Mülleimer gewühlt. Der Inhalt der Schachtel ließ dich erstarren. Vor lauter Zorn bist du ganz rot geworden, wie immer vor einem Wutausbruch: Mom nannte dich manchmal *Sommervulkan*.

Steif wie ein Aufziehäffchen bist du ins Wohnzimmer marschiert – so sah ich dich manchmal: aufziehen, aufziehen und sehen, was passiert.

Du hast dich zwischen Fat Travis und dem Fernseher aufgebaut und ihm die fettige Schachtel an den Kopf geworfen. Als er sie wegfegte, rollte die Spritze aufs Sofa.

»Du sollst deine dreckigen Spritzen nicht hier ins Haus bringen, du verdammter Junkie! Meine kleine Schwester hat sich gerade den Finger daran gestochen!«

»Verpiss dich, ich will fernsehen«, nuschelte er bedröhnt.

»Das ist nicht deine Wohnung, also hau einfach ab!«

Er schnaubte. »Glaubst du, ich würde mir von zwei Zwergen was befehlen lassen?«

Zitternd vor Zorn hast du die Bierdose zerquetscht, sodass Schaum oben herausquoll. Ich wappnete mich gegen den bevorstehenden Ausbruch. Da flog die Dose in einem perfekten Bogen durch die Luft und traf ihn auf der Stirn. Das musste ich dir lassen: Es war ein Superwurf!

»Du kleines Stück Scheiße!« Er sprang auf. Für einen Mann mit einem Körper, der von jahrelangem Fastfood- und Drogenmissbrauch geformt war, hatte er überraschend gute Reflexe. Er drängte dich in die Ecke hinter dem Fernseher, packte dich an der Kehle und hob dich ein Stück hoch.

»Hör mir gut zu, du kleines Stück Scheiße. Du tust genau das, was ich sage, klar? Keine Widerworte!«

Du hast gefaucht und gekratzt wie eine der wilden Katzen, die durch das Viertel streunten. Ich trommelte mit den Fäusten gegen seinen Rücken, aber das störte ihn kaum. Ich flehte ihn an aufzuhören, doch du hörtest kaum meine Stimme, weil dir das Blut in den Ohren rauschte. Das war ihm alles egal.

»Ist das klar?«, wiederholte er.

Deine Beine zuckten im Todeskampf. Dir wurde schwarz vor Augen, bis die Hand um deinen Hals abrupt losließ und du zu Boden fielst.

»Lass meine Schwester in Ruhe!«, kreischte ich immer wieder.

Deine Sicht war so getrübt, dass du alles nur verschwommen sehen konntest, aber ein süßer, metallischer Geruch stieg zu dir auf. Dann konzentriertest du dich auf mich und erkanntest, dass ich mit dem Messer, das du auf dem Küchentisch gelassen hattest, auf Fat Travis einstach.

Er taumelte rückwärts und schlug beim Fallen mit dem Kopf gegen den Fernseher. Dann lag er auf dem Boden, mit dem aufgeschlitzten Hemd, das immer mehr von roter Flüssigkeit getränkt wurde. Auch meine Hände waren rot – so rot durfte Unschuld nicht aussehen.

Meine Verzweiflung zerriss dir das Herz. Ich saß mit ausgestreckten Armen auf dem Boden und hielt meine Hände so weit wie möglich von mir entfernt, hielt sie dir hin. Du wusstest, was zu tun war. Du hattest nicht die geringsten Zweifel an diesem Abend. Du hieltest dich einfach an deinen Schwur. Also hast du mein Gesicht mit deinem T-Shirt sauber gewischt. Du hast mich aufgehoben und meine Ärmchen um deinen Hals geschlungen. Die bist zusammengezuckt, aber das war nicht wichtig. Nur ich war wichtig. Im Bad hast du mir die Spuren der Mordtat abgewaschen und halfst mir aus den belastenden Kleidern. Nachdem ich sauber und frisch angezogen war, trugst du mich zum Schrank im Flur.

»Hör mir zu.« Deine Miene war ernst, daher wusste ich, ich musste jetzt gut aufpassen. Ich schluckte meine Tränen herunter und nickte. »Du bleibst hier drin. Wenn jemand fragt, dann war ich es, die Fat Travis erstochen hat. Hast du das verstanden?«

Ich senkte den Blick. Du wusstest, woran ich dachte: Mom sagte immer, wir dürften uns nie anlügen. Wir Mädchen müssten zusammenhalten.

»Guck mich an«, sagtest du und legtest die Hände auf meine Schultern. »Ich weiß, was Mom sagt, aber dieses eine Mal dürfen wir ihr nicht die Wahrheit sagen. Okay? Das ist sehr wichtig, Faith.«

Als ich nickte, hast du gelächelt.

»Okay. Bleib bei den Sternen.«

»Sommersterne.«

»Sommersterne.«

Du hast die Schranktür zugedrückt und weitergemacht. Ich hörte, wie du auf der anderen Seite rumort hast. Als ich wieder die Bilder vor mir sah, drang mein Schluchzen nach draußen zu dir. Du hast den Messergriff von all meinen Spuren gereinigt. Hast dann selbst deine Finger auf den Griff gedrückt, dir die Klinge am T-Shirt abgewischt und dafür gesorgt, dass man nicht weiter nachforscht. Wenn die Polizei käme, würden deine Veränderungen im Wohnzimmer und deine Hautfarbe und Herkunft all ihre Vorurteile über Menschen wie dich bestätigen.

Das war dir egal. Sollten sie doch denken, was sie wollten. Sollten sie dich für das schlimmste Kind auf der Welt halten, die Summe all ihrer Vorurteile, das Mädchen, das sie in ihrer Voreingenommenheit bestätigte. Wichtig war nur ich, deine kleine Schwester, und dass es mir gut gehen würde.

Sprachaufzeichnung

(Summer): Was machst du da? Nimmst du mich etwa auf?

(Faith): Glaubst du, du bist die Einzige, die Leute interviewen kann?

(Summer): Du willst mich interviewen? *(Lachen)* Na schön. Schieß los!

(Faith): Also gut. Ich hab mich gefragt ... Wie hast du herausgefunden, dass Da... ich meine ... Wie hast du herausgefunden, dass er Lee Elsher war?

(Summer): Du kommst direkt zum Punkt, was?

(Faith): Summer ...

(Summer): Okay, schön. Eigentlich habe ich es durch Zufall entdeckt, kurz nachdem er anfing, in unserer Wohnung in Chicago abzuhängen. Ich fand dieses Foto in seiner Brieftasche.

(Faith): Was wolltest du ... Summer, hast du ihn etwa beklaut?

(Summer): Du wolltest unbedingt diese Sonnenbrille mit den herzförmigen Gläsern aus dem Laden um die Ecke. In einer Tour hast du davon geredet.

(Faith): Wow! Ich glaube, ich erinnere mich noch daran. Sie war rot.

(Summer): Genau, und du wolltest sie gar nicht mehr abnehmen. Du hast sogar mit ihr geschlafen. Jedenfalls fand ich dabei das Foto. Es sah aus, als zeigte es eine Hochzeit oder so. Auf der Rückseite standen ein Ort und ein Datum. Aus irgendeinem Grund hatte ich das behalten. Ich versuchte, mit Mom darüber zu reden, aber sie wollte nicht zuhören. So war sie immer, wenn sie auf einen Typen stand. Als ich also endlich rauskam und auf eigenen Füßen stand, dachte ich, es könnte mir dabei helfen, Mom und dich ausfindig zu machen. Daher reiste ich zu dem Ort und suchte im Archiv nach ihrer Heiratsurkunde. Damit war es ein Kinderspiel herauszufinden, was geschehen war, doch danach wurde die Spur kalt.

(Faith): Was hast du dann gemacht?

(Summer): Ich versuchte, der örtlichen Polizei klarzumachen, dass Lee Elsher in Chicago aufgetaucht war und sich jetzt in einer Sekte versteckte, doch sie lachten mir ins Gesicht, vor allem, nachdem sie einen Blick in mein Vorstrafenregister geworfen hatten. Sie machten mir klar, dass ich in dieser Sache auf mich allein gestellt war. Du kannst dir nicht vorstellen, wie beängstigend es war zu wissen, dass ihr mit ihm zusammenlebt. Ich glaube, das ist einer der Gründe, wieso ich in die Hütte zog. Verstehst du? Ich wollte in eurer Nähe sein.

(Faith): Ich verstehe. Hast du damals mit dem Podcast angefangen?

(Summer) Genau. Ich dachte mir, wenn ich so viele Gemeinden wie möglich aufsuchte, würden wir uns irgendwann über den Weg laufen.

(Faith): Man darf nur nicht den Glauben verlieren.

(Summer): Man darf nur nicht den Glauben verlieren.

(Faith): Moment, heißt dein Podcast deswegen …

(Summer): Na endlich hast du's erkannt! *(Lachen)*

70.

Heutiger Tag

Buttergelbes Licht fällt auf die Promenade und färbt alles golden, sogar meine Haut. Mit geschlossenen Augen spüre ich, wie mir die Meeresbrise übers Gesicht streicht. Hinter mir höre ich das geschäftige Treiben von Jacksonville. Meine Finger fahren zu meinem Nacken, weil ich immer noch nicht an die kurzen Haare gewöhnt bin. Ich halte mein Gesicht in die Sonne und genieße es, dass ich von meinem strengen Zopf und der schwülen Hitze von Florida befreit bin.

»Der Bus fährt in anderthalb Stunden ab.«

Ich spüre, wie sich Summers klebrige Haut an meine drückt. Einen Moment lang stehen wir Schulter an Schulter und genießen unser angenehmes Schweigen. Dieser Teil der Promenade ist fast menschenleer. Sie verschränkt ihre Finger mit meinen und drückt meine Hand so fest wie bei unserer Flucht aus Newhaven. Geduckt zog sie mich zur Treppe der Dienstboten, die zwar voller Rauch war, aber nicht brannte. Hustend und mit schmerzender Lunge von der heißen Luft taumelten wir aus dem brennenden Gebäude. Versteckt hinter der Kirche warteten wir, bis wir die Zwillinge entdeckten, die mit rußgeschwärzten Gesichtern auf dem Rasen weinten. Baby Sarah brüllte in einem Weidenkorb neben ihnen. Sie hatten Angst, aber sie lebten.

Sosehr ich meine Geschwister liebe, so konnte ich sie doch

nicht mitnehmen. Ein Leben auf der Flucht haben sie nicht verdient. Sie sollen nicht ständig die Identität wechseln und nach Verfolgern Ausschau halten müssen. Es zerriss mir das Herz, sie zurückzulassen. Ein Teil von mir ist immer noch bei Sarah und den Zwillingen. Eines Tages werde ich sie suchen, genau wie Summer mich gesucht hat.

Am Ende musste sie mich wegzerren. Ich schluchzte, als wir durchs hohe Gras zum Anleger rannten, wo die Boote warteten. Sie hatte einen der Schlüssel gestohlen, während alle damit beschäftigt waren, die Steinigungen aus dem Alten Testament wieder aufleben zu lassen.

Jaspers Island ist zwar weit entfernt, liegt aber immer noch irgendwo da am Horizont. Der arme Jackson. Es ist schmerzlich, sich vorzustellen, dass er weiterhin dort festsitzt. Summer hat zugegeben, dass sie ihn aus dem Weg gestoßen hat, als er an der alten Hütte vor ihr stand, aber sie schwört, dass sie nichts mit den Kadavern am Zaun zu tun hatte. Tom konnte es auch nicht gewesen sein, weil er das bei seinem Angriff auf mich gesagt hatte. Ich geb's nicht gern zu, aber ich hoffe, er ist Mrs Favreaus Zorn nicht entkommen.

Ich gähne ausgiebig und kann es gar nicht erwarten, endlich mal wieder eine ganze Nacht durchzuschlafen. Immer wieder fallen mir die Augen zu. In gewisser Weise habe ich Newhaven zu danken, denn die Steine, die mich trafen, brachten die Erinnerungen an den Brand zurück. Wer hätte gedacht, dass ich dazu nur einen oder mehrere Schläge auf den Kopf brauchte? Jetzt sehe ich immer mehr Bilder im Schlaf: Schreie, Blut, Moms Körper, ihre halb geschlossenen Augen, ihr todesstarrer Blick, meine Hand, die das Messer in Daddys Rücken rammt, Summer, die auf dem Weg hinaus ein Tischchen umstößt, die Flamme, die am Sofa züngelt und vom Petroleum gespeist wird und die ganze Fassade verschlingt: die Kissen, Familienfotos mit grinsenden Zwillingen, den Saum von Daddys Hosen. Die Hitze des Feuers, die brüllenden Flammen, die Mom und Daddy versengen und ihre Haut schwärzen und aufplatzen lassen. Und der Geruch, dieser widerliche Geruch!

Die Erinnerungen an Chicago brauchten länger. Summer half mir, die Einzelteile zusammenzusetzen. Widerstrebend.

»Ich hab was für dich.«

Als ich das höre, öffne ich die Augen und wische mir rasch die Tränen weg. Die Andenkenläden an der Promenade verkaufen nur Zeug, über das sie spotten oder die Augen verdrehen würde. Was auch immer es ist, sie hat es in eines ihrer alten T-Shirts gewickelt: das gelbe, das sie trug, als wir uns an der Hütte trafen. Als ich mich noch nicht an sie erinnerte. Ich schäme mich immer noch deswegen; ich werde mir nie verzeihen, dass ich sie vergessen habe. Doch die unerklärliche Geborgenheit, die ich immer in ihrer Nähe empfand, beweist, dass mein Körper sich an sie erinnerte, bevor mein Verstand sie erkannte.

Ein Lächeln erhellt Summers Gesicht. Wie konnte ich das bislang übersehen? Die Haut ihres Vaters spannt sich über die Knochen unserer Mutter. Summer witzelte einmal, dass in unserer Kindheit niemand glaubte, dass wir Geschwister wären. Das macht mich traurig. Ich frage mich, ob sie auch die Schuld für mich übernommen hätte, wenn sie gewusst hätte, dass Mom sie nach all dem im Stich lassen würde. So viele ruinierte Leben, nur um mich zu beschützen.

Doch ein Blick zu ihr reicht schon, um mich zu überzeugen, dass sie es trotzdem getan hätte. Bislang hatte ich noch nicht den Mut, sie zu fragen, ob sie Mom hasst, weil sie sie geopfert und ihr Versprechen – nur wir Mädchen – gebrochen hat.

Vorsichtig packe ich das Geschenk aus. Mit einem Kloß im

Hals erkenne ich das Messer, das mitten im Stoff schwer in meiner Hand liegt. Die Klinge glänzt nicht mehr, so als wäre sie durch die beendeten Leben stumpf geworden. Summer hat es an jenem Abend zusammen mit dem Teppichmesser und meinen Kleidern mitgenommen. Ohne das Messer und das blutige Kleid gab es außer dem Feuer keinerlei Beweise.

Ich darf entscheiden, was damit geschehen soll. Es ist zwar sauber gemacht worden, aber irgendwo gibt es immer noch mikroskopisch kleine Spuren von Mom. Das Messer ist alles, was uns von ihr geblieben ist, aber es ist auch mit ihm besudelt. Ohne ihn können wir sie nicht haben, er klammert sich immer noch an sie.

Wir stützen uns mit den Unterarmen aufs Geländer. Ich werde nie so braun sein wie sie, aber nach ein paar Tagen habe ich schon ziemlich Farbe bekommen, da ich meine Haut nicht mehr unter einer strengen Uniform vor der Welt verstecken muss. Sie hat mir gezeigt, dass ich anziehen kann, was auch immer ich will.

In anderthalb Stunden werden wir in den Bus steigen, und dies ist dann der echte Beginn unseres großen amerikanischen Abenteuers. Unser nächster Halt wird in New Orleans sein, wo wir Beignets im Café du Monde essen und etwas über die Musik und das Leben in verrauchten Klubs lernen werden. Danach geht es in die Weiten von Missouri. Wir werden nach Tennessee fahren und die Gräber von Karen Elsher und ihren Kindern besuchen, um ihnen die letzte Ehre zu erweisen. Wir werden das Leben leben, das ihnen John Heywood, oder wie auch immer sein Name war, gestohlen hat. So viele Leben. Ich habe mich gefragt, ob die Fotos, die ich an dem Tag fand, als ich mit den Zwillingen Verstecken spielte, Karen und ihre Kinder zeigten. Fleurs Medaillon ruht an meiner Brust, genau wie sie spiele ich oft mit der Kette. Wir lassen sie nicht zurück. Es bleibt dabei: nur wir Mädchen.

Als wir in der ersten Nacht nach unserer Flucht in einem Motelbett lagen, gestand mir Summer, dass sie anfangs geglaubt hatte, Fleur wäre ich. Das verstehe ich schon, schließlich waren wir im gleichen Alter, man sagte uns ständig, wir sähen aus wie Schwestern. Aber was Summer vor allem in dem Glauben bestärkte, war die Lücke zwischen den Schneidezähnen. Es war nicht das erste Mal, dass sie glaubte, sie hätte mich gefunden. Sie meinte, in vielen Gesichtern meines zu entdecken. Hoffnung, Verzweiflung und die Streiche, die die Zeit ihrem Gedächtnis spielte, hatten sie schon oft zu der Überzeugung verleitet, sie hätte es endlich geschafft, bevor die Enttäuschung sie traf. Am Ende war es immer dasselbe: Ich war es nicht. Ganz gleich, wie oft das passierte, der Schlag war immer gleich schmerzhaft. In jener ersten Nacht klammerte sie sich an mich und drückte ihre Brust an meinen Rücken. Als wir Kinder waren, nannte ich das »Löfferchen liegen« – offenbar konnte ich nicht »Löffelchen« sagen. Sie ist die Wächterin vieler verlorener Erinnerungen aus meiner Kindheit.

Ein Boot rast am Anleger vorbei, als das Messer geräuschlos ins Wasser taucht und sofort unter den Schaumkronen der Heckwellen verschwindet. Seebestattung. Als Summer mich auf die Wange küsst, rieche ich ihren Zigarettenatem. Das Beste von Mom ist immer noch bei uns. Sie ist in unserem Blut. Sie lebt in Summer und mir weiter. Das ist Tatsache. Wissenschaftlich bewiesen. Mom. Ich. Summer. Nur wir Mädchen. Unsere Geschichten sind in unsere Knochen geätzt, unter unsere Haut geschrieben. Unsere Zellen werden sie mitnehmen, wo auch immer wir hingehen. Wie Summer uns bei sich trug, als wir sie zurückließen. Unser Blut war in ihren Adern und rief nach uns, trieb sie an, uns zu suchen, sobald sie wieder frei war. Sie behauptet zwar, sie hätte es nur getan, um Mom ins Gesicht zu sagen, dass sie sie hasst. Aber ich weiß es besser.

»Komm, ich spendier dir ein Bier. Wird langsam Zeit, dass du das mal ausprobierst.«

»Bin ich nicht zu jung?«

»Keine Sorge, ich kenne da einen Typen in der Bar beim Motel.« Sie grinst.

Ich lächle. Hätte ich mir denken können. Sie setzt sich als Erste in Bewegung. Ihr Wille geschehe.

Neue Tragödie in Newhaven Plantation

Von unserer ständigen Reporterin Marilynn Wasserman

Nur wenige Wochen nachdem Pastor John Heywood und seine Frau Genevieve bei einem Brand umkamen, wurde Newhaven Plantation auf Jaspers Island von einer weiteren Tragödie erschüttert, als ein Feuer das Haupthaus der Gemeinde zerstörte. Brandinspektor Wesley Dunlop erklärte, acht Menschen seien im Feuer gestorben und weitere neunzehn hätten Verletzungen erlitten: hauptsächlich Rauchvergiftungen und Brüche durch den rettenden Sprung von einem Balkon im zweiten Stock. Keines der Kinder in Newhaven war unter den Opfern. Mehrere Zeugen bestätigten, dass das Feuer von Elizabeth Favreau gelegt wurde, der Witwe des ehemaligen Pastors Floyd Favreau, der neun Monate zuvor bei einem angeblichen Unfall ums Leben kam. Brandinspektor Dunlop sagte, die Untersuchung hätte die Angaben der Zeugen noch nicht bestätigt. Vermisst werden die siebzehnjährige Abigail Heywood und der vierzehnjährige Jackson Caine.

Nach dem Brand fanden Samantha Crawford aus Lynchburg, Virginia, ihre Schwester Jamie Baez und ihr Neffe Tommy Baez wieder zusammen. Miss Crawford hatte im Sunny Inn Motel in Parkerville gewohnt und vergeblich versucht, mit ihrer Schwester in Kontakt zu treten. Diese hatte bei Miss Crawford gewohnt, nachdem sie ihren Mann verlassen hatte. Miss Crawford behauptete, die New American Baptist Church habe sich auf ihre Schwester gestürzt, als sie am verletzlichsten war, und sie einer Gehirnwäsche unterzogen. Als die *Parkerville Gazette* bei sich in der Zentrale der New America Baptist Church danach erkundigte, hieß es »Kein Kommentar«.

Eine zweite Untersuchung wurde in die Wege geleitet, weil man die Leiche von Harry Vance in einem der Badezimmer des

Hauptgebäudes fand. Gegen Vance liegt ein Haftbefehl aus dem Staat Maryland vor, da er seine Nachbarin Selina DeLuca angriff, nachdem sie sich nicht mit ihm verabreden wollte. Vance wohnte die letzten acht Monate unter dem Namen Tom Vermont in Newhaven. Die Rechtsmedizinerin Nia Kordell erklärte, Vance wäre die Kehle durchgeschnitten worden, wahrscheinlich mit einem Teppichmesser. Am Tatort wurde keine Tatwaffe gefunden. Bislang hat die Polizei weder Spuren noch Verdächtige.

Dank

Ich fasse es nicht, dass ich das schon wieder tun muss. Buch Nummer 2 erwies sich als widerspenstiges Biest. Mein Debüt entstand ganz unter meinen eigenen Bedingungen, doch jetzt musste ich mit einem Abgabetermin kreativ sein. Da konnte ich mir nicht mehr den Luxus gönnen, drei Wochen über einer Szene zu grübeln oder zehn Entwürfe zu schreiben, bevor ich einen davon zeigte. Ohne die Hilfe und Führung meiner Lektorin Clio Cornish hätte ich dieses Buch nicht vollenden können. Danke, dass Sie mich in die richtige Richtung gelenkt, mir aber gleichzeitig kreative Freiheit gelassen haben – und die notwendige Zeit zu trauern, bevor ich einen meiner Lieblinge umbrachte.

Meiner Agentin Juliet Mushens danke ich, weil sie all dies möglich gemacht hat und mein größter (und stylishster) Fan ist. Ich zitiere dazu Emily Henry: »... für einen Autor war sie eine Mischung aus Miss Honey, die süße Lehrerin aus Roald Dahls ›Matilda‹, und einer sexy Hexe.« Das trifft absolut auf sie zu.

Es braucht ein ganzes Dorf, um ein Buch zu veröffentlichen. Dank an das Team von Penguin Michael Joseph: Emma, Sriya, Jen, Nick, Eugenie und Lauren. Dank auch an das Team von Mushens Entertainment: Liza, Kiya, Rachel und Catriona. Dank an die literarische Gemeinschaft: die Buchhändler, die Kritiker, die Blogger und die Bibliothekare, an all die Liebhaber von Büchern. Besonderen Dank schulde ich auch schreibenden Kollegen, die mich unterstützt und mir großzügig ihre Zeit, ihren Rat und ihre Hilfe geschenkt haben. Nicht vergessen darf ich meine kritische Partnerin Philippa, die einen frühen Entwurf dieses Buchs gelesen und mir bei den ersten Schritten geholfen hat. Ich danke meiner Familie für ihre Unterstützung und ihre zahlreichen Bemühungen, sich für meine Bücher einzusetzen.

Wieder einmal danke ich meinen Lesern, in welcher Form auch immer sie meine Geschichten aufnehmen – als gebundenes Buch, als Taschenbuch, EBook oder Hörbuch – und ganz gleich, ob sie ihr Exemplar von einem unabhängigen Buchladen, einer Kette oder aus der öffentlichen Bücherei haben. Danke, dass Sie dieses Buch ausgesucht haben. Ich hoffe, es gefällt Ihnen.

Ein Letztes noch: Falls Sie eines der Probleme, die in dieser Geschichte angesprochen wurden, persönlich erlebt haben, vor allem häusliche Gewalt – ob psychisch oder physisch –, so empfehle ich Ihnen die Organisation »Refuge«, die Frauen und Kindern hilft, die Opfer häuslicher Gewalt geworden sind. www.refuge.org.uk